中國語言文字研究輯刊

二三編
許學仁 主編

第7冊

湖南商周金文輯考

熊賢品 著

花木蘭文化事業有限公司

國家圖書館出版品預行編目資料

湖南商周金文輯考／熊賢品 著 -- 初版 -- 新北市：花木蘭

文化事業有限公司，2022〔民111〕

目 6+290 面；21×29.7 公分

（中國語言文字研究輯刊　二三編；第 7 冊）

ISBN 978-626-344-021-0（精裝）

1.CST：金文　2.CST：湖南省

802.08 111010174

ISBN-978-626-344-021-0

中國語言文字研究輯刊

二三編　第 七 冊　　　ISBN：978-626-344-021-0

湖南商周金文輯考

作　　者　熊賢品

主　　編　許學仁

總 編 輯　杜潔祥

副總編輯　楊嘉樂

編輯主任　許郁翎

編　　輯　張雅淋、潘玟靜、劉子瑄　美術編輯　陳逸婷

出　　版　花木蘭文化事業有限公司

發 行 人　高小娟

聯絡地址　235 新北市中和區中安街七二號十三樓

　　　　　電話：02-2923-1455／傳真：02-2923-1452

網　　址　http://www.huamulan.tw 信箱 service@huamulans.com

印　　刷　普羅文化出版廣告事業

初　　版　2022 年 9 月

定　　價　二三編 28 冊（精裝）新台幣 96,000 元

湖南商周金文輯考

熊賢品 著

作者簡介

熊賢品，1986 年生，湖北鄂州人，副教授、碩導，2015 年博士畢業於武漢大學歷史學院，曾先後在中國社會科學院歷史研究所、湖南師範大學歷史文化學院從事博士後研究、教學研究工作，2021 年調入蘇州大學社會學院歷史系。主要研究商周政治制度史，著有《戰國王年問題研究》（中國社會科學出版社 2017 年 9 月版），在《簡帛研究》等刊物發表論文多篇。

提　要

　　湖南地區出土文獻發現較多，但以簡牘為大宗，也是研究熱門所在；而本地區商周金文資料則相對發現較少，研究成果較為分散，但仍有其價值所在。此前已有一些重要的湖南商周金文研究成果，但隨著資料積累和研究推進，一些問題目前似仍有可繼續探討處，尤以東周金文相關方面為多，具體不但涉及相關器物銘文文字考釋、器形分期斷代等問題，銘文內容相關歷史、地理、國別、年代等也還有一些可再分析處。進而，湖南商周金文專題性整理研究成果，目前也還不多見。

　　本書首先收集、補充相關新出湖南商周金文資料，與陸續公佈的舊器器型、銘文圖片新資料，注重圖片資料更新；其次充分整理已有相關研究成果，積極採用相關器物分期斷代新意見、古文字考釋與銘文釋讀新看法，以期保證相關器物銘文釋讀的準確性與實效性，從而方便歷史學、博物館學等學科學者利用。再次隨文就若干問題進行討論，具體包括相關青銅器著錄校重、若干新出金文資料與舊器銘文對讀、相關戰國紀年兵器的國別與年代判定等問題，並提出自己的一些看法。另外湖南地區也發現少量的戰國貨幣、古璽文字，於此一併收入附編並進行匯釋。

目次

凡　例

一、本書彙集湖南地區出土商周有銘青銅器銘文、器物圖像（兼收相關摹本），及學界的相關研究成果，所收資料年限截至 2021 年 12 月。全書分正編、附編及附綠三部分。

二、正編為湖南商周金文輯考。包括圖版、輯考與疏證兩個部分。

（一）圖　版

1. 圖版收錄器形、銘文照片（如無或不清晰，則以拓本、摹本或線圖代替）。

2. 器物的編次，依據相關器物時代，依次為商、西周、春秋、戰國，並統一編號。其中商代 18 件、西周 19 件、春秋 8 件、戰國 75 件，一共 120 件。

3. 器物信息。在每器器形、銘文照片之下，一般依次詳列時代、出土時間地點、流傳、現藏、著錄、形制、度量、字數、釋文等目次；如相關細目暫無資料，則闕如。

4. 釋文依原器行款，並改直書為橫書。銘文中的異體字、假借字，隨文注出正字和本字，外加圓括號「（　）」；如可據殘筆、文例釋出，則外加方括號「〔　〕」；不能釋出或不可辨識者，用文用「□」表示；如字數不明，則以「……」表示。

（二）輯考與疏證

以單個字詞為單位，搜集、整理學界的相關意見，並按照論著發表時間先後排序。如作者有新見，則以「按」的方式，單列其後。

三、附編為湖南出土的商周貨幣銘文、官璽文字資料，數量不多，於此一併收錄。

四、附錄包括器物出土地、器物現藏地、器物國別等項的索引，以方便利用。

五、為行文簡便，文中省去「先生」等稱謂，敬祈諒解。

前言　湖南商周金文研究史簡述

　　近幾十年來，湖南省發現有大量戰國秦漢簡牘，推動了相關學科的極大發展。相較之下，省內所發現商周有銘青銅器數量，要少很多。不過，這是從數量而言，如果從時間角度而言，情況則有不同，如從時間角度而言，省內商周金文發現的時間，要早很多。

　　目前所知湖南出土青銅器的最早記載，為南宋洪邁《容齋隨筆》卷十一記載，宋淳熙十四年（公元 1187 年），澄州慈利縣（今湖南慈利）「周赧王墓」〔註1〕旁，五里山古墓發現的一件青銅虎紐錞于。不過其後相關記載較少，相關出土青銅器的新發現，要一直到 20 世紀初；在建國以後，也陸續有新的商周金文發現。

　　關於湖南青銅器，已經有很多研究成果〔註2〕，比如關於湖南商代青銅器的研究，現在一般多認為和中原地區有緊密的聯繫，徐良高指出：

　　　　這一地區（兩湖文化區）銅器的形制和紋飾與殷墟銅器沒什麼

　　　大區別，有些銅器上的族徽記號，在中原殷末周初的銅器中是常見

〔註1〕此為「周赧王」墓所在的諸說之一，存疑待考。

〔註2〕施勁松，湖南青銅器的類別、形制和紋飾〔A〕，長江流域青銅器研究〔C〕，2003年，第 112～130 頁；熊傳薪，湖南商周青銅器的發現與研究〔A〕，湖南出土殷商西周青銅器〔C〕，長沙：嶽麓書社，2007 年，第 410～420 頁；熊建華，湖南商周青銅器研究〔M〕，長沙：嶽麓書社，2013 年，第 27～48 頁。

圖像記號……湖南出土的銅器有以下特點：①多動物造型，如象尊、牛尊、豬尊、虎食人卣、四羊尊、兩羊尊等。②一般多大型器，氣魄雄偉，如寧鄉、岳陽的大鐃高達1米多，重221.5公斤，③湖南的青銅器多出於河湖岸邊或山峰頂端，關於這些銅器的來源，或認為是由殷商奴隸主由北方帶來而在殷帝國的覆滅前埋藏下來的；或認為是當地文化吸收商文化的產物，它們「說明了在兩湖地區商代晚期可能存在著一支強有力的政治集團，他們在宗教習俗、審美觀念與中原地區的古代民族有著明顯的差別」。我們認為，湖南地區青銅器同中原非常接近，不管它們出現的原因如何，其總體特徵並無大的區別〔註3〕。

湖南省商代青銅器出土地點圖
〔註4〕

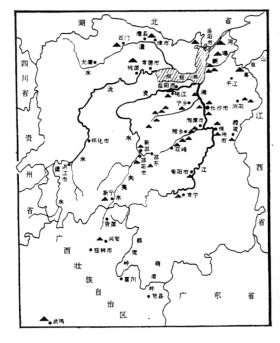

湖南商至西周青銅器出土地點分布示意圖〔註5〕

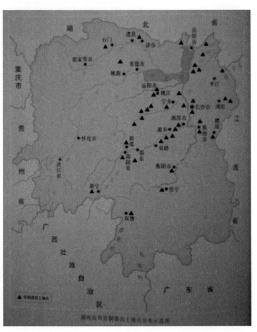

〔註3〕徐良高，中國民族文化源新探（第2版）〔M〕，北京：社會科學文獻出版社，2002年，第78頁。

〔註4〕何介鈞，湖南先秦考古學研究〔M〕，長沙：嶽麓書社，1996年，第133頁。

〔註5〕上海博物館編，酌彼金罍：皿方罍與湖南出土青銅器精粹〔M〕，上海：上海書畫出版社，2015年，第2頁。

湖南出土的商周青銅器分布圖〔註6〕

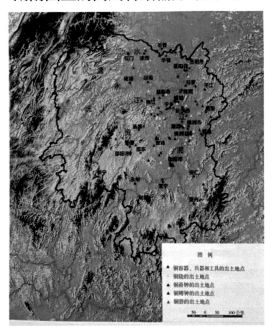

　　另一方面，則是學者目前多認識到湖南商周青銅器從鑄造技術角度而言，大體可分為中原型、混合型、地方型三類。上述兩方面是目前在湖南商周青銅器研究方面的一些重要進展，奠定了研究基礎。

　　於此同時，關於湖南商周金文的研究，也有一些比較重要的成果。目前，湖南出土商周有銘青銅器的數量，已經有 100 多件。從年代來看，從商開始，本區域就已經出現了有銘青銅器；而總體上以戰國時期的數量為多，西周、商代次之，而春秋時期最少。

　　在湖南商周金文的著錄方面，湖南省博物館編《湖南省文物圖錄》（湖南人民出版社 1964 年）著錄了 20 世紀初至 60 年代，所見湖南商周有銘文銅器的相關資料。此後的湖南省博物館編《湖南省博物館》（文物出版社、講談社 1983）、社科院考古所編《殷周金文集成》（修訂本，中華書局 2007）、劉雨等《近出殷周金文集錄》（中華書局 2002）及《二編》（中華書局 2010）、鍾柏生等《新收殷周青銅器銘文暨器影彙編》（藝文印書館 2006）、劉彬徽、劉長武《楚系金文彙編》（湖北教育出版社 2009）、吳鎮烽《商周青銅器銘文暨圖像集成》（上海古籍出版社 2012）及其《續／三編》（上海古籍出版社 2016／2020）、炭河裏遺址管理處等編《寧鄉青銅器》（嶽麓書社 2014）等書，都著

〔註 6〕湖南省文物考古研究所，考古湖南——十堂課聽懂湖南歷史〔M〕，長沙：嶽麓書社，2021 年，第 103 頁。

錄了湖南出土的商周金文資料，但其中部分也偶有所失收。

在湖南商周金文的研究方面，20 世紀 30 年代末期，商承祚《長沙古物聞見記》對湖南商周有銘銅器的相關資料進行了記載，其後不久又撰《長沙古物聞見續記》〔註7〕，是關於湖南商周金文的早期重要論著。20 世紀 80 年代，出現了一批研究湖南商周金文的重要文章，如周世榮《湖南楚墓出土古文字叢考》（《湖南考古輯刊》第一輯，嶽麓書社 1982 年）及《湖南出土戰國以前青銅器銘文考》（《古文字研究》第十輯，中華書局 1983 年）、劉彬徽《楚國有銘銅器編年概述》（《古文字研究》第九輯，中華書局 1984 年；相關內容收入《楚系青銅器研究》，湖北教育出版社 1995）、李學勤《湖南戰國兵器銘文選釋》（《古文字研究》第十二輯，中華書局 1985 年）、李零《楚國銅器銘文編年匯釋》（《古文字研究》第十三輯，中華書局 1986 年）等。進入 20 世紀以來，研究楚系青銅器和金文，從而和湖南商周金文有關的成果也很多，如何琳儀《戰國文字通論（訂補）》（江蘇教育出版社 2003）、胡長春《新出殷周青銅器銘文整理與研究》（線裝書局 2008）、鄒芙都《楚系青銅器銘文綜合研究》（巴蜀書社 2008）、曾四美《20 世紀以來湖南出土商周古文字資料整理與研究》（安徽大學 2010 年碩士學位論文）、黃靜吟《楚金文研究》（花木蘭文化出版社 2011）、楊建忠《楚系出土文獻語言文學考論》（浙江大學出版社 2014）等，都涉及到對湖南出土商周金文及有銘青銅器的研究。此外，劉彬徽《楚系青銅器研究》、熊建華《湖南商周青銅器研究》，都就湖南商周青銅器進行了研究，為我們的研究奠定了良好的基礎；但是兩位學者在研究內容上存在一些區別，比如劉彬徽將金文的研究包括在內；而熊建華在書中，則沒有專門立章節對相關金文進行研究，同時熊書中的主要內容，是對湖南地區商、西周銅器的研究，而對湖南地區東周金文的探討比較少。在具體的器物研究方面，比如關於《皿方罍》、《楚公豪戈》、《燕客銅量》等具體器物的研究，也已經有很多重要成果，此不一一列舉。此外，在學界的相關專業期刊之外，湖南省考古所、湖南省博物館等編輯的《湖南考古輯刊》、《湖南博物館文集》、《湖南省博物館館刊》等刊物，歷年也刊布了很多相關研究論著。

關於湖南商周金文的研究，上述前輩時賢的豐碩成果，提供了堅實的基礎。

〔註 7〕商承祚，長沙古物聞見記‧續記〔M〕，北京：中華書局，1996 年。

商周金文，是先秦史研究的基本材料，和關注重點之一。自 20 世紀上半葉以來，學界出現一些由地域視角，搜集和整理商周金文資料的著作，大體包括分國（如郭沫若《兩周金文辭大系圖錄考釋》、張振謙主編《兩周金文分域全編》）、分系（如劉彬徽、劉長武《楚系金文彙編》、張振謙主編《齊系金文集成》）、分行政區劃（主要以省為單位，如山東省有《山東金文集成》，河南省有秦文生、張鍇生主編《中原文化大典‧文物典‧古文字卷‧青銅器》，湖北省有黃錫全《湖北出土商周文字輯證》，安徽省先後有崔恒升《安徽出土金文訂補》、陳治軍《安徽出土青銅器銘文研究》、孫合肥《安徽商周金文彙編》等著作，江浙兩省有董楚平《吳越徐舒金文集釋》）等不同角度；從已有的成果來看，結合上述思路，也有能進一步從事的具體選題。同時筆者注意到，在已經編纂出版的研究中，關於湖南省簡牘等出土文獻研究的選題已經比較全面，但尚缺湖南商周金文資料整理的選題。而就學界已有成果來看，一方面隨著古文字學研究的深入，推動了對湖南商周金文研究的認識；另一方面，一些舊知器物的銘文照片等資料新公布，提供了研究的新基礎。因此，本書系統梳理已有學術成果，同時分析新出資料，希望能為湖南商周金文和青銅器的研究，提供一些便利。

　　值得注意的是，在「湖南商周金文」範圍的概念上，筆者認為，目前保存在湖南省內的一些器物，並不能籠統包括在湖南商周金文範圍之內，如現存湖南省博物館的一對《善夫吉父鱸》，器形、銘文如下：

器蓋銘文　　　　　　　　器口銘文

本器飾鱗形紋，蓋內與口沿處有銘文 13 字：

　　　　善夫吉父乍（作）旅鱸，其子孫永寶用

原為湖南省程潛舊藏。楊樹達曾經提到了本器的來歷：

　　　　（1953 年 7 月 20 日）午後入市，赴程、唐二主席招宴，陪徐公

也。程駪公出示昔年在西安所得古彝器四事：……一罍二器，口有
「善夫吉父」字……諸銘皆無拓片，不能細讀，殊可惜也〔註8〕。
可見本器並非湖南省出土，而是由程潛在西安購買而流傳至湖南地區的。
又如現藏湖南省博物館〔註9〕的西周晚期《豐兮尸簋》（《集成》4001～
4003），器形、銘文照片如下：

《豐兮尸簋》銘文　　　　　《白喜父簋》器形　　　　　《白喜父簋》銘文

本器飾鱗形紋，覆盤形器蓋，器蓋與器內均各有銘文20字：

豐兮尸乍（作）朕皇考障毁，尸其萬年子孫永寶言考

本器也是出土後流傳至湖南省，並非出土於湖南。

又如現藏湖南省博物館的3件同銘《白喜父簋》（《集成》3837～3839），裝
飾有斜方格網紋。第一件，通高18釐米、腹深25.5釐米；第二件，通高18.5
釐米、口徑19.6釐米、腹深12.4釐米、腹徑25釐米、足高7釐米（連圈足）、
圈足徑20.9釐米釐米；第三件，通高18釐米、口徑19.5釐米、腹深12.2釐
米、腹徑25釐米。三件器各有14字銘文如下：

白喜父乍（作）洹鯥毁，洹其萬年永寶用

據介紹，上述三件《白喜父簋》「均失蓋，是1959年從長沙收集的。據說
是從河南等地運來的，器上尚黏有不少泥鏽，顯係新近出土的」〔註10〕，因此

〔註8〕楊樹達，積微翁回憶錄·積微居詩文鈔〔M〕，上海：上海古籍出版社，2006年，
　　　第371頁。
〔註9〕袁家榮，湘潭青山橋出土窖藏商周青銅器〔A〕，湖南考古輯刊（第1集）〔C〕，長
　　　沙：嶽麓書社，1982年，第21頁。
〔註10〕湖南省博物館，介紹幾件館藏周代銅器〔J〕，考古，1963年（12）。此外，學者多
　　　認為本器銘文「白（伯）喜父」，可與北趙晉侯墓地M91所出《伯喜父簋》銘中的
　　　「伯喜父」相聯繫；由此，此前多定本器年代屬夷、屬王時的西周中期，現在多認

也非湖南本地出土的商周銅器。

　　據此，本文並不將這幾件湖南省博物館收藏的《善夫吉父䰨》、《豐兮尸簋》、《白喜父簋》納入「湖南商周金文」的範圍。

　　另外還發現有一些偽器，如湖南省博物藏有《子孫寶用鬲》，與《仲駒父壺》「錄旁仲駒父作仲姜簋，子子孫孫永寶用享孝」等〔註11〕，但吳鎮烽認為均應存疑〔註12〕，故這些偽銘器本書也不納入討論。

　　此外，關於湖南地區出土的一些「王」字銅器，主要包括銅矛、銅戈，銅削等，關於其性質而也有一些爭論，不過目前多認為上述裝飾有「王」字紋飾者，多屬於越國器物〔註13〕，並且這些所謂的「王」字，可能為紋飾，而非文字，故本書對此也暫不討論。

　　如上所述，此前關於湖南商周金文的研究，已經有豐碩的成果，不過仍然存在一些問題，如收錄範圍有限，釋文不準確，圖片資料不清晰等，現在看來已經不能滿足學術研究的實際需要了。筆者通過重新整理，在採納學界相關研究成果的基礎上，試圖對上述問題有所改進，也希望能為日後湖南商周金文的進一步研究，提供一些資料上的便利。

　　　　為是西周晚期。參考李伯謙，晉伯卣及其相關問題〔A〕，上海博物館等編，中國古代青銅器國際研討會論文集〔C〕，香港：香港中文大學文物館，2010 年，收入氏著，文明探源與三代考古論集〔C〕，北京：文物出版社，2011 年，第 363 頁；賈海生，晉侯墓地出土伯喜父簋銘文索隱〔J〕，山西檔案，2013 年（2）。

〔註11〕周世榮，湖南出土戰國以前青銅器銘文考〔A〕，古文字研究（第 10 輯）〔C〕，北京：中華書局，1983 年，第 280、264 頁。

〔註12〕吳鎮烽，商周青銅器銘文暨圖像集成（第 35 卷）〔C〕，上海：上海古籍出版社，2012 年，第 531、547 頁。

〔註13〕曹錦炎，浙江出土商周青銅器初論〔J〕，東南文化，1989 年（6），收入，吳越歷史與考古論叢〔C〕，北京：文物出版社，2007 年，第 214 頁；傅聚良，湖廣地區出土的「王」字銅器〔J〕，文物，2003 年（1）。

正　編

一、商　器

1.《大禾方鼎》

器形、銘文照片：

時代：商代晚期

出土：1959 年於湖南寧鄉縣黃材鎮炭河裏鄉新屋灣寨子山發現，但被砸碎賣
　　　掉。隨後被運至湖南省物資局設在長沙市的毛家橋廢銅收購中心倉庫。
　　　同年 12 月，部分殘片被湖南省博物館的工作人員所知，經過整理，搜
　　　集到除一隻鼎足和底部之外的相關殘片，工作人員張欣如對其進行了修

復。後在株洲發現另外一隻鼎足〔註1〕，並更換了此前所暫時代替的鼎足。由此，《大禾人面方鼎》重新復原。

現藏：湖南省博物館

著錄：材料於 1960 年公布〔註2〕，先後著錄於《湖南省文物圖錄》（1964 年）、《集成》1472 等。

形制：通高 38.5 釐米，口長 29.8 釐米，寬 23.7 釐米。顏色碧綠，器身略呈矩形，口部略大於底部，兩耳直立，四柱狀足，足上部有獸面紋，器身外表四周飾半浮雕的人面。人面周圍有雲雷紋，人面的額部兩側有角、下巴兩側有爪。

度量：高 38.5，長 29.3 釐米，寬 23.7 釐米

字數：2

釋文：大禾　　（鼎腹內壁）

疏證：

圍繞本器，目前還有很多未明確的地方，比如關於人面圖案的理解。目前多認為，方鼎的人面圖案為「類似饕餮紋的人面動物紋」〔註3〕。其具體內涵，則有：

（一）古神說，包括「蚩尤說（孫作雲）」、「祝融說（熊建華）」、「后稷說（李茜、吳衛）」、「黃帝四面說（李學勤）」、「神農說（林河）」等意見〔註4〕。

（二）古人說，包括「古人容貌寫真說（高至喜）」、「巫師說（韓鼎）」、「糧政官圖案，或邦君造像說（張光遠）」、「殉葬奴隸形象說（顧樸光）」、「信仰的神明或大禾方國統治者形象說（劉森淼）」〔註5〕。

〔註1〕王儷閻，古物尋真〔M〕，上海：學林出版社，2017 年，第 214 頁。

〔註2〕高至喜，商代人面方鼎〔J〕，文物，1960 年（10）。

〔註3〕馬承源，中國古代青銅器〔M〕，上海：上海人民出版社，2016 年，第 68 頁。

〔註4〕孫作雲，說商代「人面方鼎」即饕餮紋鼎〔J〕，中原文物，1980 年（1），收入，孫作雲文集——美術考古與民俗研究〔C〕，開封：河南大學出版社，2003 年，第 54 ～62 頁；熊建華，人面紋方鼎裝飾主題的南方文化因素〔A〕，湖南出土殷商西周青銅器〔C〕，長沙：嶽麓書社，2007 年，第 498～507 頁；李茜、吳衛，大禾人面紋方鼎的文化意蘊〔J〕，藝術百家，2010 年（7）；李學勤主編，中國美術全集·工藝美術編·青銅器·上卷·前言〔M〕，北京：文物出版社，1990；林河，中國的儺神是個什麼模樣〔A〕，中華藝術論叢（第 5 輯）〔C〕，上海：上海辭書出版社，2005 年，第 53 頁。

〔註5〕高至喜，人面紋方鼎〔A〕，中華文物鑒真〔C〕，南京：江蘇教育出版社，1990 年，

（三）祭祀風俗說，包括「國王再生禮之禮器說（郭靜雲）」、「儺面說」（高至喜）、「敬祖說（張正明）」、「蟬神說（熊建華）」、「獵首習俗（詹開遜）」〔註6〕等意見。

上述意見雖多，但目前似還難以確認。

同樣存在爭議的還有本器銘文「」，主要有「大禾」、「禾大」〔註7〕、「年」〔註8〕、「天禾」〔註9〕等三種意見。按，本書以為後三種意見還缺乏說服力：

（1）釋「年」之說明顯不可從，從「年」字形體來看，是會意兼形聲字，早期是從人、從禾，其中「人」也用為聲符；到戰國時期，則變為從千、從禾，和「禾」用為聲符。而「」於此明顯不同，故不可釋「年」。

（2）至於「禾大」說，由於文獻中「禾大」的用法基本不見，故本書也以為這一意見並不可靠。

（3）關於「天禾」說，古文字中「天」、「大」的形體差別，較為明顯（見後文），故改釋「天禾」也不可信。

從字面來看，仍應釋「大禾」，但關於其含義，目前也尚不明確。目前所見主要有三種思路：

第一，有學者將之與天文學上的「大禾」相聯繫：

第3頁；韓鼎，大禾人面方鼎紋飾研究〔J〕，中原文物，2015年（2）；張光遠，湖南商代晚期人面紋飾方鼎族徽考〔A〕，于省吾教授百年誕辰紀念文集〔C〕，長春，吉林大學出版社，1996年，第68～75頁；顧樸光，廣西西林出土西漢青銅面具考〔J〕，民族藝術，1994年（4）；劉森淼，「大禾」為女權方國說——兼論殷商王朝的女權殘餘〔N〕，「湖南出土商代晚期至西周時期青銅器學術研討會」論文，http://blog.sina.com.cn/s/blog_4c547ec901009o11.html。

〔註6〕郭靜雲，「大禾方鼎」尋鑰——兼論殷商巫覡的身份〔A〕，羅運環主編，楚簡楚文化與先秦歷史文化國際學術研討會論文集〔C〕，武漢：湖北教育出版社，2013年，第781～819頁；高至喜，人面紋方鼎〔A〕，中華文物鑒真〔C〕，南京：江蘇教育出版社，1990年，第3頁；張正明、邵學海主編，長江流域古代美術（史前至東漢——青銅器——上）〔M〕，武漢：湖北教育出版社，2002年，第10頁；熊建華，人面紋方鼎裝飾主題的南方文化因素〔A〕，湖南出土殷商西周青銅器〔C〕，長沙：嶽麓書社，2007年，第498～507頁；詹開遜，人首紋器與「獵首」含義〔N〕，中國文物報1992年4月19日。

〔註7〕馬承源，中國古代青銅器〔M〕，上海：上海人民出版社，2016年，第68頁。

〔註8〕張光遠，湖南商代晚期人面紋飾方鼎族徽考〔A〕，于省吾教授百年誕辰紀念文集〔C〕，長春：吉林大學出版社，1996年，第68～75頁；謝崇安，商周藝術〔M〕，成都：巴蜀書社，1997年，第8頁。

〔註9〕吳銳，甲骨文金文「『天』字族群」假說〔A〕，張政烺九十華誕紀念文集編委會編，揖芬集——張政烺九十華誕紀念文集〔C〕，北京：社會科學文獻出版社，2002年，第299頁。

又從《史記·封禪書》的有關記載，及湖南寧鄉四面「大禾」

銘鼎的造型，可見到北斗神帝與「大禾」、「建木」相關的一些遺風

〔註10〕。

按，這一推測的相關佐證還比較少，缺乏說服力。

第二，認為和農業祭祀或者農業種植有關。有學者認為，此鼎可能是殷人為慶祝豐收而鑄造的，也可能是為祈求豐年而鑄造的禮器。「大禾」銘文可能和農業祭祀、慶祝農業豐收有關，認為是服務農業祭祀，寓意希望稻穀豐收，希望作物能長得與人齊高，祈禱在農業上獲得更大的豐收〔註11〕。謝崇安的意見比較詳盡，他認為先秦藝術形象中，反映職植物崇拜的並不多，而這件人面方鼎中的「大禾」之形，其意正與「天黿」相同，是人神（禾、谷神）合一的象徵，方鼎的人面形象和以禾（水稻）為神的徽記，也證明了先楚文化在保持與商文化的同一性時，也具有濃厚的南方農業民族及其宗教色彩〔註12〕。或聯繫到湖南地方史的角度，認為鑄鼎當年「禾」大豐收，是長沙地區稻作農業最早的文字記載〔註13〕。也有學者認為，早期的「禾」用來指「穀子」，本器反映了農業種植的情況：

這是唯一能反映商周時期湖南地區種植農作初品種的出土文

物……鼎的四面以四個人面作為主要裝飾，極為少見，具有地方特

點，應為本地所鑄造。這一銘文反映了鑄鼎那一年的「禾」獲得了

大豐收〔註14〕。

按，從用字習慣來看，「大禾」在文獻中偶有所用，如《韓非子·喻老第二十一》：

故冬耕之稼，后稷不能羨也；豐年大禾，臧獲不能惡也。

〔註10〕顧問，三星堆、金沙一類「奇異」玉器構圖來源、內涵、定名及相關問題研究〔A〕，古代文明（第4卷）〔C〕，北京：文物出版社，2005年，第46頁。
〔註11〕石志廉，商大禾鼎與古代農業〔J〕，文博，1985年（2）；謝崇安，滇桂地區與越南北部上古青銅文化及其族群研究〔M〕，民族出版社，2010年，第310頁；萬全文，鑠石鏤金——長江流域的青銅冶煉與鑄造〔M〕，武漢：武漢出版社，2006年，第78頁。
〔註12〕謝崇安，商周藝術〔M〕，成都：巴蜀書社，1997年，第190頁。
〔註13〕譚仲池主編，長沙通史（古代卷）〔M〕，長沙：湖南教育出版社，2013年，第28頁。
〔註14〕高至喜，湖南商周農業考古概述——兼論有關古代農業的幾個問題〔J〕農業考古，1985年（2）；彭適凡，對湖南商周青銅器之謎的若干認識〔J〕，中國南方青銅器研究〔C〕，上海：上海辭書出版社，2011年，第224頁。

《白虎通義》卷五：

> 嘉禾者，大禾也，成王時有三苗異畝而生，同為一穗大幾盈車，
> 長幾充箱。民有得而上之者，成王訪周公而問之，公曰：「三苗為一
> 穗，天下當和為一乎！」以是果有越裳氏重九譯而來矣。

從上引兩處用例來看，「大禾」都是作為名詞，意為「良好的莊稼」。但從早期青銅器的使用來看，很少被寄託有農業發展相關的意象，因此「大禾」銘文，與學者所構擬的「祈禱農業豐收」用途之間，還缺乏充分證據。近來也有學者認為「大禾」意思與「后稷」相同，為農官之長〔註15〕，但似乎也缺乏說服力。

第三，認為可能是「器主名」〔註16〕、「族徽或氏族名」〔註17〕、「方國名」〔註18〕。或進一步指出，「禾」可能就是但是湖南對首領或酋長的稱呼，類似「王」，「大禾」就是眾禾之首〔註19〕。

有學者認為「大禾」是方國名，或進一步指出與禾侯國有關。按，此說將「大禾」與甲骨文相聯繫，認為甲骨文「上絲禾侯」指「上絲」會見「禾侯」。其次，《大禾方鼎》出現在寧鄉縣，表明這兒曾是商周一個諸侯方國，它是侯國國君擁有的宗廟重器。

按，贊同「禾侯」的學者，也還有一些。所謂的「上絲禾侯」，為《合集》3336 正，有學者釋本版卜辭為「□□〔卜〕，爭，〔貞〕今上絲眔禾侯」，認為「上絲」與「禾侯」並稱，二者應當都是侯國。又《合集》23560 有「上絲」伐周方的記載，因此「上絲」位置應當在西方〔註20〕。

〔註15〕馮時，大禾與后稷〔J〕，江漢考古，2020 年（2）。

〔註16〕馬承源，中國古代青銅器〔M〕，上海：上海人民出版社，2016 年，第 68 頁。

〔註17〕熊傳新，湖南商周青銅器的發現與研究〔A〕，湖南省博物館編，湖南省博物館開館三十週年暨馬王堆漢墓發掘十五週年紀念文集〔C〕，長沙，1986 年，第 97 頁；區域體系視角下的湖南青銅器〔A〕，湖南省博物館編，湖南出土殷商西周青銅器〔C〕，長沙：嶽麓書社，2007 年，第 286 頁；高至喜，論中國南方出土的商代青銅器，收入氏著，商周青銅器與楚文化〔C〕，長沙：嶽麓書社，1999 年，第 2 頁。

〔註18〕劉森淼，「大禾」為女權方國說——兼論殷商王朝的女權殘餘〔N〕，「湖南出土商代晚期至西周時期青銅器學術研討會」論文，湖南省博物館，2007；劉森淼，荊楚古城風貌〔M〕，武漢：武漢出版社，2012 年，第 19 頁；張健，先秦時期的國禮與國家外交——從氏族部落交往到國家交往〔M〕，北京：文物出版社，2013 年，第 53 頁。

〔註19〕熊建華，湖南商周青銅器研究〔M〕，長沙：嶽麓書社，2013 年，第 580 頁。

〔註20〕孫亞冰、林歡，商代地理與方國〔M〕，北京：中國社會科學出版社，2010 年，第 343 頁；楊升南、朱玲玲，遠古中華〔M〕，北京，上海書店出版社，2015 年，第 469 頁；趙鵬，殷墟甲骨文人名與斷代的初步研究〔M〕，北京：線裝書局，2007 年，第 59 頁。

此外，蔡運章認為，這版卜辭中的「禾侯」就是和國之君，卜辭大意為占卜貞問「命二絲及和侯可以嗎」〔註21〕，黃天樹也釋為：

　　　　□□〔卜〕，爭，〔貞〕令〔二侯〕上絲眔禾侯

並認為與《合集》3337、《合集》23560均講的是，圍繞著「命令二侯上絲眔禾侯好，還是命令二侯上絲眔給侯好」一事的占卜〔註22〕。

按，「上絲」可能類似《周禮》中的「典絲」一職，為職官之稱〔註23〕。

不過，關於本版卜辭的釋讀，目前還有不同意見，如曹錦炎、沈建華，及陳年福釋為：

　　　　□□〔卜〕，爭，〔貞〕令上絲眔□侯，〔若〕〔註24〕。

也有學者釋為「……令……絲暨……侯」〔註25〕，可見也有很多學者對「禾侯」之釋，存疑。從甲骨刻辭來看，所謂的「禾」字，字形並不完整，因此，我們認為所謂的甲骨文「禾侯」及「禾方國」的證據還比較薄弱。並且，即使存在所謂的「禾方國」，是否與《大禾方鼎》有關，也無確證。由此要進一步將《大禾方鼎》的「大禾」，與所謂的「禾侯」及「禾方國」相聯繫，可見也還缺乏說服力。

我們注意到，《集成》3603（西周早期）銘文如下〔註26〕：

　　　　🔲禾乍（作）父乙尊彝

關於其中的首字「🔲」，《集成》書中意見並不一致，列器名為《天禾作父乙簋》，而釋文中則為「大禾」。據此，有學者聯繫到此器並認為：

　　　湖南寧鄉黃村寨子出土的著名的人面紋大方鼎，相當於殷墟中
　　　期，上面的銘文，一般稱為「大禾」，我們釋「天禾」……寧鄉大方
　　　鼎之「天禾」也應是族徽。甲骨文有地名「禾」，可能同時也是方國

〔註21〕蔡運章，義、和兩國史蹟考略〔A〕，甲骨金文與古史研究〔C〕，鄭州：中州古籍出版社，1993年，第49～50頁。
〔註22〕黃天樹，殷墟王卜辭的分類與斷代〔M〕，北京，科學出版社，2007年，第87頁。
〔註23〕李孝定，甲骨文字集釋（第13卷）〔M〕，「中研院」史語所1970年，第3903頁。
〔註24〕曹錦炎、沈建華，甲骨文校釋總集〔M〕，上海：上海辭書出版社，2006年，第448頁；陳年福，殷墟甲骨文摹釋全編〔M〕，北京：線裝書局，2012年，第388頁。
〔註25〕姚孝遂主編，殷墟甲骨刻辭摹釋總集〔M〕，北京：中華書局，1988年，第94頁。
〔註26〕此外，《集成》10550有「🔲禾作寶彝」，《集成》為釋，而王長豐釋為「天」，此存疑。參考王長豐，殷周金文族徽研究〔M〕，上海：上海古籍出版社，2015年，第140頁。

名，《合集》3336 則明確說到「禾侯」〔註27〕。

《合集》3336　　　　　　　　　　　《集成》3603

　　這裡據《集成》3603，而將湖南器之「大禾」改釋為「天禾」。按，我們認為，從早期的「天」、「大」不同字形來看，「天」字在早期比較突出人的頭部，而「大」則為正面站立的人形，因此，「天」、「大」字形存在一定區別。由此，我們比較湖南器銘文之「」，與《集成》3603 之「」，似還是存在區別的，不應改釋為「天禾」。

　　據此，我們認為，本器銘文中的「大禾」不應當是方國名。至於早期銅器中單鑄「器主名」者，目前也很少見。相較而言，我們認為「族徽或氏族名」的意見，比較可信。

　　值得注意的是，關於「大禾」這一族徽內容的理解。從商周時期的族徽分布來看，「禾」為常見的金文族徽，如「禾束」(《集成》7052)、「禾京」(《集成》4748)等，而上述「禾×」等都是由兩個族徽文字組成的綴聯型的族徽銘文〔註28〕。同時，也有學者指出，「大禾」之「大」為族名〔註29〕，由此「大禾」似為「大氏」之族徽。也就是說，「大禾」這一族徽，實際上與所謂的「禾侯」、「禾方國」無關。

　　並且，關於「複合族徽」之內涵，有三種不同看法，：一種看法認為複合

〔註27〕吳銳，甲骨文金文「『天』字族群」假說〔A〕，張政烺九十華誕紀念文集編委會編，揖芬集——張政烺九十華誕紀念文集〔C〕，北京：社會科學文獻出版社，2002 年，第 299 頁。

〔註28〕王長豐，殷周金文族徽研究〔M〕，上海：上海古籍出版社，2015 第 102～103 頁、169 頁。

〔註29〕雒有倉，商周青銅器族徽文字綜合研究〔M〕，合肥：黃山書社，2017 年，第 74 頁。

族徽表示幾個族氏的聯合，即為較大的宗族或部族組織〔註30〕；另一種看法認為複合族徽表示一個族氏的分支，即為較小的分族或分支組織〔註31〕；也有學者認為，無論複合族徽是一個較大的族氏聯合組織，還是一個較小的族氏分支組織，它都應該如同單一族徽所代表的族組織一樣，出現在甲骨文記載中。然而事實是，我們在甲骨文中找不出這樣的例證，甲骨文中不見與青銅器複合族徽同名事例，從而提出，青銅器複合族徽既不是較大的宗族或部族組織，也不是較小的分族或分支組織，而是族氏之間友好關係的表示，即它不代表族組織，而是族氏分化、族氏聯姻、聯合或聯盟關係的表示〔註32〕。據此，「大禾」這一銘文，可能也並不直接與族相關，而只是一種聯盟的象徵，由此，也不能對應於具體的「禾侯」或者「禾方國」。

依據《合集》914「大入一」、《合集》8683「大告方」、《合集》20476「大方不其來圍」等來看，表明甲骨文中的「大」，有部分為和商王室有關係的族名、方國名。目前所見大氏族銅器，從商代後期至西周早期均有，不過要以西周數量為多〔註33〕，似表明「大」氏族在西周時期獲得較大的發展。而湖南地區發現的《大禾方鼎》，則表明「大」氏族有一支遷徙到湖南地區發展。

綜上，根據學者們關於族徽的新認識來看，《大禾方鼎》銘文中的「大禾」應屬族徽，屬於「大」氏族，反映商代晚期有至湖南地區的移民。

2.《𤤴戈父鼎》

器形、銘文照片（見下頁）：

時代：商代晚期

出土：1974 年長沙徵集〔註34〕

現藏：湖南省博物館

〔註30〕葛英會，殷墟墓地的區與組〔A〕，蘇秉琦主編，考古學文化論集（二）〔C〕，北京：文物出版社，1989 年，第 166 頁。

〔註31〕朱鳳瀚，商周青銅器銘文中的複合氏名〔J〕，南開學報，1983 年（3）；朱鳳瀚，商周家族形態研究（增訂本）〔C〕，天津：天津古籍出版社，2004 年，第 89～99 頁。

〔註32〕雒有倉，商周青銅器「複合族徽」新探〔A〕，古文字研究（第 29 輯）〔C〕，北京：中華書局，2012 年，第 233～234 頁；又，商周青銅器族徽文字綜合研究〔M〕，合肥：黃山書社，2017 年，第 144 頁。

〔註33〕雒有倉，商周青銅器族徽文字綜合研究〔M〕，合肥：黃山書社，2017 年，第 74 頁。

〔註34〕湖南省博物館編，湖南省博物館〔M〕，北京／東京，文物出版社／講談社，1983 年，第 12 頁。

著錄：《湖南省博物館》圖 39、《長江流域長江流域古代美術・史前至東漢・青
銅器》

形制：豎耳，折沿，鼓腹，圜底，獸形柱足。腹部和足上端均飾扉棱。腹上部
以扉棱間隔，飾六組夔龍紋。足上部飾龍紋，器內安足處中空，洞深 6・
6 釐米

度量：高 35.7 釐米、口徑 28.4 釐米，重 9・5 公斤

字數：3

釋文：▨戈父　（內壁）

疏證：

根據高至喜研究，包括本器在內的湖南地區銅器，如石門的「父乙用享」
簋、寧鄉三畝地的雲紋大鐃、王家墳山的「戈」卣等，都具備一些商代晚期最
後一段銅器的特點，如鼎足為圓柱形實足，足根部飾獸面紋（如這件「▨戈父」
鼎），斜腹百乳簋、兩側有耳的簋是較晚興起的器形（如收集的百乳簋和石門
簋），因此，這些銅器均屬商代晚期晚段〔註35〕。近來也有學者進一步指出，
本器應當為殷墟一期、二期之際〔註36〕。

本字銘文歷來多以摹本流行，筆者所見有「禾」〔註37〕、「禾」〔註38〕、

〔註35〕高至喜，論中國南方出土的商代青銅器〔A〕，中國考古學會第七次年會論文集
　　　（1989）〔C〕，北京：文物出版社，1992 年，第 80 頁；收入，商周青銅器與楚文
　　　化〔C〕，長沙：嶽麓書社，1999 年，第 2 頁。
〔註36〕熊建華，湖南商周青銅器研究〔M〕，長沙：嶽麓書社，2013 年，第 64 頁。
〔註37〕湖南省博物館編，湖南省博物館〔M〕，北京／東京，文物出版社／講談社，1983
　　　年，第 12 頁。
〔註38〕伍新福主編，湖南通史（古代卷）〔M〕，長沙：湖南人民出版社，2008 年，第 95 頁。

「⊞」〔註39〕、「⊞」、「⊞」〔註40〕、「⊞」(《湖南省志‧文物志》)、「⊞」〔註41〕、
「⊞」〔註42〕、「⊞」〔註43〕、「⊞」〔註44〕等多種，現在根據銘文照片「⊞」
來看，大多數銘文摹本可能並不精確。銘文「⊞」，或認為就是「邦」，「邦戈父」
可能是指戈族的最高首領〔註45〕，此說值得注意，不過在釋字上可能還缺乏充
分證據。

作為人名用字的「戈父」在商周金文中多見，目前主要有如下幾種：

（1）「戈父＋干支」，如《集成》1519《戈父甲方鼎》、《集成》1676《戈父
癸鼎》，有「戈父甲」、「戈父癸」等。此外，《集成》8237《戈父爵》，有「戈父」
之名。

（2）「×＋戈父＋干支」，如《集成》839《寧戈父乙甗》、《集成》3317《寧
戈父丁殷》、《集成》1869《亞戈父己鼎》、《集成》5168《亞其戈父辛卣》、《集成》
5082《家戈父庚卣》、《集成》9389《北單戈父丁盉》等，有「寧戈父乙」、「寧戈
父丁」、「亞戈父己」、「亞其戈父辛」、「家戈父庚」、「北單戈父丁」等。上述都為
「複合族徽」，從其類型來看，可分為兩大類：

第一類，即「北單戈父丁」，為「地名（北單）＋族氏（戈）＋人名（父
丁）」，屬單一族名〔註46〕。

第二類，均為「複合族徽」，包括三種情況，即：

（1）「寧戈父乙」、「寧戈父丁」、「家戈父庚」，為「族氏名（寧）＋族氏名
（戈）＋人名（父乙）」；

〔註39〕張正明、邵學海主編，長江流域古代美術‧史前至東‧青銅器（上）〔M〕，武漢：
湖北教育出版社，2002 年，第 115 頁。

〔註40〕湖南百科全書編輯委員會編，湖南百科全書〔M〕，長沙：嶽麓書社，1999 年，第
43 頁。

〔註41〕王曉天主編，湖南經濟通史（古代卷）〔C〕，長沙：湖南人民出版社，2013 年，第
74 頁。

〔註42〕袁家榮，湘潭青山橋出土窖藏商周青銅器〔A〕，湖南考古輯刊（第 1 集）〔C〕，長
沙：嶽麓書社，1982 年，第 21～24 頁；收入，湖南省博物館編，湖南出土殷商西
周青銅器〔C〕，長沙：嶽麓書社，2007 年，第 120 頁。

〔註43〕向桃初，湘江流域商周青銅文化研究〔M〕，北京：線裝書局，2008 年，第 403 頁。

〔註44〕高至喜，論中國南方出土的商代青銅器〔A〕，中國考古學會第七次年會論文集
（1989）〔C〕，北京：文物出版社，1992 年，第 80 頁；收入，商周青銅器與楚文
化〔C〕，長沙：嶽麓書社，1999 年，第 2 頁。

〔註45〕熊建華，湖南商周青銅器研究〔M〕，長沙：嶽麓書社，2013 年，第 576 頁。

〔註46〕雛有倉，青銅器複合族徽與甲骨文多字族名比較研究〔J〕，古代文明，2014 年（4）。

　　（2）「亞戈父己」，其中的「亞」為職官，屬於「職官（亞）＋氏族（戈）＋人名（父己）」；不過也有可能為「亞其戈父己」的簡寫，如此則為「職官（亞）＋族氏（其）＋族氏（戈）＋人名（父己）」。

　　（3）「亞其戈父辛」，為「職官（亞）＋族氏（其）＋族氏（戈）＋人名（父辛）」。

　　湖南本器銘文之「戈父」與第二類「複合族徽」類型之一，也就是「寧戈父乙」、「寧戈父丁」、「家戈父庚」等相似，為「族氏名（）＋族氏名（戈）＋人名（父乙）」。

3.《鼎》

器形、銘文照片：

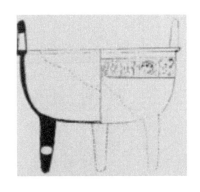

時代：商代晚期至西周早期

出土：1990 年湖南省邵陽市新寧縣飛仙橋村出土〔註47〕

現藏：

著錄：《文物》1997（10）；《新收殷周青銅器銘文暨器影彙編》1385

形制：出土時已殘

度量：出土時已殘

字數：1

釋文：鼎

疏證：

　　同出有陶瓿 1 件、青銅瓠壺 1 件，一般認為從器物組合與形態來看，應當為商末周初墓葬。但是關於本器，還存在一些爭議，如有學者認為本器屬於中

〔註47〕邵陽市文物管理處、新寧縣文管所，湖南省新寧縣發現商至周初青銅器〔J〕，文物，1997 年（10）。

原型青銅器，年代為殷墟晚期〔註48〕，也有學者認為係地方仿製品，年代為西周中期〔註49〕。

從前文湖南地區商代銅器的出土分布來看，本器的出土地點及其背景，反映了湖南地區作為商人繼續南下的中轉站之作用，湖南由湘江下游入資江而進入廣西，沿岸出土的諸多商代青銅器，正是湖南在商文化和商人向嶺南傳播與移動過程中，所起的關鍵性的橋樑與中介作用的一種體現〔註50〕。

《新收》1815　　《集成》457　　《集成》1189　　《集成》4745　　《集成》5496

具體到銘文「鼎」而言，目前所見商周銅器中單銘為「鼎」者不多見，主要有《新收》1531《鼎爵》（商代晚期）、1815《鼎方彝》（商代晚期），與《集成》457「□鼎鬲」、《集成》1188～1190（西周早期）、《集成》4745～4746（西周早期）、《集成》5496 相關單字「鼎」銘文器，年代主要集中於商末至西周早期。這些「鼎」是否與完全代表器形，從《新收》1531《鼎爵》（商代晚期）來看，本器為爵，而自名為「鼎」，在器形上未嚴格對應。因此，上述「鼎」的含義，似乎是代指青銅器，而不是指具體的青銅器種類而言；新寧縣飛仙橋村這件「鼎」銘文鼎，也應如此。

4.《囗👁父乙簋》

器形、銘文照片：

〔註48〕彭適凡，對湖南湖南商周青銅器之謎的若干認識〔A〕，中國南方青銅器研究〔C〕，上海：上海辭書出版社，2011 年，第 221 頁。

〔註49〕向桃初，湘江流域商周青銅文化研究〔M〕，線裝書局，2008 年，第 264 頁。

〔註50〕何介鈞，試論湖南出土商代青銅器及商文化向南方傳播的幾個問題〔C〕，湖南先秦考古學研究〔C〕，長沙：嶽麓書社，1996 年，第 133 頁。

時代：商代晚期／西周前期

出土：1956 年湖南省文管會在株洲交接站倉庫揀選，應出石門縣〔註51〕。

現藏：湖南省博物館

著錄：《湖南省文物圖錄》、《湖南省博物館》圖 20、《集成》3160

形制：口微侈，下腹微鼓，高圈足。獸首耳，下有垂珥。頸部有一周紋飾，正中為一獸面，兩旁飾以漩渦紋和夔龍紋。圈足上部飾一圈由六個漩渦和六條夔龍相間組成的紋飾，均以雲雷紋為地。

度量：全器高 17.2 釐米，口徑 22.9 釐米，底徑 17.5 釐米；一說高 16.8 釐米，口徑 22.5 釐米〔註52〕

字數：4

　　「🔲 🔲父乙」

釋文：🔲（？）卒（？）父乙　　（器底）

疏證：

　　從鑄造技術角度而言，何介鈞指出包括本器在內，湖南地區發現的相關「戈」、「🔲」、「祖丁」等銘文青銅器，桃源出土的《皿天全方彝》、湘潭青山橋出土帶有「🔲」銘文的鳳鳥紋觶、寧鄉出土的《戈卣》、《癸🔲卣》等，器形、紋飾與中原青銅器完全同，應當屬於中原類型青銅器〔註53〕。

　　從時代角度而言，高至喜指出包括本器在內的湖南地區銅器，如寧鄉三畝地的雲紋大鐃、王家墳山的「戈」卣等，都具備一些商代晚期最後一段銅器的特點，如鼎足為圓柱形實足，足根部飾獸面紋（如「🔲戈父」鼎），斜腹百乳簋、兩側有耳的簋是較晚興起的器形（如收集的百乳簋和石門簋），因此，這些銅器均屬商代晚期晚段〔註54〕。朱鳳瀚曾推斷本器年代為殷墟三期二段；不過值得

〔註51〕古湘，商代食器之一「父乙」簋〔N〕，新湖南報 1963 年 9 月 2 日；湖南省博物館編，石門縣出土獸面紋提梁卣和「父乙用簋」簋〔A〕，湖南省文物圖錄（圖版七）〔C〕，長沙：湖南人民出版社，1964 年，第 7 頁。

〔註52〕國家文物局主編，中國文物精華大辭典（青銅卷）〔M〕，上海：上海辭書出版社，1995 年，第 99 頁。

〔註53〕何介鈞，湖南省博物館三十年來的考古發掘與研究〔A〕，湖南先秦考古學研究〔C〕，長沙：嶽麓書社，1996 年，第 34 頁。

〔註54〕高至喜，論中國南方出土的商代青銅器〔A〕，中國考古學會第七次年會論文集（1989）〔C〕，北京：文物出版社，1992 年，第 80 頁；收入，商周青銅器與楚文化〔C〕，長沙：嶽麓書社，1999 年，第 2 頁。

注意的是，但對照 1961 年湖北荊州所出西周早期《北子鼎》來看，本器器形與之相近，故現在或認為其年代可能下至西周早期〔註55〕。

至於銘文，早期釋為「父乙用言」〔註56〕，《集成》3160 等釋為「父乙䣄」、「父乙」〔註57〕，曾四美釋為「卒父乙」，並指出銘文第一字作為複合族徽的一部分，亦見於「戈」複合族徽中。

按，「用」字的相關字形，如「𩵋」（《合集》11218）、「𩵋」（《合集》15684，賓組）、「𩵋」（《仲簋》，《集成》3723，西周早期）、「𩵋」（《作冊夨令簋》，西周早期，《集成》4300），「」與之均不似，故不應釋「用」。

至於「」，「享」字古作「亯」，像高臺上的斜簷小屋（或認為像人穴居之形），本義是宗廟，引申為祭享、享用。相關字形如「亯」（《合集》18810 反）、「亯」（《合集》24917）、「亯」（《合集》36561），及「亯」（《遷簋》，《集成》3975，商代晚期）、「亯」（《虢鐘》，《集成》88，西周中期）等來看，可以看出「」與上述「享」字形體之間，存在比較大的差異，由此「」也不應釋「亯（享）」。

因此，此前關於本器「父乙用亯（享）」之釋，還缺乏依據。有關「」二字的考釋，及「」是否為一字，連同「 父乙」的確讀，也還有待探討。不過，可以確定的是，從相關資料來看，本器「 父乙」銘文應當和族徽有關，並屬於複合族徽，銘文可以分析為「族氏名（）＋族氏名（）＋人名（父乙）」的格式，反映了商末周初中原往湖南地區的移民。

5.《己鼎》

器形、銘文照片：

〔註55〕朱鳳瀚，湖南出土商後期青銅器探討〔A〕，湖南省博物館館刊（第 4 輯）〔C〕，長沙：嶽麓書社，2007 年，第 166～177 頁。

〔註56〕熊建華，湖南商周青銅器研究〔M〕，長沙：嶽麓書社，2013 年，第 77 頁。

〔註57〕劉雨、沈丁、王文亮，商周金文總著錄表〔M〕，北京：中華書局，2008 年，第 461 頁。

時代：商代〔註58〕

出土：1962 年，寧鄉黃材張家坳〔註59〕。

現藏：湖南省博物館

著錄：《集成》1388

形制：豎耳，折沿，柱足，分襠，飾獸面紋、夔龍紋

度量：高 18.2 釐米，口徑 14.6 至 15 釐米，足高 6.1 釐米，重 1.25 公斤。

字數：2

釋文：已

疏證：

　　本器風格與安陽地區所發現一些銅器相似，其年代或定為殷墟三期一段至三期二段，或定商末周初〔註60〕。

　　銘文「己」字反書，又或釋為「己」〔註61〕，按《集成》5553 也有一件《己鼎》。但根據商周族徽的氏族名，有時候相互位置不固定來看，如「木戊」（《集成》7214）又作「戊木（《集成》8209）」、「北單戈」（《集成》9508）又作「戈北單」（《集成》8806）等來看，故《集成》5553《己鼎》其實也當讀為「已」。再加上目前發現有一些相關的《父己》器等（如《集成》3191～3192、4963），故本書仍然贊同釋「已」之說。

《集成》3192　　　　　　《集成》3192　　　　　　《集成》4963

　　關於銘文之「」，此前有施「舉」、「鬲」、「冉」、「闖」、「鼎」、「菁」〔註62〕

〔註58〕嚴志斌，商代青銅器銘文分期斷代研究〔M〕，北京：社會科學文獻出版社，2014
　　　　年，第 102 頁。

〔註59〕高至喜，湖南寧鄉黃材發現的商代銅器和遺址〔J〕，考古，1963 年（12）。

〔註60〕熊建華，湖南商周青銅器研究〔M〕，長沙：嶽麓書社，2013 年，第 63 頁。

〔註61〕周世榮，湖南出土戰國以前青銅器銘文考〔A〕，古文字研究（第十輯）〔C〕，北京：
　　　　中華書局，1983 年，第 244 頁；高至喜，「商文化不過長江」辨——從考古發現看
　　　　湖南的商代文化〔A〕，湖南省博物館編，湖南出土殷商西周青銅器〔C〕，長沙：
　　　　嶽麓書社，2007 年，第 194 頁。

〔註62〕王恩田：《湖南出土商周銅器與殷人南遷》〔A〕，湖南出土殷商西周青銅器〔C〕，
　　　　長沙：嶽麓書社，2007 年，第 286 頁。

等多種意見，李孝定認為上述大多無確證〔註63〕。按，李說可從。即以流傳較廣的、《集成》等所採用的釋「冉」〔註64〕而言，雖然「冉」字構形不明，不過已大致瞭解其形體演變〔註65〕。

由此可以看出，「」與「冉」形體存在差別，不應釋「冉」。至於本字究竟該如何釋讀，還有待進一步研究。

不過，關於其性質大致有一些相近看法，即認為與一些國、族有關，如鄒衡將其當作共工氏族徽〔註66〕，也有學者提出其為商王族族徽說、商人屬國說、與孤竹國有關、祭祀禮儀符號〔註67〕等意見，實際上大多也都沒有充分依據。不過，「　」作為族徽，應當是明確的。由相關銘文分布來看，從關中地區一直到江漢平原、湘江流域，均有分布，「　己」的格式為「族氏名（　）＋人名（己）」，而湖南地區發現有本器，則表明應當存在「　」族南遷至湖南之事。

6.《戈卣》

器形、銘文照片：

〔註63〕李孝定、周法高、張日升，金文詁林附錄〔M〕，香港：香港中文大學，第723～724頁。
〔註64〕熊建華，郭學仁，湖南出土文物趣談〔M〕，長沙：湖南教育出版社，1998年，第35～40頁。
〔註65〕孟蓬生撰「冉」字條，見李學勤主編，字源〔M〕，天津／瀋陽，天津古籍／遼寧人民出版社，2012年12月第1版，2013年7月第2次印刷，第841頁。
〔註66〕鄒衡，關於夏商時期北方地區臨近文化的初步探討〔A〕，夏商周考古學論文集〔C〕，北京：文物出版社，1980年，第282～293頁。
〔註67〕楊曉能著，唐際根、孫亞冰譯，另一種古史：青銅器紋飾、圖形文字與圖像銘文的解讀〔M〕，北京：三聯書店2008年，第269～274頁。

時代：商代晚期

出土：1970 年於寧鄉黃材炭河裏王家墳出土〔註 68〕

現藏：湖南省博物館

著錄：《集成》4707、《寧鄉青銅器》

形制：卣身作橢圓形，子母口，有蓋，器身附提梁，器蓋、器身上裝飾有鳳鳥
　　　紋，蓋頂、肩部飾直棱紋，提梁飾夔龍紋

度量：高 37．7 釐米、口徑 15．4 釐米、腹徑 22 釐米，重 10．7 公斤〔註 69〕

字數：1

釋文：戈（蓋、內壁各一）

疏證：

　　關於本器年代，朱鳳瀚定為殷墟三期一段至二段之間〔註 70〕，也有學者認
為從本器蓋邊有出現於商末周初的一些鳳紋，而頸部則有一些最早出現於西周
早期的尾羽下卷紋飾，由此本器的年代可能晚到西周早期〔註 71〕。

　　本器銘文雖然簡單，但器物本身及銘文等，含有較豐富的信息。比如：

　　（1）在鑄造技術方面，萬全文指出本器可能為分別鑄造，本器是典型的
「黑漆古」，通體黑漆，光潔發亮，晶瑩如玉，提梁卻是翠綠色的「綠漆古」，
表明這件器應當是是分別鑄造，器身、提梁合金比例不同而現存為不同的顏色
〔註 72〕。

　　（2）在用途方面，《中國青銅器全集》指出，在本器發現的時候，內貯各
種玉環、玉管、玉塊等 320 件，而此前 1959 年在寧鄉黃材小山發現一件獸面紋
瓿，裏面聳藏青銅斧 224 件。此外，在婁底雙峰金田鄉發現的《鴞卣》，內貯玉
塊、玉璜。在衡陽市城南區出土龍紋卣，內藏玉器 150 件。從器形、紋飾和相
關銘文來看，它們是源自中原地區。同時，值得注意的是，這些器物發現時沒
有其他青銅或陶器等伴存物，卻發現多起卣內藏玉器、瓿內貯青銅斧，表明這

〔註 68〕高至喜、張欣如，湖南省博物館新發現的幾件銅器〔J〕，文物，1972 年（1）。

〔註 69〕萬全文，鑠石鏤金——長江流域的青銅冶煉與鑄造〔M〕，武漢：武漢出版社，2006
　　　　年，第 85 頁。

〔註 70〕朱鳳瀚，湖南出土商後期青銅器探討〔A〕，湖南省博物館館刊（第 4 輯）〔C〕，長
　　　　沙：嶽麓書社，2007 年，第 166～177 頁。

〔註 71〕熊建華，湖南商周青銅器研究〔M〕，長沙：嶽麓書社，2013 年，第 123 頁。

〔註 72〕萬全文，長江流域的青銅冶鑄〔M〕，北京：長江出版社，2015 年，第 39 頁。

些卣和瓿已經不是一般意義上的青銅酒器，很可能它們是屬保存財富而被埋藏的〔註73〕。

（3）本器可以作為探索南方青銅器的橋樑，具有很高的價值。在研究的一方面，學者多將本器和中原地區銅器比較，指出寧鄉《戈卣》應當是中原青銅器，比如施勁松指出寧鄉《戈卣》在紋飾方面，和中原青銅器的一些共性：

> 寧鄉的 II 式戈卣與殷墟郭家莊 M160：172 卣形制、紋飾基本相同，僅寧鄉卣蓋緣上為大鳥紋，而郭家莊卣蓋面和蓋緣上為長尾鳥紋。寧鄉卣腹部的鳥紋多見於殷末周初的銅器上，其時代或比 M160 卣略晚。類似的卣在《商周彝器通考》中也收有幾件。

> 寧鄉方鼎的形制，以及足和耳上的紋飾都與殷墟婦好墓等出土的方鼎相似。寧鄉鼎腹上的人面紋在中原青銅禮器上很少見，但人面外有幾字形角和獸足，這一特徵與婦好墓銅器等上的省略軀幹的分解獸面紋相同，因而這種人面紋應是從殷墟獸面紋演化而來的〔註74〕。

另一方面，也有學者進而以《戈卣》為銜接，將南方地區，如廣西所發現的青銅器，與之進行對照，如蔣廷瑜認為：

> 武鳴銅卣身蓋四面有扉棱，提梁置於正背面脊上，下端有牛頭，通體以雲雷紋為地，上飾夔龍、獸面和蟬紋，蓋內有陰刻銘文「兲」字，造型、紋飾與湖南寧鄉出土的戈卣相近〔註75〕

> 1974 年 1 月在廣西武鳴縣馬頭勉嶺出土一件「天」字銅卣。這件銅卣的紋飾與湖南寧鄉出土的戈卣相似，是典型的商，末周初器。由此可見，商代的青銅器已傳入嶺南。萬家壩型銅鼓上的雷紋，和中原地區商周時期青銅器上的雷紋類似，透露了它們接受華夏文化影響的信息〔註76〕。

施勁松也認為：

〔註73〕中國青銅器全集編輯委員會編，中國青銅器全集（四）〔M〕，北京：文物出版社，1998 年，第 18 頁。

〔註74〕施勁松，長江流域青銅器研究〔M〕，北京：文物出版社，2003 年，第 133～134 頁。

〔註75〕蔣廷瑜，楚國的南界和楚文化對嶺南的影響〔A〕，中國考古學會第二次年會論文集（1980）〔C〕，北京：文物出版社，1982 年，第 71 頁，收入，桂嶺考古論文集〔C〕，北京，科學出版社，2009 年，第 153～164 頁。

〔註76〕蔣廷瑜，銅鼓藝術研究〔M〕，南寧：廣西人民出版社，1988 年，第 298 頁。

　　寧鄉的 II 式戈卣與殷墟郭家莊 M160：172 卣形制、紋飾基本相

同……III 式鼓腹卣的形制與 II 式卣接近，提梁在兩側或正面。類似的

卣在殷墟也有，如現藏於美國弗利爾美術館的 1 件傳出自安陽的卣

卼。另外，1973 年在陝西岐山賀家村 M1 也出土 1 件同樣的商代晚

期卣。江西遂川出土的那件卣也如此。III 式卣的時代可能相當於殷墟

晚期。1974 年在廣西武鳴出土 1 件類似的商代末期卣，該卣蓋和腹

上均飾牛角獸面紋，提梁兩端為牛首，可能同湖南銅器有關〔註77〕。

　　何介鈞則推測，1974 年武鳴全蘇出土一件「天」字銘文獸面紋提梁卣，造
型與寧鄉黃材出土「戈」卣十分接近。估計均是由湘江水道傳入〔註78〕。杜乃
松也認為，廣西武鳴全蘇出土的獸面紋銅卣，作橢圓腹，器身與蓋都有較高的
扉棱、腹飾獸面紋與夔紋。氣勢雄渾，花紋凝麗，其造型、紋飾特點，與湖南
寧鄉出土的商代後期戈卣都很相似，鑄造時間也應相近。整體風格明顯有著中
原商文化特徵，因而武鳴卣很可能是中原地區的傳入品。如是的話，該器對商
時南北文化交流情況是一件難得的珍貴物證〔註79〕。並強調「武鳴出土的銅卣，
造型、花紋與湖南寧鄉出土的戈卣相似〔註80〕」。謝崇安也指出：

　　　廣西武鳴馬頭勉嶺山麓出土的獸面紋提梁卣為窖藏青銅器，形

　近著名的晚商器《戈卣》，這些早期青銅器更可同 2004 年發現於

　湖南湘江流域的寧鄉「炭河裏文化」對比，兩者的相似性皆意味著

　商末周初時期，中原內地殷周文化的影響已波及到嶺北和嶺南地

　區〔註81〕。

　　上述學者以寧鄉《戈卣》為銜接，將廣西武鳴出土的一些青銅器與之對
比，從而建立了廣西出土的青銅器和中原青銅器之間的聯繫。因此到現在，
已經建立了殷墟郭家莊 M160：172 卣、寧鄉《戈卣》、廣西武鳴獸面紋商銅卣

〔註77〕施勁松，長江流域青銅器研究〔M〕，北京：文物出版社，2003 年，第 133 頁。

〔註78〕何介鈞，湖南先秦考古學研究〔M〕，嶽麓書社，1996 年，第 119 頁。

〔註79〕杜迺松，論黔桂滇青銅器〔A〕，古文字與青銅文明論集〔C〕，北京：故宮出版社，
　　　　2015 年，第 293 頁。

〔註80〕杜迺松，論先秦時代南方青銅器的風格與特徵〔A〕，古文字與青銅文明論集〔C〕，
　　　　北京：故宮出版社，2015 年，第 272 頁。

〔註81〕謝崇安，滇桂地區與越南北部上古青銅文化及其族群研究〔M〕，北京：民族出版
　　　　社，2010 年，第 38 頁；李先登，夏商周青銅文明探研〔M〕，北京，科學出版社，
　　　　2001 年，第 260 頁。

間的聯繫〔註82〕。

（4）目前商、周時期的「戈」族銅器，已經發現有200多件〔註83〕，相關的商周時期單字銘文「戈」器，所見如：

《集成》765～767、1195～1197、1199～12004、1206～1207、3018～3023、4701～4705、4707、5468～5471、6053～6055、6687～6697、7615～7625、9140、9472、9752、9753、9755、9840～9841、9946、10489、10729～10733、10857～10859、11729、11798，《新收》173、616、624、1420、1681，以上年代均為商代晚期；

《集成》7626～7627，年代為商代晚期或西周早期；

《集成》1198、1205、3024、3221、4704、4706～4710、5472～5474、6057～6066、7628～7631，《新收》1336、1750、1843、以上年代均為西周早期；

《新收》5476，年代為西周早期或中期。

關於湖南此銘文中「戈」所反映的族屬，曾經有先周還是商的爭論。鄒衡主先周說：

戈卣，湖南寧鄉黃材出土。形制、花紋與解放前寶雞戴家溝出的《鼎卣》（《美帝》A589）很相似，大體相當於先周二期器……有可能是從中原地區移去的〔註84〕。

但更多學者認為屬於商人，如陳曉華認為：

有些南遷的戈人很可能就在這個方國從事青銅鑄造業——當然，他們僅僅是鑄造者，並不是青銅器的所有者，青銅器從形式到內容都是按照所有者的意志鑄就的……戈人的南遷，使中原、南方的青銅鑄造技術從此接軌，南方的青銅文化面貌煥然一新〔註85〕。

〔註82〕秦文生、張鎧生主編，中原文化大典—文物典—青銅器（上冊）〔M〕，鄭州：中州古籍出版社，2008年，第297頁。

〔註83〕何景成，商周青銅器族氏銘文研究〔M〕，濟南：齊魯書社，2009年，第113～127頁。

〔註84〕鄒衡，論先周文化〔A〕，夏商周考古學論文集〔C〕，北京：文物出版社，1980年，第322頁。

〔註85〕陳曉華，戈器、戈國、戈人〔A〕，考古耕耘錄——湖南省中青年考古學者論文選集〔C〕，長沙：嶽麓書社，1999年，第196頁。

　　近期王長豐也贊同這一看法〔註86〕，我們也贊同其族屬為「商」人。湖南境內相關「戈」族銅器的發現，表明商末時應當有部分「戈」族南遷至湖南。

　　此外，還值得注意的是，目前在江西境內樟樹吳城、新幹大洋洲、德安陳家墩、鷹潭角山等四地，共出土 30 餘件商代「戈」器。如果聯繫到上述江西地區發現的「戈」銘文陶器〔註87〕，由此則更進一步表明了「戈」族南遷的現象。表明在商代已經有「戈」族南遷湖南、江西，由此表明湖南的「戈」族器物應當並不是單獨出現的。也有學者認為，盤龍城、新乾和寧鄉三地，是商時期長江中游地區發現青銅器最多的地點，代表了早晚不同而前後繼承的三個階段。商王朝對荊楚民族的軍事行動促使其政治中心轉移，形成三地的青銅文化。吳城文化的陶器中有「戈」字，湖南地區的「戈」字銅器之出現，與上述背景有關〔註88〕。當然，我們也要注意到，江西商周地區發現有較多文字元號〔註89〕，所謂的江西吳城陶文「⼧」即「戈」字之釋，可能忽略了其餘符號眾多的這樣一個背景。因此，上述吳城陶文「⼧」即「戈」字的可能性確實存在，但目前來看，似乎尚無充分依據。由此也還不能據以判斷相關湖南、江西境內相關族群之關係。

7.《戈父乙爵》

器形、銘文照片：

時代：商代晚期

出土：1990 年株洲市南陽橋鄉城塘村〔註90〕

〔註86〕王長豐，殷周金文族徽研究〔M〕，上海：上海古籍出版社，2015 年，第 268 頁。

〔註87〕彭明瀚，商代贛境戈人考〔J〕，南方文物，1996 年（4），收入商代江南〔C〕，北京，科學出版社，2010 年，第 174～181 頁。

〔註88〕傅聚良，盤龍城、新干和寧鄉——商代荊楚青銅文化的三個階段〔J〕，中原文物，2004 年（1）。

〔註89〕何崝，中國文字起源研究〔M〕，成都：巴蜀書社，2011 年，第 822～870 頁。

〔註90〕曹敬莊主編，株洲文物名勝志〔M〕，北京：中國文史出版社，1991 年，第 291 頁。

現藏：株洲市博物館

著錄：《株洲文物名勝志》

形制：爵敞口，短流較寬，尖尾，犧首鋬，菌形柱，圓體深腹，圜底，三尖足。
腹上部飾一圈雲雷紋，鋬作成一犧首狀，近鋬的柱上陰刻族徽「戈」的
字樣，鋬的腹外壁鑄「父乙」2 字。

度量：通高 18.5、柱高 3.8、流長 4、尾長 2 釐米〔註91〕。

字數：3

釋文：「戈」（柱內），「父乙」（外壁）

疏證：

　　本器同出還有一件破碎銅觚，但由於現場破壞比較嚴重，沒有更為詳細資
料。「戈」族族徽在商周金文中多見，應當源自中原。高至喜指出，1990 年在株
洲縣南陽橋鄉城塘村距湘江岸邊 50 米處沙丘中，發現的這件商代晚期銅爵，應
當是來自中原的商器，而此時湖南的土著居民尚無文字。也有學者指出，從本
器腹部為細線條獸面紋，足為刀形撇足，性質可以早到殷墟二、三期之際，不
過從「戈」氏族族徽分析，應當為商末周初器〔註92〕。

　　「戈父乙」在商周銅器銘文中常見，如《集成》3156《戈父乙毀》（《集成》
3156）、《戈父乙尊》（《集成》5624）、《戈父乙爵》（《集成》8408～8411）。本器
銘文之「戈」應反映族屬，而「父乙」則為人名。

8.《戈卣》

器形、銘文照片：

〔註91〕 曹敬莊主編，株洲文物名勝〔M〕，北京：中國文史出版社，1991 年，第 291 頁；
又形制及其度量的介紹，參考「株洲文物網」有關「父乙銅爵」的簡介，http://www.
zzww.org/html/7-569-0.html。

〔註92〕 熊建華，湖南商周青銅器研究〔M〕，長沙：嶽麓書社，2013 年，第 142 頁。

時代：商代中晚期

出土：1985 年 11 月，衡陽市郊杏花村後山〔註 93〕

現藏：衡陽市博物館

著錄：《文物》2000（10）、《新收》1387

形制：置提梁，垂腹部，圈足，器身附蘑菇形提手，飾夔龍紋。

度量：通高 33 釐米、器身高 22 釐，重 3.6 公斤。

字數：4

釋文：戈。乍寶彝

疏證：

　　本器時代可能為殷墟四期〔註 94〕，發現的時候卣內有玉器等 170 餘件，這一保存方式值得注意。

　　同時，目前在湖南發現戈器的地點有 4 處，都在湘江中下游地區，包括：（1）寧鄉黃材炭河裏王家墳山，出土《戈卣》；（2）湘潭青山橋高屯，出土《戈觶》；（3）株洲南陽橋江邊，出土《戈爵》；（4）出土本器《戈卣》的衡陽市郊杏花村後山。上述器物可能是戈族人遷徙有關，或是當地古越族通商交易等原因所得。

　　至於本器銘文，整理者釋銘文為「戈乍寶彝」，銘文中的「戈」應當反應其族屬。本器器形為卣，而器物自命為「彝」，器物自名沒有完全對應器形，是採取以「彝」為青銅器泛稱之用。此外，從銘文的行款格式來看，沒有採用常見的以列為主、從右往左、由上而下的格式，而是採用了先上一行從右往左、再轉到下一行從右往左的閱讀格式，這也是值得注意的。

9.《酉鼎》

器形、銘文照片（見下頁）：

時代：商代晚期

出土：1999 年望城高砂脊商周遺址，編號 AMI：18〔註 95〕

現藏：湖南省文物考古研究所

〔註 93〕鄭均生、唐先華，湖南衡陽發現商代銅卣〔J〕，文物，2000 年（10）。

〔註 94〕熊建華，湖南商周青銅器研究〔M〕，長沙：嶽麓書社，2013 年，第 124 頁。

〔註 95〕湖南省文物考古研究所等，湖南望城縣高砂脊商周遺址的發掘〔J〕，考古，2001 年（4）。

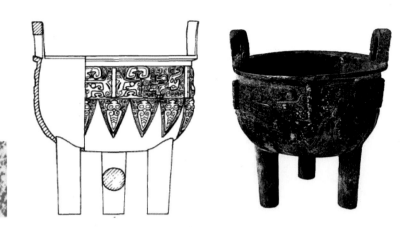

著錄：《新收》1382

形制：口徑 21.2、腹深 12.6、高 25.7 釐米

度量：方形立耳，平折沿，方唇，圓腹，圓底較平，三圓柱形足。上腹飾三組
　　　獸面加龍紋，下腹是以蟬紋為主體的寬蕉葉紋，全部紋飾主紋均為浮雕，
　　　地紋為雲雷紋。

字數：1

釋文：酉（內壁）

疏證：

　　關於本器的年代，有學者認為是商代，如嚴志斌〔註96〕、李學勤定在殷墟二
期〔註97〕；或認為類似殷墟婦好墓所出圓鼎，而定為商代晚期〔註98〕；也有學者
認為是西周，如曾四美認為，其形制、花紋與 1963 年陝西長安縣馬王村西周墓
同類器〔註99〕完全一致，可以斷代在商代晚期至西周中期前段，年代當不晚於
成、康時期。

　　綜合來看，有學者對炭河裏文化的青銅器進行分類，指出一類是外地鑄造
後通過某種方式流入本地的銅器（中原形，指形制、紋飾和鑄造工藝等均與中
原商文化銅器完全相同，鑄地當為中原地區），一類是本地的產品；此外還應當
區分出另外一種可能為江漢平原地區鑄造的銅器，比如 2001 年寧鄉黃材溈水

〔註96〕嚴志斌，商代青銅器銘文分期斷代研究〔M〕，北京：社會科學文獻出版社，2014
　　　年，第 97 頁。
〔註97〕李學勤，談高砂脊炭河裏墓葬青銅器〔A〕，湖南省博物館館刊（第四輯）〔C〕，長
　　　沙：嶽麓書社，2007 年，第 178 頁，收入，通向文明之路〔C〕，北京：商務印書
　　　館，2010 年，第 138～142 頁。
〔註98〕熊建華，湖南商周青銅器研究〔M〕，長沙：嶽麓書社，2013 年，第 58 頁。
〔註99〕梁星彭、馮孝堂，陝西長安、扶風出土西周銅器〔J〕，考古，1963 年（8）。

河中發現的巨型瓿及岳陽費家河、魴魚山、華容東山、平江浯口等地出土的大口尊、折肩番等。本地鑄造的既有完全模仿中原同類器的作品，但鑄造工藝較中原製品明顯落後。不過整體而言，包括本器在內，及黃材盆地及周邊出土的王家墳山「戈」卣、炭河裏「癸👤」提梁卣、「👤父乙」渦紋罍等，這些有銘文的青銅器均為中原地區商人所鑄〔註100〕。李學勤也認為，在高砂脊 AMl 中，只有 18「酉」鼎是中原型的。其形製紋飾均同於婦好墓ⅡA式圓鼎〔註101〕，又指出，1996～1997 年在湖南望城高砂脊，2003～2004 年在湖南寧鄉黃材炭河裏，先後發現了有青銅器隨葬的墓，墓的年代被定為西周。這些青銅器，有的形制、紋飾均和中原商代晚期的類同，有的甚至有商代晚期多見的銘文，如高砂脊的「酉」鼎，但另有一些具有可能較晚的地方性因素，如鼎的盤口形折沿和細長下端寬展的足等。無論如何，這些器物要晚於環洞庭湖一帶過去出土的商代青銅器的大多數〔註102〕。故綜合來看，本器的年代似為商代晚期。

目前所見單字「酉」銘文器，除本器外，主要有《集成》7590～7591。而關於其性質，學界還有爭議，或認為與族相關，也有學者認為屬於「干支」銘文。按，有學者指出，除「酉」在內的「十二支」銘文外，還有如「子」（《集成》1042 等）、「寅」（《集成》3045 等）、「巳」（《集成》7554）、「未」（《集成》10762）等，根據單獨「子」銘文的銅器中，用以記時的並不多，而大多數仍為族名、人名，同時在有「巳」、「未」、「酉」等字的銅器中，也可以看到支名用為族名、私銘的現象。大體上來看，在銅器上單獨出現干名、支名，可能為族名、人名，也可能與計時有關，從時代上看，殷墟四期前後和計時的可能性較大，而殷墟三期以前主要為族名、人名。雒有倉對此問題有專門討論，他指出，「當銘文簡省到一、二字時，應選擇較重要的所屬關係即族名，而不是鑄造日期」〔註103〕，大體上而言，在早期銅器較為簡略的銘文中，一般是優先反映相對重要的族名等族屬

〔註100〕朱漢民總主編，向桃初、王勇分冊主編，湖湘文化通史（第一冊・上古卷）〔M〕，長沙：嶽麓書社，2015 年，第 143 頁。
〔註101〕李學勤，談高砂脊炭河裏墓葬青銅器〔A〕，湖南省博物館館刊（第四輯）〔C〕，長沙：嶽麓書社，2007 年，第 178 頁，收入，通向文明之路〔C〕，北京：商務印書館，2010 年，第 138～142 頁。
〔註102〕李學勤，青銅器分期研究及賞析〔A〕，青銅器修復與鑒定〔C〕，北京：文物出版社，2012 年，第 4 頁。
〔註103〕雒有倉，商周青銅器族徽文字綜合研究〔M〕，合肥：黃山書社，2017 年，第 103 頁。

關係，而不是鑄造日期。此說較為可信，此從之，故望城高砂脊商周遺址這件
《酉鼎》之「酉」，應當屬於反映族屬的族徽。

10.《癸𢗓卣》

器形、銘文照片：

時代：商代晚期

出土：1963 年 5 月，湖南寧鄉炭河裏〔註104〕

現藏：湖南省博物館

著錄：《湖南省博物館》、《集成》3089、《寧鄉青銅器》

形制：器身為橢圓形，隆蓋、斂口、鼓腹，高圈足，附提梁，蓋頂和器身飾四
　　　道扉棱。蓋頂和腹部飾獸面紋，肩部、圈足飾鳳紋，蓋身飾三角紋。

度量：通高 25.9 釐米，口徑 12.5×15 釐米

字數：2

釋文：癸𢗓　　（蓋內及底部外側均有）

疏證：

　　朱鳳瀚認為本器年代為殷墟三期一段至二段間。本器出土時，內有玉珠、
玉管等 1100 餘顆，表明本器的使用方式上值得注意。

　　「𢗓」，或釋「舉」〔註105〕，不確。此外，相關考釋意見之分析，亦可見前
文關於《𢗓已鼎》部分。

〔註104〕高至喜，湖南寧鄉黃材發現商代銅器和遺址〔J〕，考古，1963 年（12）。
〔註105〕國家文物局主編，中國文物精華大辭典・青銅卷〔M〕，上海：上海辭書出版社，
　　　　1995 年，第 37 頁。

值得注意的，與本器銘文相同者，還有商代晚期《▨▨卣》（《集成》4838）《癸▨瓿》（《集成》9954）等。對照相關銅器，如《癸▨卣》（《集成》4839）等來看，及「癸」可以用作人名（《集成》06817「父癸」，西周早期）等來看，湖南本器應當理解為「▨癸」，其中「癸」應當為日名，而「▨」則為族氏名稱。此外，目前發現有《▨父癸觶》（《集成》6340～6341，西周早期）等器，「▨父癸」與本器「癸▨」之間，所表示的內容可能為一，而只是表述方式不同，這應當與早期商周金文中人名、族名表述方式的未完全固定有關。

11.《▨▨▨▨爵》

時代：商代晚期〔註106〕

出土：邵陽祭旗坡〔註107〕

現藏：湖南省博物館

著錄：《論中國南方出土的商代青銅器》

字數：4（或認為3字）

釋文：□□辛〔註108〕

疏證：

本器器形、銘文照片暫缺。上列銘文為向桃初所釋，但是從本器銘文的有關資料來看，有作「▨▨▨▨」〔註109〕、「▨□▨」〔註110〕等不同摹本，但由於還缺乏較為清晰照片，因此存疑。此外，在相關文獻中曾經著錄有一件《□□□爵》〔註111〕，不知是否即本器。

〔註106〕朱鳳瀚，湖南出土商後期青銅器探討〔A〕，湖南省博物館館刊（第4輯）〔C〕，長沙：嶽麓書社，2007年，第177頁。

〔註107〕高至喜，論中國南方出土的商代青銅器〔A〕，商周青銅器與楚文化研究〔C〕，長沙：嶽麓書社，1999年，第6頁。

〔註108〕向桃初，湘江流域商周青銅文化研究〔M〕，北京：線裝書局，2008年，第403頁。

〔註109〕王曉天主編，湖南經濟通史（古代卷）〔M〕，長沙：湖南人民出版社，2013年，第88頁。

〔註110〕高至喜，「商文化不過長江」辨——從考古發現看湖南的商代文化〔A〕，湖南出土殷商西周青銅器〔C〕，長沙：嶽麓書社，2007年，第194頁。

〔註111〕高至喜，論中國南方出土的商代青銅器〔A〕，商周青銅器與楚文化研究〔C〕，長沙：嶽麓書社，1999年，第6頁。

12.《戈》

器形、銘文照片：

正面　　　　　　　　　　　　背面

時代：商代〔註112〕

著錄：《古文字研究》第 10 輯

形制：飾雲雷紋。前鋒呈「山」字形，中脊明顯凸起。

釋文：

疏證：

　　本器銘文之字比較奇特。此外，本器相關資料目前較為簡略，關於出土、現藏、度量、字數等資料公布都比較少，均待考。

13.《戈》

器形、銘文照片：

時代：商代〔註113〕

著錄：《古文字研究》第 10 輯

形制：素面

疏證：

　　本器銘文之字「」比較奇特。此外，本器相關資料目前較為簡略，關於出土、現藏、度量、字數等資料公布都比較少，均待考。

〔註112〕周世榮，湖南出土戰國以前青銅器銘文考〔A〕，古文字研究（第 10 輯）〔C〕，北京：中華書局，1983 年，第 246 頁。

〔註113〕周世榮，湖南出土戰國以前青銅器銘文考〔A〕，古文字研究（第 10 輯）〔C〕，北京：中華書局，1983 年，第 246 頁。

14.《🔱戈》

器形、銘文照片：

時代：商代〔註114〕

出土：不詳

現藏：湖南省博物館

著錄：《古文字研究》第 10 輯

形制：內部有直鋬，可以容秘

疏證：

　　本器銘文之字「🔱」比較奇特。此外，本器相關資料目前較為簡略，關於出土、現藏、度量、字數等資料公布都比較少，均待考。

15.《隹戈》

器形、銘文照片：

時代：商代〔註115〕

著錄：《古文字研究》第 10 輯

形制：內部有鳥形圖記

疏證：

　　或因本器之鳥形圖記，而命名為「隹」戈。銘文本字或釋「鳥」。年代可能為二里崗時期〔註116〕。銘文性質可能與族徽有關〔註117〕。

〔註114〕周世榮，湖南出土戰國以前青銅器銘文考〔A〕，古文字研究（第 10 輯）〔C〕，北京：中華書局，1983 年，第 246 頁。

〔註115〕周世榮，湖南出土戰國以前青銅器銘文考〔A〕，古文字研究（第 10 輯）〔C〕，北京：中華書局，1983 年，第 246 頁。

〔註116〕曹淑琴，商代中期有銘銅器初探〔J〕，考古，1988 年（3）。

〔註117〕雒有倉，商周青銅器族徽文字綜合研究〔M〕，合肥：黃山書社，2017 年，第 112 頁。

16.《戈》

器形、銘文照片：

時代：商代〔註 128〕

著錄：《古文字研究》第 10 輯

現藏：湖南省博物館

形制：短胡一穿

疏證：

　　或認為本器年代為商末周初〔註 119〕。本器銘文之字「　　」比較奇特。此外，本器相關資料目前較為簡略，關於出土、現藏、度量、字數等資料公布都比較少，均待考。

17.《⊠父丁爵》

器形、銘文照片：

時代：商末周初〔註 120〕

出土：湘鄉

現藏：湖南省博物館

著錄：《古文字研究》（第 10 輯）

形制：飾獸面紋

〔註 128〕周世榮，湖南出土戰國以前青銅器銘文考〔A〕，古文字研究（第 10 輯）〔C〕，北京：中華書局，1983 年，第 246 頁。

〔註 119〕熊建華，湖南商周青銅器研究〔M〕，長沙：嶽麓書社，2013 年，第 314 頁。

〔註 120〕周世榮，湖南出土戰國以前青銅器銘文考〔A〕，古文字研究（第 10 輯）〔C〕，北京：中華書局，1983 年，第 244 頁。

字數：3

釋文：父丁

疏證：

「」是商代大族，目前出土的商代「」族銅器，在河南、陝西、湖南、遼寧、河北、湖北、山東等都有發現。學者指出：

> 商代「」銘銅器今見於著錄者計有 156 件，出土地點分布較廣……該銘商器出土數量多，出土地分布較廣，且又見於王陵墓中和甲骨文中，表明該族在商王朝具有相當強的政治地位……其中以單一「」銘，「」後綴以廟號，「父」後綴以廟號這三種情況最為常見。〔註 121〕。

從上述材料來看，湖南這件《父丁爵》也應當與中原地區有關。相關全銘器還有《父丁鼎》（《集成》1574～1575）等，相關器物還有《 父丁簋》（《集成》3315，西周早期）；相關格式銘文也多見，如《父丁鬲》（《集成》480，西周中期）。據此，湖南這件《父丁爵》的銘文格式為「族氏名（）＋人名（父丁）」。

18.《戈》

器形、銘文照片：

時代：商末

出土：1981 年衡陽市博物館徵集

現藏：衡陽市博物館

著錄：《湖南商周青銅器研究》〔註 122〕

形制：長援，援脊略突起；

度量：通長 20.4 釐米，內長 5 釐米

〔註 121〕王蘊智主編，中原文化大典・文物典・古文字（下冊）〔C〕，鄭州：中州古籍出版社，2008 年，第 20 頁。

〔註 122〕熊建華，湖南商周青銅器研究〔M〕，長沙：嶽麓書社，2013 年，第 301 頁。

字數：1（內上）

釋文：

疏證：本器年代可能為殷墟三、四期之際〔註123〕。至於銘文「■」，目前存疑待
考。

二、西周器

19.《🝑盉》

器形、銘文照片〔註124〕：

時代：西周早期

出土：桃江 1978 年 10 月，湖南省桃江縣文管所從廢品回收公司揀選

現藏：桃江縣文物所

著錄：《商周青銅器與楚文化研究》

形制：筒形

度量：通高 17.3 釐米，器底到口部高 16.1 釐米，口徑 7 釐米，底經 7.3 釐米，
重 737 克

字數：1

〔註123〕熊建華，湖南商周青銅器研究〔M〕，長沙：嶽麓書社，2013 年，第 300～301 頁。

〔註124〕照片取自羅豔君，桃江縣文管所藏青銅盉研究〔D〕，湖南大學嶽麓書院 2017 年碩
士學位論文，第 5 頁。

釋文：「」／〔註125〕

疏證：

關於本器還有兩個重要的問題，（1）關於本器器形，或認為是「爵」，高至喜認為是「盉」，應當以「盉」為是。（2）關於本器的年代，學界的認識先後有一些變化，如高至喜認為〔註126〕：

> 桃江的盉、益陽的角、長沙的鴞卣，醴陵的象尊……均屬中段之代表性器物。這些青銅器的器形與紋飾，與張長壽所概括的殷商晚期第二期青銅器的特點完全一致。

張長壽、陳公柔認為本器屬商代晚期〔註127〕。熊建華也認為：

> 桃江盉與布倫戴奇光父乙盉比較，年代更早，且鑄造風格與湖南出土的商代晚期提梁卣、尊、罄、瓿等表現出高度的一致性，此器應該與這些器物的鑄造時間相距不遠〔註128〕。

近期則有觀點認為，本器年代應當為西周早期〔註129〕，本文暫從之。

關於本器銘文，目前流傳資料多為摹本，有「」（高至喜）、「」（向桃初）〔註130〕等不同意見，本字應當為族徽，但是字比較奇特，待考。

20.《皿方罍》

器形、銘文照片（見下頁）：

時代：西周早期

出土：湖南桃源

現藏：湖南省博物館

〔註125〕高至喜，論中國南方出土的商代青銅器〔A〕，商周青銅器與楚文化研究〔C〕，長沙：嶽麓書社，1999 年，第 2 頁；向桃初，湘江流域商周青銅文化研究〔M〕，北京：線裝書局，2008 年，第 403 頁。

〔註126〕高至喜，論中國南方出土的商代青銅器〔A〕，商周青銅器與楚文化研究〔C〕，長沙：嶽麓書社，1999 年，第 2 頁。

〔註127〕陳公柔、張長壽，論布倫戴奇收藏中國青銅器〔J〕，考古與文物，1982 年（3），收入，商周考古論集〔C〕，北京：文物出版社，2007 年，第 178～187 頁。

〔註128〕熊建華，湖南商周青銅器研究〔M〕，長沙：嶽麓書社，2013 年，第 134～136 頁。

〔註129〕羅豔君，桃江縣文管所藏青銅盉研究〔D〕，湖南大學嶽麓書院 2017 年碩士學位論文，第 21 頁。

〔註130〕高至喜，論中國南方出土的商代青銅器〔A〕，商周青銅器與楚文化研究〔C〕，長沙：嶽麓書社，1999 年，第 2 頁；向桃初，湘江流域商周青銅文化研究〔M〕，北京：線裝書局，2008 年，第 403 頁。

器身銘文　　　　　器蓋銘文　　　　　器形

著錄：①《皿方罍》器蓋，先後著錄於《湖南省文物圖錄》（1964 年）、《湖南省博物館》（1983 年）、《綜覽》、《殷周金文集成》9883（修訂增補本，2007 年）、《辭典》146、《古文字研究》第 10 輯、《銘圖》13813（2012 年）。②器身先後著錄於（法）喬治·蘇利耶德莫朗（GeorgeSouliédeMorant）《中國藝術史》（1928 年）、（日）梅原末治《歐米收儲支那古銅精華》（1933 年）、黃濬《尊古齋所見吉金圖》（1936 年）、孫海波《河南吉金圖志賸稿》（考古學社，1939 年）、容庚《商周彝器通考》（1941 年）、《國史金石志稿》488（2004 年）、《湖南省文物圖錄》（1964 年）、《金文總集》5562（1983 年）《中國文物精華大辭典·青銅器卷》（2004 年）、《殷周金文集成》9812（修訂增補本，2007 年）、《商周青銅器銘文暨圖像集成》13807（2012 年）、《酌彼金罍——皿方罍與湖南出土青銅器精粹》（2015 年）。學界很早就已經注意到器蓋缺失的問題，如容庚曾指出「《精華》著錄失銘，《尊古》有三圖，位置略異。」《湖南省文物圖錄》刊布了方罍蓋材料，指出「器身藏家不詳」。

形制：器呈廡殿頂形。罍身全器以雲雷紋為地，上飾獸面紋、夔龍紋、鳳鳥紋。肩部兩側裝飾雙耳銜環，正面腹部下方置一獸首鋬。四面邊角及各面中心共裝飾八條突起的長條鉤戟形扉棱。整器集立雕、浮雕、線雕於一身，其造型、裝飾風格來源於商代宮殿和宗廟建築。

度量：通高 92.5 釐米，其中器蓋高 28.9 釐米（一說 21.5 釐米）；器身高 63.6 釐米。重 51.5 公

字數：14

釋文：皿而全作父己尊彝　（器蓋，兩行八字）

　　　皿作父己尊彝　（器身，三行六字）

圖1　器蓋銘文照片及拓片　　　圖2　器身銘文照片及拓片

疏證：

　　首先要注意的一個問題，是關於本器的著錄校重。2014 年，流散海外的《皿方罍》器身，回歸湖南省博物館，和該館所藏《皿方罍》器蓋合璧，成為當年文化領域內的一件盛事。不過值得注意的是，對於在流傳過程中出現的，《皿方罍》器身，出土一件還是兩件的問題，需要加以注意。

　　目前，關於關於《皿方罍》器身的流傳經歷和流傳情況，已經有比較多的瞭解〔註 131〕。據研究，器身早期先後著錄於（法）喬治·蘇利耶德莫朗（GeorgeSouliédeMorant）《中國藝術史》（1928 年）、（日）梅原末治《歐米收儲支那古銅精華》（1933 年）、黃濬《尊古齋所見吉金圖》（1936 年）、孫海波《河南吉金圖志賸稿》（考古學社，1939 年）、容庚《商周彝器通考》（1941 年）、王獻唐《國史金石志稿》（1943 年）。

　　不過，值得注意的是，早期關於《皿方罍》器身的流傳經歷，還很有限，並非如當下全面。比如上世紀中葉，湖南省博物館編《湖南省文物圖錄》（湖南人民出版社 1964 年）一書，刊布了館藏的《皿方罍》器蓋材料，曾指出「器身藏家不詳」，可見此時有關《皿方罍》器身在海外的流傳過程，還不廣為人所知。

　　而上述也導致了一個不容忽視的問題，近來出版的吳鎮烽《商周青銅器銘

〔註 131〕可參考高至喜，（1）皿天全方彝的離散〔N〕，中國文物報，1989 年 4 月 14 日；
　　　　（2）追蹤皿方罍〔J〕，收藏，2001 年（8）。傅聚良，（1）皿方罍的出土地點和流
　　　　傳經歷〔A〕，酌彼金罍——皿方罍與湖南出土青銅器精粹〔C〕，上海：上海書畫
　　　　出版社，2015 年；（2）皿方罍的流傳追述及其價值〔J〕，文物天地，2015 年（9）。

文暨圖像集成》（上海古籍出版社 2012 年，以下簡稱「《銘圖》」）一書中，曾著錄形製紋飾和銘文一致、分別出土於河南、湖南的兩件《皿方罍》器身（見本書第 25 冊，編號分別為 13807、13813），由此《皿方罍》之器身，似乎有兩件；這就提出了《皿方罍》器身，出土一件還是兩件的問題，值得重視。

按，問題的根源，在於對《皿方罍》器身早期流傳經歷，和相關著錄之認識。對此，傅聚良指出，《皿方罍》器身只有一件。《銘圖》定為河南出土的那一件，材料源自孫海波《河南吉金圖志賸稿》，此書首次將皿方罍器身的出土地點定為河南，但並沒有充分依據〔註 132〕；由此，導致出現了一件器物、兩個出土地點的情況。

我們認為這一看法是有道理的，《銘圖》關於《皿方罍》器身的著錄，可能重複了。查孫氏《河南吉金圖志賸稿》原文，他對《皿方罍》（書中稱為《皿作父己彝》）器身注解如下：

> 右彝河南出土，載巴黎盧氏《支那古銅器精華》一·四六，著錄

尺寸未詳〔註 133〕。

按，此處解說，有兩處應存疑。

首先，「右彝河南出土」的注解，存在疑問。關於《皿方罍》的發現，一般認為是在湖南省常德市桃源縣。但在具體年代和地點上，還有不同看法：

（1）1919 年，發現於桃源縣水田鄉茅山峪（地名變更多次，即今架橋鎮棲鳳山村毛山峪組杉窩山）。主要依據為《桃源民國志》（湖南省常德市桃源縣檔案局藏），該書記載「民國八年，水田鄉農人艾清宴，耕田於茅山峪山下，挖得古鼎一尊……（艾）不識為何物。……古鼎……形如大方花瓶，高四尺，口徑二尺，呈灰黑色……考察蓋上字跡，係蝌蚪文『父己尊彝』四字，鑒定為商物」。

（2）1920 年桃源中學建校舍時發現。主要依據為商承祚《長沙古物聞見記》「民國九年，桃源縣立女子中學建校舍，掘得銅鼎一，高約七八十公分。通體華紋，作瓜皮綠色」，及《長沙古物聞見續記》「（1941 年）四月十一日，於飛龍旅社結識譚，湘人，亦嗜古。見予《聞見記》鄰邑所載桃源鼎，謂器乃直載

〔註 132〕傅聚良，皿方罍的流傳追述及其價值〔J〕，文物天地，2015 年（9）。
〔註 133〕孫海波，河南吉金圖志賸稿〔A〕，金文文獻集成（第 21 冊）〔C〕，北京：線裝書局，2005 年，第 665、678 頁。

於滬售去，是案耕連估客十餘人。」〔註134〕值得注意的是，商先生此處所提到的器形，和前引《桃源民國志》類似，也記載時人以為「古鼎」，而非如今之「罍」，這應當是早期關於青銅器器形認知有限所致，而非所載之器不是《皿方罍》。

此外，也有 1921 年在桃源女子中學出土的說法〔註135〕，可能為上述同一事件之異傳。

（3）1922 年土於桃源縣漆家河。主要依據為 20 世紀 50 年代周盤（時為常德桃源駐軍團長）的《自傳》（參考湖南省地方志編纂委員會編《湖南省志·文物志》，湖南出版社 1995 年，第 294 頁）。

關於上述幾種《皿方罍》出土時間、地點的記載，學界意見不一。2014 年 7 月，湖南省博物館曾組織《皿方罍》調查工作小組，經過實地考察，調查小組認為第一種意見更為可靠，《皿方罍》於 1919 年在湖南省桃源縣水田鄉茅山峪（即架橋鎮樓鳳山村毛山峪組杉窩山）出土，具體地點為杉園山山坡〔註136〕。

因此，從已有資料來看，雖然在出土的時間、地點上有一些不同，但是都記載《皿方罍》出土於湖南省。而孫海波《河南吉金圖志賸稿》一書，在沒有列出證據或者進行解釋的情況下，認為《皿方罍》器身為「河南出土」，因此尚缺說服力。

其次，「巴黎盧氏《支那古銅器精華》」的解說有誤。這裡的「巴黎盧氏」即盧芹齋，他並未曾著《支那古銅器精華》一書（其事蹟，可參考羅拉《盧芹齋傳》，中國文聯出版社 2015 年），本書應當為《歐美收儲支那古銅精華》之簡稱，為日本學者梅原末治所著，由大阪山中商會 1933 年開始出版，時間上早於孫著《河南吉金圖志賸稿》幾年。

由此，我們認為，《河南吉金圖志賸稿》一書，關於《皿方罍》（書中稱為《皿作父季彝》）器身上述的注解中，「河南出土」、「載巴黎盧氏《支那古銅器精華》」兩條都是有問題的，相關信息都不準確。這種信息上的誤會，或是由於早期信息的傳播不便，如前述 20 世紀 60 年代時候，國內對《皿方罍》

〔註134〕商承祚，長沙古物聞見記〔M〕，北京：中華書局，1996 年，第 194 頁；長沙古物聞見續記〔M〕，北京：中華書局，1996 年，第 259 頁。

〔註135〕參考李印久等所引述的資料，見李印久、邱天、鄧昭輝，「皿天全」傳奇〔J〕，收藏界，2003 年（4）。

〔註136〕參考湖南省博物館，飄零罍王歸故土，盛世國寶續華章〔EB／OL〕，湖南省博物館網站，2014 年 6 月 27 日；吳小燕、彭黎明、劉赫子，我館工作組再赴桃源調查「皿方罍」出土及流轉經歷〔EB／OL〕，湖南省博物館網站，2014 年 7 月 22 日。

器身的流傳，尚不十分瞭解；也或是由於文物流傳過程中，當事人對一些信息的故意隱瞞，比如早期關於甲骨文發現地的說法中，就有很多古董商編造的說法〔註137〕，種種原因，從而導致了《河南吉金圖志賸稿》書中誤以《皿方罍》器身為「河南出土」，又誤以《（歐美收儲）支那古銅精華》為「巴黎盧氏（即盧芹齋）」所著。

因而，我們認為，20世紀30年代孫海波所撰《河南吉金圖志賸稿》一書中，關於《皿方罍》器身「河南出土」的注解有誤；而近年出版的《銘圖》沿用這一說法，從而導致書中有出土於河南、湖南的兩件《皿方罍》器身之著錄，這一點也是不正確的。當然，我們不應苟責前賢，但也不應再延續這一誤會了。

其次，就本器銘文銘文而言，也有一些值得注意之處。

「⬚」、「⬚」。本字多釋為「皿」，可從。「皿」在甲骨文、商周金文中多見，如《合集》7631：

> 貞，翌甲……子大……征皿

此處用為為族名或者地名。在商周青銅器銘中則為氏族「徽號」，用來表明作器者所出之「族氏」，如「天黿」等族氏可以和人名連稱，李學勤前引文指出，「皿而全」為「氏（皿）＋名（而全）」的格式，而器銘「皿」僅有族氏，都合於先秦慣例，可從。由此可見，《皿方罍》和「皿」族有關。

關於「皿而⬚」的理解，主要有三種意見。（1）「皿」是器主族氏名，「而⬚」是器主名字〔註138〕。（2）「皿天⬚」應當為複合族徽，「天（而？）」可能為「皿」族的分支。（3）認為是具體人名，如馮時讀「皿而⬚」為「血而余」，即《山海經》所載之孟涂，認為：

> 血而余或另以「屖」（遲）為兩名，或以「而余」（需徐）為字，
> 皆無不通……知血方罍之器主當為血而余，或名血屖，其人即見於
> 《山海經》之孟余（徐）〔註139〕。

〔註137〕參考王宇信，甲骨學通論〔M〕，北京：中國社會科學出版社，2015年，第35～41頁。

〔註138〕李學勤，皿方罍研究〔J〕，文博，2001年（5），收入，中國古代文明研究〔C〕，上海：華東師範大學出版社，2005年，第95～98頁。

〔註139〕馮時，血方罍銘文與孟徐傳說〔A〕，青銅器與金文（第一輯）〔C〕，上海：上海古籍出版社，2017年，第72～78頁。

「🔲」。應當為次級氏族之名，此前多釋為「天」，李學勤、馮時釋為「而」
〔註140〕。按，從相關字形來看，如「天」：

　　　　🔲（天鼎，商代晚期，集成 991）—🔲（大盂鼎，西周早期，

　　集成 2837）—🔲（剌鼎，西周中期，集成 2776）—🔲（史牆盤，

　　西周中期，集成 10175）—🔲（頌簋，西周晚期，集成 4333）；🔲

　　（西周晚期，毛公鼎，集成 2841）

「而」字相關形體，如「🔲」（西周晚期，集成 4213）。我們可以看出，
「天」字上部的一筆，在西周中期以前，是類似人頭部的圓形，到西周中期時
候，開始變為橫筆。因此，我們認為，《皿方罍》中的「🔲」，釋「而」更為合
適。

「🔲」。應當為作器者的私名。或釋「金」〔註141〕。李學勤釋為「全」，《集
成》整理者釋為「全（坅）」，馮時釋為「余」〔註142〕。按，從目前的資料來
看，「全」字最早見於春秋戰國之際的《侯馬盟書》，作「🔲」，戰國時的形體，
如「🔲」（包 2.241）、「🔲」（包 2.210）、「🔲」（包 2.227）、「🔲」（睡.法 69）。
《皿方罍》本字和上述形體之間，存在缺環，於釋「全」之說存疑待考。

本器銘文字數雖然不多，但是銘文的讀法卻有很多種，其中器蓋銘文「皿
天🔲作父己尊彝」，相關讀法如「董子□作父己尊彝」（湖南省文管會）、「豐天
全作父己尊彝」（蔡季襄），「皿天全作父己尊彝」（高至喜）、「皿天全父乍尊
彝」。

按，關於「皿天全父乍尊彝」的讀法，有兩個問題需要面對。首先，如果
「🔲」（一般釋為「父己」），釋為「父」，則讓我們聯想到山東高青陳莊《引簋》
的問題，有學者將此處的「祖甲」釋為「祖」，而這種解釋就類似以《皿方罍》
「🔲」（通行釋為「父己」）為「父」。其次，從釋「父」的解釋來看，其具體文

〔註140〕李學勤，皿方罍研究〔J〕，文博，2001 年（5），收入，中國古代文明研究〔C〕，
　　　　上海：華東師範大學出版社，2005 年，第 95～98 頁；馮時，皿方罍銘文與盂徐傳
　　　　說〔A〕，青銅器與金文（第一輯）〔C〕，上海：上海古籍出版社，2017 年，第 72
　　　　～78 頁。

〔註141〕伍新福主編，湖南通史（古代卷）〔M〕，長沙：湖南人民出版社，2008 年，第 95
　　　　頁；王曉天主編，湖南經濟通史·古代卷〔M〕，長沙：湖南人民出版社，2013 年，
　　　　第 89 頁。

〔註142〕馮時，皿方罍銘文與盂徐傳說〔A〕，青銅器與金文（第一輯）〔C〕，上海：上海古
　　　　籍出版社，2017 年，第 72～78 頁。

例見示意圖 A，這種文例比較奇怪，在金文中很少見。因此，筆者贊同「皿天全作父己尊彝」這種行文閱讀方式。

而器身銘文讀法，如「皿作父己尊彝」、「皿父乍尊彝」等。「」，一般釋為「父己」，也有釋為「父」之意見。

按，如果釋為「父」，則讓我們聯想到山東高青陳莊《引簋》的問題，有學者將此處的「祖甲」釋為「祖」，而這種解釋就類似以《皿方罍》「」（通行釋為「父己」）為「父」。其次，從釋「父」的解釋來看，其具體文例為（示意圖 B）：

A   B

這種先從上列由左往右行；再從右上轉至左下，而開始右行的方式，在西周金文中比較少見。因此，我們認為釋「」為「父」，並將《皿方罍》器身銘文讀為「皿父乍尊彝」的意見，不可從。

此外，《皿方罍》蓋、身銘文字數有不同。高至喜曾注意《皿方罍》蓋、身銘文字數不同的現象：

> 器身內壁銘文只有六字，惟缺少「天全」二字，但在四字下留有空白，不知何故缺鑄二字〔註143〕。

湘博藏《皿方罍》之蓋（簡稱 A），有「皿而作父己尊彝」之銘文；而佳士得待拍的方罍（簡稱 B），銘文為「皿作父己尊彝」。根據銘文字數上的不同，或認為 A、B 可能並非屬於同一器。

按，學界目前多不認為此看法可成立。于成龍指出青銅器銘文中，器身與器蓋同銘，而偶有缺字之事也習見，故不必從《皿方罍》蓋、身銘文字數不同的角度而提出質疑〔註144〕。李學勤則具體認為，器蓋銘文為兩行八字，器身銘文為三

〔註143〕高至喜，追蹤皿方罍〔J〕，收藏，2001 年（8）。

〔註144〕于成龍，百年滄桑話金罍——皿方罍歸湘題記〔EB／OL〕，國家博物館網站，2014

行六字，是由於後者位於口緣內領壁上，空間沒有器蓋內那麼寬綽，故而省去了表示名字的「天全」二字，並且「尊彝」二字在器身口緣內領壁上橫置排開。馮時指出，器銘較蓋銘省奪二字。這種同器省銘的現象並不鮮見，如江西遂川出土孤竹之器亞⬚皇卣（《集成》5100），蓋銘「亞⬚皇」三字，器銘「亞⬚皇旂」四字，即屬省銘之例〔註145〕。由此，我們認為這兩件器物應當為同一器。

此外，本器的相關問題，還有：

（一）族氏。關於「皿」的族氏，目前主要有「商人說」〔註146〕、「周人說」〔註147〕等意見，筆者贊同周人說。

（二）年代。在早期，學者們多認為《皿方罍》為商代、商代晚期器物〔註148〕。朱鳳瀚定為殷墟三期。不過，學者們也發現，商周青銅器中有一些「皿」族器，如《皿爵》（集成7604）、《皿父丁爵》（集成8474）等。此外，隨著考古發現的資料的增多，相關的「皿」族器也有發現，學者們逐漸偏向於認為《皿方罍》為西周早期器。如1977年陝西隴縣韋家莊發現一件《皿屖（卯）簋》，有銘文「皿屖作尊彝」，鼓腹兩側有附耳，高圈足下置方座，並且方座四面開設有高缺口。李學勤注意到簋銘「皿」字左右兩筆歧尖，「尊」字作反書，同《皿方罍》類似，很可能是同族之器。高西省通過將《皿方罍》和殷墟出土《婦好方罍》、北京故宮博物院藏《亞醜方罍》等多件銅器進行比較，綜合陝西關中地區出土商周之際青銅器的一些鑄造特點，認為《皿方罍》具有鮮明的商代晚期至西周早期方罍的過渡性質，其鑄造特點及總體紋樣更接近關中西部西周早期青銅器的風格，年代當在武王、成王時期，產地應該在關中西部周文化分布區。由此，關於《皿父己方罍》（《集成》9812）、《皿天方彝蓋》（《集成》9883），學者多認為是同屬一器，也多將其年代定為西周早期〔註149〕。

年6月23日，http://www.chnmuseum.cn/Default.aspx?TabId=438&InfoID=100234&frtid=283&AspxAutoDetectCookieSupport=1。

〔註145〕馮時，血方罍銘文與孟徐傳說〔A〕，青銅器與金文（第一輯）〔C〕，上海：上海古籍出版社，2017年，第72～78頁。

〔註146〕高至喜，追蹤皿方罍〔J〕，收藏，2001年（8）。

〔註147〕李學勤，皿方罍研究〔J〕，文博，2001年（5），收入，中國古代文明研究〔C〕，上海：華東師範大學出版社，2005年，第95～98頁。

〔註148〕高至喜，追蹤皿方罍〔J〕，收藏，2001年（8）。

〔註149〕嚴志斌，商代青銅器銘文分期斷代研究〔M〕，北京：社會科學文獻出版社，2014年，第48頁；向桃初、吳小燕，商周青銅方罍序列及皿方罍的年代問題〔J〕，文物，2016年（2）。

（三）鑄地。關於《皿方罍》之來源，早期曾有明末張獻忠或者李自成帶至桃源說等看法，明顯缺乏證據〔註150〕。現在一般認為，從《皿方罍》器蓋所顯現的「黑漆古」特徵來看，表明在被發現之前，本器應長期埋藏於地下。目前學界多肯定《皿方罍》具有中原青銅器的特徵，討論的關鍵在於，《皿方罍》是湖南本地鑄造，還是中原地區鑄造而流傳至湖南。

在《皿方罍》的具體製造者上，也有不同意見，有學者認為是湖南本地工匠鑄造，而北方中原地區所發現的「皿」族器，則是由於湖南工匠北去之後所造：

> 具體到皿方罍來說，從扉棱、犧首等方面來看，和湖南出土的銅器也是一個整體。至於陝西寶雞等地出現皿族器物或與皿方罍相同或相似的器物，因為寶雞等地的器物均為西周時期，聯繫到西周時期各類人員和工藝集中於此的情況，也有可能是南向北傳〔註151〕。

但是更多學者認為《皿方罍》是由中原南傳而來〔註152〕。如陳佩芬認為《皿方罍》等都是宗廟重器，在器形、紋飾和鑄造技術方面，已超過殷墟出土的器物，並且都在窖藏中出土，器物不成組合，也沒有其他伴存物，不大可能是由湖南本地所鑄造的〔註153〕。又如李朝遠詳細比較了《皿方罍》扉棱之特徵，及其與湖南地區商代銅器上扉棱之區別。他指出本器扉棱十分寬厚，扉棱上的鉤形突起的彎角近乎直角。扉棱上的鉤形突起數量不多，分布疏散，與湖南地區的密集 C 形突起組成的扉棱也有區別。又比如《皿方罍》多齒角的鑄造，及其和《四羊方尊》製造的不同。《皿方罍》的肩部鑄有帶多齒角的獸首形耳一對。青銅器中常見有多齒角，其中平面的以多齒冠鳳鳥紋為代表，立體的如《皿方罍》等器上的獸首角。從獸首形耳與罍體相接處呈現器包耳的現象來看，說明耳鑄在先。而從湖南本地鑄造的銅器，如《四羊方尊》的羊首採用二次鑄造技術，但羊首的邊緣蓋住了瓿上的紋飾，和《皿方罍》的上述鑄造正相反。另外，南北方鑄造的青銅器，在金屬含量上也不同。都以銅為主之外，南方的青銅器含鋅多，而北方的含錫多。這一點，皿方罍也符合北方青銅器的特點。

〔註150〕高至喜，追蹤皿方罍〔J〕，收藏，2001 年（8）。

〔註151〕傅聚良，皿方罍的流傳追述及其價值〔J〕，文物天地，2015 年（9）。

〔註152〕高至喜，追蹤皿方罍〔J〕，收藏，2001 年（8）。

〔註153〕陳佩芬，說磬〔A〕，上海博物館集刊（第 9 期）〔C〕，上海書畫出版社，2002 年，第 35 頁。

通過近年的考古發現來看，我們已經知道《皿方罍》和《雨方罍》、石鼓山銅器紋飾的有相同之處。《雨方罍》（現藏美國聖路易市美術博物館，銘文又見於清宮舊藏、後吳清漪捐贈上海博物館的《雨鼎》）的紋飾組合，及耳和鋬的形制、附件也很類似。《雨鼎》的扉棱也與皿方罍風格一致。陝西寶雞石鼓山發現有和《雨鼎》相類似的器物。《皿方罍》出土在湖南，但並非是本地鑄造，與寶雞石鼓山銅器群有聯繫，為石鼓山風格銅器。由此，《皿方罍》的年代或許也該訂在西周早期，而非商代晚期。

21.《戈觶》

器形、銘文照片：

時代：西周

出土：1981 年湖南湘潭縣青山橋鄉高屯老屋村窖藏（本器編號 J：2）出土
　　　〔註 154〕

現藏：湖南省博物館

著錄：《集成》6065

形制：口與圈足均為喇叭形，整體細高，薄胎，頸部一圈紋帶，主體飾鳳紋。

度量：高 20.1 釐米、腹深 19.5 釐米。

字數：1

釋文：戈（圈足內壁）

疏證：

　　關於《戈觶》的具體年代，尚有商代〔註 155〕、西周早期〔註 156〕、西周中

〔註 154〕袁家榮，湘潭青山橋出土窖藏商周青銅器〔A〕，湖南考古輯刊（第一集）〔C〕，長沙：嶽麓書社，1982 年，第 21 頁。

〔註 155〕王長豐，殷周金文族徽研究〔M〕，上海：上海古籍出版社，2015 年，第 268 頁。

〔註 156〕陳曉華，戈器、戈國、戈人〔A〕，考古耕耘錄——湖南省中青年考古學者論文選集〔A〕，嶽麓書社，1999 年，第 191 頁。

期〔註157〕等不同意見。本文暫認為應當為西周時期。「戈」為族徽，在商周時期常見。

22.《⊠父乙罍》

器形、銘文照片：

時代：西周早期

出土：湖南寧鄉黃材炭河裏〔註158〕

現藏：湖南省博物館

著錄：《湖南省博物館文集》、《寧鄉青銅器》

形制：侈口、方唇、短頸、圓肩、收腹、矮圈足，肩部兩側有一對獸耳銜環，飾渦紋，下腹有牛頭形鼻鈕。

度量：通高 44 釐米，口徑 13 釐米，底徑 14 釐米，重 9 公斤。

字數：3

釋文：⊠父乙（口內壁）

疏證：

　　從本器的流傳過程來看，目前還發現還有一件相關器物，為 1989 年益陽市博物館所收集的一件《⊠父乙銅罍》，可能是寧鄉炭河裏遺址西北寨子山出土的，不知是否即本器〔註159〕。

　　本器器形與已發現的多件中原器類似，如 1981 年陝西城洋地區洋縣小江鄉張村、1992 年城固博望鄉陳邸村出土的兩件囧紋圓罍（下圖 1、圖 2）〔註160〕，

〔註157〕劉雨、沈丁、王文亮，商周金文總著錄表〔M〕，北京：中華書局，2008 年，第 915 頁。

〔註158〕益陽地區博物館，寧鄉黃材出土周初青銅罍〔A〕，湖南博物館文集〔C〕，長沙：嶽麓書社，1991 年，第 141 頁。

〔註159〕向桃初，湘江流域商周青銅器文化研究〔M〕，北京：線裝書局，2008 年，第 237 頁。

〔註160〕李朝遠，城固洋縣青銅器所含周文化文化因素之我見〔A〕，青銅器學步集〔C〕，北京：文物出版社，2007 年，第 189～191 頁。

又《銘圖續編》896 號所著錄的、2012 年寶雞石鼓山西周墓 M3.19 出土器物（下圖 3）〔註161〕，也可能與本器器形相似。由此表明，湖南早期所發現的《父乙罍》應當與中原有關。從器形來看，李朝遠指出本器可能屬於鄒衡所言的「商周混合式」〔註162〕，年代可能為商末周初。

圖 1	圖 2	圖 3

1981 洋縣小江鄉張村	1992 城固陳邸村	2012 寶雞石鼓山 M3.19

　　「父乙」也見於相關商周金文，如《父乙甗》（《集成》810～811，西周早期），格式為「族徽（）＋人名（父乙）」。至於銘文「」，屬於族徽，為金文中常見的族氏，不過其字待考。

23.《父乙爵》

器形、銘文照片：

時代：西周早期

出土：1981 年湖南湘鄉青山橋（本器編號 J：5）〔註163〕

現藏：湖南省博物館

著錄：《湖南考古輯刊》第一輯、《集成》8426

形制：傘形柱，柱頂有雲紋和絃紋。獸首長舌扳，腹部橫剖面略呈橢圓形，刀形足。腹上部飾雲雷紋和饕餮紋。

〔註161〕劉軍社等，陝西省寶雞市石鼓山西周墓〔J〕，考古與文物，2013 年（1）

〔註162〕李朝遠，城固洋縣青銅器所含周文化文化因素之我見〔A〕，青銅器學步集〔C〕，北京：文物出版社，2007 年，第 189～191 頁。

〔註163〕袁家榮，湘潭青山橋出土窖藏商周青銅器〔A〕，湖南考古輯刊（第一集）〔C〕，長沙：嶽麓書社，1982 年，第 21 頁。

度量：通高 23.3、流角徑 17.4 釐米

字數：3

釋文： 父乙（柱上與扳手腹壁處）

疏證：

　　關於本器在內的此批窖藏青銅器年代，袁家榮認為是商末周初〔註164〕，周世榮、施勁松認為是西周早期〔註165〕。關於銘文之討論，參前《父乙罍》部分。

24.《祖丁爵》

器形、銘文照片：

時代：西周早期

出土：1981 年湖南湘鄉青山橋（本器編號 J：4）〔註166〕

現藏：湖南省博物館

著錄：《湖南考古輯刊》第一輯

形制：柱立扳之上方，獸首長舌扳，以雲雷紋為地，以圓圈紋為邊，主體饕餮
　　　紋做長目下垂狀，三角錐足。

字數：3

釋文：且（祖）丁　（柱上）

匯釋：

　　銘文摹本作「」。或釋「宜且（祖）丁」，將「宜」讀為「祉」。從字形

〔註164〕袁家榮，湘潭青山橋出土窖藏商周青銅器〔A〕，湖南考古輯刊（第一集）〔C〕，長
　　　　沙：嶽麓書社，1982 年，第 21 頁。
〔註165〕周世榮，湖南出土戰國以前青銅器銘文考〔A〕，古文字研究（第十輯）〔C〕，北京：
　　　　中華書局，1983 年，第 244 頁；施勁松，長江流域青銅器研究〔M〕，北京：文物
　　　　出版社，2003 年，第 149 頁。
〔註166〕袁家榮，湘潭青山橋出土窖藏商周青銅器〔A〕，湖南考古輯刊（第一集）〔C〕，長
　　　　沙：嶽麓書社，1982 年，第 21 頁。

看，「止」的形體如「」（《合集》6583，賓組）、「」（《琱生簋》，《集成》4292，西周晚期）、等，可見此字上部與商周時期「止」形體有異，釋「疋」有些證據不足。此字暫不識，待考。

25.《爵》

時代： 西周早期

出土： 1981 年湖南湘鄉青山橋（本器編號 J：6）〔註 167〕

現藏： 湖南省博物館

著錄：《湖南考古輯刊》第一輯

形制： 圓菌柱，頂飾圓渦紋。圓底，直腹，橫剖面為橢圓形，獸首長舌扳，素
面，刀形足。

度量： 通高 20.1 釐米、角流徑約 17.2 釐米

字數： 1

釋文： 　（扳內壁上）

疏證： 本器器形、銘文照片暫缺；銘文不識，待考。

26.《觶》

器形、銘文照片：

時代： 西周早期

出土： 1981 年湖南湘鄉青山橋（本器編號 J：3）〔註 168〕

現藏： 湖南省博物館

著錄：《湖南考古輯刊》第一輯

形制： 鳳紋

字數： 1

釋文： （圈足底部）

〔註 167〕袁家榮，湘潭青山橋出土窖藏商周青銅器〔A〕，湖南考古輯刊（第一集）〔C〕，長
沙：嶽麓書社，1982 年，第 21 頁。

〔註 168〕袁家榮，湘潭青山橋出土窖藏商周青銅器〔A〕，湖南考古輯刊（第一集）〔C〕，長
沙：嶽麓書社，1982 年，第 21 頁。

疏證：

　　「」為商周時期常見的族氏銘文。銘文之「」，也就是 1981 年湘鄉青山橋所出《父乙爵》中的「」，為同一族氏。

　　此外，袁家榮以本器為「觶」，非通行之爵。觶的頸部飾西周早期常見的小鳥分尾紋，其橫剖面為圓形，與那種粗矮、橢圓剖面的觶有別，不見於商代，而與《美帝國主義劫掠的我國殷周銅器集錄》A551、A552 相似，此外，在北京房山琉璃河、甘肅靈臺白草坡、湖北江陵萬城、陝西扶風西周初年的墓葬中，均有類似的觶出土，不過湖南這件觶更為細長，其說大體詳盡可從。

27.《🦌父甲尊》

器形、銘文照片：

時代：西周早期

出土：1981 年湖南湘鄉青山橋〔註169〕

現藏：湖南省博物館

著錄：《湖南考古輯刊》第一輯、《集成》5720

形制：圓筒形，鼓腹，高圈足。以雲雷紋為地，主體饕餮紋。

度量：高 28 釐米、口徑 22.2 釐米、腹深 22.6 釐米

字數：3

釋文：父甲

〔註169〕袁家榮，湘潭青山橋出土窖藏商周青銅器〔A〕，湖南考古輯刊（第一集）〔C〕，長沙：嶽麓書社，1982 年，第 21 頁。

疏證：

　　有學者指出，本器的年代和所出窖藏的年代之間，可能存在時間差，器物的年代早於所處青銅器窖藏的年代。此器在湘潭地區出土，又僅此一件，與其同出的器物中有「戈」等族的器物，還有考古學界一般認為屬於古代越人的器物，這件器物的來源就值得思考。

　　關於本器的年代，朱鳳瀚定為殷墟三期二段，也有學者根據同出器物中最晚的器物確定其窖藏的時間在西周晚期，此尊來到湘江流域的時間就只能是西周早期到西周晚期，而來的方式則可以有多種考慮，可以是中原地區的人帶來的，可以是交換來的，也可以是本地人掠奪來的，無論何種方式，都可以認為，湘江流域在西周時期與中原地區是有交往的。向桃初也指出：

　　　　這兩件尊的形制和紋飾風格均與中原商末至西周早期同類器相

　　　　同，而且它們均有銘文，可以認定它們為中原地區所鑄，年代應為

　　　　西周早期……這些銘文可以幫助我們理解以上中原商式銅器與炭河

　　　　裏文化的關係以及它們來到湘江流域的歷史文化背景〔註170〕。

　　由此，我們認為本器年代應當為西周初期。

　　銘文中的「」，或者釋為一字，如袁家榮釋「旅」〔註171〕；或者認為應當是兩個字，並將全句釋為「幸旅父甲」〔註172〕，而《集成》5720釋「夲旅父甲」。按，根據現有的「幸」字來看，本器銘文「」並無相關形體，故不可釋「幸」。曾四美認為「我們以為後說更為妥當。『夲旅』為複合族徽，乃『夲族』族徽與『旅族』族徽的複合」〔註173〕，此從之。

〔註170〕向桃初，湘江流域商周青銅文化研究〔M〕，線裝書局，2008 年，第 271、403 頁。
〔註171〕袁家榮，湘潭青山橋出土窖藏商周青銅器〔A〕，湖南考古輯刊（第一集）〔C〕，長沙：嶽麓書社，1982 年，第 21 頁；張正明、邵學海主編，長江流域古代美術·史前至東漢·青銅器（上）〔M〕，武漢：湖北教育出版社，2002 年，第 126 頁；施勁松，長江流域青銅器研究〔M〕，北京：文物出版社，2003 年，第 116 頁。
〔註172〕朱鳳瀚，湖南出土商後期青銅器探討〔A〕，湖南省博物館館刊（第四輯）〔C〕，長沙：嶽麓書社，2007 年，第 169 頁；王恩田，湖南出土商周銅器與殷人南遷〔A〕，中國考古學會第七次年會論文集（1989）〔C〕，北京：文物出版社，1992 年，第 113 頁，收入，商周銅器與金文輯考〔C〕，北京：文物出版社，2017 年，第 229～244 頁。
〔註173〕曾四美，20 世紀以來湖南出土商周古文字資料整理與研究〔D〕，安徽大學，2010 年碩士學位論文，第 13 頁。

28.《亞尊》

器形、銘文照片：

時代：西周

出土：湖南省博物館徵集〔註174〕

現藏：湖南省博物館

著錄：《文物》1966 年第 4 期〔註175〕

形制：饕餮紋，侈口，圈足

度量：高 22.6 釐米，口徑 18.3 釐米，底徑 13 釐米

字數：3

釋文：亞𤰔□

疏證：

　　此為王恩田所釋銘文〔註176〕，曾四美認為其上「亞」字內銘文不識，其下「內」內應為兩字，右似為「女」字。左邊之字疑為「畄」（倒文），從「艸」〔註177〕。本書於此存疑待考。

29.《亞若癸尊》

器形、銘文照片：

〔註174〕湖南省博物館，湖南省博物館新發現的幾件銅器〔J〕，文物，1966 年（4）。

〔註175〕湖南省博物館，湖南省博物館新發現的幾件銅器〔J〕，文物，1966 年（4）。

〔註176〕王恩田，湖南出土商周銅器與殷人南遷〔A〕，中國考古學會第七次年會論文集（1989）〔C〕，北京：文物出版社，1992 年，第 113 頁，收入，商周銅器與金文輯考〔C〕，北京：文物出版社，2017 年，第 229～244 頁。

〔註177〕曾四美，20 世紀以來湖南出土商周古文字資料整理與研究〔D〕，安徽大學 2010 年碩士學位論文，第 13 頁。

時代：西周

出土：收集品〔註178〕

現藏：湖南省博物館

著錄：《古文字研究》第 10 輯、《集成》5937

形制：圓筒形

字數：7

釋文：亞（亞）若癸𦥑（洎）受丁遊

疏證：

　　本器年代可能為西周早期〔註179〕。從銘文來看，目前所見還有《若癸簋》、《若癸方彝》等，年代均為商代晚期，具體為：

　　（1）《集成》2400～2402：「〔亞若〕癸。受丁。斿乙。洎𦥑」。

　　（2）《集成》3713、7308～7309、9886～9887：「〔亞若〕癸。𦥑乙。受丁。斿乙」。

《集成》2400

《集成》3713

　　此外，《集成》5937 著錄本器，銘文則釋為「〔亞若〕癸。𦥑乙。受丁。斿乙。洎」。

　　將上述湖南器、《集成》2400、3713（分別簡稱 A、B、C）銘文相互對照，我們可以發現，B、C 二者文字右側均為「〔亞若〕癸。𦥑乙」，左側均為「受丁。斿乙」，只是「洎」的位置略有不同。由此，對照銘文 A，其右側為「〔亞若〕癸。𦥑」，左側為「丁受斿乙止」，銘文順序有所不同。我們認為，A 銘文的釋讀，其實也應當與 B、C 相同，只是可能由於鑄造方面的原因，而導致 A 銘文的順序有些不同，在「丁」、「受」的位置上，與 B、C 不同。據此，我們認為 A 銘文也應當遵從 B、C 來釋讀，而讀為「〔亞若〕癸。受丁。斿乙。洎𦥑」，或「〔亞若〕癸。𦥑乙。受丁。斿乙」。

〔註178〕周世榮，湖南出土戰國以前青銅器銘文考〔A〕，古文字研究（第十輯）〔C〕，北京：中華書局，1983 年，第 244 頁。

〔註179〕熊建華，湖南商周青銅器研究〔M〕，長沙：嶽麓書社，2013 年，第 97 頁。

30.《仲姜鈁》

器形、銘文照片：

時代：西周

出土：收集品〔註180〕

現藏：湖南省博物館

著錄：《湖南考古輯刊》第一輯

形制：飾變形雲龍紋

度量：不詳

字數：16

釋文：□□中姞（？）父乍（作）中（仲）姜□子孫□寶用言□（口沿內壁）

疏證：

　　「仲姜」為商周銅器常見人名，如上海博物館藏《子仲姜盤》、《仲姜鬲》（《集成》523，西周晚期）「中（仲）姜乍（作）尊鬲」、《仲姜鼎》（《集成》2191，西周中期）「王乍（作）中（仲）姜寶鼎」。此外，本器明文雖然殘缺，但也可以看出是西周時期的常見句式，如《仲駒父簋蓋》（《集成》3936，西周晚期）「彔旁中（仲）駒父乍（作）中（仲）姜簋，子子孫永寶用享孝」、《兮吉父簋》（《集成》4008，西周晚期）「兮吉父乍（作）中（仲）姜寶寶簋，其萬年無強，子子孫孫永寶用享」，並且湖南這件《仲姜鈁》銘文，從字數與格式上來看，與《仲駒父簋蓋》（《集成》3936，西周晚期）有很大的近似性。

　　本器之器形用字「鈁」，應當就是「鈁」。鈁為酒器，流行於戰國末期至漢代，多為素面。

〔註180〕袁家榮，湘潭青山橋出土窖藏商周青銅器〔A〕，湖南考古輯刊（第一集）〔C〕，長沙：嶽麓書社，1982年，第21頁。

31.《団孫父簋》

器形、銘文照片：

時代：西周

出土：收集品

現藏：湖南省博物館

著錄：《古文字研究》第十輯 [註181]

形制：飾龍紋

字數：10

釋文：団孫父乍（作）羞彝，其永寶用（內壁）

疏證：

「▆」，字不識，多隸定為「団」，待考。「孫父」作為人名，見於商周金文，如《成伯孫父鬲》（《集成》680，西周晚期）。

關於銘文之「▆」，或釋為「差」，吳鎮烽《金文通鑒系統》已經釋為「羞」，疑當釋為「羞」。從「差」的相關字形來看，如「▆」（《同簋蓋》，《集成》4270，西周中期），應當是從 （或左）、𡸫（chuí）聲。對照字形，本器銘文「▆」字與之不類。而從「羞」的相關字形，如「▆」（《合集》8085）、「▆」（《羞鉞》，《集成》11731，商代晚期）、「▆」（《多友鼎》，《集成》2835，西周晚期）來看，為從又從羊、會進獻之意的會意字。而本器銘文「▆」字形體正與之類似。文獻中有「羞鬲」的用法，如《仲姞鬲》（《集成》547，西周晚期）「中（仲）姞乍（作）羞鬲」；還有「羞豆」，如《單㚓生豆》（《集成》4672，西周晚期）「單㚓生乍（作）羞豆用享」；此外，與本器直接相關的還有「羞鼎」的用法，如《武生鼎》（《集成》2523，春秋早期）「武生▆乍（作）其羞鼎，子子孫孫永

[註181] 周世榮，湖南出土戰國以前青銅器銘文考〔A〕，古文字研究（第十輯）〔C〕，北京：中華書局，1983年，第246頁。

寶用之」、《伯氏鼎》(《集成》2447，西周晚期或春秋早期)「白（伯）氏乍（作）
羞貞（鼎），其永寶用」。

在商周銅器銘文中，「彝」經常作為銅器之通名，而本器為銅器類型之一的
簋。聯繫到上述「羞」的用法，本文認為，應當可以將湖南本器銘文之「」
釋為「羞」，並將相關銘文讀為「羞彝」，意為「與飲食有關的簋」。

不過值得注意的是，吳鎮烽《金文通鑒系統》亦指出出，本器「從所附花
紋拓本看，簋的時代應為商末周初，但銘文明顯係後刻，不但呆板滯拙，且用
語、字體均與簋的時代特徵不符」，因此本器銘文的可靠性或許還要審慎對待。

32.《士父鐘》(《叔氏鐘》)

器形、銘文照片：

時代：西周晚期

出土：1956 年在株洲收集，呈黃褐色〔註182〕

現藏：湖南省博物館〔註183〕

著錄：《小校經閣金石文字》、三代 1.45.1，故銅 213，集成 145〜148，總集 709

形制：甬呈橢方形，旋窄，甬頂部封閉不與內相通。甬上半部飾環帶紋，旋上
有四乳。隧部飾一對鳳鳥紋，鼓右增飾一鳥紋。長腔封衡，有旋和幹，
鼓部較寬，鉦、篆、枚間及周圍有微突的界欄，枚作平頂兩段式。紋飾

〔註182〕高至喜，西周士父鐘的再發現〔J〕，文物，1991 年（5），收入，商周青銅器與楚
文化研究〔C〕，長沙：嶽麓書社，1999 年，第 96〜97 頁。

〔註183〕高至喜《西周士父鐘的再發現》提及，據吳大澂《愙齋集古錄釋文剩稿》記載，漢
陽業氏曾藏有一件《叔氏鐘》，未知是否和湖南省所藏本器有關。本器的流傳過程
目前尚不清晰，故暫列於「湖南商周金文」範圍內。

也是當時的典型風格，甬部環帶紋，幹上重環紋，篆帶和隧部飾有不同
風格的夔龍紋。

度量：通高 49.8 釐米、銑距 33.5 釐米，重 15.04 公斤。

字數：68

釋文：

鉦間和左鼓鑄銘文共 68 字（其中重文 4），現存 55 字（其中重文 5）。

□□□□作朕皇考弔（叔）氏寶林鐘，用喜侃皇考。皇考其嚴
才（在）上。數數彙彙，降余魯多福亡（無）彊（疆）。佳（唯）康右
（佑）屯（純）魯，用廣啟士父身，[擢]（擢）於永命。士父其眔（暨）
□□萬年，子子孫孫永寶用享於宗。

疏證：

此鐘在清宮亦有兩件舊藏，現藏故宮博物院。銘文在清人吳式芬《捃古
錄》、吳大澂《愙齋集古錄》、鄒安《周金文存》均有著錄，郭沫若《兩周金文
辭大系圖錄考釋》一書著錄有《士父鐘》（三件）銘文，並對銘文有考釋，但
沒有發表圖像。吳大澂稱其「叔氏鐘」，鄒安稱「叔氏寶樊鐘」。此鐘銘文凡在
有人名處均被鑿去，應是器物易主後所為，唯枚上存有「士父」，故多定名為
「士父鐘」。

關於《士父鐘》的年代，郭沫若認為「與虢叔鐘時代相去必不甚遠」，當在
西周厲王時期。高至喜從之，並據器形、紋飾及銘文風格判定士父鐘應鑄造於
陝西地區。唐蘭亦將該器時代定為厲王時期〔註 184〕，上述意見可從。

從銘文來看，開始處的作器者之名均不見，不知是因何所致。至於銘文中
的疑難字，學界有較多研究。如「[字]」，早期或釋「棽」，其後學者多指出，金
文《士父鐘》「棽鐘」即《左傳‧襄十九年》之「林鐘」，可從。

「[字]」，陳英傑認為「厰一般用為「獮狁」字，而《士父鐘》此處之字形用
作「嚴在上」之「嚴」，為目前僅見〔註 185〕。

「[字]」、「[字]」，這兩個字爭議較大，張世超分別釋為「數」、「彙」，認為「數

〔註184〕唐蘭，西周銅器斷代中的「康宮」問題〔J〕，唐蘭全集 3‧論文集中（1949～1966）
〔C〕，上海：上海古籍出版社，2015 年，第 1266 頁。

〔註185〕陳英傑，金文字際關係辨正五則〔J〕，語言科學，2010 年（5），收入，文字與文
獻研究叢稿〔C〕，北京：社會科學文獻出版社，2011 年，第 62 頁。

畟彙彙」意為「盛大不衰」〔註186〕。胡長春則釋為「鷔鷔離離」，認為是一種有長久之意的連綿擬聲詞〔註187〕。

「」，陳劍讀為擢〔註188〕，意思為擢升、提拔。

「」，「畐」本為有流之酒器，其形多為訛變，至金文訛為《士父鐘》之「」。銘文中的「用廣啟士父身」，大意思就是永遠保佑士父的身體〔註189〕。銘文中的「右」，意為「助」，「康右」也就是「長受天佑」之意」〔註190〕。

此外，從名人角度而言，「士父」在商周金文中多見，如《士父鬲》（《集成》715、716，西周晚期），銘文為「士父乍（作）蓼妃尊鬲，其萬年子子孫孫永寶用。」又《伯士（吉）父鼎》（《集成》2656，西周晚期），銘文為：「隹（唯）十又二月初士（吉），白（伯）士（吉）父乍（作）尊鼎，其萬年子子孫孫永寶用」，本器銘文存在一些壞字的情況，如其中「初吉」之「吉」，寫作「士」，由此多認為銘文其後的「伯士父」，應當就是商周金文中常見的人名「吉父」（如《善（膳）夫吉父鬲》，《集成》701，西周晚期）。至於本器《士父鐘》中的「士父」，目前還沒有證據表明其為「吉父」的壞字。

33. 《乍寶尊簋》

器形、銘文照片：

〔註186〕張世超，釋「逸」〔A〕，中國文字研究（第六輯）〔C〕，南寧：廣西教育出版社，2005 年，第 10 頁。

〔註187〕胡長春：釋「鷔鷔離離」〔A〕，古文字研究（第二十五輯）〔C〕，北京：中華書局，2004 年，第 133～143 頁。

〔註188〕陳劍，楚簡「舁」字試解〔A〕，戰國竹書論集〔C〕，上海：上海古籍出版社，2013 年，第 375 頁。

〔註189〕于豪亮，伯臧三器銘文考釋〔A〕，于豪亮學術論集〔C〕，上海：上海古籍出版社，2015 年，第 257 頁。

〔註190〕徐中舒，金文嘏辭釋例〔A〕，徐中舒歷史論文選輯〔C〕，北京：中華書局，1998 年，第 550 頁。

時代：西周早期

出土：1976 年，株洲縣南陽橋鄉鐵西村發現；1984 年由株洲文物部門從廢舊倉庫中撿選〔註191〕

現藏：株洲市博物館

著錄：《新收》1378、《株洲文物考古文集》（第一集）

形制：通體綠色，方座，深腹，有雙耳，周身飾以饕餮紋

度量：口徑 22.5 釐米、方座長 20 釐米、寬 19 釐米、通高 22.5 釐米，重 4259 克

字數：4

釋文：乍寶尊彝　　（器心內壁）

疏證：

　　「乍寶尊彝」銘文在商周銅器中常見，如《集成》5790。或認為本器與西周武王時期《利簋》器形相似，而定為西周早期之器〔註192〕。

34.《束中（仲）豆父簋》

器形、銘文照片：

時代：西周

出土：不詳〔註193〕

現藏：湖南省博物館

著錄：《集成》3924

形制：飾夔龍紋

〔註191〕饒澤民，株洲發現西周青銅器〔A〕，湖南考古輯刊（第四集）〔C〕，長沙：嶽麓書社，1987 年，第 172 頁；莫高耀主編，株洲縣志〔M〕，長沙：湖南出版社，1995 年，第 435 頁。

〔註192〕饒澤民，株洲發現西周青銅器〔A〕，湖南考古輯刊（第四集）〔C〕，長沙：嶽麓書社，1987 年，第 172 頁。

〔註193〕湖南省博物館，湖南省博物館新發現的幾件銅器〔J〕，考古，1966 年（4）。

度量：殘留器蓋，高 7.5 釐米、口徑 21.6 釐米

字數：18

釋文：束中（仲）豆父乍（作）殷，其萬年子=孫=永寶用言

疏證：

銘文的爭議主要在於「」〔註 194〕，吳振武曾釋為「列」，此暫從之。目前所見的西周時期「束」氏器還有：（1）隨州葉家山 M65 出土的《束父己鼎》，（2）濬縣辛村 M60 出土的《束父辛鼎》〔註 195〕，都為中原地區，故湖南發現的本器，也應當與中原地區有關，應當是從中原地區流傳而來。

此外，關於銘文中的「豆」，可能讀為「主」。「豆」為定紐侯部字，「主」為章紐侯部字，二者韻部相同，而聲母定、章同屬舌音而為準旁紐，因此古音接近。同時，文獻中也有相關用例，如在蘇州真山戰國墓葬出土有一件古璽（下圖）〔註 196〕，學界對其討論較多，但由於印文殘損，在關於銘文右起第二字的釋讀上，目前仍存在一些爭議。第一種一件，釋釋「相」〔註 197〕，整理者、蕭毅（2014），「上相邦璽」。第二種意見，則是釋「梪」、讀「柱」，李學勤由此將本璽釋為「上梪（柱）邦（國）璽」〔註 198〕。筆者認為第二種思路較為合理。

〔註 194〕吳振武，釋𧾷〔A〕，文物研究（第六輯）〔C〕，合肥：黃山書社，1990 年，第 218 ～223 頁。

〔註 195〕殷墟婦好墓出土有一組「束泉」器，包括圓尊 1 對，殘罍 1 件，爵 9 件，觚 10 件，報告釋為「束」，也有學者釋為「𣎵」

〔註 196〕蘇州博物館編著，蘇州博物館藏璽印〔M〕，北京：文物出版社，2010 年，第 28 頁。

〔註 197〕曹錦炎，上相邦璽考〔N〕，中國文物報 1995 年 12 月 17 日；關於真山出土的「上相邦璽」〔J〕，故宮博物院院刊，1999 年（2）；駱科強，「上相邦璽」新考〔J〕，東南文化，2005 年（6）；蕭毅、王一名，楚官璽箚記二則〔J〕，武漢大學學報（人文社會科學版），2014 年（2）。

〔註 198〕李學勤，「梪」字與真山楚官璽〔A〕，國學研究（第 8 卷）〔C〕，北京，北京大學出版社，2001 年，第 173～176 頁；收入，中國古代文明研究〔C〕，上海：華東師範大學出版社，2005 年，第 187～189 頁。

　　至於「桓」的讀法，則除去上引將「桓」（定紐侯部）讀為同音的「柱」，「邦」避諱而改為「國」，「上桓邦」即文獻中的「上柱國」外。此外，或許還有另外一種思路，依據清華簡《繫年》中「逗」（定紐侯部），讀為「屬」（禪紐屋部）的用例：

　　　　齊人女（焉）訽（始）為長城於濟，自南山逗（屬）之北洤（海）

　　則「上桓邦」有可能讀為「上屬邦」、「上屬國」，不過此說並無確證。又，「上」（禪紐陽部），「掌」（章紐陽部），二者韻部相同，而聲母禪、章同為舌音旁紐，故「上」、「掌」在古音上是極為相近的。而「典」、「掌」在文獻中共有「主管」、「管理」之意的用例，由此，蘇州真山「上桓邦璽」，或可讀為「上（掌）桓（屬）邦璽」；楚的「上桓邦（即『掌屬邦』）」，與文獻中所見秦國「典屬國」，在性質上可能相似。不過此僅為語言文字角度之推測，還並無更多旁證。

　　回到本器而言，則「豆父」可以讀為「主父」。漢代有「主父偃」，戰國趙武靈王曾自號為「主父」，而本器銘文之「主父」意思與上述可能不同。

35.《蓮花壺蓋》

器形、銘文照片：

時代：西周晚期〔註199〕

出土：不詳

現藏：湖南省博物館

著錄：《考古》1963 年第 12 期

形制：蓮瓣一層，蓋中空透

度量：蓋通高 18.6 釐米、最大徑 20 釐米、口徑 15.7 釐米

〔註199〕湖南省博物館，介紹幾件館藏周代銅器〔J〕，考古，1963 年（12）。

字數：現存 17 字（重文 2）

釋文：……叔……鄭……  以……其吉〔金〕……寶壺；用賜眉壽，子＝孫＝其
永用之 （三瓣蓮花上，殘缺）

疏證：簡報上的釋文，缺圖版中的「 」字，當補，從文例來看，應當為人
名，不過具體文字待考。

36.《中姞鬲》

器形、銘文照片：

時代：西周〔註200〕

現藏：湖南省博物館

著錄：古文字研究（第 10 輯）

形制：外壁飾直線條紋

字數：6

釋文：中吉（姞）乍（作）羞（饈）鬲 （華）（口沿內壁）

疏證：

周世榮曾指出，「中姞」疑為中義父之配偶，本器造型與陝西出土的西周中
晚期先父鬲（76FZHⅠ：40）近似〔註201〕。此處「羞鬲」的用法，與前述《函
孫父簋》「羞彝」類似，應當為「飲膳所用之鬲」。

〔註200〕周世榮，湖南出土戰國以前青銅器銘文考〔A〕，古文字研究（第 10 輯）〔C〕，北
京：中華書局，1983 年，第 245 頁。

〔註201〕周世榮，試談湖南商周秦代青銅器文化的主要特點〔A〕，金石瓷幣考古論叢〔C〕，
長沙：嶽麓書社，1998 年，第 154 頁。

37.《楚公豪戈》

器形、銘文照片：

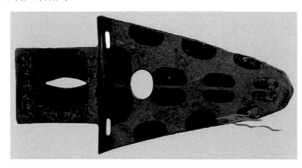

時代：西周晚期

出土：湖南省博物館於 1959 年在長沙市毛家橋倉庫揀選而得〔註202〕。另有學者
指出，「（湖南）澧縣出土有西周晚期至春秋早期的『楚公戈』」〔註203〕，
未知是否即本器。

現藏：湖南省博物館

著錄：《文物》1959（12）；《湖南省博物館文物精粹》；《楚系》、《集成》11064

形制：該戈通長 21‧3 釐米，援長 15‧3 釐米，方內長 6‧6 釐米，寬 4‧8 釐
米，厚 0.4 釐米。三角形援，近欄處援中部有一圓形孔，欄部兩個長方形
孔，長方形手握中部一梭形孔。二胡無穿，援末有一圓孔，內上有一梭
形穿，援面上有橢圓形銀斑（已變成黑色）。

字數：5

釋文：楚公豪秉戈（內上）

疏證：

　　本器銘文雖然簡短，但是卻有很多爭論。如其中的人名「豪」，亦見於早
期就已發現的《楚公豪鐘》中，關於本字的釋讀，早期有「守」（阮元引「或
說」）、「寫」（孫詒讓）、「受」（徐同柏）、「家」（吳式芬）、「　」（方濬益）、「爱」
（柯昌濟）〔註204〕等意見；在《楚公豪戈》發現後，又出現釋「為」〔註205〕、

〔註202〕高至喜，楚公豪戈〔J〕文物，1959 年（12）。

〔註203〕劉玉堂、袁純富，楚國交通研究〔M〕，武漢：湖北教育出版社，2012 年，第 113 頁。

〔註204〕以上意見，參見李零總結，見，楚國銅器銘文編年匯釋〔A〕，古文字研究（第十
三輯）〔C〕，北京：中華書局，1986 年，第 353～397 頁，收入，待免軒文存（說
文卷）〔C〕，北京，廣西師範大學出版社，2015 年，第 216 頁。

〔註205〕郭沫若，兩周金文辭大系圖錄考釋〔M〕，上海：上海書店出版社，1999 年，第 164
頁。

「家」〔註206〕、「渠」〔註207〕、「摯」等不同看法〔註208〕。

學界對本器的真偽、年代、「楚公豪」的身份、為楚器還是蜀器等，曾經都有不同看法。

關於本器的真偽，于省吾、姚孝遂認為器、銘皆偽〔註209〕。馮漢驥認為戈真、銘偽〔註210〕。高至喜、蔡季襄認為戈、銘均同時鑄成〔註211〕，「容庚在長沙見到此戈，認為戈是真品，銘文係鑄成」〔註212〕。商承祚認為戈鑄在前、銘刻在後（西周末葉加刻）〔註213〕。其後李學勤據湖北棗陽發現的《曾侯羕伯秉戈》〔註214〕，認為《楚公豪戈》「文例與曾侯戈一致。曾侯戈的『秉戈』二字，結體也與楚公戈相近，只是後者這兩字是反書的……『秉』字『禾』的上端都較彎，『又』的垂筆都向上出頭，是共同的特色」，因此，《楚公豪戈》銘與戈形為同時之物〔註215〕。

有學者指出，商周時期的銅戈銘文行款，沒有嚴格要求，而是根據銘文字數的多少和地位的大小而定。該戈銘文為五字，由於內端極為短促，又採用鑄銘方式，致使文字不能過小，這就勢必要求銘文自內的左端繞補排列，因而陵銘文中的「秉戈」二字被秘所掩，這與《三代古金文存》所載的薛戈銘文排列方式相同，同時該銘文中的「楚公豪」三字，與《兩周金文辭大系圖錄》中所載「楚公豪鐘」的銘文寫法相近，而該戈上的橢圓形銀斑紋飾，與在長江流域

〔註206〕此為高田忠周意見，參考周法高，金文詁林2〔C〕，香港：香港中文大學出版社，1974年，第，789～302；李零，楚國銅器銘文編年匯釋〔A〕，古文字研究（第十三輯）〔C〕，北京：中華書局，1986年，第353～397頁，收入，待免軒文存（說文卷）〔C〕，北京：廣西師範大學出版社，2015年，第216頁。

〔註207〕張亞初，論楚公豪鐘和楚公逆搏的年代〔J〕，江漢考古，1984年（4）；劉彬徽，楚系青銅器研究〔M〕，武漢：湖北教育出版社，1995年，第285～289頁。

〔註208〕朱德熙、裘錫圭、李家浩，望山一、二號墓竹簡釋文與考釋〔A〕，望山楚簡〔C〕，北京：中華書局，1995年，第68～133頁。

〔註209〕于省吾、姚孝遂，「楚公豪戈」辨偽〔J〕，文物，1960年（3）。

〔註210〕馮漢驥，關於「楚公豪戈」的真偽並略論巴蜀時期的兵器〔J〕，文物，1961年（11），收入，馮漢驥考古學論文集〔C〕，北京：文物出版社，1985年，第28～31頁。

〔註211〕高至喜、蔡季襄，對「楚公豪戈」辨偽一文的商討〔J〕，文物，1960（8、9）

〔註212〕楚文化研究會編，楚文化考古大事記〔M〕，北京：文物出版社，1984年，第41頁。

〔註213〕商承祚，楚公豪戈真偽的我見〔J〕，文物，1962年（6），收入，商承祚文集〔C〕，廣州，中山大學出版社，2004年，第305～309頁。

〔註214〕田海峰，湖北棗陽縣又發現曾國銅器〔J〕，江漢考古，1983年（3），本戈又收入《中國美術全集·工藝美術編·青銅器》（文物出版社，1985年版）第239號

〔註215〕李學勤，曾侯戈小考〔J〕，江漢考古，1984年（4）。

楚墓中所發現的帶有花斑紋兵器，具有相同特徵，均採用鎏銀工藝，因此可以肯定其是一件珍貴的西周晚期的楚式戈〔註216〕。

關於本器為楚器還是蜀器，學界也有不同看法，具體所討論的內容包括器形、斑點紋飾的鑄造技術方面。

首先，在器形方面，高大倫等認為，楚公彖曾見於鐘銘，估計其為西周晚期的人物。此戈形制與巴蜀兵器相似，表明楚文化與巴蜀文化很早就有了文化交流。而此戈的銘文風格很有特色。與湖北省棗陽出土的曾侯戈相似，代表了南方楚器的行文風格。戈上橢圓形黑斑，在其他兵器中沒有發現過〔註217〕。趙殿增認為，包括本器在內的，川湘鄂地區出土有幾件有銘文和圖像的巴蜀式銅戈，此外在四川的郫縣、萬縣、雲陽也出有 3 件類似的銘文戈。從器型看，上述這些銅戈均為巴蜀式兵器，文字形體則與巴蜀符號不同，而與楚文字相似，有些本身就是楚文字。上述各器說明了巴和楚的密切關係〔註218〕。劉彬徽指出，在西周晚期，從楚公鐘、戈的形制、紋飾看，它就並不是照搬中原地區的一套，如這件楚公戈則，吸收了巴蜀系統銅戈的特點，戈上富於裝飾藝術美的橢圓斑塊花紋，則是自身的風格……由此看來，探討楚系銅器諸特徵形成的途徑和原因，不能簡單地以源自中原、仿自中原的說法來解釋。首先應在楚文化自身發展過程中去探索其內在因素〔註219〕。高至喜認為，三件《楚公彖鐘》，其形制與西周中晚期之際周人的甬鐘類同，其紋飾與西周中期周人甬鐘的常見紋飾大體類似，可見楚人早期鑄鐘模仿周人。但不無楚所獨有的紋飾，如隧部旋轉密集的雲紋和鼓左小象即是，其雙頭龍紋也與周式鐘的顧龍紋有異〔註220〕。

本器是否為「蜀戈」，學界也有探討，如高至喜認為，安陽和鄭州的商墓中就出土有十多件類似發現，可以認為這類寬援無胡的三角形銅戈，本是中原地

〔註216〕馮軍撰「楚公彖戈」條，載，珍寶鑒別指南〔M〕，上海：上海文化出版社，1992年，第 75 頁。

〔註217〕高大倫、蔡中民、李映福主編，中國文物鑒賞辭典〔M〕，桂林：灘江出版社，1991年，第 137 頁。

〔註218〕趙殿增，三星堆文化與巴蜀文明〔M〕，南京：江蘇教育出版社，2004 年，第 671頁。

〔註219〕劉彬徽，楚系銅器略論〔A〕，楚文化研究論集（第一集）〔C〕，武漢：荊楚書社，1987 年，第 147～157 頁；收入氏著，早期文明與楚文化研究〔C〕，長沙：嶽麓書社，2001 年，第 92 頁。

〔註220〕高至喜，楚國西周銅器初論〔A〕，商周青銅器與楚文化研究〔C〕，長沙：嶽麓書社，1999 年，第 115～121 頁。

區商周銅戈中的一種，這類所謂「蜀戈」應是受商周三角形寬援戈的影響而出現的，並延續使用至戰國前期。楚人繼承商周文化在南方發展，這件楚戈就是對商周三角形寬援銅戈的直接繼承，並有所發展，如有橢圓形黑色斑塊，內上之穿為梭形等，因此我們不必從蜀戈中去尋找楚戈的來源。「楚公豪」戈的形制不是來自「蜀戈」，而是來自中原地區的商周銅戈〔註221〕。

值得注意的是，這件戈所可能反映了一些民族史的內容，如楚人活動地域，牛世山指出，這件西周晚期的楚公豪戈，與湖北省武漢市漢南區的紗帽山西周晚期遺存中出現了楚式風格的陶鬲。聯繫有關文獻記載，這些楚公所用的銅器和具有濃厚楚文化特徵的遺物在當地出現決不是偶然的，應該是楚人活動蹤跡的反映。這證明，早在西周時期，楚人已活動於長江中游一帶。這些情況無疑有利於枝江說和秭歸說，而與其他諸說相背離〔註222〕。也有學者認為，楚公豪戈是楚國最早的青銅器，其形制卻是巴蜀式的。僅從楚公蒙戈的發現，便可知在春秋以前，古老的巴文化對濫觴的楚文化影響巨大〔註223〕，不過從本文上述討論來看，既然所謂「蜀式」源自中原，則這一巴文化影響楚文化的推斷，可能並不成立。其次，關於援表面的黑色橢圓形斑塊及其鑄造技術，學界也有爭議，「有人認為源於蜀地；也有入認為這種紋飾是楚人獨創，後傳到了蜀地」〔註224〕，相關問題還值得進一步研究。總之，目前一般認為，戈為真品，銘文與戈同鑄，為楚器而非蜀戈〔註225〕。

關於本器的年代，有周厲王時〔註226〕、西周中晚期之際（及「西周中期之末或西周晚期之初」）〔註227〕、西周末年至春秋早期〔註228〕、春秋早期

〔註221〕高至喜，楚文化的南漸〔M〕，武漢：湖北教育出版社，1996 年，第 24 頁。
〔註222〕牛世山，西周時期的楚與荊〔A〕，古代文明（第五卷）〔C〕，北京：文物出版社，2006 年，第 293 頁。
〔註223〕彭萬廷、馮萬林主編，巴楚文化源流〔M〕，武漢：湖北教育出版社，2003 年，第 42 頁。
〔註224〕張正明、邵學海主編，長江流域古代美術・史前至東漢・青銅器〔M〕，武漢：湖北教育出版社，2002 年，第 150 頁。
〔註225〕高至喜，楚文化的南漸〔M〕，武漢：湖北教育出版社，1996 年，第 23 頁。
〔註226〕李幼平，論楚樂的分期與演進〔J〕，江漢考古，1991 年（1）。
〔註227〕劉彬徽，楚系青銅器研究〔M〕，武漢：湖北教育出版社，1995 年，第 285～289 頁；高至喜，楚國西周銅器初論〔A〕，商周青銅器與楚文化研究〔C〕，長沙：嶽麓書社，1999 年，第 115～119 頁，及氏著，楚文化的南漸〔M〕，武漢：湖北教育出版社，1996 年，第 28 頁；程平山，鄂西地區西周春秋楚文化探研〔A〕，夏商周歷史與考古〔C〕，北京，人民出版社，2005 年，第 250 頁。
〔註228〕李零，楚國銅器銘文編年匯釋〔A〕，古文字研究（第十三輯）〔C〕，北京：中華書

〔註229〕、春秋中期之初（及春秋早期）〔註230〕等觀點。本器可能是目前所見年代最早的楚國有銘銅器。現在根據周原西周時期《楚公𣆪鐘》的發現〔註231〕，可以排除春秋諸說可能性，本器年代應當為西周時期。

目前還見到有幾件《楚公𣆪鐘》（《集成》42、43、44，現藏日本京都泉屋博古館；《集成》45，下落不明；1998 年 7 月，陝西扶風召陳村西周建築群基址窖穴內，亦發現有一件《楚公𣆪鐘》〔註232〕，此件現藏陝西寶雞周原博物館），幾件《楚公𣆪鐘》的銘文大體類似，如《集成》44：

楚公𣆪自作寶大林鐘，孫孫子子其永寶。

對於《楚公𣆪戈》、《楚公𣆪鐘》中「楚公𣆪」的身份，主要看法如：

觀點一，讀「為」，認為「楚公𣆪」即熊鄂之子熊儀〔註233〕。

觀點二，讀為「家」〔註234〕。商周銅器中有以「家」為人名者，如《晉叔壺》（《新收》908，西周晚期）「晉弔（叔）家父乍（作）尊壺，其萬年子子孫孫永寶用享。」

觀點三，依據家、渠聲韻相同或相近，及從戈的形制、紋飾和銘文字體看，《楚公𣆪鐘》應為西周中期、而非西周晚期，認為「楚公𣆪」即楚公熊渠〔註235〕。此外，劉彬徽認為「史載楚公逆之先祖楚公𣆪時，已擴張國力『東至於鄂』（《史記‧楚世家》）」〔註236〕，按，依據《《史記‧楚世家》的記載，熊渠時候「東至

局，1986 年，第 353～397 頁，收入，待免軒文存（說文卷）〔C〕，北京：廣西師範大學出版社，2015 年，第 218 頁。

〔註229〕何琳儀、馮勝君，東周時代的文字〔A〕，中國書法全集（第 4 卷）〔C〕，北京，榮寶齋出版社，1996 年，第 31 頁。

〔註230〕夏淥，銘文所見楚王名字考〔J〕，江漢考古，1985 年（4）。

〔註231〕羅西章，陝西周原新出土的青銅器〔J〕，考古，1999 年（4）。

〔註232〕羅西章，陝西周原新出土的青銅器〔J〕，考古，1999 年（4）。

〔註233〕郭沫若，兩周金文辭大系圖錄考釋〔M〕，上海：上海書店 1999 年，第 164 頁。

〔註234〕張振林，試論銅器銘文形式上的時代標記〔A〕，古文字研究（第五輯）〔C〕，北京：中華書局，1981 年，第 49～88 頁；吳鎮烽，新見芮國青銅器及其相關問題〔A〕，兩周封國論衡——陝西韓城出土芮國文物暨周代封國考古學研究國際學術研討會論文集〔C〕，上海：上海古籍出版社，2014 年，第 58 頁。

〔註235〕張亞初，論楚公𣆪鐘和楚公逆搏的年代〔J〕，江漢考古，1984 年（4）；劉彬徽，楚系青銅器研究〔M〕，武漢：湖北教育出版社，1995 年，第 285～289 頁；劉先枚，湖北金石志周楚重器銘文拾考〔J〕，江漢考古，1991 年（3）；張正明，長江流域民族格局的變遷〔M〕，武漢：湖北教育出版社，2006 年，第 67 頁。

〔註236〕劉彬徽，楚系青銅器研究〔M〕，武漢：湖北教育出版社，1995 年，第 287 頁；江漢文化與荊楚文明〔M〕，江蘇教育出版社，2008 年，第 528 頁。

於鄂」，因此劉彬徽也是認為「楚公豪」即「熊渠」。

觀點四，朱德熙、裘錫圭、李家浩及靳健、謝堯亭將「豪」分析為從「爪」、「宀」、「豕（或至）」聲（「豪」或寫作「𡥀」），據《史記・楚世家》「熊渠卒，子熊摯紅立；摯紅卒，其弟拭而代立，曰熊延。」，熊紅即熊摯，而「摯」、「至」古音接近，因此，「疑楚公摯即熊摯。熊摯當為屬王時，與楚公豪鐘形制即字體所反映的時代正合」〔註237〕。此外，李家浩對以「楚公豪」為熊渠、熊儀、熊延、熊眴等不同說法進行了辨析〔註238〕。

觀點五，認為是熊延（熊渠子），為柯昌濟《韡華閣集古錄跋尾》提出。

觀點六，認為是熊徇，或者是熊眴〔註239〕。

這一問題的爭議比較大，一些學者的看法也曾經不一，如張正明的觀點曾有游移，在早期的《楚文化史》中認為：

> 楚公豪其人，經古文字學家考證，早則為熊渠，晚則為熊渠五代孫熊儀——即若敖。從字形、字音來看，二說都有某些根據，但都需假曲徑以通幽，孰是孰非，不易分判〔註240〕。

後又認為即熊渠：

> 楚公家鐘和楚公家戈，估計都是在熊渠東征勝利以後鑄造的〔註241〕。

近來李天虹也對此進行了總結，認為「從古文字等角度看，朱德熙的說法比較可信」〔註242〕，此從之。

此外，戈銘所見「楚公」稱謂與楚國爵位問題。吳鎮烽認為，從西周晚期銘文中的楚公家、楚公逆來看，都是自稱，是否這兩位楚君被任命為朝官，具

〔註237〕朱德熙、裘錫圭、李家浩，望山一、二號墓竹簡釋文與考釋〔A〕，望山楚簡〔C〕，北京：中華書局，1995 年，第 68～133 頁；靳健、謝堯亭《楚公逆的年代及相關問題新探》，《江漢考古》，2022 年（2）。

〔註238〕李家浩，包山竹簡所記楚先祖名及其相關的問題〔A〕，文史（第 42 輯）〔C〕，北京：中華書局，1997 年，第 15 頁。

〔註239〕李零，楚國銅器銘文編年匯釋〔A〕，古文字研究（第十三輯）〔C〕，北京：中華書局，1986 年，第 356 頁；收入，待兔軒文存（說文卷）〔C〕，北京：廣西師範大學出版社，2015 年，第 216 頁。

〔註240〕張正明，楚文化史〔M〕，上海：上海人民出版社，1987 年，第 31 頁。

〔註241〕張正明，長江流域民族格局的變遷〔M〕，武漢：湖北教育出版社，2006 年，第 69 頁；秦與楚〔M〕，武漢，華中師範大學出版社，2007 年，第 39 頁。

〔註242〕李天虹，楚國銅器與竹簡文字研究〔M〕，武漢：湖北教育出版社，2012 年，第 14 頁。

有公卿身份，目前還無法得到遙明。楚是異姓諸國，如同周天子並無統屬關係的某些以姬（矢）、姜（呂）為姓的氐羌首領一樣，可能雖無封爵，然而也自稱為「王」或者「公」〔註243〕。據此，則「楚公」可能並非是爵稱。

按，文獻所見有關楚國的稱謂，從材料的時間序列來看，包括〔註244〕：

（1）楚伯，見於周原甲骨（H11：14）「楚伯迄金秋來」〔註245〕，此外《令簋》（《集成》4300～4301，西周早期）有「隹（唯）王於伐楚白（伯）」的記載。或認為這二者的「楚伯」，當為楚蠻之首領，而不是指責楚國首領〔註246〕。

（2）楚公，除本器所見「楚公豪」外，還有「楚公逆」（《集成》106，西周晚期），一般認為楚公逆即《史記‧楚世家》記載的「熊咢」。

（3）「楚子」，具體有：

《楚子棄疾簠》（《新收》314，春秋）：「楚子棄疾擇其吉金，自作飤簠」。

《楚子■敦》（《集成》4637，春秋晚期）：「楚子■□之飤□」。

《楚子■鼎》（《集成》2231，春秋晚期）：「楚子■之飤繁」。

《楚子■鼎》（《集成》2230，戰國）：「楚子■乍（作）□貞（鼎）」。

《楚子■簠》（《集成》4575～4577，戰國早期）：「隹（唯）八月初吉庚申，楚子■鑄其飤簠，子孫永保之。」

目前來看，上述「楚子」都並非是指楚國國君。至於《楚子棄疾簠》（《新收》314，春秋），則可能是其即位前所造。

此外，值得注意的還有兩處資料，1977年，陝西岐山鳳雛村甲組宮室建築基址西廂（H11.83），出土有一件「曰今秋，楚子來告父後哉」卜辭，這裡的「楚子」有鬻熊〔註247〕、熊繹〔註248〕等不同看法。2019年初則披露有一件河南信陽

〔註243〕吳鎮烽，新見芮國青銅器及其相關問題〔A〕，兩周封國論衡——陝西韓城出土芮國文物暨周代封國考古學研究國際學術研討會論文集〔C〕，上海：上海古籍出版社，2014年，第58頁。

〔註244〕張連航，楚公、楚王及楚王子器銘考釋〔A〕，古文字與上古漢語研究論稿〔C〕，北京：中國社會科學出版社，第97～112頁。

〔註245〕李零，讀《周原甲骨文》〔A〕，古代文明（第3卷）〔C〕，北京：文物出版社，2004年，第225頁，收入，待免軒文存（說文卷）〔C〕，桂林：廣西師範大學出版社，2015年，第45～87頁。

〔註246〕尹弘兵，周昭王南征對象考〔J〕，人文雜誌，2008年（2）。

〔註247〕顧鐵符，周原甲骨文「楚子來告」引證〔J〕，考古與文物，1981年（1），收入，夕陽芻稿——歷史考古述論彙編〔C〕，北京：紫禁城出版社，1988年，第28頁。

〔註248〕李學勤，西周甲骨的幾點研究〔J〕，文物，1981年（9），收入，周易溯源〔C〕，

潢川餘樓墓地所出「楚子」器，其銘文為：

> 隹（惟）正月初吉丁亥，楚子×自乍（作）□□，其□〔註249〕

銘文「楚子」之人名尚待考。

（4）楚王，在文獻中多見，目前所見相關人物，最早為春秋時期，如「楚武王酓貑」（包山楚簡246等）、「楚文王」（清華簡《繫年》簡12等）、「楚王酓審」（《新收》1809）、「楚王領（領？）」（《集成》53）等。另外，楚簡中還有「荊王」的記載，見於新蔡葛陵楚簡乙四96、甲三5、零301＋150，及包山楚簡246「荊王，自酓鹿以就武王」。

（5）「楚君」，主要有兩件器，其一為湖南省博物館所藏的《王孫袖戈》，有「獻與楚君監王孫袖」銘文；其二為《楚君酓延尊》（《銘圖》11790），一般認為此「酓延」就是戰國晚期考烈王熊延（元）〔註250〕。

由此，從楚君的稱呼上來看，似乎經歷了西周時期的「楚子」、「楚伯」、「楚公」，到春秋時期的「楚子」、「楚王」，再到戰國時期的「楚君」。變化表現在兩個方面。一方面是「楚王」的出現，在規格方面上升；同時則是「楚伯」、「楚公」等的消失，而則只保留了楚子，並且「楚子」不再用來指代楚國國君。在戰國時「楚王」、「楚君」的用法同時存在，似沒有明顯高低之別。

綜上，湖南出土的這件《楚公豪戈》，銘文字數雖然較少，但內容並不簡單，不僅僅是目前所見比較早的西周楚國青銅器；同時還可藉助本器「楚公」銘文，對楚國國君之稱謂問題進行梳理，在這方面也具有一定價值。

三、春秋器

38.《樊君匜》

器形、銘文照片（見下頁）：

時代：春秋早期晚段〔註251〕／中期

成都：巴蜀書社，2006年，第177～189頁。

〔註249〕2018年度考古工作彙報與交流會（二）〔EB／OL〕，河南省文物考古研究院網站，2019年1月13日。

〔註250〕蘇建洲，論新見楚君酓延尊以及相關的幾個問題〔A〕，出土文獻（第6輯）〔C〕，上海：中西書局，2015年，第55頁。

〔註251〕王光鎬，楚文化源流新證〔M〕，武漢：武漢大學出版社，1988年，第225頁。

 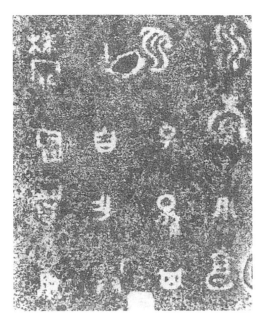

器蓋銘文　　　　　　　　　器底銘文

出土：據傳解放前在長沙市郊楊家山長沙王后（劉嬌）墓中出土〔註252〕

現藏：湖南省博物館

著錄：《考古》1963 年第 12 期、《集成》10256、《楚系》

形制：器已破碎，作土黃色。蓋上滿飾蟠璃紋，有一立鳥為捉手。器作獸頭形，
　　　四足低矮，尾端有獸形扳

度量：通高 15.4 釐米，長 25 釐米

字數：18

銘文：樊君夔用□自乍（作）□也（匜），子=孫=其永寶用之　（器底、器蓋）

疏證：

　　　關於銘文的爭議，主要在於「[圖]」、「[圖]」，簡報中分別釋為「[圖]」、「道」

〔註253〕，後于豪亮分別釋為「樊」、「夔」〔註254〕，學界多從之。又，銘文中缺
少兩個字，劉彬徽將「用」後擬補為「吉（金）」〔註255〕，《集成》10256 此處
補為「其」，《集成》10256 又將「乍（作）」後擬補為「浜（浣）」。

〔註252〕湖南省博物館，介紹幾件館藏周代銅器〔J〕，考古，1963 年（12）。
〔註253〕湖南省博物館，介紹幾件館藏周代銅器〔J〕，考古，1963 年（12）。
〔註254〕于豪亮，論息國和樊國的銅器〔A〕，于豪亮學術論集〔C〕，上海：上海古籍出版
　　　　社，2015 年，第 223 頁。
〔註255〕劉彬徽，楚系青銅器研究〔M〕，北京，湖北教育出版社，1995 年，第 296～297
　　　　頁。

此前已經有一些樊國器，如目前還發現在上海博物館藏有一件民國時期《樊君簠》全形拓本，本器也收錄於《集成》4487、《銘圖》5777，年代為西周早期（見下圖），吳鎮烽釋其銘文為：

樊君麤之飤匠（簠）

從文獻的記載來看，先秦有嬴姓、子姓等的樊國。《論語後錄》「樊氏有二，姬姓仲山甫之後，蓋以邑為氏者也。又殷之後有樊氏」，但由於殷後之樊氏未見有封國的記載，殷為子姓，所以這是子姓之樊。因為未見有封國的記載，所以目前相關的銅器似應與其無關〔註256〕。

此外，還有姬姓樊國，西周時都於陝西長安縣東南，後東遷至太行之南，黃河之北的陽邑（河南省濟源市西南），故曰「陽樊」。樊國係周太王之子虞仲的後代，《詩·大雅·蒸民》有「王命仲山甫，城彼東方」的記述。仲山甫即周宣王的卿士氣，食采於樊，《國語·周語上》有仲山父諫阻周宣王，不要立魯武公幼子為魯國太子之事。仲山父還勸阻宣王不要「料民於太原」。《左傳·莊公二十九年》「樊皮（即樊侯仲皮）叛王」。前664年，周王命虢公討伐樊國，並把樊皮抓回京師。前635年，周王將陽樊之地賜給晉國，晉文公圍樊，樊人不服，後有感於樊人德行，才放樊人出城，樊國遂為晉國所有。近來在山東地區發現有一件《樊伯鼎》，銘文為：

唯樊伯□鑄鼎鬼（？）中□□□，其萬年無疆，子=孫=永寶用。

目前多認為這件器屬於姬姓樊國〔註257〕。

此外，還有嬴姓樊國，其地所在曾有爭論，一說認為在湖北襄陽，如《路

〔註256〕于豪亮，論息國和樊國的銅器〔A〕，于豪亮學術論集〔C〕，上海：上海古籍出版社，2015年，第223頁。

〔註257〕王仕安、劉建忠、李凱，山東日照首次發現春秋時期樊國銘文青銅器〔J〕，中原文物，2012年（4）。

史‧國名紀‧丁商氏後篇》：「今襄之鄧城有樊城鎮，漢之樊縣，有古樊城，樊，侯國也」，《輿地沿革表》卷十七：「樊國在城北漢江上，即今樊城地，為仲山甫所封。其滅於楚，蓋在春秋之前。」

　　但根據相關考古發現，上說說法可能不確。前引于豪亮文並指出，從信陽平橋西南山嘴「樊君樊夫人」合葬摹，所發現的樊夫人銅器上有「龍贏」二字，贏是她的夫姓來看，表明贏姓的樊國就在信陽一帶。1978 年，河南信陽平橋一號墓出土《樊君夔盆》等器，墓葬出土器物都是春秋早期的典型器物。因而可以推斷，楚在春秋以前滅樊之後，樊君樊夫人遷到了信陽。該合葬墓是 M2（樊君墓）打破 M1（樊夫人墓），學者多指出其年代與湖南這件《樊君夔匜》同。馬承源認為信陽樊君器為春秋中期〔註258〕。目前多認為，上述河南信陽出土的「樊夫人龍贏」、「樊君夔」等銘文銅器，與 60 年代湖南省博物館公布的「樊君夔」匜，應該是同一個人〔註259〕。關於信陽平橋樊君銅器的性質，此前有不同意見，如：（1）為樊國墓，銅器為樊國器〔註260〕；（2）樊君是楚的同姓，非諸侯而是楚封君〔註261〕；（3）楚國另立的芈姓樊國的樊君之墓，屬楚系墓葬與楚系銅器，為楚的同宗小國〔註262〕。綜合來看，高崇文認為，「從這組銅器的時代和風格看，不可能是楚墓或楚器」〔註263〕。因此，信陽平橋樊君銅器應當為春秋中期樊國之器，而湖南省博物館所藏這件《樊君匜》，年代也應當與之接近。

　　附帶提及，從人名用字習慣來看，「夔」是一個佳名，傳堯舜時有名為「夔」的樂正，《韓非子》有如下記載：

> 魯哀公問於孔子曰：「吾聞古者有夔一足，其果信有一足乎？」
> 孔子對曰：「不也，夔非一足也。夔者忿戾惡心，人多不說喜也。雖然，其所以得免於人害者，以其信也，人皆曰獨此一足矣，夔非一足也，一而足也。」哀公曰：「審而是固足矣。」

〔註258〕馬承源，中國青銅器〔M〕，上海：上海古籍出版社，1988 年，第 444 頁。

〔註259〕沈建華，從清華簡《楚居》看丹淅人文區位形成〔A〕，楚簡楚文化與先秦歷史文化國際學術研討會論文集〔C〕，武漢：湖北教育出版社，2013 年，第 200 頁。

〔註260〕歐潭生，信陽地區楚文化發展序列〔A〕，楚文化覓蹤〔C〕，鄭州：中州古籍出版社，1986 年，第 70～89 頁；劉彬徽，楚國春秋早期銅禮器簡論〔A〕，楚文化覓蹤〔C〕，鄭州：中州古籍出版社，1986 年，第 30～34 頁。

〔註261〕李學勤，光山黃國墓的幾個問題〔J〕，考古與文物，1985 年（2）。

〔註262〕劉彬徽，楚系青銅器研究〔M〕，武漢：湖北教育出版社，1995 年，第 64、297 頁。

〔註263〕高崇文，楚墓的考古發現與研究〔A〕，古代文明（第 8 卷）〔C〕，北京：文物出版社，2010 年，第 194 頁。

可見樂正夒以賢能見稱，後世還有「四夒」之稱，用來稱讚同時共事的賢才。可見樊君名「夒」，正為佳名。

39.《愠兒盞》

器形、銘文照片：

 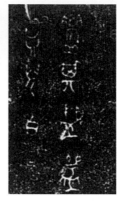 

《愠兒盞》器形　　　　　　器蓋銘文　　　器內銘文

時代：春秋中晚期之際〔註264〕

出土：1986 年，岳陽市筻口鎮鳳形嘴山墓葬 M1〔註265〕

現藏：岳陽博物館

著錄：《新收》1374、《近出》1025

形制：扁圓形，蓋隆起，器身直口，方唇，平沿。器身、蓋上飾絇索紋，間以蟠螭紋、蟠虺紋

度量：通高 18 釐米，口徑 19.5 釐米。

字數：8

銘文：愠兒自□（作）鑄其盞盂（器身、蓋內壁均有）

疏證：

本器年代或認為屬於春秋中晚期之際，或者認為屬於春秋中期晚段偏早〔註266〕。

在一些普及報導中，曾認為本器銘文大意為「春秋時期湘北一帶，形勢大

〔註264〕劉彬徽，楚系青銅器研究〔M〕，武漢：湖北教育出版社，1995 年，第 322 頁。

〔註265〕岳陽市文物工作隊，湖南省岳陽鳳形嘴山一號墓發掘簡報〔J〕，文物，1993 年（1）。

〔註266〕黃錦前，說「盞盂」——兼論楚系盞盂的形態與功能〔A〕，湖南省博物館館刊（第 11 輯）〔C〕，長沙：嶽麓書社，2015 年，第 260～279 頁。

好，它是楚國堅實的農業生產基地，鑄成楚國強盛的基礎」〔註267〕，上述解釋大謬。

銘文中的人名「▨」，有釋「㥄」（報告、《新收》1374）、「息」（《近出》1025）、「慍」（劉釗）〔註268〕、「圅」（鄒芙都）等看法，目前多從釋「慍」之說。「慍兒」之名，學者或認為是由於受到徐文化的影響。按，在東周金文中人名帶「兒」的現象多見，如《都兒罍》（《新收》1187，春秋中期）「隹（唯）正月初冬吉，都兒擇氒（厥）吉金自乍（作）寶罍，眉壽無諆（期），子子孫孫永保用之」、《唐子仲瀕兒匜》（《新收》1209，春秋）「隹（唯）正月▨已未，唐子中（仲）瀕兒擇其吉金，鑄其御沬匜」等，由此可見，不必認為人名中「有兒」字，就是受到徐文化的影響。

又關於器物自銘「▨」，有釋「尝」、釋「甹」為「盞」字異體〔註269〕、釋「盂」〔註270〕等看法，本文從釋「盂」之說。從器形角度而言，楚系盞盂大致可分為鼎式盞與敦式盞兩類，或認為這件《慍兒盞》應當屬於鼎式盞之類。

目前所見自銘為「盞」的器物，主要有：

《▨於▨盞》（《集成》4636，春秋晚期）：「▨於▨之行盞。」

《王子申盞》（《集成》4643，春秋）：「王子申乍（作）嘉奶盞盂，其眉壽無期，永保用之」

《中姬盞》（《新收》502，春秋晚期）：「中（仲）姬□之盞。」

《鄬王孫盞》（《新收》1771，春秋晚期）：「王孫□媧擇其吉金自乍（作）飤盞」鄬

〔註267〕常立軍，湖南十四城博物館，誰的鎮館之寶最動人？〔N〕，瀟湘晨報 2021 年 7 月 25 日，第 8 版

〔註268〕劉釗，釋慍〔A〕，容庚百年誕辰紀念文集〔C〕，廣州：廣東人民出版社，1998 年，第 479～485 頁，收入，古文字考釋叢稿〔C〕，長沙：嶽麓書社，2004 年，第 149～156 頁。

〔註269〕趙平安，金文考釋五篇〔A〕，容庚百年誕辰紀念文集〔C〕，廣州：廣東人民出版社，1998 年，第 448～453 頁；李家浩，葛陵村楚簡中的「句郢」〔A〕，安徽大學漢語言文字研究叢書・李家浩卷〔C〕，合肥：安徽大學出版社，2013 年，第 270 頁。

〔註270〕黃錦前，說「盞盂」——兼論楚系盞盂的形態與功能〔A〕，湖南省博物館館刊（第 11 輯）〔C〕，長沙：嶽麓書社，2015 年，第 260～279 頁；鄧佩玲，談王子申盞蓋銘文及其拓本〔A〕，青銅器與金文（第 4 輯）〔C〕，上海：上海古籍出版社，2019 年，第 124 頁；鄧佩玲，新出金文及文例研究〔M〕，上海：上海古籍出版社，2019 年，第 227～230 頁。

《大府盞》(《集成》4634,戰國晚期):「大府之饋盞。」

其相關器形,如:

《中姬盞》 《鄦王孫盞》 《大府盞》

在上述資料中,值得注意的有兩件,一是《中姬盞》,其銘文見下圖:

《中姬盞》銘文 1、2 《王子申盞》銘文 《楚王酓審盂》器形及銘文

從本器來看,器形應當屬於「敦」,故《新收》將本器名為《中姬敦》〔註271〕,但本器自銘為「 」、也就是「盞」。其二是《王子申盞》器自銘為「盞 (盂)」,此自銘與《慍兒盞》自銘「盞 」類似,應當也就是「盂」。

至於「盞盂」連用,陳劍曾指出「從形制上看,盞有著繁鼎的種種特徵,也可以說帶有繁鼎特徵的遺跡,表明它可能是從繁鼎中分化出來的。從功用上來說,二者也有共通之處」〔註272〕,表明「盞盂」這一稱謂,應當與其器形有關。目前還有一件《楚王酓審盂》(《新收》1809,春秋中期),銘文為「楚王酓審之盂」,器形實際也屬於盞〔註273〕,其實也應當與上述有關。

據此,對照上述相關器物,本文贊同《慍兒盞》自銘「盞 」當釋為「盞盂」,器形為盞。

〔註271〕鍾柏生、陳昭容、黃銘崇、袁國華,新收殷周青銅器銘文暨器影彙編〔M〕,臺北:藝文印書館,2006 年,第 368 頁。

〔註272〕陳劍,青銅器自名代稱、連稱研究〔A〕,中國文字研究(第 1 輯)〔C〕,南寧:廣西教育出版社,1999 年,第 355 頁。

〔註273〕李學勤,楚王酓審盞盂及有關問題〔N〕,中國文物報紙,1990 年 5 月 31 日

40.《羅子篾盤》

器形、銘文照片：

時代：春秋

出土：1993 年，汨羅市高泉山水泥廠墓葬〔註274〕

現藏：故宮博物院

著錄：《中國歷史文物》2004 年第 5 期

形制：平沿、弧壁、淺腹、平底、雙附耳、三獸蹄足。器壁飾蟠螭紋

度量：口徑 37.5、底徑 33.5、腹深 5.2、通高 8.2 釐米

字數：22

釋文：隹（唯）正月初吉乙亥，邥子篾擇其吉金，鑄其盥盤，子孫用之　（底部）

疏證：

　　主要爭議在於銘文中的人名用字，如「」，有釋「羅」、「邥」（索）〔註275〕等不同意見；「」，一般分析為從左（精母歌部）得聲，讀為羅（來母歌部），認為和春秋時期的「羅」國有關。汨羅市城關鎮西北約 3 公里有古羅城遺址，現屬岳陽市屈原管理區河市鎮古羅城村。此前多認為高泉山西北離羅子國城址 4 公里。公元前 7 世紀初葉，楚武王滅羅，將羅國貴族和人民遷往枝江。《漢書·

〔註274〕張春龍、胡鐵南、向開旺，湖南出土的兩件東周銅器銘文考釋〔J〕，中國歷史文物，2004 年（5）。

〔註275〕何琳儀、程燕，湘出二器考〔A〕，湖南省博物館館刊（第 2 輯）〔C〕，長沙：嶽麓書社，2005 年，第 290～293 頁。

地理志下》「長沙國」有「羅」縣，應劭曰：「楚文王徙羅子自枝江居此。」《水經注》「枝江地，故羅國」。

按，根據近期的考古發現〔註276〕，此城並非春秋城，而為戰國城，可能為楚國羅縣。在「2015湖南考古彙報會」上，考古人員就古羅城遺址考古調查、試掘工作進行了彙報。發掘結果表明，羅城遺址內雖然存在春秋時期的遺存，但城址的修建始於戰國時期，漢六朝時期城址繼續沿用，六朝時期利用戰國古城的東、南城牆興建了一個包含東西兩個並列城圈的小城。因此，羅城遺址並不是所謂「羅子國」的都城，而是一處戰國時期的楚國縣城，極有可能是出土簡牘和文獻記載中的楚國「羅」縣城遺址。湖南省文物考古研究所於2015年10月底開始，對古羅城遺址進行了為期兩個多月的考古調查和試掘。古羅城遺址的年代可早至春秋，這部分遺存應當與文獻記載的楚文王時期將羅國遺民從枝江遷來此地的歷史事件相關，但古羅城建城的年代則要晚至戰國，因此它並非春秋時期遷來的羅國遺民所興建的都城，古羅城應當是戰國時期的楚國在大規模開發南方的過程中所建設的一座縣城，古羅城遺址也應當就是秦至隋代以前的楚國「羅」縣縣城。

值得注意的是，同為湖南地區發現的《燕客銅量》（《集成》10373，戰國晚期）記載有「羅莫囂」：

> 燕客臧嘉聞（問）王於▨郢之歲，言（享）月己栖（酉）之日，酈（羅）莫敖臧▨，連敖屈▨，以命攻（工）尹穆酉（丙），攻（工）差（佐）競（竟）之，寨（集）尹陞（陳）夏，少寨（集）尹龔▨（賜？），少攻（工）差（佐）▨（孝？）癸，鑄廿＝金▨，以賺。

由此，這件《羅子篋盤》中的「羅子」，可能並非春秋時期羅國國君。

而「▨」則有釋釋「篋」、「熾」〔註277〕等看法。「▨」形體與包山簡157號「篋尹舟」之「篋」形體稍異，而與慈利楚簡形體同。「子篋」或是墓主人之

〔註276〕李婷、胥揚，汨羅古羅城遺址獲重大考古發現，係戰國時期楚國羅縣遺址〔N〕，岳陽日報2016年1月19日第2版；盛偉等，湖南岳陽羅城遺址2015年度發掘簡報〔J〕，江漢考古，2021年（2）。

〔註277〕何琳儀、程燕，湘出二器考〔A〕，湖南省博物館館刊（第2輯）〔C〕，長沙：嶽麓書社，2005年，第290～293頁。

名，「子」也可能是爵位或美稱。

此外，值得注意的是，目前還發現有一件《羅子戉提鏈壺》（下圖）：

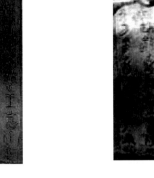

《羅子戉提鏈壺》器形　　　　銘文　　　銘文（經色彩處理）

本器年代為戰國早期〔註278〕，1996 年出土於平頂山應國墓地（編號 M313：111），通高 32.3 釐米，口徑 9.8 釐米，底徑 11.2 釐米，現藏平頂山市文物局。與之同出的銅禮器計有鼎、簋、敦、尊缶、浴缶、盤、匜、盉、斗等，樂器有銅編鎛、銅編鐘、石編磬等，此外還有一些仿銅陶禮器、銅兵器、銅車馬器和玉器等。該墓是一座大型長方形豎穴土坑墓。墓主人享用七鼎禮制，並使用成套的銅、石樂器，應屬於楚國下卿一級貴族。圓形子口蓋，蓋面上隆，蓋周邊有垂直折壁，頂部中心設一立式環鈕，環鈕上套接的一段鏈環與提鏈相連接。器身母口較直，細長頸。頸兩側有一對環鈕形雙繫，雙繫之間連接以雙道馬銜狀提鏈，提鏈的正上方為一彎曲的橫樑，便於手握。蓋表面飾蟠蛇紋，頸、腹部各飾二周細密蟠虺紋，圈足飾凸箍狀絢索紋。提鏈握手兩側飾獸面紋，正背面飾波狀卷雲紋間三角形紋。在環繞壺的頸部，呈順時針方向鑄銘文 2 周 49字，銘文記載此壺是用來盛酒的，鑄造者是羅國貴族羅子戉〔註279〕。

按，從已經公布的圖片來看，可以看出《羅子戉提鏈壺》銘文中有「楚王」二字，由此，可以思考「羅子戉」是否為國君。也由此我們似可以對「羅子箴」的身份重新思考，他可能並非是國君，而是貴族。不過限於資料有限，目前還難以進一步詳考。對照已經發現的相關楚彭氏器，我們認為上述《羅子箴盤》，應當屬於楚國羅氏之器。

〔註278〕王龍正、王宏偉，南北交匯的青銅文化〔J〕，文史知識 2010 年（11）；王龍正，古
　　　　　應國訪問記〔M〕，北京：中國國際廣播出版社，2010 年，第 72 頁。
〔註279〕秦文生、張鍇生主編，中原文化大典·文物典·青銅器〔M〕，鄭州：中州古籍出
　　　　　版社，2008 年，第 971 頁。

41.《子仲盆蓋》

器形、銘文照片：

時代：春秋早期〔註280〕

出土：不明

現藏：湖南省博物館

著錄：《考古》1963 年第 12 期、《總集》6921、《殷周金文集錄》、《集成》10340、
　　　《海岱》167.14

形制：蓋中有提手，滿飾蟠螭紋，兩側各有一方形缺口，作深褐色。

度量：直徑 25.2 釐米。

字數：31（重文 2）

釋文：隹（唯）八月初吉丁亥，彭子中（仲）擇其吉金，自乍（作）饙（饙）
　　　盆，其眉壽無疆，子=孫=永寶用之（蓋底）

疏證：

　　「彭」，多釋饙「彭」〔註281〕，可從。「饙」，多釋「饙（饙）」〔註282〕，目
前也無疑義。

　　彭國為先秦古國，《甲骨文合集》7073 有「取三十邑彭、龍」的記載，金
文則有《彭伯壺》（《新收》315，西周晚期或春秋早期）：

〔註280〕張昌平，由「擇其吉金」等楚系金文辭例看楚文化因素的形成與傳播〔A〕，方國
　　　　的青銅與文化──張昌平自選集〔C〕，上海：上海人民出版社，2012 年，第 69 頁。
〔註281〕董蓮池，新金文編〔M〕，北京：作家出版社，2011 年，第 1169 頁。
〔註282〕陳青榮、趙緼，海岱古族古國吉金文集〔M〕，濟南：齊魯書社，2011 年，第 3596
　　　　頁。

彭白（伯）自乍（作）醴壺，其子子孫孫永寶用之。

其地所在，此前有多重意見，認為在江蘇徐州、甘肅慶陽、四川彭山、湖北房縣者均有之，但是目前在上述地區，都沒有相關的考古發現。

不過，目前在河南南陽地區發現有較多彭國與楚彭氏家族銅器，值得注意。如 1974 年 2 月，南陽市博物館在南陽市西關煤場清理了一批春秋時期的青銅器，發現有「彭伯自作醴壺，其子子孫孫永寶用止」的兩件銘文銅壺，但人名部分被鏟去〔註283〕，從器型、銘文、花紋而言，應當是是西周之際以「彭」為國名的國君自作之器。後來還發現有春秋時期的楚申縣縣公「申公彭宇墓」，以及《彭子射鼎》〔註284〕、彭子壽墓、彭啟墓等。由此，上述文獻和考古材料之間的地理異同，以及彭國是否有過遷徙及其過程，都還值得繼續關注。

「彭子」之名在金文中多見，如目前已經發現有前述「彭子射」、「彭子壽」器，可見此處的「子」應當為美稱，而不是指爵位等。

學者分析認為，楚滅彭後，並未將彭的宗廟等毀掉，或瓜分其重器，而是仍然允許原來彭國君臣擁有相關彭器，但彭國君臣為求信任，將「彭伯」等銘文刮掉，以取得楚王信任，以後彭氏長期擔任楚申縣縣公，應當於此有關。如目前發現的彭子壽墓材料雖然有限，但是已經由相關銘文，包括（1）《彭子壽簠》（《銘圖續編》497）：「彭子壽擇其吉金，自作飤簠，其眉壽無期永寶用之」；（2）《申公壽簠》（《銘圖續編》498）：「申公壽擇其吉金，自作飤簠，其眉壽無期永寶用之」，可知彭子壽曾經擔任過楚國申公〔註285〕。

又如《申公彭宇壺》（《集成》4611，春秋早期）：

隹（唯）正十又一月辛巳，申公彭宇自乍（作）瀝匜，宇其眉壽

萬年無疆（疆），子子孫孫永寶用之。

表明彭宇也曾擔任楚國的申縣之縣公。

至於湖南省的這件《𥂕子仲盆蓋》，應當也屬於楚彭氏之器，可能與楚滅彭國之後，彭國銅器流散有關。

〔註283〕王儒林、崔慶明，南陽西關出土一批春秋青銅器〔J〕，中原文物，1982 年（1）。

〔註284〕南陽市文物考古研究所，河南南陽春秋楚彭射墓發掘簡報〔J〕，文物，2011 年（3）。

〔註285〕南陽市文物考古研究所，河南南陽春秋楚彭射墓發掘簡報〔J〕，文物，2011 年（3）。

《彭子壽簠》（《銘圖續編》497）　　　《申公壽簠》（《銘圖續編》498）

42.《楚屈叔沱戈》

器形、銘文照片：

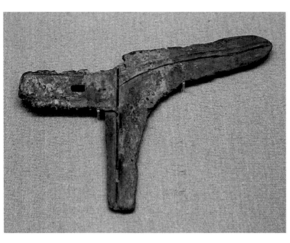 

時代：春秋晚期〔註286〕

出土：長沙收集〔註287〕

現藏：湖南省博物館

著錄：《集成》11198、《中國古兵器集成》P166～167

形制：不詳

度量：不詳

〔註286〕（臺灣）林清源，楚國金文資料分期彙編〔J〕，「興大」人文學報（第33期，2003
　　　　年6月），第8頁。

〔註287〕周世榮，湖南楚墓出土古文字叢考〔A〕，湖南考古輯刊（第一輯）〔C〕，長沙：嶽
　　　　麓書社，1982年，第87～99頁。

字數：7

釋文：楚屈叔佗之元用　　（胡）

疏證：

　　「元用」，在銘文中常見，如《吳王夫差劍》：「自作其元用。」《梁伯戈》：「梁伯作官行元用。」郭沫若《奴隸制時代》中認為，「元者善之長也。是頂好的意思。『元用』大約就是說頂好的武器。」沈寶春《商周金文錄遺考釋》認為，「元用」一詞為兵器銘慣用語，「元」當形容詞、副詞解，善也，「用」為器用之義。

　　銘文中的人名用字「」，有釋「沱」（劉彬徽、鄒芙都）、「池」（李零）、「佗」（徐在國）等不同意見。暫從釋「沱」之說。

　　關於本器年代，一般認為是春秋晚期，也有春秋早期〔註288〕、春秋中期等不同意見，如劉彬徽認為：

　　　　如此說可信，此戈的年代應為公元前597年前後。這是以史事為據，那麼器物形制上有沒有明顯的時代特徵呢？何浩援引王光鎬意見，從形制特徵定為春秋中期是對的。現還可補充淅川下寺的材料，從此戈拓本並對照實物看，它與下寺M8的以鄧戈最為接近。這個墓的年代我們斷為東周二期末年，也與據史事推斷此戈的年代接近。有了這一新材料的驗證，說屈叔沱即楚莊王時的屈蕩，基本可信。《匯釋》把此戈定為戰國中期，顯然定得晚了。穩妥地說，此戈的相對年代定為春秋中期是沒有問題的〔註289〕。

　　此外，值得注意的是，除本器之外，目前還有一件《楚屈叔佗戈》，為劉體智舊藏、收錄於《集成》11393（及《貞松堂集古遺文》11‧35、《安徽出土金文訂補》38），銘文為：

　　　　楚王之元用。王鐘生於缶。楚屈叔沱、屈□之孫。

　　何浩認為銘文所缺第六字為「完」，表明他是屈完之孫。元右即戎右，是與王同車的勇力之士，持長兵器，也就是《小戎》中的車右。此外，田成方指出，劉體智舊藏的這件《楚屈叔佗戈》，銘文「屈□之孫，楚屈叔佗」中所缺之字，

〔註288〕尹弘兵，荊楚關係問題新探〔J〕，江漢論壇，2010年（3）。
〔註289〕劉彬徽，楚系青銅器研究〔M〕，武漢：湖北教育出版社，1995年，第308頁。

可能是屈氏之祖「屈約」，但是代生認為從字形來看，還有待確定〔註290〕。

屈蕩，為春秋楚莊王時的大夫，為屈到之父，屈建祖父。參加公元前597年（魯宣公十二年、楚莊王十七年）的邲之戰。學者多認為上述銘文中的「屈叔沱」即「屈蕩」，叔沱其字，蕩為其名，沱、蕩音近義通。吳靜安認為「蕩與沱都是蓄水的場所，故可相訓詁。」〔註291〕，又指出：

> 屈申之祖屈蕩，即《屈叔沱戈》之「屈叔沱」。蓋沱字蕩，而屈
> 乘亦字子蕩，後別焉乘氏〔註292〕

黃錫全認為，這兩件《屈叔沱戈》應當為同一人所造，器形類似於安徽舒城九里墩春秋墓所出一件戟，故年代大致時代可定為春秋中、晚期之際。人物年代也與楚莊王在位時期（前613～前591年）的屈蕩大致相合。不過，他也提出另外一種看法，目前發現有年代晚於《屈叔沱戈》的《塞公屈頪戈》，而「屈頪」可能是楚康王在位（前559～前545）時期的屈蕩，也補充文獻所不見的楚屈氏一支受封為「封君」〔註293〕。此外，鄒芙都則認為《楚屈叔沱戈》（劉體智舊藏）的器主以往認為是屈叔沱，實應是其子之器〔註294〕。

43.《繆叔義行之用戈》

器形、銘文照片：

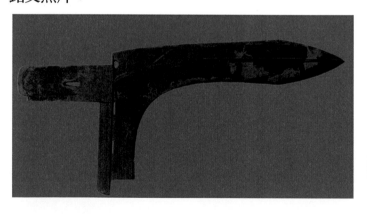

〔註290〕田成方：《東周時期楚國宗族研究》〔M〕，北京：科學出版社，2016年，第55頁，代生，清華簡《楚居》與楚辭研究三題〔J〕，濟南大學學報，2016年（3）。

〔註291〕吳靜安，「帝高陽之苗裔兮，朕皇考曰伯庸」解〔J〕，南京師範學院學報，1983年（1）；何浩，楚屈叔沱戈考〔J〕，安徽史學1985年（1）。

〔註292〕吳靜安，春秋左氏傳舊注疏證續〔M〕，長春：東北師範大學出版社，2005年，第216頁。

〔註293〕黃錫全，記新見塞公屈頪戈〔A〕，考古學研究（六）〔C〕；古文字與古貨幣文集〔C〕，北京：文物出版社，2009年，第330～331頁。

〔註294〕鄒芙都，楚國銅器銘文箚記七則〔J〕，雲南民族大學學報（社會科學版），2005年（2）。

時代：春秋中期後段

出土：2004 年 12 月 12 日汨羅市司法局宿舍工地 M1

現藏：長沙市博物館〔註 295〕

著錄：《長沙市文物徵集集錦》〔註 296〕、《中國文物報》2018 年 7 月 31 日

形制：中長胡三穿，最上一穿較短，近半圓形，下面兩穿呈豎長方形，胡下端與闌成直角。援身較長，稍向上翹，中間有脊，脊尤為突出，截面幾乎呈方形。前鋒作寬大的三角形。內飾勾邊雙線紋，中部近前有一長方形穿。

度量：通長 27.7cm，內長 8cm，闌長 11.5cm。

字數：6

釋文：繆（鄝）叔義行之用（穿側胡部）

疏證：

本器與春秋早期銅戈的援呈圭狀不同，胡部變長，援部略微上翹，援身脊線明顯，援部中間最窄，前鋒膨大，脊線明顯。與河南光山春秋早期晚段黃君孟夫婦墓出土的《黃君孟戈》、湖北隨州春秋中期偏晚階段季氏梁墓地所出的《曾大攻尹季怡戈》、河南淅川下寺 36 號墓出土《鄝子妝戈》(《新收》409，春秋中期）等，器形相似，故湖南這件《繆叔戈》的年代，定在春秋中期後段較為合適。

關於銘文中的「叔」，或認為即「國君之弟」，尚待證實。「義行」為金文中常見人名，如《曾子義行簠》(《新收》1265，春秋）：

曾子義行乍（作）飤簠，子子孫孫其永保用之。

先秦時期存在多個蓼國，金文有《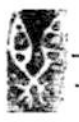士父鬲》(《集成》715～716，西周晚期）：

士父乍（作）蓼妃尊鬲，其萬年子子孫孫永寶用。

由此處之「蓼妃」，可見「蓼」為西周時期的古國。具體包括：

（1）己姓蓼國，位於南陽盆地河南唐河縣湖陽鎮一帶，飂叔安之後嗣；

（2）姬姓蓼國，位於淮河中游南岸支流史河下游的河南固始縣，為顓頊高陽氏後裔；楚國鄝縣也可能在區域內；

（3）偃姓「舒蓼」，出於皋陶，位於江淮之間的今安徽省境。

〔註 295〕潘鈺，長沙市博物館藏的幾件楚式銅兵器〔N〕，中國文物報 2018，7，31

〔註 296〕周英主編，長沙市文物徵集集錦〔M〕，長沙：湖南美術出版社，2007 年，第 17 頁。

至於本器，現在多認為包括這件湖南《繆叔義行之用戈》、《鄼子妝戈》等在內，都是屬於姬姓蓼國。本器流傳至湖南地區，則可能與楚滅蓼國之後、蓼器流散有關。

44.《孟叔銅匜》

器形、銘文照片：暫缺

時代：春秋〔註297〕

出土：清同治 12 年（1873）在岳州花橋港出土

現藏：不詳

著錄：《湖南省志・文物志》

形制：出土時疑為黃金，其後表面花紋被損毀

度量：不詳

字數：15

釋文：孟叔作寶匜，其萬年子子孫孫永寶用。

疏證：

先秦時期的「孟」地有二，一為宋地「唐孟」（河南睢縣），一為孟縣（在山西陽曲東北），《湖南省志・文物志》認為銘文中的「孟」可能為地名。不過，春秋時期魯國「三桓」（魯桓公三個兒子的後裔）中有「孟叔氏」，從本器銘文來看，其中的銘文「孟」可能並非地名，而應當為人名。

45.《愚公銘文戈》

器形、銘文照片：

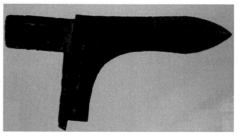

時代：春秋〔註298〕

〔註297〕湖南省地方志編纂委員會，湖南省志・文物志〔M〕，長沙：湖南出版社，1995 年，
　　　　第 306 頁。
〔註298〕衡陽文明網，http://hnhy.wenming.cn/zt/wzbwgdn2018/cpzs/201811/t20181122_555

出土：1976 年衡陽市廢舊物資公司調撥

現藏：衡陽博物館

著錄：《歲月衡陽—衡陽博物館藏文物精選》〔註 299〕

形制：長援，脊呈條狀凸起，雙面刃，胡較短，上有穿孔

度量：援長 29.6 釐米，闌長 13.1 釐米

字數：8

釋文：恩（？）公之元壽之用殳

疏證：

　　關於本器，現在還缺乏比較精確的資料，上述器形圖及釋文取自「衡陽文明網」中有關衡陽市博物館有關藏品的具體介紹中，但可能釋文還需待確證。如在「衡陽市文體廣電新聞出版局」的網站上，筆者查閱到「衡陽市館藏二級文物」名單，其中提到有衡陽市博物館的春秋「愚公」銘文戈〔註 300〕，又在《歲月衡陽—衡陽博物館藏文物精選》中著錄有一件「恩公」銅戈，並釋本器銘文為：

　　　　恩公之元壽之用殳。

　　二者所指應當為同一器，但一釋為「恩」，一釋為「愚」。此外，《集成》11280收錄有一件《愚公戈》，銘文為「愚公之元戈。壽之用交」，可能即衡陽本器。一些承釋「交」說的學者，或進一步讀為「效」〔註 301〕。

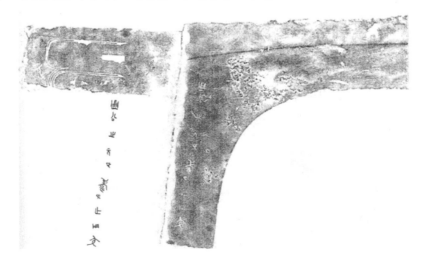

　　　　7455.html。

〔註 299〕李安元主編，歲月衡陽——衡陽博物館藏文物精選〔M〕，長沙：嶽麓書社，2010年，第 14 頁。

〔註 300〕衡陽市文體廣電新聞出版局，http://www.sjjypz.com/t20160909_565390.html。

〔註 301〕傅華辰，兩周金文形容詞研究〔M〕，合肥：黃山書社，2016 年，第 64 頁。

這件衡陽《恿（？）公銘文戈》的詳細情況，還需相關資料的公布才能做進一步研究。

四、戰　國

46.《競矛》

器形、銘文照片：

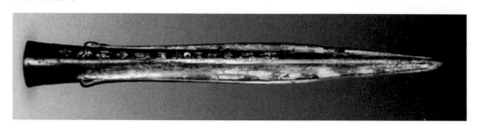

時代：戰國中晚期

出土：2006 年 6 月，湖南省張家界市永定區且住崗野貓溝戰國墓〔註302〕

現藏：張家界市博物館

著錄：《文物》2011 年第 9 期

形制：雙紐，四棱形鋒

度量：通長 23.5 釐米，骹孔直徑 2.2 釐米

字數：12

釋文：競（景）畋（畏）自乍（作）轔矛，用牗（揚）呇（文）諰（德）武剌（烈）。

疏證：

關於本器的年代，從形制來看，略似於 1955 年湖南長沙市左家公山 M21 出土的戰國時期《宜章矛》〔註303〕；從字體方面可以反應一些特徵，如銘文中的「作」、「轔」分別與《楚王熊章鎛》的「作」字，《楚王熊璋戈》、曾侯乙墓竹簡 79 號的「轔」字寫法近同，「德」字與壽縣蔡侯墓所出《蔡侯紐鐘》的「德」字形體近似。此外，矛銘的辭例，可與《楚王熊璋戈》相比較。綜合上述特徵，可以將本矛的時代，當定在戰國早期。

〔註302〕陳松長，湖南張家界新出戰國銅矛銘文考略〔J〕，文物，2011 年（9）。

〔註303〕湖南省博物館、湖南省文物考古研究所、長沙市博物館、長沙市文物考古研究所，長沙楚墓（下冊）〔M〕，北京：文物出版社，2000，圖版六七-4。

「文德武烈」為文獻常見詞語，「文德」指禮樂教化，如《易・小畜》：「君子以懿文德。」《論語・季氏》：「故遠人不服，則修文德以來之。」「武烈」也見於早期文獻，如《國語・周語下》：「成王能明文昭，能定武烈者也」。韋昭注：「烈，威也。言能明其文，使之昭；定其武，使之威也」。因此，「武烈」常用來指武功，如《後漢書・馮衍傳上》：「衍上書陳八事：一曰顯文德，二曰褒武烈……。」本銘文「文德」、「武烈」相對，正類似前述《國語》「文昭」、「武烈」對用，與「文德」常與「武功」相對，如《後漢書・光武帝紀上》：「言武功則莫之敢抗，論文德則無所與辭。」

「▓」，一般認為字從從畏從攴，當釋作「畂」，即「畏」字，而「競畏」為器主之名。從人名用字的習慣來看，楚人有名「畏」者，如春秋時期的「文之無畏」，不過此處單名「畏」，從人名用字方面考慮，「畏」似乎不應當如字讀，似可讀「威」，「畏」、「威」古音相同，均為影紐微部，文獻中也有相關用例，如《書・皋陶謨》：「天明畏，自我民明威」，孫星衍疏：「畏，一作威。明威，言賞罰。」《國語・魯語下》：「聞畏而往，聞喪而還」，汪遠孫：「畏，讀為威……畏、威古字通。」因此，此處「競畏」人名可能讀為「競威」。

另外，湯志彪進一步認為，銘文「畏」或可讀為「翠」，銘文人物「景畏」即戰國楚名將「景翠」，器當改稱為「景翠矛」〔註304〕。並結合關於湖南地區出土銅矛的分期意見，認為本器從器形角度可確定為戰國中晚期，由此正好與「景翠」的年代相一致。按，湯先生的意見比較嚴謹，本文從之。

「▓」（䡐），本字以前曾有發現，而目前的解讀主要有三種意見，（1）李家浩將《楚王熊璋戈》銘的「䡐戈」之「䡐」，讀為「倅車」之「倅」，文獻或作「萃」，訓作「副」，戈銘的「䡐」從車，當是「倅車」的專字，「䡐戈」即副車上用的戈〔註305〕，前引湯志彪文從之。（2）陳松長認為燕系兵器銘文中相關的「萃」，及《競畏矛》的「䡐矛」之「䡐」，均應讀為「粹」，訓作「純美」〔註306〕。（3）黃錫全曾認為《新城徒卒戈》的「徒萃」，當讀為「徒卒」，即步兵〔註307〕，近來黃錦前依據此說，提出《競畏矛》中的「萃」，應讀作「徒

〔註304〕湯志彪，戰國兵器命名及相關問題兩則〔J〕，中國國家博物館館刊，2018年（3）。
〔註305〕李家浩，楚王酓璋戈與楚滅越的年代〔A〕，文史（第24輯）〔C〕，北京：中華書局，1985年，第15～21頁。
〔註306〕陳松長，湖南張家界新出戰國銅矛銘文考略〔J〕，文物，2011年（9）。
〔註307〕蘇建洲，戰國燕系文字研究〔D〕，臺北：國立臺灣師範大學國文研究所碩士學位

卒」之「卒」〔註308〕。（4）此外，羅衛東認為戰國燕金文「萃」及「某萃」的內涵，是指步兵及其組成的軍事組織，而包括上述《競畏矛》在內的楚國兵器銘文中的「萃」，含義似乎於之不同〔註309〕。

從上述意見來看，銘文釋讀所帶來的分歧，主要在於本矛是戰車上所用，還是步兵所用，而這就涉及到兵器史的問題。綜合本器「競（景）毆（畏）自乍（作）輶矛」銘文，與相關車馬制度來看，楚系兵器銘文中所見的做器者，一般都有一定身份，而不會是普通的士兵。同時，從車馬制度來看，車馬在戰爭中至為重要。而如果是為「徒卒」、也就是步兵所造，則與這一制度相矛盾了。因此相較而言，本文贊同第一種看法，也就是「輶矛」即副車上用的矛。

由此，本器銘文的意思是說，「景翠」自鑄了這件「倅車」所用之矛，「用揚文德武烈」。

47.《武王之童戲戈》

器形、銘文照片：

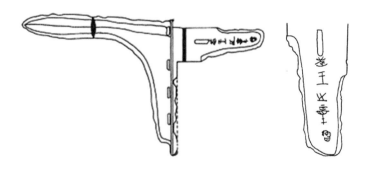

時代：戰國

出土：1993 年懷化市恭園坡村羅溪發現〔註310〕。

現藏：懷化博物館

著錄：《文物》1998 年第 5 期

論文（指導教師：季旭昇），2001 年 6 月，第 388 頁；黃錫全、馮務建，湖北鄂州新出一件有銘銅戈〔J〕，文物，2004 年（10）。

〔註308〕黃錦前，競畏矛補論及其相關問題〔EB／OL〕，復旦大學出土文獻與古文字研究中心網，2012 年 2 月 2 日，http://www.gwz.fudan.edu.cn/Web/Show81782；收入，湖南考古輯刊（第十二輯）〔C〕，北京，科學出版社，2016 年，第 324～336 頁；又載，楚文化研究論集（第 12 集）〔C〕，上海：上海古籍出版社，2017 年，第 345～358 頁。

〔註309〕羅衛東，金文「萃」及「某萃」補論〔J〕，勵耘語言學刊，2015 年（2）。

〔註310〕向開旺，湖南懷化出土一件「武王」銅戈〔J〕，文物，1998 年（5）。

形制：援細長，微上昂，中起脊，長胡四穿，內三面刃，內末端斜成刀狀

度量：通長 26.4、援長 16.5 釐米、胡長 9.8 釐米、內長 10 釐米

字數：5

釋文：武王之童耤（胡？）（內）

疏證：

　　本器銘文雖然不長，但是其研究過程卻值得注意。銘文中的「𡥀」，一般釋為「童」。「🔲」，或將其釋為「督」〔註311〕，或釋「夫易日」（意為「夫屯邊界天天守衛」）〔註312〕，或者認為從「夫」、從「害」，「夫」與「害」皆聲符、讀為「胡」〔註313〕。近期劉彬徽經過目驗原器，提出本字筆劃並不從「夫」從「害」〔註314〕。

　　在關於銘文內容的理解上，也曾經有較大的轉變。早期的研究中，多依據銘文中的「武王」，認為就是春秋早期的楚武王；或者認為戰國時代無諡法為「武」的楚王，由此也有學者認為，「武王」可能是某個楚地蠻夷的君長的自稱。但是隨著研究的深入，目前已經意識到上述解釋，存在一些問題。

　　首先，向開旺指出，從器形方面來看，本戈在形制上與春秋時期和戰國早期的戈有較大距離，應屬戰國中期為宜。這樣戈上的「武王」不可能是楚武王，而有可能是秦武王。同時，這件銅戈與山西屯留出土的秦器「平周」戈的形制也極為相似。由此，他將此戈定為秦戈，年代在公元前 311 年至前 307 年之間〔註315〕。其後，楊啟乾在前引文中也認為，此戈製作年代屬於戰國中晚期秦武王時期，而不是比墓葬入土時間早 400 多年的春秋早期的楚武王時期。沈融則提出了另外一種解釋，他認為「武王」可確認為秦武王，銘文中的「之」連詞，表示「武王」對「童督」的領屬關係。「童」指男性奴僕。從《史記・秦

〔註311〕楊啟乾，漢壽出土「武王之童督」戈考〔N〕，常德日報 2005 年 7 月 6 日；沈融，武王之童督戈考〔N〕，中國文物報 2007 年 11 月 2 日

〔註312〕張中一，從出土文物看戰國晚期楚黔中郡戰爭形勢〔A〕，屈賦章句破譯〔M〕，北京：中國文史出版社，2014 年，第 24 頁。

〔註313〕董珊，出土文獻所見「以諡為族」的楚王族──附說《左傳》「諸侯以字為諡因以為族」的讀法〔A〕，出土文獻與古文字研究（第二輯）〔C〕，上海：復旦大學出版社，2008 年，第 110～130 頁。

〔註314〕劉彬徽，「武王」戈及其銘文綜考〔A〕，湖南省博物館館刊（第十輯）〔C〕，長沙：嶽麓書社，2014 年，第 157 頁。

〔註315〕向開旺，懷化地區出土的幾件戰國銅兵器〔A〕，湖南考古輯刊（第七輯）〔C〕，求索增刊（1999 年第 1 期），第 273～275 頁。

本紀》「武王有力好戲，力士任鄙、烏獲、孟說皆至大官」，及戰國時各國君臣「養士」成風的社會現象來看，秦武王蓄養的以體能、武功見長的人當不在少數。由於出身貧賤，沒有獨立人格，這些人只能以奴隸身份與武王相處。「武王之童」就是這一特殊群體的稱呼。而「督」則為人名，是「武王之童」的一員……秦武王三年，秦將司馬錯「率巴蜀眾十萬，大舶船萬艘，米六百斛，浮江伐楚，取商於之地為黔中郡」，揭開了湘西爭奪戰的序幕，到秦昭襄王三十年最終佔領湘西地區。「武王之童督戈」就是在這段時間隨主人來到湘西並留在那裡的〔註316〕。蔣文孝也贊同為戰國秦武王時器之說〔註317〕。此外，也有學者提出本器為秦始皇時期之說〔註318〕。

這種秦器說，在一些地方史學者中也支持者，並進而指出本器與屈原的先祖毫無關係，從而否定漢壽是屈原的故鄉〔註319〕。

不過，秦武王說也有疑問，羅敏中雖然也贊同這件兵器為秦器，但也提出一些疑問，他認為湖南這件《武王之童督戈》銘文篇幅簡短，與其前後的秦惠文王、秦昭襄王時篇幅比較長的「物勒工名」銘文沒有相似之處，而湖南這件《武王之童督戈》是不常見的「物勒主名」，在戰國秦兵器銘文中比較突出。此外，目前還沒有發現明確的秦武王時期「物勒工名」紀年戈，他推測可能由於商鞅始創「物勒工名」，商鞅雖然被誅，而秦惠文王尚保留「物勒工名」等制度。但從其後秦武王的尚武、排外傾向來看，「物勒工名」制度有可能在他統治期間遭到廢除〔註320〕。

後來，董珊也就此進行了討論，他認為此戈為楚戈，所以「武王」只能指楚武王，「武王之童胡」與上述諸例相類，應解釋為一個人名，此人是楚武王之族人，他生活在戰國中期，名字為「童胡」。因為他是個貴族，有自己的徒屬，所以需要較多的戈。戈銘只寫器主的名字，前文已舉的「臧之無咎」戈也是如此。他認為可證明「之」前面的成分「諡（王）」的性質是以諡法為族稱。

我們認為董珊的這一看法是可以信從的。並且出土本器的墓葬長僅 3 米、

〔註316〕沈融，武王之童督戈考〔N〕，中國文物報，2007 年 11 月 2 日

〔註317〕蔣文孝，武王之童🔲戈再論〔N〕，中國文物報，2008 年 1 月 18 日。

〔註318〕李鷹，《武王之童🔲戈再論》的補充〔N〕，中國文物報，2008 年 5 月 30 日。

〔註319〕鄧聲斌，「武王之童督」的武王究竟是誰？——也談屈原故鄉漢壽說〔N〕，常德日報，2010 年 2 月 6 日。

〔註320〕羅敏中，此武王非彼武王〔N〕，湖南日報，2010 年 10 月 03 日。

寬 1.6 米，級別並不高。因此，湖南這件《武王之童嫭戈》應當為戰國楚戈。
劉彬徽指出，關於此戈年代，有戰國中期、戰國晚期等意見〔註 321〕，他認為其
相對年代應為戰國中期偏晚〔註 322〕，並指出楚武王後裔「以謚為族」，一直到
戰國中期，在湘北常德、益陽以及湘南懷化地區都活躍著不少楚武王這一王族
後裔，湖南省博物館所藏 2 件「武王」戈也應出自湖南某地，大體可從。

　　此外，關於銘文中的「童督」，楊啟乾在前引文中認為，就是「陝西重泉地
方所督造之意」。一些常德地方學者或認為，「童督」很可能就是楚國軍隊群帥
的總督〔註 323〕。按，上述意見明顯缺乏證據。也有學者認為「童嫭（胡？）」為
兵器名，而非人名。徐在國曾經指出，湖南這件《武王之童戈》（《集成》11102
～11104）中「童」字，可以讀為撞、訓為扞搗〔註 324〕的情況，李守奎也贊同此
說〔註 325〕。不過問題是，此說忽略了「童」後面「🐛」的理解，因此論證還需
要進一步加強。

　　此外，據傳漢壽縣株木山鄉戰國墓及長沙近郊都有相同發現，于省吾《商
周金文錄遺》也著錄有一件傳世器（上述三件收錄於《集成》11102～11104，下
圖）。

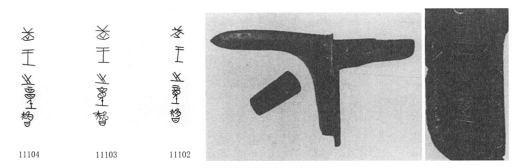

近期，《銘圖續編》又公布了一件私人收藏《武王之童嫭戈》（編號 1137），
通體墨綠色，窄長援，尖鋒長胡，中脊起線，闌下端出齒，闌側三長穿，援本

〔註 321〕董珊，出土文獻所見「以謚為族」的楚王族——附說《左傳》「諸侯以字為謚因以
　　　　　為族」的讀法〔A〕，出土文獻與古文字研究（第二輯）〔C〕，上海：復旦大學出版
　　　　　社，2008 年，第 110～130 頁。
〔註 322〕劉彬徽，「武王」戈及其銘文綜考〔A〕，湖南省博物館館刊（第十輯）〔C〕，長沙：
　　　　　嶽麓書社，2014 年，第 157 頁。
〔註 323〕潘慧、韓隆福，漢壽出土《武王之童督》戈再考〔J〕，2008 年湖南省屈原學會成
　　　　　立大會交流論文集，第 1～8 頁。
〔註 324〕徐在國，東周兵器銘文中幾個詞語的訓釋〔A〕，安徽大學漢語言文字研究叢書·
　　　　　徐在國卷〔C〕，合肥：安徽大學出版社，2013 年，第 20 頁。
〔註 325〕李守奎，古文字與古史考〔M〕，北京：中西書局，2015 年，第 254～270、161 頁。

一小穿，內上一橫穿，後端三邊開刃。出土時柲的末端帶有圓筒形戈鐏，銘文為「武王之童楛（胡）」〔註326〕。

此外 2004 年湖北省荊州市荊州區郢城鎮黃山村、彭湖交界的墓地 M569，也出土一件同銘《武王之童楛戈》，援平直，內三面有刃，欄側四穿，內上一穿〔註327〕。

上述新出資料可與本器相互補充。由此，我們也可以確認，陳平曾提出，中長胡三穿，很可能是秦昭王末年以前（最晚不晚於莊襄王四年）秦戈的主要形制；而長胡四穿，則是秦莊襄王、秦始皇時秦戈的特徵〔註328〕。一些學者把本器定為秦始皇時期，從而否定陳平的這一總結，我們看來其實是缺乏證據的。此外，可以附帶一提的是，雖然本器為楚國器，且出土於湘西，但是和所謂「漢壽為屈原故鄉」的論題，應當是沒有關係的。

48.《武王之童楛戈》

器形、銘文照片：

時代：戰國

出土：不詳

現藏：湖南省博物館〔註329〕

著錄：《古文字研究》第十輯

形制：銅色翠綠似玉，典型南方坑口銅器。長胡四穿，三面刃內

〔註326〕吳鎮烽，商周青銅器銘文暨圖像集成續編（第四卷）〔C〕，上海：上海古籍出版社，2016 年，第 94 頁。

〔註327〕蔣魯敬，紀南城周邊出土的楚王族銅器銘文〔A〕，商周金文與先秦史研究論叢〔C〕，北京，科學出版社，2019 年，第 3361～362 頁。

〔註328〕陳平，試論戰國型秦兵的年代及有關問題〔A〕，中國考古學研究論集——紀念夏鼐考古五十週年〔C〕，西安：三秦出版社，1987 年，第 310～335 頁。

〔註329〕周世榮，湖南出土戰國以前青銅器銘文考〔A〕，古文字研究（第十輯）〔C〕，北京：中華書局，1983 年，第 243～280 頁。

字數：5

釋文：武王之童猇（胡？）（內）

疏證：

　　銘文內容與前述大體相同，此不贅述。劉彬徽指出經過目驗原物，湖南省博物館所藏的兩件《武王之童戈》，其中「童」後一字並不從從「夫」從「害」，並且館藏兩件「武王」戈銘中的此字字形筆劃不完全相同，在現已發現的古字字形中，也找不到相同的字形。可如實地將此兩戈中的兩個字形摹寫如下：、，而可以隸定為「訇」或「明」，或隸定為「徇」字〔註330〕。

49.《武王之童猇戈》

器形、銘文照片：

時代：戰國

出土：不詳〔註331〕

現藏：湖南省博物館

著錄：《湖南考古編輯刊》第一輯

形制：銅色翠綠似玉，典型南方坑口銅器，但是僅存內部

字數：5

釋文：武王之童猇（胡？）（內）

疏證：銘文內容與前述大體相同，此不贅述。

50.《武王之童猇戈》

器形、銘文照片（見下頁）：

〔註330〕劉彬徽，「武王」戈及其銘文綜考〔A〕，湖南省博物館館刊（第十輯）〔C〕，長沙：嶽麓書社，2014年，第157頁。

〔註331〕周世榮，湖南楚墓出土古文字叢考〔A〕，湖南考古輯刊（第一集）〔C〕，長沙：嶽麓書社，1982年，第87～99、126頁。

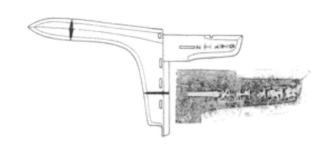

時代：戰國

出土：常德市漢壽縣株木山鄉

現藏：湖南省博物館

著錄：《沅水下游楚墓》

形制：標本 M1493：6，深綠色，援較平直，內較寬，內後有五字銘文，胡四穿、內一穿；援、內通長 27.65 釐米

字數：5

釋文：武王之童𨑴（胡？）（內）

疏證：銘文內容與前述大體相同，此不贅述。

51.《武王之囗囗戈》

器形、銘文照片：

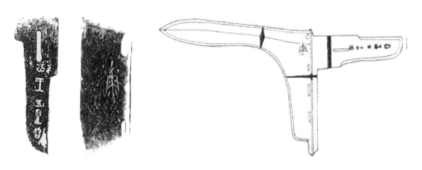

時代：戰國

出土：益陽楚墓 M339 〔註 332〕

現藏：湖南省博物館

著錄：《益陽楚墓》

形制：標本 M339：1，內後半部上下尾部均有刃，援後部近闌處有銘文「魚」字，援較窄，中有棱脊，內上有銘文「武王之囗囗」5 字。通長 28.6 釐

〔註332〕益陽市文物管理處、益陽市博物館，益陽楚墓〔M〕，北京：文物出版社，2008 年，第 153 頁。

米，內長 10.9 釐米

字數：5

釋文：武王之□□（內）

疏證：

　　苻伏田認為銘文「武王」為楚武王，本器為「楚戈」，可從〔註333〕。銘文內容大體與上述諸戈類似。

52.《武王之□□戈》

器形、銘文照片：

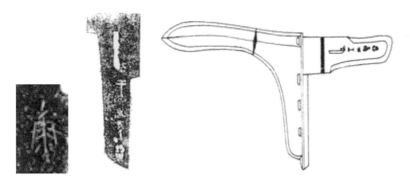

時代：春秋

出土：益陽楚墓 M307〔註334〕

現藏：湖南省博物館

著錄：《益陽楚墓》

形制：內後半部上下尾部均有刃，援後部近闌處有銘文「魚」字，援較窄，中
　　　有棱脊，內上有銘文「武王之□□」5 字。通長 28.6 釐米，內長 10.9 釐
　　　米

字數：5

釋文：武王之□□（內）

疏證：苻伏田認為銘文「武王」為楚武王，器為「楚戈」〔註335〕。

〔註333〕苻伏田，「武王戈」主屬尋析〔A〕，湖南考古輯刊（第 7 輯）〔C〕，求索增刊（1999
　　　　年第 1 期），第 272～273 頁。

〔註334〕常德市文物局、常德博物館等，沅水下游楚墓〔M〕，北京：文物出版社，2010 年，
　　　　第 627 頁。

〔註335〕苻伏田，「武王戈」主屬尋析〔A〕，湖南考古輯刊（第 7 輯）〔C〕，求索（增刊 1999
　　　　年第 1 期），第 272～273 頁。

53.《正昜鼎》

器形、銘文照片：

時代：戰國

出土：1958 年常德德山楚墓 M26

現藏：湖南省博物館

著錄：湘博 57，考古 1963 年 9 期 467 頁圖 12，古文字研究 10 輯 277 頁圖 36.2，
　　　湖南考古輯刊 1 輯 93 頁圖 3.7 圖 4.1，集成 01500，總集 0327

形制：附耳，高蹄足略外撇，腹有凸弦紋一周，蓋有弦紋兩周，頂有獸頭紐三
　　　個和獸面銜環一個。體呈扁球形，蓋與器為子母口，雙附耳外張，三蹄
　　　足細而且高，蓋上有三個虎鈕，正中有一個環鈕，高蹄足上部飾獸面

度量：通高 32.5、器高 26、口徑 20 釐米、腹徑 24 釐米

字數：2

釋文：正昜　　（蓋沿內、外，及器身口沿均有）

疏證：

　　本墓的年代，有戰國前期〔註336〕、戰國中晚期〔註337〕、戰國中期偏晚〔註338〕

等不同意見。此外，從器形角度而言，本器器形與舊名《右聖刃鼎》之器形接近。

　　「正昜」，早期認為和古代道家的氣說有關係〔註339〕，不可信。「正昜」也

〔註336〕湖南省博物館，湖南常德德山楚墓發掘報告〔J〕，考古，1963 年（12）。

〔註337〕李零，包山楚簡研究（文書類）〔A〕，李零自選集〔C〕，桂林：廣西師範大學出版
　　　　社，1998 年，第 140 頁；李零，楚國銅器銘文編年匯釋〔A〕，古文字研究（第十三
　　　　輯）〔C〕，北京：中華書局，1986 年，第 387 頁；劉彬徽，楚系青銅器研究〔M〕，
　　　　武漢：湖北教育出版社，1995 年，第 348～349 頁。

〔註338〕鄒芙都，楚系銘文綜合研究〔M〕，成都：巴蜀書社，2007 年，第 168 頁。

〔註339〕何鳳桐，楚鼎銘文考釋與屈原辭賦紀實辨析〔J〕，江漢考古，1988 年（3）。

見於包山簡的記載，一般認為是楚縣，不過其具體所指目前還不清楚，或認為係湖南境內地名〔註340〕，或認為是兩漢之慎陽、隋唐之真陽，清代以來的河南省正陽縣〔註341〕。或認為「地點在今安徽壽縣西南正陽關」〔註342〕。劉彬徽在前引論著中綜合考察後，認為「正易」不等於正陽關，其確定地點應離墓葬不遠，具體位置待考，說較為嚴謹，此從之。

54.《奇字戈》

器形、銘文照片：

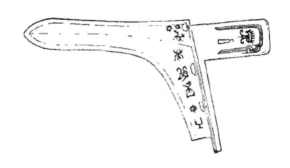

時代：戰國

出土：1958 年常德德山楚墓 M25〔註343〕

現藏：湖南省博物館

著錄：《考古》1963 年第 12 期

度量：援長 18.5 釐米，胡長 14.5 釐米，內長 7.5 釐米

字數：6

疏證：

　　本墓的年代，有戰國前期〔註112〕、戰國中晚期〔註345〕、戰國中期偏晚等不同意見。從級別來看則可能屬於一類大夫級貴族墓，或者二類士一級貴族墓，

〔註340〕何琳儀，戰國文字通論（訂補）〔M〕，南京：江蘇教育出版社，2003 年，第 150 頁。
〔註341〕徐少華，包山楚簡釋地四則〔J〕，武漢大學學報（哲學社會科學版），1998 年（6）。
〔註342〕李零，包山楚簡研究（文書類）〔A〕，李零自選集〔C〕，桂林：廣西師範大學出版社，1998 年，第 140 頁。
〔註343〕湖南省博物館，湖南常德德山楚墓發掘報告〔J〕，考古，1963 年（12）。
〔註112〕湖南省博物館，湖南常德德山楚墓發掘報告〔J〕，考古，1963 年（12）。
〔註345〕李零，楚國銅器銘文編年匯釋〔A〕，古文字研究（第十三輯）〔C〕，北京：中華書局，1986 年，第 387 頁；劉彬徽，楚系青銅器研究〔M〕，武漢：湖北教育出版社，1995 年，第 348～349 頁。

早期或認為湖南發現的這類「奇字戈」，與巴蜀文化有密切關係〔註346〕。

本器的重要性在於，是否和「巴蜀符號」相關。周世榮首先將戈銘文字與漢字「棘」聯繫〔註347〕，此後學界也多以「棘戈」、「棘字戈」來稱呼此類銅戈。目前發現的「棘戈」，基本都屬戰國中晚期。而在其族屬上，則還有不同意見。

一般都將這類戈歸為巴蜀戈，銘文也被歸為「巴蜀符號」。馮廣宏進一步提出，湖南常德棘字戈、桃源棘戈等所謂的「棘」字，應當改釋為「荊」〔註348〕。但同時也有學者認為此類戈與巴蜀無關，如熊傳薪認為湖南常德德山 M26 戈，銘文是一種早期的楚文字〔註349〕，曹錦炎認為包括湖南出土的「棘戈」在內，「乃是以漢民族文字借用來作為裝飾文字。至於其族別，恐非巴人。因為四川出土的巴、蜀文字，與之不同」〔註350〕，上述兩位學者提出「棘戈」應當不屬於巴蜀系統。

近期洪梅撰文指出，也認為「棘戈」應當與巴蜀無關。此前或多據「棘戈」出土於巴蜀地區的印象，從而將其與巴蜀文化相聯繫。實際上，經過洪先生的考察，目前比較明確的出土「棘戈」，有 7 件出土四川盆地，而 10 件則出土於湖南、湖北、陝西等地區，「棘戈」在楚地為多，四川地區是這類戈分布的邊緣地區」。同時，從「棘戈」內部的鳳紋或變形鳳紋來看，這類戈應該是楚式戈，而非巴蜀戈。由此，洪梅認為「棘戈」應當不屬於巴蜀系統〔註351〕，這類「棘戈」不能看作「巴蜀符號」〔註352〕。也有學者認為上述「棘戈」並沒有文字，而僅僅是裝飾〔註353〕。

〔註346〕高至喜，湖南出土楚文物研究綜述〔A〕，湖南省博物館開館三十週年暨馬王堆漢墓發掘十五週年紀念文集〔C〕，長沙：湖南省博物館，1986 年，第 100～108 頁；收入，商周青銅器與楚文化研究〔C〕，長沙：嶽麓書社，1999 年，第 230～238 頁。

〔註347〕周世榮，湖南出土戰國以前青銅器銘文考〔A〕，古文字研究（第十輯）〔C〕，北京：中華書局，1983 年，第 252 頁。

〔註348〕馮廣宏，巴蜀文字的期待（三）》〔J〕，文史雜誌，2004 年（3）。

〔註349〕熊傳薪，湖南發現的古代巴人遺物〔A〕，文物資料叢刊（第 7 輯）〔C〕，北京：文物出版社，1983 年，第 30 頁。

〔註350〕曹錦炎，鳥蟲書通考（增訂版）〔M〕，上海：上海辭書出版社，2014 年，第 493 頁。

〔註351〕洪梅，棘戈研究〔J〕，江漢考古，2019 年（3）。

〔註352〕嚴志斌、洪梅，巴蜀符號集成·前言〔M〕，北京，科學出版社，2019 年，第 8 頁。

〔註353〕馬盼盼，巴蜀銘文戈上的「方塊字」是不是一種文字〔J〕，江漢考古，2021 年（4）。

55.《奇字戈》

器形、銘文照片：

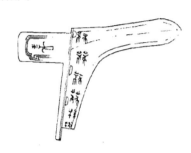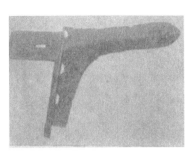

時代：戰國

出土：1958 年常德德山楚墓 M26〔註 354〕

現藏：湖南省博物館

著錄：《考古》1963 年第 12 期

形制：援長釐米，胡長釐米，內長釐米

字數：6

疏證：

　　與此前一器類似，本墓的年代，有戰國前期〔註 355〕、戰國中晚期〔註 356〕、戰國中期偏晚，從級別來看則可能屬於一類大夫級貴族墓，或者二類士一級貴族墓，或認為湖南發現的這類「奇字戈」，與巴蜀文化有密切關係〔註 357〕，但也有可能並無關係。

56.《审（中）易鼎》

器形、銘文照片（見下頁）：

時代：戰國

出土：1985 年桃源三元村一號墓〔註 358〕

〔註 354〕湖南省博物館，湖南常德德山楚墓發掘報告〔J〕，考古，1963 年（12）。

〔註 355〕湖南省博物館，湖南常德德山楚墓發掘報告〔J〕，考古，1963 年（12）。

〔註 356〕李零，楚國銅器銘文編年匯釋〔A〕，古文字研究（第十三輯）〔C〕，北京：中華書局，1986 年，第 387 頁；劉彬徽，楚系青銅器研究〔M〕，武漢：湖北教育出版社，1995 年，第 348～349 頁。

〔註 357〕高至喜，湖南出土楚文物研究綜述〔A〕，湖南省博物館開館三十週年暨馬王堆漢墓發掘十五週年紀念文集〔C〕，長沙：湖南省博物館，1986 年，第 100～108 頁；收入，商周青銅器與楚文化研究〔C〕，長沙：嶽麓書社，1999 年，第 230～238 頁。

〔註 358〕常德地區文物工作隊、桃園縣文化局、桃花源文物管理所，桃源三元村一號楚墓〔A〕，湖南考古輯刊（第四集）〔C〕，長沙：嶽麓書社，1987 年，第 22～32 頁。

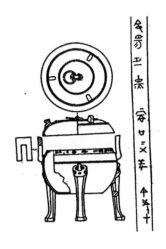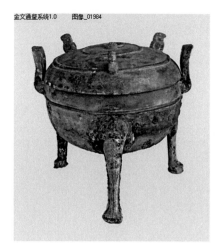

現藏：湖南省博物館、懷化市博物館

著錄：《新收》1375

形制：其腹外側附耳，蓋呈弧形，上鑄蹄紐三個，鑄凸弦紋兩道，頂中有獸紐
　　　銜環。鼎身瘦高，腹微鼓，扁圓。鼎腿瘦直，蹄足，橫斷面呈六面菱體，
　　　頂部鑄有高浮雕的獸面紋飾。器形呈扁球狀，方耳，三短蹄足，一耳有
　　　鏈與蓋上環紐相連

度量：高 17.3cm，腹徑 20cm

字數：11

釋文：审（中）易（陽），王鼎（鼎），容廿五□午之十七

疏證：

　　鼎的年代，根據墓葬年代的不同，有戰國中期偏晚、戰國晚期偏早〔註359〕
兩種意見。就銘文而言，銘文第二字「易」，或釋為「脯」，證據似嫌薄弱。
「鼎」，一般釋為「鼎」，或釋為「貞」〔註360〕，此從前說。「王鼎」的意思，
可能是指楚王御用之鼎。一般認為「审（中）易（陽）」是地名，或封邑名、
宮苑名。有學者認為，據包山楚簡，中陽為楚縣，又根據桃源三元村一號墓
出現的中陽鼎，可推測楚中陽縣或即在湖南桃源一帶〔註361〕。「容廿五」之後
一字，李學勤認為應是「升」，或與升相近的量制單位〔註362〕，可從。「午之
十七」，為採用干支記法的器物編號。

〔註359〕劉彬徽，楚系青銅器研究〔M〕，武漢：湖北教育出版社，1995 年，第 353～354 頁。
〔註360〕鄒芙都，楚系銘文綜合研究〔M〕，成都：巴蜀書社，2008 年，第 184 頁。
〔註361〕鍾煒，戰國秦朝洞庭平原中心城邑的產生及演變〔A〕，漢江師範學院學報，2005
　　　　年（2）。
〔註362〕李學勤，釋桃源三元村鼎銘〔J〕，江漢考古，1988 年（2）。

57.《郏鼎》

器形、銘文照片：

時代：戰國

出土：20 世紀 50 年代長沙近郊出土〔註363〕

形制：器身渾圓，環形紐

字數：1

釋文：郏（器身口沿外側）

疏證：

周世榮認為「郏」可讀為「髳」，認為其地與巴蜀毗鄰，為古髳國遺物。按，「髳」當為地名，而非國名，其地待考。

58.《中門陳王鼎》

器形、銘文照片〔註364〕：

〔註363〕周世榮，湖南出土戰國以前青銅器銘文考〔A〕，古文字研究（第十輯）〔C〕，北京：中華書局，1983 年，第 243～280 頁。

〔註364〕器形照片採自懷化市文物處網站，http://wenwu.huaihua.gov.cn/Article/ShowArticle.asp?ArticleID=31。

時代：戰國後期

出土：1978 年湖南漵浦羅家塘馬田坪 M24 出土兩件〔註365〕

現藏：湖南省博物館、懷化地區博物館

著錄：《集成》1933

形制：有半球形蓋。斂口，附耳，圓腹，矮蹄足。蓋上置三環鈕，其中一鈕由
　　　　兩節鏈條與附耳相連。

度量：通高 16.5 / 17.3 釐米、口徑 20 釐米

字數：4

釋文：中 ▓ 王鼎

疏證：

　　出土時本為兩件，形制規格類似，現分別存放於湖南省博物館、懷化市博
物館。據報導，在本器出土之時，伴有水聲，表明腹中應該有一些保存品，但
當時沒有進行及時研究。

　　一般認為 1978 年發掘的漵浦 M24 是秦墓〔註366〕，本器出土於秦墓，而本
器的國別則有楚〔註367〕、秦二說。關於本器的國別尚有爭論，或者認為是葬在
秦墓中的楚器〔註368〕，如早期有觀點認為，此鼎本應為楚王室的用器，卻在漵
浦發現，這可能是楚王賞賜給邊緣地區臣屬的〔註369〕。

　　或認為本器為戰國後期秦國器，秦攻取楚黔時由秦國流入此地〔註370〕，如

〔註365〕湖南省博物館等，湖南漵浦馬田坪戰國西漢墓發掘報告〔A〕，湖南考古輯刊（第
　　　　二輯）〔C〕，長沙：嶽麓書社，1984 年，第 49～52 頁。

〔註366〕譚遠輝，沅水中下游秦代墓葬概論〔A〕，楚文化研究論集（第十一集）〔C〕，上海：
　　　　上海古籍出版社，2015 年，第 69 頁。

〔註367〕高至喜，湖南楚墓與楚文化〔M〕，長沙：嶽麓書社，2012 年，第 67 頁。

〔註368〕周世榮，湖南出土戰國以前青銅器銘文考〔A〕，古文字研究（第十輯）〔C〕，北京：
　　　　中華書局，1983 年，第 243～280 頁；湖南省博物館，三十年來湖南文物考古工作
　　　　〔A〕，文物考古工作三十年 1949～1979〔C〕，北京：文物出版社，1979 年，第 314
　　　　頁；董蓮池、徐善飛，中賻王鼎銘文研究〔A〕，中國文字研究（第 21 輯）〔C〕，上
　　　　海：上海書店出版社，2015 年，第 14～17 頁。

〔註369〕湖南省博物館，三十年來湖南文物考古工作〔A〕，文物考古工作三十年 1949～1979
　　　　〔C〕，北京：文物出版社，1979 年，第 314 頁。

〔註370〕高至喜，論湖南秦墓〔J〕，文博，1990 年（1）；宋少華，湖南秦墓初論〔A〕，中
　　　　國考古學會第七次年會論文集 1989〔C〕，北京：文物出版社，1992 年，第 189 頁；
　　　　國家文物局主編，中國文物精華大辭典·青銅卷〔M〕，上海：上海辭書出版社，
　　　　1995 年，第 232 頁；賀剛，湘西史前遺存與中國古史傳說〔M〕，長沙：嶽麓書社，
　　　　2013 年，第 15 頁。

早期有學者認為，銘文中的這個「中」字表一個地區，即秦黔中郡。「脯，乾肉。」「王」，成就王業。鼎，烹飲器。」標誌著這件青銅鼎是「秦黔中郡製造煮肉犒勞將士成就王業的鼎。」可是，這位秦軍將士在溆浦就戰死了。雖然秦軍佔領了溆浦，將士就地安葬在溆浦，不到四年，就被楚國黔中郡民眾抗秦義軍收復了，孤獨的秦墓是這段歷史的見證〔註371〕。

此外，楊啟乾認為，從「中府」是與「少府」之類相同的秦國官職來看，此墓主應是秦軍將官，並指出戰國晚期奪楚黔中郡的秦軍中，主要是利用巴人充當士兵，只有少數指揮官是秦人，在湘西北地方發現的典型秦墓就很少。而在此地發現的巴人墓，實際上應屬秦軍墓〔註372〕。

也有學者結合秦楚黔中地區戰事，指出本地區有一些可以印證的考古資料，如1978年在溆浦馬田坪的24號墓中，出有鼎、簋、盤、匜、勺為組合的秦式銅容器，與中原式戈、秦「少府」銘文矛、秦式素地銅鏡等其他器物；從墓葬角度而言，該墓設有兩層臺階和斜坡墓道，上築封土堆，在整個墓地規格最高，且無成組楚式銅、陶禮器隨葬，墓主顯然是前來伐楚而陣亡的秦國將領。據墓內銅容器與關中秦墓同類器比較，年代不出戰國晚期前段此外，馬田坪墓地還出土有以隨葬巴式兵器為主，年代與24號墓相當的8座巴人墓葬，墓主應為從征的巴人士卒：這些巴人墓與秦國將領墓同冉此地，是司馬錯因蜀攻楚黔中的極好印證〔註373〕。

在此後溆浦所發現的秦墓中，也發現有與本器類似的資料〔註374〕。本器也和咸陽塔爾坡秦墓、睡虎地M11：54等銅器相類似。據此，我們認為本器的國別應當是屬於秦，而流傳至湖南地區，則應當與戰爭有關。

關於「▨」的釋讀，存在較大爭議，意見不一，有釋「脯」〔註375〕、「賻」

〔註371〕張中一，屈賦章句破譯〔M〕，北京：中國文史出版社，2014年，第25頁。

〔註372〕楊啟乾，湘西北出土巴式銅器考略〔A〕，楚文化研究論集（第四集）〔C〕，鄭州，河南人民出版社，1994年，第459頁。

〔註373〕湖南省文物考古研究所編著，里耶發掘報告〔M〕，長沙：嶽麓書社，2007年，第237頁。

〔註374〕懷化地區文物工作隊、溆浦縣文化局，溆浦縣中林、豐收楚、秦、西漢墓清理簡報〔A〕，湖南省博物館編，湖南博物館文集〔C〕，長沙：嶽麓書社，1991年，第170頁。

〔註375〕湖南省博物館等，湖南溆浦馬田坪戰國西漢墓發掘報告〔A〕，湖南考古輯刊（第二輯）〔C〕，長沙：嶽麓書社，1984年，第39～52頁；高至喜，論湖南秦墓〔J〕，文博，1990年（1）；田靜撰「湖南秦墓」條，見林劍鳴、吳永琪主編，秦漢文化

或「賦」（均「府」）〔註376〕、「歸」〔註377〕等不同意見，近來董蓮池、徐善飛認為，本字可能讀作「饋」，「中饋」猶言家中飲食事宜，縣以中饋銘，可能是載鼎係為王家飲食所用。不過「中歸」也有可能是封邑名，如同湖南所出「宷陽王鼎」中的「宷陽」，如此則該銘便是言中歸王之鼎。按，綜合考慮本器的銘文與器形體，筆者以為，本器應當為秦國王室所用飲食之器。

59.《銅龍節》

器形、銘文照片：

時代：戰國中期〔註378〕

出土：1946 年 9 月長沙市東郊黃泥坑〔註379〕

史大辭典〔〔M〕，上海，漢語大詞典出版社，2002 年，第 772 頁；湖南省博物館，三十年來湖南文物考古工作〔A〕，文物考古工作三十年 1949～1979〔C〕，北京：文物出版社，1979 年，第 314 頁。

〔註376〕周世榮，湖南出土戰國以前青銅器銘文考〔A〕，古文字研究（第十輯）〔C〕，北京：中華書局，1983 年，第 243～280 頁。

〔註377〕董蓮池、徐善飛，中賻鼎銘文研究〔A〕，中國文字研究（第 21 輯）〔C〕，上海：上海書店出版社，2015 年，第 14～17 頁；此外，張春龍、譚遠輝也有同樣意見，參考譚遠輝，沅水中下游秦代墓葬概論〔A〕，楚文化研究論集（第十一集）〔C〕，上海：上海古籍出版社，2015 年，第 69 頁。

〔註378〕何琳儀，戰國文字通論（訂補）〔M〕，南京：江蘇教育出版社，2003 年，第 150 頁。

〔註379〕流火，銅龍節〔J〕，文物，1960（8、9）

現藏：中國國家博物館〔註380〕

著錄：《湖南省文物圖錄》、《集成》12097、12102，《楚文物圖典》

形制：長條形，頭端較大，尾端較小，一端鑄有龍頭，其餘為長方形。

度量：通長 20.5 釐米、頭端寬 2.7 釐米、尾端寬 1.9 釐米，重 0.5 千克〔註381〕。

字數：9（重文1）

釋文：王命命逥（傳）賃（任）　　（正）

　　　一桯（籩—擔）飤（食）之　　（反）〔註382〕

疏證：

　　關於文字釋讀方面，銘文「🔲」，曾經有釋「惠」、「道」、「𢝇」等意見，後來唐蘭釋為「傳」〔註383〕，學界多從之。「🔲」，或讀為「飪」〔註384〕，證據較薄弱。「🔲」，曾有釋「𥥾」、「桮」〔註385〕、「樽」〔註386〕、「楢」，後張振林釋「籩」、讀為「擔」〔註387〕，學界多從之。「🔲」，或釋為「飲」〔註388〕，現在多釋為「飤（食）」。

　　關於字詞意思，「傳賃」之「傳」，楊五銘認為或指傳達命令的「符節」〔註389〕；「🔲」（賃—任），湯餘惠認為是肩挑之意〔註390〕。李家浩則認為「傳賃」是複合詞，是指雇傭從事傳賃的人，「王命命傳賃」應理解為：楚王之命所任命的傳賃；洪德榮認為可以理解成「從事傳驛所雇傭的人」，也有一定道理。「一擔」，有食

〔註380〕或認為現藏湖南省博物館，待考，周世榮，湖南戰國秦漢魏晉銅器銘文補記〔A〕，古文字研究（第 19 輯）〔C〕，北京：中華書局，1992 年，第 196～281 頁。

〔註381〕王巍總主編，中國考古學大辭典〔M〕，上海：上海辭書出版社，2014 年，第 66 頁。

〔註382〕李零，楚國銅器銘文年匯釋〔A〕，待免軒文存（說文卷）〔C〕，北京：廣西師範大學出版社，2015 年，第 240～242 頁。

〔註383〕唐蘭，王命傳考〔A〕，國學季刊（第 6 卷第 4 號）〔C〕，北京大學 1946 年，第 63～64 頁。

〔註384〕伍新福主編，湖南通史（古代卷）〔M〕，長沙：湖南出版社，1994 年，第 134 頁。

〔註385〕楚文化研究會編，楚文化考古大事記〔M〕，北京：文物出版社，1984 年，第 15 頁。

〔註386〕張曉軍主編、苑薇副主編，驛騎星流——中國驛站新考〔M〕，北京：中國友誼出版公司 2013，第 73 頁。

〔註387〕張振林，「桯徒」與「一桯飤之」新詮〔J〕，文物，1963 年（3）；于省吾，鄂君啟節考釋〔J〕，考古，1963 年（8）。

〔註388〕唐蘭，王命傳考〔A〕，國學季刊（第 6 卷第 4 號）〔C〕，北京大學 1946 年，第 63～64 頁。

〔註389〕楊五銘，文字學〔M〕，長沙：湖南人民出版社，1986 年，第 101 頁。

〔註390〕湯餘惠，戰國銘文選〔M〕，長春：吉林大學出版社，1993 年，第 51 頁。

量、擔徒等說法，李家浩認為可能是指傳賃一月的食量。「一擔食之」的意思是說：楚國境內各地的傳舍，按照「一擔」的食量供給傳賃的飲食。董珊認為，此處的「籊（擔）」可能與戰國秦漢作為計量單位的「石」有關，秦漢之「石」，既可以作為重量單位（120 斤）；同時，也可以作為脫粒之後的粟米或糲米的計量單位，並引用相關研究，指出計算粟米的單位是大石，16 又 2 / 3 鬥；計算糲米的單位為小石，一糲米小石相當於十斗；大、小石之比是 5：3〔註391〕。據此，則《銅龍節》反映這些「傳賃」者，一個月的標準為楚制 120 斤，荊州黃山 M40 戰國楚墓曾經出土過 4 件銅環權（M40：2-1、2、3、4），其中一件刻銘「一兩」，為 15.3 克〔註392〕，表明楚制 1 兩應當為 15 克。依此折算，則《銅龍節》中的「一擔食之」，為楚制 120 斤，合今 18 千克、36 斤，而按照當下正常人一個月吃 20 斤米來計算，表明當時出於勞動量的考慮，對於從事「傳賃」者的飲食標準，有適當提高。

關於文句斷讀，學者此前也有不同意見，從而與之相關的全句理解也有不同，目前所見，如：（1）流火、李家浩：王命命傳賃，一擔食之；（2）唐蘭、洪德榮則斷讀為：「王命，命傳賃，一輴飲之」，意思就是說「王命令傳舍，對所有乘輴車出行的人給以飲食」〔註393〕。相較而言，以第一種斷讀較為合理。

關於本器，還有一些問題應當注意，如本器出土於一小型土坑墓中。鄒芙都認為，《王命銅龍節》的器主身份，不是封君一級貴族所有，而可能是統領為楚國服役的苦力的小吏〔註394〕。至於龍節的年代，有學者認為是「屈原任楚懷王左徒的時期」〔註395〕。傳世所見還有幾件相關銅龍節，分藏北京故宮博物院和上海博物館。張振林、孫稚雛在早期曾統計其數目為 4 件，但李家浩認為其中有一件是偽品〔註396〕。後《集成》統計傳世數量為五件。

〔註391〕董珊，楚簡簿記與楚國量制研究〔J〕，考古學報，2010 年（2）。

〔註392〕荊州博物館，湖北荊州黃山墓地 40 號戰國楚墓發掘簡報〔J〕，江漢考古，2007 年（4）。

〔註393〕吳生道，信瑞符璽印考〔A〕，西泠印社編，第四屆孤山證印──西泠印社國際印學峰會論文集〔C〕，杭州，西泠印社出版社，2014 年，第 136 頁。

〔註394〕鄒芙都，楚國銅器銘文箚記七則〔J〕，雲南民族大等學報（哲學社會科學版），2005 年（2）。

〔註395〕郭沫若，文物參考資料〔J〕，文物參考資料，1958 年（4）。

〔註396〕李家浩，傳賃龍節銘文考釋──戰國符節銘文研究之三〔A〕，著名中年語言學家自選集──李家浩卷〔C〕，合肥：安徽教育出版社，2002 年，第 101～116 頁。

　　本節是我國交通史的重要資料，有學者指出節是一種憑據，持節者可憑節在多地使用、享有相應待遇，《銅龍節》是為楚王服役的擔徒服役時，可憑節到地方「傳舍」免費享用飲食〔註397〕；徐暢也指出，本器反映楚王命令傳驛給為楚王服役的擔徒供應食宿，是率領擔徒官員所持憑證〔註398〕。本節是古代使者往來驛傳食宿之憑證，是有關中國古代傳遽傳信與符節制度的重要史料。

60.《王命銅虎節》

器形、銘文照片：

時代：戰國中期

出土：1985 年湖南博物館收集〔註399〕

現藏：湖南省博物館

著錄：《古文字研究》（第十九輯）、《殷周金文集成》（修訂增補本）12094、《楚系》105

形制：薄胎

度量：長 14.6 釐米、寬 9.3 釐米、厚 0.3 釐米

字數：5

銘文：王命＝（命，命）遄（傳）賃（任）　　（胸腹部）

疏證：

　　此節銘文與上述《王命銅龍節》部分相同，相關文字考，此不贅述。值得注意的是，南越王墓曾出土一件《錯金銅虎節》，是目前經科學考古出土的唯一一件銅符節，發掘者認為，「這枚虎節的造型與上引楚虎節相同，應是南越

〔註397〕王捷，包山楚司法簡考論〔M〕，上海：上海人民出版社，2015 年，第 134 頁，腳注②

〔註398〕徐暢，先秦璽印圖說〔M〕，北京：文物出版社，2009 年，第 305 頁。

〔註399〕周世榮，湖南戰國秦漢魏晉銅器銘文補記〔A〕，古文字研究（第十九輯）〔C〕，北京：中華書局，1992 年，第 255 頁。

王國仿楚器鑄製，但不排除原屬楚器因故流入嶺南者」〔註 400〕，其後李家浩認為，南越王墓所出此器，應為戰國中期楚國所鑄造，車駟虎節與傳賃虎節形態、銘文格式、文字風格均相同，顯然是同一個國家，同一個時期鑄造的。並舉出時代用字習慣的問題，認為虎節為戰國楚器〔註 401〕。現在李家浩的說法得到了較多贊同。而對比本文所討論的這件傳世《王命銅虎節》，與南越王墓所出《錯金銅虎節》，可以發現兩者文字內容和字體相近，都呈楚國文字的風格，孫華曾將兩者對比，認為這件傳世《王命銅虎節》可能是戰國後期楚國遺物，也可能是南越國仿楚國銅虎節而製造〔註 402〕，從本文討論來看，為楚國遺物的可能性更大。

61.《燕客銅量》

器形、銘文照片：

時代：戰國

出土：1984 年湖南省博物館從塗家沖廢銅物資倉庫撿選〔註 403〕

現藏：湖南省博物館

著錄：《集成》10373

形制：通高 13 釐米，口徑 15 釐米，重 2 千克，容量為 2300 毫升

度量：圓筒形，平底有鋬

〔註 400〕廣州市文物管理委員會、中國社會科學院考古研究所，西漢南越王墓〔M〕，北京：文物出版社，1992 年，第 315—316 頁。

〔註 401〕李家浩，南越王墓車駟虎節銘文考釋——戰國符節銘文研究之四〔A〕，容庚百年誕辰紀念文集（古文字研究專號）〔C〕，廣州：廣東人民出版社，1998 年，第 667～670 頁。

〔註 402〕孫華撰「南越王墓金錯銅虎節」條，見王然主編，中國文物大典〔M〕，北京：中國大百科全書出版社，2001 年，第 350 頁。

〔註 403〕陳建明主編，湖南省博物館文物精粹〔M，上海：上海書店出版社，2003 年，第 20 頁。

字數：6 行 59 字

釋文：

　　燕客臧嘉聞（問）王於〔茂〕郢之歲，亯（享）月己栖（酉）之日，酈（羅）莫敖臧〔□〕，連敖屈走，以命攻（工）尹穆臼（丙），攻（工）差（佐）競（竟）之，槃（集）尹陞（陳）夏，少槃（集）尹龔〔□〕（賜？），少攻（工）差（佐）〔□〕（李）癸，鑄廿=金〔□〕，以賹。〔□〕〔□〕（外壁一側方形框內）

疏證：

　　本器銘文釋讀，或可與新見楚《大府量》相聯繫。湖南省博物館藏有一件戰國楚《燕客銅量》（《集成》10373），已有諸多學者探討〔註404〕，不過銘文末句似仍未明晰。目前又新公布一件容積約 2476ml 的戰國楚《大府量》（圖 1、2）〔註405〕，或認為銘文可與前述《燕客銅量》對讀〔註406〕。筆者對此也有一些思考，現祈同好教正。

図 1　新見《大府量》銘文　　　　図 2　新見《大府量》器形

〔註404〕相關成果如周世榮，楚邭客銅量銘文試釋〔J〕，江漢考古，1987 年（2）；李零，楚燕客銅量銘文補正〔J〕，江漢考古，1988 年（4），收入，待兔軒文存・說文卷〔C〕，桂林：廣西師範大學出版社，2015 年，第 259～263 頁；何琳儀，長沙銅量銘文補釋〔J〕，江漢考古，1988 年（4），收入，安徽大學漢語言文字研究叢書・何琳儀卷〔C〕，合肥：安徽大學出版社，2013 年，第 162～163 頁；劉彬徽，長沙銅量銘文尾句釋讀〔A〕，古文字學論稿〔C〕，合肥：安徽大學出版社，2008 年，第 86～88 頁；劉波，釋楚邭客銅量中的「故」字〔J〕，江漢考古，2012 年（1）；石小力，東周金文與楚簡合證〔M〕，上海：上海古籍出版社，2017 年，第 101～106 頁；陳治軍，長沙邭客銅量「香」字補釋——兼論楚國幾個量制單位〔A〕，中國文字（新 44 期）〔C〕，臺北：藝文印書館，2019 年，第 235～250 頁。

〔註405〕吳鎮烽，商周青銅器銘文暨圖像集成三編〔M〕，上海：上海古籍出版社，2020 年，第 338、339 頁。

〔註406〕王磊，新見楚「秦客銅量」考〔EB／OL〕，簡帛網，2020 年 11 月 19 日，http://www.bsm.org.cn/showarticle.php?id=3606

已有一些學者對新見《大府量》銘文進行考訂，其中王磊校訂後的釋文為：

> 秦客張儀跖楚之歲，□月丙戌之日，□都宰尹邘□、景獻為安
>
> 陽鑄冶穀（觳）於大府，其者（胡）少（筲）。安陽

而單育辰則校釋如下：

> 秦客張儀迓楚之歲，□月丙戌（？）之日，郊（？鄢）都宰尹邘
>
> 命景□為安陽鑄剀（半）穀（觳）於大府，其昔（措）才（在）安陽
>
> 〔註407〕。

兩位先生所作釋文有些差別，如「邘」後一字王先生缺釋，而單先生據文例擬補為「命」。整體而言單先生釋文似更為精確，銘文大體可通讀，本文多從之。不過單先生僅做出釋文，但並未探討相關內容，現略述如下：

（1）「秦客張儀迓楚之歲」。「張儀」此前已見於《十三年相邦儀戈》、《王四年相邦張義儀戈》等戰國器。文獻記載，張儀曾於秦惠文王 12 年（前 313 年）及 13 年（前 311 年）兩次使楚，《史記·楚世家》「十六年，秦欲伐齊……使張儀南見楚王」，及同篇「十八年，秦使使約復與楚親……儀遂使楚」，前引王磊文定為前 313 年，似可從。

（2）「郊（鄢）都宰尹」。單先生釋「⬚」為「郊」、疑讀「鄢」，可從。「宰尹」見於曾侯乙簡 154「宰尹臣之騏為」、155「宰尹臣之黃」，與包山簡 157「鄢富大夫命少宰尹」、簡 37「福陽宰尹之州里公婁毛受幾」，此前所見「宰尹」職責似乎與司法有關。同時對照上述包山簡「少宰郊」，則「郊（鄢）都宰尹」應當與之有聯繫，「都宰尹」似乎為職官。至於「鄢」之所在，可能也是上引包山簡 157 中的「鄢」，在湖北宜城北 30 里小河鎮一帶〔註408〕。就「宰尹」職責而言，此前文獻中所見的「宰尹」多和飲膳有關，包山楚簡中又新見司法相關內容，而本器似乎說明「宰尹」也兼顧一些地方銅器的製造。

（3）「安陽」，從銘文來看應為楚國地名，但目前無法確定其所載。

（4）「⬚」（簡稱 A），王先生釋「冶」，單先生釋「剀（半）」。按，對照戰國文字中的「冶」、「剀（半）」相關字形來看，本字似乎為「冶」、「剀（半）」的可能性都存在；但結合內容來看，似乎釋「剀（半）」之說更為合適。在內

〔註407〕單育辰，《商周青銅器銘文暨圖像集成三編》釋文校訂〔EB／OL〕，簡帛網，2021年 1 月 11 日，http://www.bsm.org.cn/show_article.php?id=3624。

〔註408〕朱曉雪，包山楚簡綜述〔M〕，福州：福建人民出版社，2013 年，第 143 頁。

容理解方面，單先生認為「A」是量名；王先生則認為「A」與「冶」同義連用，指鑄造、冶煉，指宰尹在大府處鑄造量器「縠」。由於金文中「鑄」的辭例多見、而「鑄冶」的用法似乎較少見，故本文暫從釋「剒（半）」之說。

（5）「其▨（簡稱 B）▨（簡稱 C）安陽」。B 有「者（胡）」、「昔（措）」兩種考釋意見。按，B 釋「者」、「昔」，似乎在字形上都還有一些距離，此暫釋「昔」之說。至於 C 字，似為「才（在）」而非「少（筲）」。

前引王磊文簡《大府量》相關銘文釋為「者（胡）少（筲）」，認為係容量單位。在確定筲≈5 升的基礎上，指出「者筲」可理解為「胡筲」、即大筲，為 10升。由此「者（胡）筲」容量也就是「筲」的 2 倍。

但上述觀點似乎也存在如下問題，（1）從字形上來看，如前所述，釋「少（筲）」之說似乎還缺乏依據；（2）朱鳳瀚先生曾認為，包括如下諸器在內，①1933 年安徽壽縣朱家集楚王墓所出容量 200ml 的銅量，大約為 1 升量；②1957安徽淮南所出容量為 1125ml 的《王量》，1976安徽鳳臺所出容量 1100ml的《郢大府量》，1933 安徽壽縣朱家集楚王墓所出銅量為 1140ml 的銅量，大致均為 5 升量；③容量為 2300ml 的《燕客銅量》，約為 10 升量。由此，上述幾件器物構成楚國銅量的小、中、大三種型號〔註 409〕。而從目前所見楚量具實物來看，具體資料值之間是否完全為 2 倍的關係，還需要分析。如《郢大府量》（1110 毫升）、《王量》／《陳郢量》／《淮南銅量》（1125 毫升）、《楚幽王銅量》（1120 毫升／ 1140 毫升）都被視作「筲」；如果乘以 2 倍，均離《大府量》「者（胡）筲」2476ml 的容積，存在一定差距。因此，本文暫不採釋「者（胡）少（筲）」之說。

據此，本器銘文或可釋為如下：

秦客張儀迸楚之歲，□月丙戌（？）之日，郢（鄢）都宰尹邘命
景□為安陽鑄半、縠於大府，其昔（措）才（在）安陽。

戰國器《子禾子釜》（《集成》10374）「關鋪節於廩䢎（半）」，其中有作為量器名的「䢎（半）」。另外對照《燕客銅量》「鑄廿金半，以賹故笁」銘文來看，其中的「半」似乎也為器物自名。故此，新見《大府量》此處的「半」應當也為器物名。至於「昔」可依單先生意見讀為「措」，意思可能為「使用」，如

〔註 409〕朱鳳瀚，中國青銅器綜論〔M〕，上海：上海古籍出版社，2009 年，第 324 頁。

《禮記‧中庸》「故時措之宜也」，孔穎達疏「措，猶用也」，銘文「……為安陽鑄半、轂於大府，其措在安陽」的意思，也就是說楚國大府為安陽地方鑄造這些半、轂等器，並在安陽地區使用。當然關於銘文的上述解讀，也就似乎也存在如下問題，即按照「半、轂」的斷讀，反映的是鑄造包括本器在內的多種銅器，不僅僅是鑄造這件《大府量》；由此，本器則似乎是此批所鑄「半、轂」中的一件。

新見《大府量》的資料，似與已經公布的一些器物有關，銘文或能互相參照。

如此前有一件外壁、底部分別有「郘大賔之▇（簡稱 D）笒」、「少」銘文的《郘大府量》（《集成》10370），關於 D 曾有釋「為」〔註410〕、「聑」〔註411〕、「拳」〔註412〕、「賔」（前引陳治軍文）等不同意見，王磊前引文據新見《大府量》銘文等資料，而改釋為表示器名的「轂」、并讀為「斛」。並認為從「轂（斛）」的用法，①為容量單位，《說文》「轂，盛觵巵也。一曰射具」，又「鬲，鼎屬，實五轂。斗二升曰轂」。②為容器名，如《韓非子‧二柄》「故田常上請爵祿而行之羣臣，下大斗斛而施於百姓」。由此，王磊認為對照新出《大府量》銘文，則《郘大府量》中的 D 應為容器名之「轂」。

而關於《郘大府量》「笒」的理解，大致有幾種思路，①裘錫圭指出「笒」即量器名「筲」字異體，即五升之飯筥〔註413〕；馮勝君也有類似意見〔註414〕。本器容積為 1110ml，如此則每升約為 220ml。②李零則從器型角度進行解釋「笒」，認為是圓筒狀器物箸筩的方言異名〔註415〕。③李家浩分析為從「毛」、從「瓚」，假借為「瓚」〔註416〕。范常喜也認為「笒」是楚國筒形量器的一種名

〔註410〕胡悅謙，試談安徽省出土的楚國銅量〔A〕，中國考古學會第二次年會論文集1980〔C〕，北京：文物出版社，1982 年，第 91 頁。

〔註411〕殷滌非，安徽近年來的考古新發現與研究〔J〕，江淮論壇，1981 年（3）。

〔註412〕董珊，楚簡簿記與楚國量制研究〔J〕，考古學報，2010 年（2）。

〔註413〕裘錫圭，關於郘太府銅量〔J〕，文物，1978 年（12），收入，古文字論集〔C〕，北京：中華書局，1992，490 頁。

〔註414〕馮勝君，讀上博簡《緇衣》箚記二則〔A〕，上博館藏戰國楚竹書研究〔C〕，上海：上海書店出版社，2002 年，第 452～453 頁。

〔註415〕李零，楚國銅器銘文編年匯釋〔A〕，古文字研究（第 13 輯）〔C〕，北京：中華書局，1986 年，第 386 頁。

〔註416〕李家浩，包山 266 號簡所記木器研究〔A〕，國學研究（第二卷）〔C〕，北京，北京大學出版社，1994 年，第 頁；收入，著名中年語言學家自選集‧李家浩卷〔C〕，

稱〔註417〕。④和上述思路相反的是，前引王磊文雖贊同釋「筲」之說，把《郢
大府量》銘文讀為「郢大廥之穀，筲」，但卻認為《郢大府量》（《集成》10370）
壁銘與底銘的「筲」，是這件「穀」所能容納的容量單位，容值相當於5升，而
非器物自名。王磊之說要處理的問題是，從《燕客銅量》「鑄廿金半，以賒故笒」
來看，「笒」應當是指器型而言，則《郢大府量》「郢大廥之穀筲」中的「筲」
該如何理解，還要注意。

図3　《燕客銅量》器型　　　図4　《燕客銅量》銘文照片〔註418〕

図5　《郢大府量》

另外一件可能與新見《大府量》有關的，就是就湖南省博物館所藏《郾客

合肥：安徽教育出版社，2002年，第240～244頁。

〔註417〕范常喜，上古楚方言名物詞新證五則〔J〕，語言科學，2016年（2），收入，簡帛
探微——簡帛字詞考釋與文獻新證〔C〕，上海：中西書局，2016年，第316頁。

〔註418〕圖片採自湖南省博物館「藏品資料庫」，http://61.187.53.122/collection.aspx?id=1220
&lang=zh-CN。

銅量》（《集成》10373）。前引王磊文據《大府量》「者（胡）少（筥）」之釋，新釋《郾客銅量》銘文末句「者牪」銘文，思路值得注意。當然前文已對《大府量》「者（胡）少（筥）」的考釋進行辨析，那麼《郾客銅量》「者牪」銘文該如何理解，或可再做思考。

1984 年，湖南省博物館從塗家沖廢銅物資倉庫撿選到這件《燕客銅量》[註419]，器為圓筒形，平底有鋬，容量為 2300ml，通高 13cm，口徑 15cm，重 2kg[註420]（一說 1.2kg[註421]）。有銘文 6 行 59 字，釋文如下：

燕客臧嘉問王於![字](簡稱 E)郢之歲，享月己酉之日，羅莫敖

臧師、連敖屈㞷，以命工尹穆丙、工佐景之、集尹陳夏，少集尹龔

賜、少工佐李癸，鑄廿金半，以賧![字](簡稱 F）![字]（簡稱 G）

「享月」即包山簡「紡月」，為楚六月。「郢」一般釋為「羅」。「連敖」一般認為是軍事官，或認為是地方官之副[註422]。除末句斷讀及理解、銘文 E-G 等字考釋尚有爭議外，本器銘文目前基本已無爭議。

E 字爭議極多，有釋「茂」、「栽」、「㦱」、「葳」、「莪」、「湫」等不同意見[註423]，此暫從釋「莪」之說。

「![字]」的爭議也比較大。（1）早期認為是「龍」之變、讀「籠」或「箭」，為器物名，如何琳儀引文的意見。（2）現在一般隸為「剸」，也認為可省略為「剆」（包山 146）、「剒」。並分析其意思表示「一半」，不過思路和解釋略有不同，如黃錫全釋「間」、讀「半」[註424]；李學勤認為是從肉、劦（「辨」的簡省）聲，讀為「半」[註425]；此後董珊[註426]、徐在國等學者也贊同此

〔註419〕陳建明主編，湖南省博物館文物精粹〔M〕，上海：上海書店出版社，2003 年，第 20 頁。

〔註420〕周世榮，楚郾客銅量銘文試釋〔J〕，江漢考古，1987 年（2）。

〔註421〕湖南省地方志編纂委員會編，湖南省志・文物志〔M〕，長沙：湖南出版社，1995 年，第 309 頁。

〔註422〕陳穎飛，連敖小考——楚職官變遷之一例〔A〕，出土文獻（第 5 輯）〔C〕，上海：中西書局，2014 年，第 86〜91 頁。

〔註423〕相關意見可參考吳良寶，戰國楚簡地名輯證〔M〕，武漢：武漢大學出版社，2010 年，第 54〜56 頁。

〔註424〕黃錫全，試說楚國黃金貨幣稱量單位「半鎰」〔J〕，江漢考古，2000 年（1），收入，先秦貨幣研究〔C〕，北京：中華書局，2001 年，第 236〜241 頁。

〔註425〕李學勤，楚簡所見黃金貨幣及其計量〔A〕，中國古代文明研究〔C〕，上海：華東師範大學出版社，2004 年，第 279〜282 頁。

〔註426〕董珊，楚簡簿記與楚國量制研究〔J〕，考古學報，2010 年（2）。

說〔註 427〕。（3）也有學者認為本字從形體來看，應和與「俞」讀音接近，從而提出讀「籔」〔註 428〕、「觳」〔註 429〕等不同看法。從相關討論來看，將本字理解為「半」的含義比較有說服力，本文從之。

「▇」，其含義有「記錄」〔註 430〕、「用標準器量酒以祭（劉信芳）」〔註 431〕、「換」（前引董珊文）、代替（前引劉波文）等說法。

F 的考釋及其爭議也較多，（1）前引何琳儀文曾分析為「從禾從日」、釋「秋」；（2）前引李零文中，認為「從禾從口」、釋「和」；（3）張亞初隸為「告」，釋「造」〔註 432〕。（4）范常喜隸為「秙」，並讀為表粗劣意的「苦」〔註 433〕。（5）廣瀬薰雄則將本字讀為「本」〔註 434〕。（6）前引劉彬徽文中認為可能讀「杏」或「行」。（7）前引陳治軍文中釋「香」、讀「鄉」。（8）也有意見讀為「故」，如前引劉波文釋「者」、讀「故」；董珊改釋本字為「咼」而讀「故」〔註 435〕；謝明文認為東周文字中「老」形頭部的兩重彎曲筆劃常省作一重，「咼」字本身所從「老」形亦有類似的變化，也贊同本字可改釋「咼」、而讀「故」〔註 436〕。董珊、謝明文的分析比較有說服力，本文從之。

G 一般隸定為「斞」，分析為為從斗、少聲，讀為「筲」，如裘錫圭〔註 437〕、

〔註 427〕徐在國，談楚文字中從「胖」的幾個字〔C〕，武漢：湖北教育傳世 2013 年，第 484 ～487 頁。

〔註 428〕李天虹，戰國文字「竆」、「劕」續議〔A〕，出土文獻研究（第七輯）〔C〕，上海：上海古籍出版社，2005 年，第 35～38 頁。

〔註 429〕蘇建洲，楚簡「刖」字及相關諸字考釋〔A〕，楚文字論集〔C〕，臺北，萬卷樓圖書出版公司 2011 年，第 16～19 頁。

〔註 430〕何琳儀，釋賸〔A〕，古幣叢考〔C〕，合肥：安徽大學出版社，2002 年，第 17～23 頁。

〔註 431〕劉信芳，竹書《鮑叔牙》與《管子》對比研究的幾個問題〔A〕，管學論集〔C〕，合肥：黃山書社，2010 年，第 341～342 頁。

〔註 432〕張亞初，殷周金文引得〔M〕，北京：中華書局，2001 年，第 160 頁。

〔註 433〕范常喜，《上博五・鮑叔牙與隰朋之諫》簡 3「秙」字試說〔EB／OL〕，簡帛網，2006 年 3 月 2 日，http://www.bsm.org.cn/show_article.php?id=254。

〔註 434〕廣瀬薰雄，新蔡楚簡所謂「賵書」簡試析——兼論楚國量制〔A〕，簡帛（第 1 輯）〔C〕，上海：上海古籍出版社，2006 年，第 218 頁。

〔註 435〕董珊，郳公壁父二器簡釋〔A〕，出土文獻（第 3 輯）〔C〕，上海：中西書局，2013 年，第 160 頁。

〔註 436〕謝明文，承祿鈹銘文小考——兼談上古漢語中「成」的一種用法〔J〕，古漢語研究，2020 年（4）。

〔註 437〕裘錫圭，關於郳大府銅量〔J〕，文物，1978 年（12），收入，裘錫圭學術文集（第 3 卷）〔C〕，上海：復旦大學出版社，2012 年，第 21 頁。

馮勝君〔註438〕、趙平安〔註439〕等的意見。而李零〔註440〕、李守奎〔註441〕及劉波前引文等則據上博簡《緇衣》簡15「（爵）」字，認為本字與其形體類似，從而將之釋為「爵」。按，從「斗」字形體來看，似基於用來舀水的長柄勺而逐漸發生演變，字形如「」（《合》21344，自組）、「」（《秦公簋》，《集成》4315，春秋中期）、「」（《平宮鼎》，《集成》2576，戰國）、「」（睡虎地簡23.5），可以看出「斗」字表示手柄的那一部分，基本上沒有如 G 一般、在末尾作朝右上卷筆的。但從銘文內容考慮，新鑄造的《燕客銅量》和 G 所屬器類之間在用途方面，應當有共性，而「爵」似乎差異稍遠，由此關於《燕客銅量》中的銘文 G，本文還是採用讀「筲」之說。

關於銘文「FG」的理解，在前引諸文中有「和（禾）稟」之異體（前引李零文）、「秋七月」或者「告（造）爵」〔註442〕、「舊的量器筲」（前引董珊文）、「故爵」（前引劉波文）、「香（鄉）牟（楚國鄉一級的標準量器，前引陳治軍紋）」等不同意見，似以董珊讀「故筲」之說較為可從。

而關於末句「鑄廿金半，以賒 FG」的斷讀及理解，此前的相關意見如：①劉波斷讀為「鑄廿金半，以賒故爵」，認為是指「鑄造二十個銅『半』這種器物來代替舊有的勺形杯」。②陳治軍前引文斷讀為「廿金以賒香（鄉）牟」，指鑄造20件銅來校量「鄉牟」的準確性。③劉信芳前引文認為「廿金以賒沽爵」句，是指「金的作用是用來賒沽爵」。但劉說似乎沒有兼顧本句前後銘文內容，因此似存疑。④前引劉彬徽文認為是鑄成20個容一斗的銅削，以幫助流通所用容五升之筲。⑤前引王磊文斷讀為「鑄廿金（半）以賒，FG」，他並認為從新見《大府量》「其者筲」可能指容量來看，《燕客銅量》銘文「以賒 FG」

〔註438〕馮勝君，讀上博簡《緇衣》劄記二則〔A〕，上博館藏戰國楚竹書研究〔C〕，上海：上海書店出版社，2002年，第452～453頁；又，郭店簡與上博簡對比研究〔M〕，北京：線裝書局，2007年，第153頁。

〔註439〕趙平安，從語源學的角度看東周時期鼎的一類別名〔J〕，考古，2008年（12），收入，新出簡帛與古文字古文獻研究〔C〕，北京：商務印書館，2009年，第16頁。

〔註440〕李零，上博楚簡三篇校讀記〔M〕，北京：中國人民大學出版社，2007年，第38～39頁；李零，鑠古鑄今——考古發現和復古藝術〔M〕，北京：三聯書店2007年，第76頁；李零，商周銅禮器分類的再認識〔J〕，中國國家博物館館刊，2020年（11）。

〔註441〕李守奎，楚文字編〔M〕，上海：華東師範大學出版社，2003年，第315頁。

〔註442〕何琳儀，徐沈尹鉦新釋〔A〕，文物研究（第13輯）〔C〕，合肥：黃山書社，2001年，第255～258頁。

不應理解為「以舊的量制鑄造新的量器」。綜合考慮，銘文本句似當斷讀如下：

　　　　鑄廿金半，以賑故笿

　　根據《子禾子釜》中有作為量器名的「𢁣（半）」，而《燕客銅量》「鑄廿金半」似表明其自名為「半」，故董珊前引文中認為《燕客銅量》也應改名為「燕客銅半」。由此對照新見《大府量》銘文，則似應斷讀為「為安陽鑄剺（半）穀於大府」，意思是說楚大府為安陽地區鑄造剺（半）、穀等器。由此，《燕客銅量》銘文末句「鑄廿金半，以賑故██（笿）」，意思也就是說鑄造 20 件容量為 10 升的銅「半」器物，來代替此前舊的容量為 5 升的量器笿（筲）。

　　同時，對照容量為 2300ml 的《燕客銅量》銘文中提到「半」，與新見容積約 2476ml 的《大府量》銘文中提到「半、穀（觳）」，考慮到此前作為 1 升量的朱家集楚王墓所出容量 200ml 的銅量，與 5 升量《王量》（1125ml）、《郢大府量》（1100ml）、朱家集楚王墓另外一件銅量（1140ml）等，在換算之間存在的誤差。又如董珊前引文曾指出《燕客銅量》容積為 2300ml，與相當一斗、容積為 2070 毫升的齊器《左關鍴》相近[註 443]。由此《燕客銅量》與新見《大府量》兩器的容量，大體都可認為是屬於 10 升。

　　此前，陳治軍在前引文中根據《左關鍴》、《燕客銅量》均為 10 升，推測《燕客銅量》銘文中的「半」，是楚國表示一「斗」的方言容量單位。按，從《燕客銅量》銘文中的「半」來看，似乎應當為器物名，而非容量單位名。不過，現在隨著這件《大府量》的公布，則上述 3 器容量接近，而銘文中兩件楚器又同時有「半」、「半、穀（觳）」相關的銘文，則其中的「半」似乎就有可能是指 10 升的筒形量器，即指器形、也關乎容量大小。

　　從三件器物的器物來看，器型大體相同，主要區別在於容量值與附耳數，其中新見《大府量》（2476ml）有兩耳，《燕客銅量》（2300ml，10 升）、《郢大府量》（1100ml，5 升）則只有一耳。由此，也就容易想到另外一個需要注意的問題，即目前所見幾件銅量的自名問題：

　　①《燕客銅量》「鑄廿金半，以賑故笿」，自名為「半」，表明作為量器的「半」和「笿」，在器型上有區別，但在功用上有相近處；

　　②新出《大府量》「為安陽鑄剺（半）、穀（觳）於大府」，提到了為「半」、

〔註 443〕董珊，楚簡簿記與楚國量制研究〔J〕，考古學報，2010 年（2）。

「穀（穀）」兩種器形，而其自名為「半」、「穀（穀）」中的「半」。

③《�大府量》「鄀大賡之穀笭（笴）」，則又為「穀笭（笴）」。按照目前已有的思路及分析，（1）或認為「■笭（笴）」二字為器物名；（2）或認為「笭（笴）」指5升的容量值，而「穀」才為器物自名。按，此前思路（1）之討論，都是基於「笭（笴）」前一字不明或存疑的前提，多未對其詳細加以討論，由此在此情況下，「笭（笴）」的解釋及其用於銘文解讀，確實較有說服力。而現在王磊將其釋為「穀」，則《鄀大府量》「鄀大賡之穀笭（笴）」銘文全句的理解，似有重新思考之必要了。綜合考慮，《鄀大府量》「鄀大賡之穀笭（笴）」銘文中的「穀笭（笴）」，還應認為是器物名比較合適。青銅器銘文中常見有自名連稱現象〔註444〕，而本器則為「穀」、「笭（笴）」連稱，而其自名則仍應理解為「笭（笴）」。

由此來看，三者器型比較接近、而自名略有區別的問題，即自銘中新見楚《大府量》、《燕客銅量》前兩者均自名為「半」，而《鄀大府量》自名為「笭（笴）」，上述差異其實是可以理解的。並且聯繫到《燕客銅量》「鑄廿金半，以賑故笭」銘文所體現的「半」、「笭」在功能上的聯繫性；與新見《大府量》（2476ml）、《燕客銅量》（2300ml，10升）、《鄀大府量》（1100ml，5升）諸器的容積，是否反映「半」、「笭（笴）」在容量上是否存在一定對照關係，或可再推敲。

另外，通過近期考古發現來看，此前認為湖南汨羅古羅城為春秋南遷後的羅國所在，現在這種認識已經被改變。所謂「羅子國城遺址」實際上是戰國至六朝時期的羅縣城遺址。該城址除修築年代不早於春秋晚期的大城外，還存在一個六朝時期的小城。同時《燕客銅量》記載羅在戰國時期已經設置有莫敖、連敖、工佐、少工佐之類的官職，包山楚簡83「羅之壃裏」、「羅之廳域」等地名，表明不晚於前316年，羅已具備楚縣的建制〔註445〕。從《燕客銅量》來看，楚國在羅縣一級也有相關的銅器鑄造工作，而「莫囂、連敖、工尹、工佐、少集尹、少工佐」則是相關的各級負責職官，但是銘文中卻沒有相關的鑄造工人、

〔註444〕陳劍，青銅器自名代稱、連稱研究〔A〕，中國文字研究（第1輯）〔C〕，南寧：廣西教育出版社，1999年，第336頁。

〔註445〕盛偉、何曉琳，羅國遺都，南楚重鎮——考古揭示最早楚文化入湘〔N〕，中國文物報，2021年1月22日。

也就是「冶人」之名，這與三晉、秦諸國多將具體鑄造者包括在內的「物勒工名」，有一些區別。同時新見《大府量》中的「宰尹」參與銅器督造，這一情況在三晉及秦也不多見。

將新見《大府量》「郂（鄀）都宰尹邧命景□為安陽鑄半、轂於大府」，與《燕客銅量》「享月己酉之日，羅莫敖臧師、連敖屈㞢，以命工尹穆丙、工佐景之、集尹陳夏，少集尹龔賜、少工佐李癸，鑄廿金半，以賠故笒」對照來看，前者似乎為楚國中央給地方鑄造銅器，而後者為楚國地方縣一級鑄造銅器，反映了楚國銅器製造的不同層級。

綜上所述，據湖南省博物館所藏《燕客銅量》銘文末句「鑄廿金半，以賠故笒」，新出《大府量》相關銘文應斷讀為「為安陽鑄剒（半）、轂（轂）於大府」，指楚國大府為安陽地區鑄造剒（半）、轂（轂）兩種器具。《燕客銅量》容量為 10 升，《燕客銅量》「鑄廿金半，以賠故笒」所指意為鑄造 20 件容量為 10 升的銅半，來代替此前的舊量器笒（筲）。「半」可能為楚國指 10 升的筒形量器的一種稱呼。

整篇銘文所記載的，是說在燕國使者臧嘉拜訪楚王於 ▣ 郢那一年的六月己酉之日，楚國羅縣的莫敖臧 ▣ 、連敖屈㞢，命令下屬的攻（工）尹穆㕣（丙）、攻（工）差（佐）競（竟）之集（集）尹陲（陳）夏、少集（集）尹龔 ▣ （賜？）、少攻（工）差（佐） ▣ （李）癸等人，鑄造了二十個銅「半」這種器物，來代替舊有之器。由此可見，本器也有較高的史料價值，表現在如下幾個方面：

第一，「燕客臧嘉聞（問）王於 ▣ 郢之歲，言（享）月己栖（酉）之日」，是典型的大事紀年。從早期的紀年方式來看，方式是比較多樣的，包括有序數紀年法、歲星紀年法、大事紀年法等，而本器則是楚國曾經實行「大事紀年法」的一個實證，同時其中的「言（享）月」也可以和睡虎地秦簡中所出土的秦、楚月名對照表相聯繫，而「己栖（酉）之日」則表明當時開始運用干支紀日法。

第二，燕客至楚國的記載，也增加了戰國中晚期的相關諸國邦交史料。

第三，通過近期的考古發現來看，我們此前所認為的湖南汨羅古羅城為春秋時期，南遷之後的羅國之所在，現在這種認識已經被改變，通過相關考古發現，目前已經明確古羅城的性質，此前所謂「羅子國城遺址」，實際上是戰國——六朝時期的羅縣城遺址。該城址除之前認識的大城外，裏面還存在一個小城；大

城為東周時期的城址，修築年代不早於春秋晚期，小城應屬六朝時期〔註446〕。從「羅莫囂」的記載來看，表明楚國似乎設立有羅縣，並且在縣一級也有相關的銅器鑄造工作，而「莫囂、連敖、攻（工）尹、攻（工）差（佐）、少寠（集）尹、少攻（工）差（佐）」則是相關的各級負責職官，但是銘文中卻沒有相關的鑄造工人之名，這與三晉及秦包括具體鑄造者在內的「物勒工名」，是有一點區別的。

第四，從度量衡制度而言，前引董珊文指出，本器容積為 2300 毫升，正為一斗，而與相當一斗、容積為 2070 毫升的齊器《左關鍴》相近〔註447〕，體現出其價值的重要性。但是《燕客銅量》何以自名為「剒」（半），目前還不清楚。此外，從銘文「鑄廿=金**易**，以賹**⬚⬚**」的記載來看，表明當時似乎存在對量器的校準工作，並且適時進行量具更新。

62.《石𨰿（錘）刃（刀）》

器形、銘文照片：

時代：戰國晚期

出土：五十年代長沙市郊出〔註448〕

現藏：湖南省博物館

著錄：《楚文物展覽圖錄》68、《集成》1801

形制：有蓋。底扁腹，三羊紐、環形捉手，方耳，高蹄足

度量：器高 28.5、口徑 23 釐米

字數：3

釋文：石𨰿（錘）刃（刀）（蓋上、內外靠邊、器身口沿，共三處）

〔註446〕湖南省文物考古研究所，湖南考古工作巡禮（四）〔EB／OL〕，湖南省文物考古研究所網站，2017 年 9 月 30 日，http://www.hnkgs.com/show_news.aspx?id=1506。

〔註447〕董珊，楚簡簿記與楚國量制研究〔J〕，考古學報，2010 年（2）。

〔註448〕周世榮，湖南出土戰國以前青銅器銘文考〔A〕，古文字研究（第十輯）〔C〕，北京：中華書局，1983 年，第 243～280 頁。

疏證：

　　本器銘文雖然字數不多，但是在解讀上存在有較大爭議，如銘文第一字
「　　」，有釋「后」（李零）〔註449〕、「右」（《集成》、鄒芙都）〔註450〕、「石」
（何琳意、黃錫全）〔註451〕、「一石」（陳治軍）〔註452〕等不同看法。按，釋
「石」可從銘文第二字「　　」，也有釋「全」（李零、劉雨）〔註453〕、「聖」
（黃錫全、程鵬萬、劉剛，劉剛並讀為「錘」）〔註454〕，近來陳治軍在前引文
中，將「　　」讀作「釥」、也就是「錙銖」（四分之一銖，即 0.65g 的四分之
一）。李天虹結合嚴倉楚簡資料，並贊同本字應讀「錘」，就數量單位而言，表
示 1／3 的量〔註455〕，本文也從讀「錘」之說。

　　至於銘文第三字「　　」，此前多釋為「刃」，也有學者釋為戰國重量單位「刀」
〔註456〕。按，釋「刀」可從。

　　由此，基於釋字的不同，在本器銘文整體內容的理解上，也有不同看法，
比如有學者認為，如前引鄒芙都現在書中認為，銘文中的「右」可能是「右冶」
之省稱，是為督造府之下的冶鑄職官之一，與造府鼎「右冶□盛」同例，這是
從當時的鑄造制度而進行解釋。

　　另外也有學者則認為，上述銘文內容的性質是度量衡，是關於計重的，如
前引劉剛文指出，「石全（錘）刃（刀）」可能是「一石全（錘）刃（刀）」的省
稱，意思是鼎的重量是一石再加上三分之一刀的重量。前引陳治軍文也指出，
「刀」為戰國重量單位，如中山王圓壺銘「冢（重）三石卅九刀之冢（重）」；

〔註449〕李零，楚國銅器銘文年匯釋〔A〕，待兔軒文存（說文卷）〔C〕，桂林：廣西師範大
　　　　　學出版社，2015 年，第 248 頁。

〔註450〕鄒芙都，楚系銘文綜合研究〔M〕，成都：巴蜀書社，2008 年，第 183 頁。

〔註451〕何琳儀，戰國文字通論〔M〕，北京：中華書局，1989 年，第 139 頁；黃錫全，試
　　　　　說楚國黃金貨幣稱量單位「半鎰」〔J〕，江漢考古，2000 年（1）。

〔註452〕陳治軍，「甾兩」與「聖朱」〔J〕，中國錢幣，2013 年（5）。

〔註453〕李零、劉雨，楚郪陵君三器〔J〕，文物，1980 年（8）。

〔註454〕程鵬萬，安徽壽縣朱家集出土青銅器銘文集釋〔M〕，哈爾濱：黑龍江人民出版社，
　　　　　2009 年，第 124 頁；劉剛，楚銅貝「全朱」的釋讀及相關問題〔A〕，出土文獻與
　　　　　古文字研究（第 5 輯）〔C〕，上海：復旦大學出版社，2013 年，第 444～452 頁。

〔註455〕李天虹，由嚴倉楚簡看戰國文字資料中「才」、「全」兩字的釋讀〔A〕，簡帛（第
　　　　　9 輯）〔C〕，上海：上海古籍出版社，2014 年，第 23～32 頁；李天虹、蔡丹，嚴
　　　　　倉一號楚墓遺冊所見度量單位和分數詞〔A〕，簡帛（第 20 輯）〔C〕，上海：上海
　　　　　古籍出版社，2020 年，第 28 頁。

〔註456〕何琳儀，釋賹〔A〕，古幣叢考〔C〕，合肥：安徽大學出版社，2002 年，第 17～23
　　　　　頁。

而本器銘文當釋為「一石聖刀」，表示其重量是「一石又四分之一刀」。

在前文《銅龍節》有關「一擔食之」的時候，已經指出楚制「一擔（石）」、也就是楚制 120 斤，合今 18 千克、36 斤，不過戰國時期作為楚國度量單位的「石」，目前還不明確其數值，因此本器銘文的「一石聖刀」，表示其重量標準是楚國「一石又四分之一刀」，所表示的度量也就是今 36 斤，外加戰國時期楚「1／4 刀」的重量。

63.《益權》

器形、銘文照片：

時代：戰國中晚期〔註457〕

出土：1945 年湖南長沙近郊出土

現藏：1958 年入藏湖南省博物館

著錄：《楚展》61

形制：十枚一套

度量：直徑 0.68～6 釐米，重量 0.69～251.33 克。黑色，圓形，由大到小十個成套，直徑分別為 6 釐米、5 釐米、3.5 釐米、3 釐米、2.3 釐米、1.8 釐米、1.4 釐米、1.1 釐米、0.9 釐米、0.68 釐米，重量分別為 251.33 克、124.37 克、61.63 克、30.28 克、15.53 克、8.04 克、3.87 克、1.94 克、1.33 克、0.69 克。

字數：2

釋文：外（間）益（鎰）　（第九枚砝碼）

疏證：

《呂氏春秋·仲春紀》：「同度量，鈞衡石，角斗桶，正權概」，表明度量衡的重要性。本套砝碼是迄今最早發現的一整套環權，在度量衡史的研究上，價值極高。

―――――――――

〔註457〕高至喜，湖南楚墓出土的天平與砝碼〔J〕，考古，1972 年（4）。

　　此前曾有學者認為，本套砝碼不是戰國衡器，而是秦統一以後黃金以鎰為量值單位時的產物；至於先秦諸子及《戰國策》所載楚金稱鎰、稱斤，不過是當時作者以中原各國的計量單位，或以整理者當時計量單位來追述〔註458〕，從目前眾多戰國楚砝碼的發現來看，這套砝碼與其他有年代可考的楚墓所出砝碼重量基本相近、形制相同，其年代不會晚至秦統一之後，可見這一說法還缺乏說服力。至於本器的用途，則多認為是用於分割黃金一鎰的標準重量。

　　本器銘文中疑難處在於「（摹本作「）」，早期或釋「鈞（均）」〔註459〕，後來黃錫全釋「外」（「間」之省文）〔註460〕，並將其意理解為「半」。其後李學勤、董珊〔註461〕等學者均論文對此進行討論，而大致結論於此相同。此說也為清華簡《算表》中的用字情況所證明。董珊並指出，長沙舊出環權上的「削益」之「削」字所從的「刀」有飾筆，與九店簡及古璽相近。按，本文也從讀「半」之說。

　　「益」即「鎰」，為黃金計量單位，關於其具體數量值，有如下觀點，①楚1鎰約今257.28克，即384銖／16兩，大約為今半斤〔註462〕。②劉彬徽先生認為一鎰約251.2克，楚國量制是「益、兩制」〔註463〕。③后德俊認為一鎰為16兩，約今250克〔註464〕。

　　文字釋讀的不同，也直接關係到對於楚國度量衡制度的不同認識。早期的學者多從釋「」為「鈞（均）」的觀點進行解釋，或者將其釋讀為「二分勻益」，此說明顯缺乏證據。也有學者認為「鈞益」指「平準量值」〔註465〕、「均益（鎰）」就是平分一益（鎰）的意思。雖然這種觀點有誤，但是在度量衡制

〔註458〕朱活，楚金雜譚〔J〕，江漢考古，1983 年（3）。

〔註459〕朱活，楚金雜譚〔J〕，江漢考古，1983 年（3）；李零，楚國銅器銘文編年匯釋〔A〕，待兔軒文存（說文卷）〔C〕，桂林：廣西師範大學出版社，2015 年，第 247 頁。

〔註460〕黃錫全，試說楚國黃金貨幣稱量單位「半鎰」〔J〕，江漢考古，2000 年（1）。

〔註461〕李學勤，楚簡所見黃金貨幣及其計量〔A〕，中國錢幣論文集（第 4 輯）〔C〕，北京：中國金融出版社，2002 年，第 63 頁；董珊，楚簡簿記與楚國量制研究〔J〕，考古學報，2010 年（2）。

〔註462〕劉和惠，郢爰與戰國黃金通貨〔A〕，楚文化研究論集（第 1 輯）〔C〕，武漢：荊楚書社，1987 年，第 128 頁。

〔註463〕劉彬徽，楚系青銅器研究〔M〕，武漢：湖北教育出版社，1995 年，第 371 頁。

〔註464〕后德俊，關於楚國黃金貨幣稱量的補充研究──從楚墓出土的三組有銘青銅砝碼談起〔J〕，中國錢幣，1997 年（1）。

〔註465〕國家計量總局、中國歷史博物館等主編，中國古代度量衡圖集〔M〕，北京：文物出版社，1984 年，第 107 頁。

度的理解上，和後來將「▨」理解為「半」的結論，卻有相似之處。

邱光明曾實測如下〔註466〕：

序　號	一	二	三	四	五	六	七	八	九	十
重量（克）	0.69	1.3	1.9	3.9	8	15.5	30.3	61.6	124.4	251.3
外徑（釐米）	0.75	0.9	1.1	1.38	1.75	2.3	3	3.51	4.91	6.06

總共 10 個砝碼為 499.01 克，大體上也就是楚制 2 鎰，而 9 個小砝碼加起來則等同於最大的那一個砝碼之重量。而最後的一個大砝碼之重量，也就是楚制 1 鎰。一些學者指出，上述砝碼是當時的「標準重量」〔註467〕，這一結論大部分是可從的。進而結合本套銅權等相關出土、傳世文獻，可以發現楚國實行的是鎰、兩制，其衡制單位似為石、鈞、鎰、間鎰、兩、銖，進制情況為：

1 石為 4 鈞（約 18000 克），1 鈞為 30 鎰／斤（360 克），1 鎰為 16 兩（240 克），1 間（半）鎰為 8 兩（120 克），1 兩為 24 銖（15 克），1 銖為 0.65 克〔註468〕。

由此，整套砝碼最小的重量是 1 銖，也是與之配套的天平的最小稱量。而通過最為精簡、個數最少的 10 個砝碼的配合，可以稱出從 1 銖（約 0.65 克）到楚制 2 鎰（約 480 克）間的相關黃金重量〔註469〕。此外，劉彬徽也認為楚國是以鎰、兩為計量基本單位的名稱，而不用爰、斤為計量名稱〔註470〕。

64.《鋝權》

見於商承祚《長沙古物聞見記》記載，時代傳為戰國，為十枚一套，但本器器形、銘文照片均暫缺，銘文僅有一「鋝」字，「鋝」即「鋝」，為重量單位。

65.《分益砝碼》

器形、銘文照片（見下頁）：

時代：戰國晚期〔註471〕

〔註466〕丘光明，試論楚國的衡制〔J〕，考古，1982 年（5）。

〔註467〕王昭邁，東周貨幣史〔M〕，石家莊，河北科學技術出版社，2011 年，第 14 頁。

〔註468〕張之恒主編，中國考古通論〔M〕，南京，南京大學出版社，2009 年，第 417 頁。
按，具體數值可能還需要重新核算。

〔註469〕后德俊，荊楚科技史話〔M〕，武漢：武漢出版社，2013 年，第 68 頁。

〔註470〕劉彬徽，楚金幣小議〔A〕，錢幣研究文選〔C〕，北京：中國財政經濟出版社，1989 年，第 133～136 頁。

〔註471〕鄒芙都，楚系銘文綜合研究〔M〕，成都：巴蜀書社，2007 年，第 230 頁。

出土：20 世紀 90 年代湖南沅陵太常鄉 M1016〔註 472〕

現藏：湖南省博物館

著錄：《考古》1994（8）、《沅陵窯頭發掘報告（戰國至漢代城址及墓葬）》

形制：內徑 1.9 釐米，外徑 3.3 釐米

度量：19.2 克

字數：3

釋文：分「囟」（細）益

疏證：

　　在用途上，或認為是用來稱量少量黃金的器具〔註 473〕，但前引后德俊文，及鄒芙都均曾對此表示懷疑〔註 474〕。

　　銘文的爭論，主要在於「▨」字，有釋「甶」、「囟」（細）〔註 475〕、「田」〔註 476〕、「甾」〔註 477〕等不同意見。而釋字的不同，也直接聯繫到對砝碼銘文整體之不同理解，如：

　　（1）郭偉民認為「分囟（細）益」是稱量不及一益黃金的權；劉彬徽認為三字可解釋為分成小於一鎰的量值〔註 478〕，黃錫全認為「分囟（細）益」當是

〔註 472〕湖南省文物考古研究所、沅陵縣文管所，湖南沅陵木馬嶺戰國墓發掘簡報〔J〕，考古，1994 年（8）；郭偉民，沅陵楚墓新近出土銘文砝碼小識〔J〕，考古，1994 年（8）；湖南省文物考古研究所，沅陵窯頭發掘報告——戰國至漢代城址及墓葬〔M〕，北京：文物出版社，2015 年，第 90 頁。

〔註 473〕陳振裕，楚文化綜論〔A〕，《慶祝何炳棣九十華誕論文集》編輯委員會編〔C〕，慶祝何炳棣九十華誕論文集〔C〕，西安：三秦出版社，2008 年，第 515 頁。

〔註 474〕鄒芙都，楚系銘文綜合研究〔M〕，成都：巴蜀書社，2007 年，第 230 頁。

〔註 475〕郭偉民，沅陵楚墓新近出土銘文砝碼小識〔J〕，考古，1994 年（8）；林小安，古文字「囟」字考辨〔A〕，楚簡楚文化與先秦歷史文化國際學術研討會論文集〔C〕，武漢：湖北教育出版社，2013 年，第 468～470 頁。

〔註 476〕萬里主編，湖湘文化大辭典〔A〕，長沙：湖南人民出版社，2006 年，第 458 頁。

〔註 477〕湯可哥，中國錢幣文化〔M〕，天津：天津人民出版社，2004 年，第 125 頁。

〔註 478〕劉彬徽，楚文字資料的新發現與研究〔A〕，湖南省博物館四十週年紀念論文集〔C〕，長沙：湖南教育出版社，1996 年，第 122 頁，收入，早期文明與楚文化研究〔C〕，長沙：嶽麓書社，2001 年，第 226 頁。

細分「間鎰」以下之重量〔註479〕。后德俊認為「分囟（細）益」表示該枚砝碼重量（19.3 克）為「細益」，就是以「益」為單位的較小的重量，而為 1 鎰（約250 克）的 1 / 12.5〔註480〕。陳治軍認為，陳治軍認為「分細益」砝碼是將「細益」（約 19.5 克、30 銖）進行分割，以稱量較小重量〔註481〕。

（2）「分田益」三字（田通鈿，益即衡），清楚地表明了天平砝碼的用途〔註482〕。

（3）或者認為是「分量細小物體」、用於小分量黃金的稱量。

關於「分細益」與前述「間益」數量值的關係，或認為「細益」當為「益」的 1 / 10、「分細益」即「細益」之一半，也就是說「分細益」為「益」的 1 /20，本器重為 19.2 克，而漢制 1 鎰為 24 兩、也就是約 384 克，本器恰為這一標準的 1 / 20。也就是說，「細益」約為 38.4 克，而「分細益」則為 19.2 克〔註483〕。按，這一解釋有其道理，但是在「細益」當為「益」的 1 / 10、「分細益」即「細益」之一半，似乎還缺乏充分依據。近來也有學者認為，「間益」砝碼的 1 銖為 0.65 克，而「分細益」砝碼的基本單位是 1 銖為 0.5 克，小於前者，故稱「細益」〔註484〕。

66.《或番鐘》

本器為周世榮披露，株洲銅廠收集，現藏湖南省博物館，有 31 字銘文，但器形、銘文照片均暫未公布〔註485〕。

67.《「君」車軎》

器形、銘文照片（見下頁）：

時代：戰國

〔註479〕黃錫全，試說楚國黃金貨幣稱量單位「半鎰」〔J〕，江漢考古，2000 年（1）。

〔註480〕后德俊，關於楚國黃金貨幣稱量的補充研究——從楚墓出土的三組有銘青銅砝碼談起〔J〕，中國錢幣，1997 年（1）。

〔註481〕陳治軍，再論楚國的衡制與量制〔J〕，中國錢幣，2013 年（2）。

〔註482〕萬里主編，湖湘文化大辭典〔A〕，長沙：湖南人民出版社，2006 年，第 458 頁。

〔註483〕成增耀，淺論湖南沅陵楚墓出土的銅砝碼——兼議其重量間的比例關係〔J〕，安徽錢幣，1996 年（1）。

〔註484〕武家璧，論楚國的「砝碼問題」〔J〕，考古，2020 年（4）。

〔註485〕周世榮，湖南出土戰國以前青銅器銘文考〔A〕，古文字研究（第 10 輯）〔C〕，北京：中華書局，1983 年，第 256 頁。

出土：20 世紀 80 年代初，澧縣九里楚墓九里墓地 M17〔註 486〕

現藏：湖南省博物館

著錄：《湖南考古輯刊》（第 3 輯）

形制：不詳

度量：不詳

字數：1

釋文：君

疏證：

　　九里墓地可能是楚國一個封君的家族墓地。「君」可能表明其為此為封君家族之所用。

68.《「楚尚」車軎》

器形、銘文照片：

時代：戰國晚期

出土：長沙出土〔註 487〕

現藏：湖南省博物館

著錄：《集成》12022

形制：狀如大口小底杯，素面

度量：不詳

字數：2

釋文：楚尚（口部外側）

〔註 486〕湖南省博物館、常德地區文物工作隊，臨澧九里楚墓發掘報告〔A〕，湖南考古輯刊（第三集）〔C〕，長沙：嶽麓書社，1986 年，第 63～65 頁。

〔註 487〕周世榮，湖南出土戰國以前青銅器銘文考〔A〕，古文字研究（第 10 輯）〔C〕，北京：中華書局，1983 年，第 243～280 頁；周世榮，湖南楚墓出土古文字叢考〔A〕，湖南考古輯刊（第一集）〔C〕，長沙：嶽麓書社，1982 年，第 87 頁。

疏證：

　　關於本器年代，有戰國以前（周世榮）、戰國晚期（鄒芙都）等不同看法。目前關於本器的具體器形等信息，還有缺失，如劉彬徽曾以身處湖南省博物館之利，擬予以照相或者摹拓，但一直未找到原物，因而只能留待以後再考〔註488〕。至於「楚尚」之含義，黃錫全曾認為「楚」可能是國名或氏名，而「尚」是器主之名〔註489〕

69.《「士」帶鉤》

器形、銘文照片：

時代：戰國

出土：湖南懷化黔陽縣戰國墓〔註490〕

現藏：湖南省博物館

著錄：《湖南考古輯刊》

形制：鵝首形，凸腹尾上翹，背有圓形紐，紐上陰刻四方欄

度量：不詳

字數：1

釋文：士（紐上）

疏證：原釋為「千」，曾四美改釋為「士」〔註491〕，此從之。

70.《子者（都？）誥鈇戈》

器形、銘文照片：

〔註488〕劉彬徽、劉長武，楚系金文彙編〔M〕，武漢：湖北教育出版社，2009年，第710頁。

〔註489〕黃錫全，楚器銘文中「楚子某」之稱謂問題辯證〔A〕，古文字與古貨幣文集〔C〕，北京：文物出版社，2009年，第264頁。

〔註490〕懷化地區文物工作隊、黔陽縣芙蓉樓文管所，黔陽縣黔城戰國墓發掘簡報〔A〕，湖南考古輯刊（第5集）〔C〕，長沙：嶽麓書社，1988年，第61～71、51頁。

〔註491〕曾四美，20世紀以來湖南出土商周古文字資料整理與研究〔D〕，安徽大學碩士學位論文，第27頁。

時代：戰國

出土：1988 年湖南益陽縣政府工地 M11

現藏：益陽博物館〔註 492〕

著錄：《楚文物圖典》

形制：長胡三穿，內尾段作燕尾形

度量：通長 25.7、援長 15.7、援高 3.1、胡長 10.6 釐米

字數：4

釋文：子者（都？）誥鈽〔註 493〕　　（援近胡處及胡的上半部）

疏證：

　　本器是南楚地區首次出土的錯金銘文銅戈。戰國時期，戈又有「鈽」的名稱，如燕國戈常見自命為「鈽」、「鏉鈽」〔註 494〕，故益陽戈此處的「鈽」也當依此，而理解為「戈」的別稱〔註 495〕。而「誥」則可以讀為「造」。由此，「子者（都？）誥鈽」也就是「子者（都？）所造之戈」的意思。

　　本器的「燕尾」形值得注意，此前有學者指出，中原地區所見燕尾式矛等器物的出現和流行，如張家坡西周墓地 M152：120 所發現的矛，也和長江中下游地區有密切的關係〔註 496〕。

　　而這種類型的戈此前在長沙楚墓 M1456：1、M530：8 中也有發現。此外，在河北邢臺 M10〔註 497〕、山東地區（如新泰周家莊 M56：2、M56：3）〔註 498〕、山西忻州〔註 499〕、河南新鄭〔註 500〕都發現有此類型的戈，為中原文化區一種很

〔註 492〕益陽市博物館網站，http://www.yiyangmuseum.com/object.asp?page=2&sortid=5。

〔註 493〕高至喜主編，楚文物圖典〔M〕，武漢：湖北教育出版社，2000 年，第 126 頁。

〔註 494〕商承祚，《新弨戈》釋文〔J〕，文物，1962 年（11）；張春龍、胡鐵南、向開旺，湖南出土的兩件東周銅器銘文考釋〔J〕，中國歷史文物，2004 年（5）。

〔註 495〕相似的用法還見於 1958 年湖北南漳出土、現藏襄陽博物館的《新造戟》（《集成》11161）

〔註 496〕陳小三，長江中下游周代前期青銅器對中原地區的影響〔J〕，考古學報，2017 年（3）。

〔註 497〕河北省文物考古研究所等，河北邢臺市葛家莊 10 號墓的發掘〔J〕，考古，2001 年（2）。

〔註 498〕劉延常、張慶法、徐傳善，新泰周家莊墓葬出土大量吳國兵器〔N〕，中國文物報，2003 年 11 月 5 日

〔註 499〕陶正剛，山西出土的吳越地區青銅器及其研究〔A〕，吳越地區青銅器研究論文集〔C〕，香港：香港兩木出版社，1997 年，第 205～212 頁。

〔註 500〕薛文燦、崔耕，新鄭縣出土銅劍、銅戈簡報〔J〕，中原文物，1982 年（4）。

非主流的青銅戈形制，而益陽博物館所藏這件戈，很可能與之屬於同一文化、同一類型的器物。此外，在吳越地區也有這種內部分叉的戈。目前一般認為這種燕尾戈是吳越地區的特色兵器〔註501〕，北方地區所發現的相關類型戈，應當都是由吳越地區影響、傳播開來。由此，益陽這件燕尾戈，雖然出土於楚地的湖南地區，也應當是受到吳越青銅兵器文化的影響。

71.《呂造戈》

器形、銘文照片：

本器時代、出土、現藏、度量等情況，均暫缺。

著錄：《古文字研究（第10輯）》

形制：援部寬且短、近似等腰三角形，無胡，欄上共二穿，內上無穿孔

字數：3

釋文：呂鋯（造）鈛　　（近欄處）

疏證：

周世榮認為，本器器形與1960年四川彭縣蒙陽鎮出土的II式戈相同〔註502〕。此外，值得注意的是，本器器形為戈，而自銘似乎為「鈛」，這一現象值得注意。

按，從東周文字情況來看，有相關「戈」字字形作「　」（《陳卯造戈》，《集成》11034，春秋晚期）、「　」（《成陽辛城裏戈》，《集成》11154，春秋晚期）、「　」（《陳麗子戈》，《集成》11082，戰國）者，本文益陽戈之形體與上述類似，只是在左上角多一筆，由此，益陽《呂造鈛》戈之「鈛」，是否可能應當為「戈」字，值得注意。如果可以依據上述字形，確定本字為「戈」，則正可以和本器器形相類似。同時，上述從金、從戈的「戈」字，多見於齊系文字，據此湖南發現的這件《呂造戈》是否與齊系有關，也是值得思考的。

〔註501〕王震，山東新泰周家莊墓地出土的吳越式兵器及其來源〔J〕，東南文化，2018年（5）。

〔註502〕周世榮，湖南出土戰國以前青銅器銘文考〔A〕，古文字研究（第10輯）〔C〕，北京：中華書局，1983年，第248頁。

72.《玄繆戈》

器形、銘文照片：

時代：春秋晚期至戰國早期

出土：1994 年常德德山戰國墓 M1：2〔註 503〕

著錄：《集成》11138

形制：援較長並略上昂，欄側四穿，其中三穿為長方形，靠援上一穿為半圓形。
內上有一長方形穿。

度量：全長 21.5、援長 12.5 釐米

字數：7

釋文：玄翏（鏐）夶（鏽）呂之吉用（援和胡上）

疏證：

　　關於此戈的年代，原報導認為應為春秋晚期至戰國早期〔註 504〕。其後有學者認為應當為戰國晚期後段〔註 505〕，此從後說。戈的文化屬性方面，杜乃松以為屬吳越，高至喜、郝本性則認為屬楚。本戈現藏狀況還不大清楚。此前銘文的釋讀有「玄翏（鏐）夶（夫—甫）呂之吉金」（郝本性）、「玄鏐膚呂作吉用」（杜乃松）等意見，似均不不完全確切〔註 506〕。此外，「夫」或釋為「赤」。

　　一般認為「玄翏（鏐）夶（夫—甫）呂」，是指用於冶鑄的精良金屬；但關於其具體內涵，學界有不同意見。「玄（鉉）鏐（翏）」有時也作「玄鐐」，此前

〔註503〕常德市文管處，湖南常德德山戰國墓出土鳥篆銘文戈〔J〕，江漢考古，1996 年（3）。

〔註504〕周世榮，湖南出土戰國以前青銅器銘文考〔A〕，古文字研究（第 10 輯）〔C〕，北京：中華書局，1983 年，第 256 頁。

〔註505〕文智，常德德山出土鳥篆玄鏐銘文戈〔J〕，武陵學刊，1995 年（4）。

〔註506〕文智，常德德山出土鳥篆玄鏐銘文戈〔J〕，武陵學刊，1995 年（4）。

認為是指錫料〔註507〕，或認為應指鉛料〔註508〕。近來易德生認為，「玄鏐」之「鏐」和後世文獻中出現的「連」、「鑞」讀音接近而意同，「玄鏐」可能是指稱東周普遍出現的「鉛錫合金」〔註509〕，此從之。

至於「夫（鈇）呂（鋁）」，金文有「鈇鎬」，是一種堅硬的青銅，或認為是「鈇」指黑中帶有赤黃色的合金；而「鋁」也是一種用來鑄造金屬的銅器。目前有學者對此進行研究，認為「鐳」是一個物質名詞，是西周晚期至戰國時期金屬銅及其合金的統稱，它可以與具象的個體名詞「鋁」（金屬錠）構成雙音節個體名詞「鐳鋁」（銅錠），還可以構成「黃鐳」（黃色的銅或銅合金，通常指青銅）、「赤鐳」（紅銅）、「鏷鐳」（銅料）、「鍋鐳」（黃赤色的銅或銅合金）〔註510〕，可參考。

73.《玄鏐戈》

器形、銘文照片：

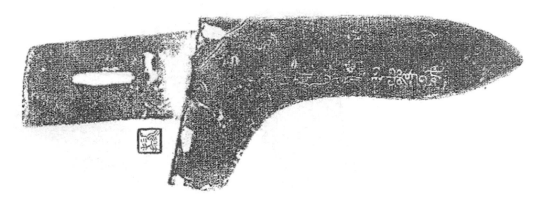

時代：戰國

出土：1955 年長沙絲茅沖 M170 出土〔註511〕

現藏：湖南省博物館

〔註507〕華覺明，「玄鏐」新釋及商周錫料的可能來源〔J〕，文物保護與考古科學，1989 年（1）；中國古代金屬技術〔M〕，鄭州：大象出版社，1999 年，第 291 頁；黃錫全，夫鋁戈銘新考──兼論鑄器所用金屬原料之名稱〔J〕，臺北故宮學術季刊（13 卷第 11 期，1995），收入，古文字論叢〔C〕，臺北：藝文印書館，1999 年，第 175～188 頁。

〔註508〕杜乃松，青銅器銘文中的金屬名稱考釋〔A〕，科技考古論叢（第二輯）〔C〕，北京：中國科技大學出版社，2000 年，第 209～212 頁。

〔註509〕易德生，金文「玄鏐」新探〔J〕，江漢論壇，2013 年（9）。

〔註510〕李建西、李延祥，銅料名稱「鐳鋁」考〔J〕，江漢考古，2010 年（2）。

〔註511〕湖南省博物館，長沙楚墓〔J〕，考古學報，1959 年（1）。

著錄：《集成》11139

度量：全長 20.4 釐米

字數：6

釋文：玄翏（鏐）夫（鏄）鋁之用（援至胡）

疏證：內容參上戈。

74.《長沙戈》

器形、銘文照片：

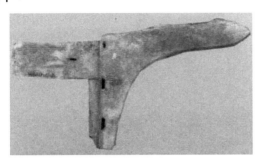

時代：戰國

出土：1970 年長沙識字嶺戰國墓 M1〔註 512〕

現藏：湖南省博物館

著錄：《考古》1977（1）

形制：出土時胡上還保存有柲的捆繫漆皮痕跡。援脊較內稍高，無棱，內上有
　　　漩渦紋，闌側三穿。援與闌角間角度成弧形。

度量：長 21.2 釐米；從出土位置和漆木朽痕觀察，戈全長 144 釐米。

字數：2

釋文：長鄥（沙）

疏證：

　　「＊」，此前有釋「邦」、「陵」、「郵」〔註 513〕等意見，如李學勤釋為「長
郵」，認為「長」即「長沙」之省。近期彭裕商也贊同釋「邦」〔註 514〕。按，何

〔註 512〕單先進、熊傳新，長沙識字嶺戰國墓〔J〕，考古，1977 年（1）。
〔註 513〕單先進、熊傳新，長沙識字嶺戰國墓〔J〕，考古，1977 年（1）；周世榮，湖南楚
　　　　墓出土古文字考〔A〕，湖南考古輯刊（第一集）〔C〕，長沙：嶽麓書社，1982 年，
　　　　第 87～99、126 頁；李學勤，湖南戰國兵器銘文選釋〔A〕，古文字研究（第 12 輯）
　　　　〔C〕，北京：中華書局，1985 年，第 329～336 頁。
〔註 514〕彭裕商，戰國青銅器年代綜合研究〔M〕，成都：巴蜀書社，2018 年，第 309 頁。

琳儀認為本字可以分析為從尾、從小，隸定為「屍」，也就是「屍」，根據西周金文《逆鐘》「彤屍」即「彤沙」的用例，可以讀為「沙」〔註515〕，學界多從之。

　　此外，在包山楚簡中也有相同地名，學界也多釋為「長沙」。綜合本器等相關材料來看，包山楚簡中的相同地名，也應釋為「長沙」。由此表明，作為地名之「長沙」，在戰國時期就已經出現了。

75.《長沙戈》

時代：戰國

出土：收集品

現藏：湖南省博物館

著錄：《湖南考古輯刊》第一集〔註516〕

形制：援部較寬，較短，內上有雲渦紋，其形制、銘文與1970年長沙識字嶺戰國墓所處的《長沙戈》相同。

字數：2

釋文：長鄦（沙）

疏證：參考前述《長沙戈》

76.《長𡥈矛》

器形、銘文照片：

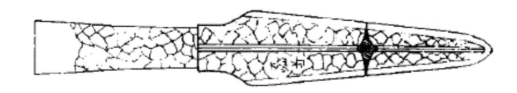

時代：戰國

出土：1984年湖南長沙市黃泥坑M5〔註517〕

現藏：長沙市博物館

著錄：《楚文物圖典》

〔註515〕何琳儀，古兵地名雜識〔J〕，考古與文物，1996年（6）。

〔註516〕周世榮，湖南楚墓出土古文字叢考〔A〕，湖南考古輯刊（第一集）〔C〕，長沙：嶽麓書社，1982年，第87～99、126頁。

〔註517〕高至喜主編，楚文物圖典〔M〕，武漢：湖北教育出版社，2000年，第126頁。

形制：寬體狹刃，散較寬大，兩側呈凹弧形。散正面有鈕，散口平，斷面為圓
　　　形。在一側脊刃之間近本部處有銘文2字。

度量：通長 27 釐米，兩刃最寬處 3.8 釐米

字數：2

釋文：長

疏證：

　　此前有學者指出，「」（簡稱 A）字或釋為「兵」缺乏說服力，待考。

　　按，對比前述《長沙戈》來看，其中的「」（簡稱 B）也就是「鄝（沙）」，將上述字形 A、B 對照來看，A 的上部分字形，與 B 的右半近似，A、B 的構件相同，只是 A 為構造形式為左右，而 B 的構造形式為上下。據此，則 A 可以分析為從尾之省、從小、從皿，隸為「盨」，也應當就是上述「」（鄝—沙）的異體。據此，本器銘文「長」，也就是「長盨（鄝—沙）」，同樣是「長沙」這一地名的早期記載資料。

77.《䣓之新造戈》

器形、銘文照片：

時代：戰國中期

出土：長沙市郊〔註518〕

現藏：

著錄：《集成》11042

形制：不詳

度量：不詳

字數：4

釋文：䣓之新郜（造）　　　（內）

疏證：邦

〔註518〕周世榮，湖南楚墓出土古文字考〔A〕，湖南考古輯刊（第一集）〔C〕，長沙：嶽麓
　　　　書社，1982 年，第 87～99、126 頁。

傳世另有一件同銘器，著於《錄遺》566，器形已佚。

銘文首字「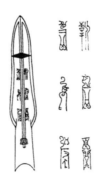」，或釋「邦」〔註519〕，也有學者認為是訛字〔註520〕，均不確。何琳儀改釋「鄣」〔註521〕，學者多從之。關於其地所在，早期研究中多結合包山楚簡 177 中有奉陽司敗，望山楚簡 2.55 有奉陽公，及《水經注・江水注》的記載，認為「奉」之地望在今湖北江陵南。近來有學者結合里耶秦簡的記載，認為本器銘文中的「鄣」，也就是秦洞庭郡所轄之「蓬」縣，其地可能在洞庭湖周圍地區〔註522〕。

關於銘文中的「新郜」，也見於包山楚簡 16「新造卜尹」等，一般多讀為「新造」，《戰國策・楚策一》記載有楚「新造盩」，鮑彪注「楚官」，而《渚宮舊事》引作「新造盩尹」，黃錫全認為「新造尹」或許就是「新造盩尹」，「新造」乃省「尹」字〔註523〕。趙平安釋本器銘文為「邦之新造」，並分析銘文格式為「主語（邦）＋之＋謂語（新）＋器名（省略）」的形式〔註524〕。按，本文認為「新」或者可以讀為「親」，聯繫到「新告（造）自司乍（作）矛」的銘文，表明「新造」職稱的含義，可能與「親自督造」有關。

78.《新造自司作矛》

器形、銘文照片：

〔註519〕黃德寬，古漢字形聲結構論〔A〕，中國人文社會科學博士碩士文庫（續編・文學卷）〔C〕，杭州，浙江教育出版社，2005 年，第 1148 頁。

〔註520〕李瑾、徐俊，論先秦楚國職官名稱及其有關問題〔J〕，華中師院學報（哲學社會科學版），1982 年（6）。

〔註521〕何琳儀，古兵地名雜識〔J〕，考古與文物，1996 年（6）。

〔註522〕周波，說楚地出土文獻中的「鄣」與「蓬」〔A〕，戰國文字研究的回顧與展望〔C〕，上海：中西書局，2017 年，第 75～80 頁。

〔註523〕黃錫全，古文字中所見楚官府官名輯證〔A〕，古文字與古貨幣文集〔C〕，北京：文物出版社，2009 年，第 291 頁。

〔註524〕趙平安，試論銘文中「主語＋之＋謂語＋器名」的句式〔J〕，古漢語研究，1994 年（2）；收入，金文釋讀與文明探索〔C〕，上海：上海古籍出版社，2011 年，第 214 頁。

時代：戰國

出土：1990 年湖南省懷化市辰溪〔註 525〕

現藏：懷化市博物館

著錄：《中國歷史文物》2004 年第 5 期

形制：矛刃鋒利、葉面有槽，骹上有兩個獸形鈕。

度量：骹長 4.1、通常 14.6、最寬處 2.6 釐米

字數：2 行，6 字

釋文：新佶（造）自司乍（作）矛　（葉部）〔註 526〕

疏證：

一般認為此矛為典型的越式矛，製作時間為戰國時期，銘文為楚國鳥篆，是後來刻上去的。

銘文中的「　」字，或釋「之」〔註 527〕，實當釋「乍」〔註 528〕。

關於銘文「司」的理解，有兩種思路：（1）讀「司」為「詞」，「自司（詞）」有「自名」的含義〔註 529〕。何琳儀、程燕並據《說文》「𥎡，矛屬也。從矛，昔聲。讀若笮」，讀「乍」為「𥎡」。從而認為銘文之意為「新造之官，自稱為擊刺之矛」。（2）認為「司」意為掌管，「自司作矛」，指「新造」親自掌管銅矛製作，亦即督造兵器之意〔註 530〕。按，依據《說文》「司，臣司事於外者」等的解釋，本文認為此處「命」的意思應當為此，也就是新造之官長親自監造之器。

79. 《敚作楚王戟》

器形、銘文照片（見下頁）：

〔註 525〕張春龍、胡鐵南、向開旺，湖南出土的兩件東周銅器銘文考釋〔J〕，中國歷史文物，2004 年（5）。

〔註 526〕曹錦炎，鳥蟲書通考（增訂版）〔M〕，上海：上海辭書出版社，2014 年，第 416 頁。

〔註 527〕張春龍、胡鐵南、向開旺，湖南出土的兩件東周銅器銘文考釋〔J〕，中國歷史文物，2004 年（5）。

〔註 528〕何琳儀、程燕，湘出二器考〔A〕，湖南省博物館館刊（第 2 輯）〔C〕，長沙：嶽麓書社，2005 年，第 290～293 頁。

〔註 529〕何琳儀、程燕，湘出二器考〔A〕，湖南省博物館館刊（第 2 輯）〔C〕，長沙：嶽麓書社，2005 年，第 290～293 頁。

〔註 530〕曹錦炎，鳥蟲書通考（增訂版）〔M〕，上海：上海辭書出版社，2014 年，第 416 頁。

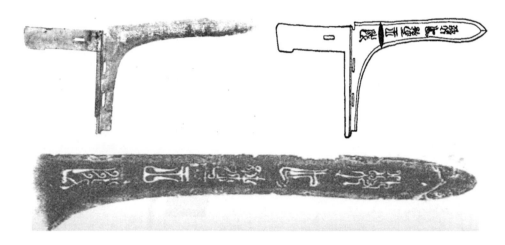

時代：戰國晚期

出土：1978 年益陽赫山廟 M4：1〔註531〕

現藏：湖南省博物館

著錄：《集成》11092

形制：長胡，三穿

度量：援長 19、內長 10 釐米，通長 28.5 釐米

字數：5

釋文：敚作楚王戠（戟）（援部）

疏證：

　　關於其年代，發掘者將其所出之墓葬定為戰國中期，《集成》定為戰國早期。後來學者多定為戰國晚期，如周世榮指出，其銘文字形與《楚王酓前盤》和越器《者汈鐘》相似。曹錦炎在前引書中也指出，本期所謂的「楚」字上部所從的「林」省作「木」，同於楚王酓朏盤的寫法，書體風格也與之接近。後陸續有學者將其改定作戰國晚期，如鄒芙都進一步推斷，《敚令長足戈》之「敚」，其地已入韓魏，可能是由於公元前 301 年垂沙之戰後，楚國北部疆域為韓魏所攻佔，並在原楚敚地設邑而致。由此並指出，以往將敚戟年代定為戰國晚期的意見，有些偏晚，應當定在戰國晚期早段為宜。綜合來看，本器應當為戰國晚期。

　　「[圖]」字，爭議較多，有釋「楚」（報告、鄒芙都）〔註532〕、「奪」（周世

〔註531〕湖南省博物館、益陽縣文化館，湖南益陽戰國兩漢墓〔J〕，考古學報，1981 年（4）；及同刊 1982 年第 2 期之刊正。

〔註532〕湖南省博物館、益陽縣文化館，湖南益陽戰國兩漢墓〔J〕，考古學報，1981 年（4）；及同刊 1982 年第 2 期之刊正。

榮）、「郮」〔註 533〕、「䣜」〔註 534〕、「郒」（曹錦炎）〔註 535〕等不同意見，本文暫從釋「楚」之說。

敔，曹錦炎前引書中認為是人名；鄒芙都則認為可能是地名，是為楚王鑄造兵器的某一處所。他指出 1956 年四川成都北郊洪家包西漢墓曾出土一件戰國《敔令長足戈》，銘文為「敔命（令）長足、冶寽」，這件《敔令長足戈》從銘文格式和字體風格來看，當為三晉器（韓或魏），也表明「敔令」乃敔地之長。由此反觀湖南之《敔作楚王戟》，其中之「敔」也當為地名，屬楚〔註 536〕。不過綜合來看，筆者認為，在戰國兵器銘文中「×令」省略為「×」、從而指某地鑄造兵器的用法，較為少見，故「敔」可能並不是地名，仍然應當以為人名的意見較有道理。

此外，關於本器的器形也值得注意。最初的《報告》以為戈，其後周世榮指出，本器出土時與矛形銅刺同出，指出該式戈實為戟，由此復原圖如下：

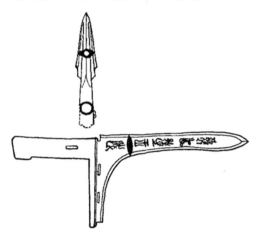

這一復原是有道理的，也符合器物自命為「戟」，可見本器確實並非是戈。

80.《鄭之王戈》

本器為劉彬徽公布，出土於湖南懷化地區一戰國中期楚墓中〔註 537〕，有銘

〔註 533〕劉雨，益陽出土的敔戟銘商榷〔J〕，考古，1982 年（2），收入，金文論集〔C〕，北京：紫禁城出版社，2008 年，第 297 頁。

〔註 534〕劉彬徽，楚系青銅器研究〔M〕，武漢：湖北教育出版社，1995 年，第 369 頁。

〔註 535〕曹錦炎，鳥蟲書通考〔M〕，上海：上海書畫出版社，1999 年，第 167 頁。

〔註 536〕鄒芙都，楚系銘文綜合研究〔M〕，成都：巴蜀書社，2007 年，第 126 頁。

〔註 537〕劉彬徽，新見楚系金文考述〔A〕，第三屆國際中國古文字學研討會論文集〔C〕，香港：香港中文大學 1997 年，第 439～447 頁；劉彬徽，江漢文化與荊楚文明〔M〕，南京：江蘇教育出版社，2008 年，第 540、593 頁。

文 4 字，似為「鄭（？）之王戈」，但是器形、銘文照片等均未公布，目前還難以詳考。

81.《墉戈》

本器為周世榮公布，周身銅銹斑駁，援已殘，三刃式內，為戟形戈，內上有「墉」字，或認為即楚所滅之庸、秦庸縣，在今湖北竹山縣。但現在還缺相關器形、銘文照片資料〔註 538〕，還難以詳考

82.《廬（爐）用戈》

器形、銘文照片：

圖 1　　　　　　　　　　　　　　圖 2

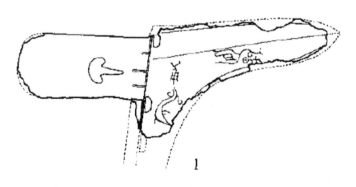

1

《長沙楚墓》復原圖，第 192 頁。

時代：戰國

出土：1954 年長沙工農橋戰國楚墓 M1〔註 539〕

著錄：《考古學報》1959 年第 1 期

形制：殘長 18.2 釐米

字數：2

釋文：廬（爐）用　　（援與胡部）

疏證：此處之「廬」，應當同於前述《玄繆戈》銘文之「鑪」，故不贅述。

〔註 538〕周世榮，湖南出土戰國以前青銅器銘文考〔A〕，古文字研究（第 10 輯）〔C〕，北京：中華書局，1983 年，第 249 頁。

〔註 539〕湖南省博物館，長沙楚墓〔J〕，考古學報，1959 年（1）。

83.《單䚎託戈》

器形、銘文照片：

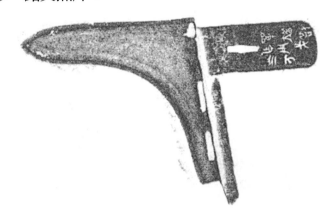

時代：戰國

出土：1980 年長沙火車站附近 M1195：4〔註 540〕

現藏：長沙市博物館

著錄：《長沙楚墓》、《集成》11267

形制：中胡三穿

度量：通長 17.8、胡長 10.8 釐米

字數：8

釋文：單䚎託（？）乍（作）用戈，三（？）萬（？）　（內）

疏證：

　　銘文「」，或釋「討」、「託」，由於為人名用字，可以對比之資料較少，故存疑待考。「」或釋「蘭」，「」釋「萬」〔註 541〕，亦無確證。

84.《玄戈》

　　1985 年出土於桃源三元村楚墓〔註 542〕，形制為圓首，首莖中空，中脊明顯，劍身橫斷面呈扁菱形，在劍格的兩窄面上均有錯金銘文 5 字，似為「玄（？）□玄（？）□，□」，由於目前器形、銘文照片暫缺，還難以詳考。

〔註540〕湖南省博物館、湖南省文物考古研究所、長沙市博物館，長沙楚墓〔M〕，北京：文物出版社，2000 年，第 203 頁。

〔註541〕湖南省博物館等，長沙楚墓〔M〕，北京：文物出版社，2000 年，第 175 頁。

〔註542〕常德地區文物工作隊、桃源縣文化局、桃花源文物管理所，桃源三元村一號楚墓〔A〕，湖南考古輯刊（第四集）〔C〕，長沙：嶽麓書社，1987 年，第 22～32 頁。

85.《王作口君劍》

器形、銘文照片：

時代：戰國晚期〔註543〕

出土：1963 年湘潭縣易俗河出土〔註544〕

現藏：湖南省博物館

著錄：《湖南考古輯刊》（第四輯）

形制：劍首和鋒刃略有殘損，莖上有兩凸箍，劍身近格處有鳥篆銘文 2 行 4 字

度量：長 45.2 釐米

字數：4

釋文：王作口君

疏證：上引報告中引述李學勤意見，認為本器可能是王為某封君所作之劍。

86.《宜章矛》

器形、銘文照片：

時代：戰國

出土：1955 年長沙左家公山 M21〔註545〕

現藏：矛身窄長，骹部扁圓，無鈕。

著錄：《集成》11474

形制：矛身後有格，銎口兩側無鈕，有對穿釘孔

度量：通長 39.3、身長 27.7cm

字數：2

釋文：宜章（骹部）

〔註543〕劉彬徽，楚系青銅器研究〔M〕，武漢：湖北教育出版社，1995 年，第 370 頁。

〔註544〕古湘，湘潭縣出土戰國鳥篆銘文銅劍〔A〕，湖南考古輯刊（第四集）〔C〕，長沙：嶽麓書社，1987 年，第 183 頁。

〔註545〕湖南省博物館，長沙楚墓〔J〕，考古學報，1959 年（1）；湖南省博物館等，長沙楚墓〔M〕，北京：文物出版社，2000 年，第 213 頁。

疏證：

　　本器銘文中的「宜」字作「」，相較於常見的形體，省略了兩塊肉形中表示俎面界欄的橫筆〔註546〕。

　　或以為銘文「宜章」，即今湖南宜章縣。然本器年代距今宜章縣地名之出現，年代相隔較遠，因此不可信。

　　過去曾因本器身部似劍或鈹，故將其稱作「劍」，也有學者指出，「此矛（案：指宜章矛）特長，故又可名『鏦』」〔註547〕，從文獻角度看，關於「鏦」的解釋不一，如《史記・秦始皇本紀》：「鉏櫌棘矜，非銛於句戟長鎩也。」裴駰《集解》引如淳曰：「長刃矛也」，這裡是說「鏦」為長刃刀矛等一類器物，或者據此而贊同《宜章矛》應當為矛〔註548〕；而《說文》：「鏦，鈹有鐔〔註549〕也。」，指的是鈹有鐔。根據近出的張家界《競畏矛》之器物自銘，有學者指出《宜章矛》確實應當屬於矛〔註550〕，我們也贊同這種觀點。

87.《大官戈》

時代：戰國

出土：1994 年衡陽市郊〔註551〕

現藏：衡陽市文物處

著錄：《中國文物報》1995 年 4 月 30 日

形制：援闌夾角 100 度，援身稍窄且上揚，中脊明顯，截面呈菱形。中胡、闌側有三長方穿。內微翹，上有一長方穿

度量：援長 15・3、內長 9・7 釐米

〔註546〕謝明文，新出宜脂鼎銘文小考〔A〕，中國文字（新 40 期）〔C〕，臺北：藝文印書館，2014 年，第 203～208 頁；收入，商周文字論集〔C〕，上海：上海古籍出版社，2017 年，第 235 頁。

〔註547〕湖南省博物館，長沙楚墓〔J〕，考古學報，1959 年（1）；湖南省博物館等，長沙楚墓〔M〕，北京：文物出版社，2000 年，第 213 頁。

〔註548〕高至喜，湖南楚墓與楚文化〔M〕，長沙：嶽麓書社，2012 年，第 125 頁。

〔註549〕大徐本「鐔」作「鐸」，此據小徐本。鐔是劍柄末端的突起部分，狀如葦類，中空，上有孔，吹而有聲。也稱劍首、劍珥、劍鼻。《莊子・說劍》：「天子之劍，以燕溪石城為鋒，齊岱為鍔，晉魏為脊，周宋為鐔，韓魏為夾。」

〔註550〕黃錦前，競畏矛補論及其相關問題〔EB／OL〕，復旦大學出土文獻與古文字研究中心網站，收入，楚文化研究論集（第十二集）〔C〕，上海：上海古籍出版社，2017 年，第 345～358 頁。

〔註551〕鄭均生，衡陽出土大官銘文戈〔N〕，中國文物報，1995 年 4 月 30 日。

字數：20

釋文：「大官」2 字銘文，與「上庫」等 18 字銘文（內上）

疏證：

1994 年 11 月 21 日衡陽酃湖漁場一墳山土坑墓中，出土戰國時期韓國兵器「大官」銘文戈等文物 22 件〔註552〕。墓室長 3.1 米、寬 2.3 米，殘深 1.85 米。伴出器物還有銅鼎 2、勺 2、蒜頭扁壺 1、劍 1、戈 1、錯銀銅戈秘樽、半兩錢和玉璧、方格紋陶罐。戈的表面有一層黑漆。製作精良，援、胡的鋒刃至今鋒利。經鑒定這件「大官」銘文戈屬戰國時期韓國兵器。同時，從該墓所出的青銅蒜頭扁壺和秦半兩錢分析，應是秦墓。「大官」銘文戈隨葬秦墓，很可能是戰國時期秦軍的戰利品〔註553〕。

從目前所見的「上庫」銘文資料來看，如《集成》11039「甘（邯）丹（鄲）上庫」、《新收》1992「九年，閺（蘭）命（令）陲隋，上庫工帀（師）斳，冶國」等來看，主要見於三晉地區。

而從銘文「大官」來看，都曾見於三晉和秦文字資料中。從目前所見的「大官」銘文器物來看，主要有：

《集成》2576：「平宮右般，十三兩十七斤。大官，二斗，左中」。

《新收》NA0295：「卅年，冢（冢）子韓擔、吏召，大官上庫嗇
□□□庫□□□造」。

《新收》NA0739：「檫大大官四升四斤」。

上述銘文中的「右般」、「大官」等值得重視。（1）陳昭容曾指出，從漢代的文獻記載來看，如《漢書・張湯傳》以「大官」、「私官」並列，分別指王與后的食官來看，表明秦漢時期的「私官」和「大官」等有區別，不過二者都屬於「食官」〔註554〕。

（2）關於「右般」，也曾見於西漢齊王墓銅鼎「齊大官食有般者」銘文中，李學勤曾認為「右」可以讀為「佑」、訓為「助」，而「般」可以訓為「樂」，「右

〔註552〕周澤主編，衡陽市郊區志〔M〕，長沙：湖南出版社，1997 年，第 620 頁；湖南省衡陽市蒸湘區地方志編纂委員會編，衡陽市郊區續志〔M〕，2003 年，第 11 頁。

〔註553〕鄭均生、向新民，衡陽市郊酃湖大官銘文戈〔A〕，中國考古學年鑒（1995）〔C〕，北京：文物出版社，1997 年，第 192 頁。

〔註554〕陳昭容，從封泥談秦漢「詹事」及其所屬「食官」〔A〕，戰國秦漢封泥文字研究專輯（西泠印社・總第 31 輯）〔C〕，杭州，西泠印社，2011 年，第 29～30 頁。

般」可能是佑王宴樂的官職〔註555〕；董珊也承此說，認為可能和飲食娛樂有關〔註556〕。黃展嶽則認為可能是少府考工室屬吏〔註557〕；陳昭容則認為「右」可能不應訓「佑」，而「般」可能讀為「班」，指位次、序列。她認為「右般」應當是食官（太官、私官）的下屬，其有司稱「般者」，而其下有「粲（餐）人」（職責為掌王之進獻饋食）〔註558〕。

　　因此，綜合來看，前述發掘者推斷本器屬被秦國繳獲的韓器，是較為合理的。不過同時值得注意的是，在「衡陽市文體廣電新聞出版局」的網站上，筆者查閱到「衡陽市館藏二級文物」名單，其中提到有衡陽市文物處的戰國「大官」銘文戈、衡陽市博物館的春秋「愚公」銘文戈，與戰國「廿三年」銘文戈〔註559〕。但是目前包括本器在內，上述諸器都沒有公布相關的器形、銘文照片，目前還難以詳考，這件衡陽所出戰國「大官」銘文戈的相關情況，還有待更進一步研究。

88. 銘文戈

器形、銘文照片：

〔註555〕李學勤，齊王墓器物坑銘文試析〔A〕，海岱考古（第一輯）〔C〕，濟南，山東大學出版社，1989 年，第 351～358 頁。

〔註556〕董珊，讀珍秦齋藏秦銅器雜記〔A〕，珍秦齋藏金秦銅器篇〔C〕，第 213～224 頁。

〔註557〕黃展嶽，西漢齊王墓器物坑出土器銘考釋〔A〕，中國考古學研究——夏鼐考古五十週年紀年論集〔C〕，北京：文物出版社，1986 年，第 220～234 頁，收入，先秦兩漢考古論叢〔C〕，北京，科學出版社，2008 年，第 108～122 頁。

〔註558〕陳昭容，從封泥談秦漢「詹事」及其所屬「食官」〔A〕，戰國秦漢封泥文字研究專輯（西泠印社・總第 31 輯）〔C〕，杭州，西泠印社出版社，2011 年，第 29～30 頁。

〔註559〕衡陽市文體廣電新聞出版局，http://www.sjjypz.com/t20160909_565390.html。

時代：戰國中晚期

出土：1984 年永州市鷂子嶺戰國墓葬 M20〔註 560〕

現藏：湖南省博物館

著錄：《湖南考古輯刊》（第四輯）

形制：銅戈中部有脊凸起，橫斷面呈弧形，兩側各有凹線，鋒刃較鈍，有長胡，戈內呈長方形，中部有一個三角形小洞，戈欄的側邊有三個穿。戈援上昂，戈內的兩面鑄有鳳鳥，戈援上鑄有雲形紋和幾何紋飾.戈樽中部鑄一凸起的鳳鳥，造型生動而高貴。

度量：援長 14.6 釐米，內長 7.4 釐米，內寬 3.5 釐米，胡長 6.6 釐米

疏證：

　　1984 年 7 月至 10 月，零陵地區文物工作隊在鷂子嶺清理了 4 座戰國墓，其中 M20 出土有一件銘文戈。但是關於本器的具體資料，目前公布得還比較少，銘文的照片、摹本等均沒有公布，如目前我們僅知本器上有銘文，至於銘文字數，目前都沒有提及，目前還難以詳考。

89.《越王州句劍》

器形、銘文照片：

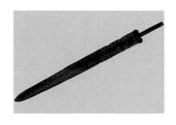

時代：器物年代應當為戰國早期

出土：1977 湖南益陽赫山廟 M42〔註 561〕

現藏：湖南省博物館

著錄：《殷周金文集成》（11629、11631）、周世榮《湖南楚墓出土古文字叢考》、張光裕、曹錦炎主編《東周鳥篆文字編》、施謝捷編著《吳越文字彙編》、

〔註560〕零陵地區文物工作隊，永州市鷂子嶺戰國墓發掘簡報〔A〕，湖南考古輯刊（第四集）〔C〕，長沙：嶽麓書社，1987 年，第 48～51 頁；唐解國，試談永州鷂子嶺戰國墓〔J〕，江漢考古，2003 年（4）。

〔註561〕湖南省博物館、益陽縣文化館，湖南益陽戰國兩漢墓〔J〕，考古學報，1981 年（4），又同刊 1982 年第 2 期之更正

董楚平《吳越徐舒金文集釋》、董楚平《吳越文化志》、曹錦炎《鳥蟲書通考》。

形制：此劍首缺，實莖，莖上兩籛已失，「凹」字形格尖鋒，飾暗斑菱形紋

度量：通長 56 釐米，寬 4.5 釐米

字數：16

釋文：戉王州句　（劍格正面兩側）

　　　　自乍用劍

疏證：

《越王州句劍》目前發現有多見，筆者此前曾考證，傳世文獻中的越王「翁」、「朱句」、「株句」，出土文獻中的越王「州句」、越王「州凵」均為同一人，在位於公元前 448 年至前 412 年〔註562〕。

而在包括湖南在內的楚地，多次發現有越王之劍，此或與戰國時期楚滅越有關。一個值得關注的問題是，出土本器的墓葬，僅有 2 套陶禮器〔註563〕，表明墓葬級別較低。由此，何以高級別的越王劍，出土於低級別的楚墓中，這一問題還值得繼續探究。

90.《越王旨殹劍》

器形、銘文照片：

  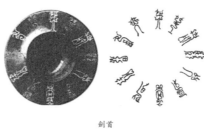

劍格正面　　　　　劍格背面　　　　　　劍首

時代：器物年代為戰國早中期

出土：2006 湖南省益陽市赫山區天子墳虎形山 M30 戰國墓〔註564〕

現藏：益陽市文物處

〔註562〕拙著，戰國王年問題研究〔M〕，北京：中國社會科學出版社，2017 年，第 134 頁。

〔註563〕盛定國，益陽楚墓辨析〔A〕，楚文化研究論集（第一輯）〔C〕，武漢：荊楚書社，1987 年，第 115 頁。

〔註564〕潘茂輝，益陽楚墓出土青銅兵器的分期及相關問題〔A〕，湖南省博物館館刊（第五輯）〔C〕，長沙：嶽麓書社，2009 年，第 214 頁。

著錄：《鳥蟲書通考》增訂版、《銘圖續》1331

形制：隆脊，前鋒瑞麗，劍身通體有銀色暗斑華文，劍首內有圓柄狀飾件。

度量：長 48.4 釐米

字數：23 字，其中劍格正面有錯金銘文 4 字，背面 7 字（兩端各有一裝飾符
　　　號），劍首 12 字

釋文：

　　戉（越）王，戉（越）王　　（正面）。不者（諸）旨（稽）光，乍（作）用
僉（劍）。　　（背面）

　　戉（越）王旨毆（翳），自乍（作）僉（劍）。唯尸（夷）邦旨（稽）大。
（劍首）

疏證：

　　《越王旨毆劍》目前發現有多件，如 2017 年西泠印社秋拍中即有一件。筆
者此前考證，傳世文獻中的越王「翳」、「不揚」，出土文獻中的越王「毆」、「旨
毆」、「者旨不光」，均為同一人（在位於公元前 411 年至前 376 年）〔註565〕。

　　本器出土時與戰國中期陶器共存，表明本器年代可能稍早於墓葬年代。益
陽這件《越王旨毆劍》銘文錯金，劍格正面 4 字，其中重文 2 字；背面 4 字（兩
端各增有一裝飾文字），劍首環列 12 字。其中背面銘文中「不光」的「不」字，
誤置於「者旨」之前。本器銘除劍格背面只有 4 字作「者旨不光」外，其餘
和 2017 年西泠印社秋拍的越王旨毆劍同。

91.《越王銅矛》

器形、銘文照片：

時代：戰國

出土：長沙郊區楚墓〔註566〕

〔註565〕拙著，戰國王年問題研究〔M〕，北京：中國社會科學出版社，2017 年，第 134 頁。
〔註566〕周世榮，湖南楚墓出土古文字叢考〔A〕，湖南考古輯刊（第一集）〔C〕，長沙：嶽
　　　　麓書社，1982 年，第 87 頁。

現藏：湖南省博物館（？）

著錄：《湖南考古輯刊》（第一輯）

形制：矛脊起棱，飾蟬紋，魚尾形圓骹，橋形穿鼻

字數：2

釋文：戉（越）王　　（骹部）

疏證：

　　這類銘文為「越王」的器物，在吳越兵器中所見甚多，可參考董珊《吳越題銘研究》一書所著錄，其作用可能在於表明相關器物為越王所用或者所有。

92.《距末》

器形、銘文照片：

時代：戰國

出土：1999 年常德市德山寨子嶺 M1 出土〔註567〕

現藏：湖南省博物館

著錄：《文物》2002 年第 10 期

形制：兩件距末的大小相同，外呈不規範的八棱形，柱狀，中空，頂部開口，近口緣外側有一系物的穿孔

度量：長 4.4 釐米，直徑 1.9 釐米

字數：8

釋文：愕（？）乍距末。用差（佐）商國。光張上〔下〕，四方是備（服）

疏證：

　　在出土本器的墓葬中，還出土有一件《鄂邑大夫璽》官印，表明應當為大

〔註567〕常德市文物處，湖南常德寨子嶺一號楚墓〔A〕，湖南考古·2002〔C〕，長沙：嶽麓書社，2004 年，第 402～426 頁。

夫一級的墓葬。發掘者定墓葬的年代為戰國晚期前段〔註568〕。

關於本器的國別，有戰國楚〔註569〕、韓〔註570〕、宋〔註571〕等意見，本文從宋國之說。就分型角度而言，弓弭大致可分為以綁束或黏接與弓簫端連接、片狀的 A 型，與以套合與弓簫連接、管狀，年代為戰國晚期的 B 型〔註572〕，而本器屬於 B 型。

距末為器名，阮元《商銅鋸末跋》認為「……此器中空，一面有陷圓而向下，確是弓簫末張弦之處，以今弓末驗之，可知矣。」距末應為弓端飾件，當為「距來之末」或「距黍之末」的簡稱。

不過關於銘文的理解，尚存在一些爭議。（1）「𢀳」，有釋「悍」〔註573〕、「愕」（陳松長）〔註574〕、「悟」（鄒芙都）〔註575〕、「忓」（李家浩）〔註576〕、「悍」（周波）〔註577〕等不同意見，此應該為人名。不過學著大多沒有指出其為何人，李家浩在前引文中則指出：

> 疑銘文人名「忓」就是趙主父令相宋的仇郝。「忓」、「郝」古音相
>
> 近，可以通用。仇郝相宋的時間大概是在宋康王偃三十一年至三十四
>
> 年（公元前 298 年到前 295 年），忓距末的年代應該在此數年間。

他將本器銘文中的「忓」與戰國人物「仇郝」相聯繫，可備一說。

（2）「𢀳」，有釋「堯」（陳松長）、「無（撫）」、「夫（讀「方」，李家浩）」、

〔註568〕常德市文物處，湖南常德寨子嶺一號楚墓〔A〕，湖南考古·2002〔C〕，長沙：嶽麓書社，2004 年，第 409 頁。

〔註569〕陳松長，湖南常德新出土銅距末銘文小考〔J〕，文物，2002 年（10）。

〔註570〕李學勤，新見古器銘文箚記（二篇）〔A〕，中國古代文明研究〔C〕，上海：華東師範大學出版社，2005 年，第 203 頁。

〔註571〕李家浩，忓距末銘文研究〔A〕，古文字與古代史（第二輯）〔C〕，臺北：中央研究院歷史語言研究所，2009 年，第 189～212 頁；周波，說幾件宋器銘文並論宋國文字的域別問題〔A〕，出土文獻與古文字研究（第七輯）〔C〕，上海：上海古籍出版社，2018 年，第 123 頁。

〔註572〕許衛紅、張娟妮，弓弭初考〔J〕，文博，2017 年（2）。

〔註573〕常德市文物處，湖南常德寨子嶺一號楚墓〔A〕，湖南考古·2002〔C〕，長沙：嶽麓書社，2004 年，第 402～426 頁。

〔註574〕陳松長，湖南常德新出土銅距末銘文小考〔J〕，文物，2002 年（10）。

〔註575〕鄒芙都，楚系銘文綜合研究〔M〕，成都：巴蜀書社，2007 年，第 145 頁。

〔註576〕李家浩，忓距末銘文研究〔A〕，古文字與古代史（第二輯）〔C〕，臺北：中央研究院歷史語言研究所，2009 年，第 189～212 頁。

〔註577〕周波，說幾件宋器銘文並論宋國文字的域別問題〔A〕，出土文獻與古文字研究（第七輯）〔C〕，上海：上海古籍出版社，2018 年，第 123 頁。

釋「方」〔註578〕等意見，釋「方」之說可從。

（3）「」，一般釋為「備」，李家浩前引文則讀為「服」。

「商國」，讀為「上國」（指楚郢都上游地區的上國），或認為是宋國。此外，在銘文的理解上，也存在一定差異，如鄒芙都在前引文中，將部分銘文讀為「愕光張上口，四無（撫）是備」，但從銘文的角度來看，稍顯證據不足。從目前來看，關於本器銘文及其歷史價值，闡釋最為相近的是李家浩，上引李家浩文對其進行了通釋：

> 「忓乍（作）距末，用差（左）商國。光（廣）張上〔下〕，四夫（方）是備（服）」。意思是說「忓」製造的距末，用來輔佐「商國」；廣泛張設距末於天下，使四方的國家臣服。……「商國」即宋國……綜觀戰國時期宋國的歷史，只有在宋康王偃「欲霸之亟成」、「威服天下」的歷史背景下，才有可能說出「廣張上〔下〕，四方是服」這樣狂妄之言。

此說在銘文解釋及相關史實的闡釋上，較有說服力，本文從之。

另外至於為何本器會出現在湖南地區，周波在前引文中曾推測，可能和文獻中所載楚國參與滅宋之戰有關。

93.《距末》

本器 1999 年同出於常德市德山寨子嶺出土戰國楚墓，器形、銘文均一致，參考上文。

94.《王孫袖戈》

器形、銘文照片：

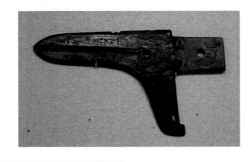

〔註578〕李守奎，釋哝距末與楚帛書中的「方」字〔A〕，漢語言文字研究（第一輯）〔A〕，上海：上海古籍出版社，2015 年，第 119～124 頁；收入，古文字與古史考·清華簡整理研究〔C〕，上海：中西書局，2015 年，第 221 頁。

時代：戰國

出土：20 世紀 50 年代湖南收集〔註 579〕

現藏：湖南省博物館

著錄：《文物》1980 年第 10 期、《文物參考資料》第 7 輯

形制：戈形制、紋飾均為巴蜀式，有巴式虎紋符號，長胡三穿，援的後部近闌處鑄有一猛虎。

度量：通長 24.9 釐米，援長 18.1、內長 6.8 釐米，寬 4.5 釐米、闌長 14 釐米

字數：11

釋文：伯命曰：獻與楚君監王孫袖□

疏證：

關於本戈的製造者，有蜀、中原等不同意見，學者多指出本戈與四川萬縣新田公社出土的「弓」字形題銘虎頭紋戈相同〔註 580〕；童恩正和龔廷萬指出，萬縣新田戈的形制，基本同於中原這個時期的戈〔註 581〕。有學者進而指出，「故湖南長沙這件長胡三穿戈只能是仿中原形式的戈，而不應視作蜀式戈」〔註 582〕。此外，李學勤前引文還指出，本戈形體與郫縣紅光所出的戈，也比較相近。因此，目前一般認為，這些銘文多數是在楚國取得巴蜀兵器之後加刻上去的，都是在巴蜀青銅戈上鑄造楚文字。

本器銘文的一些爭議處，在於人名，如（1）「▨」，或釋為「仲」〔註 583〕、「伯」〔註 584〕，也有學者釋為「倗（思）」〔註 585〕。（2）「▨」，一般釋為「袖」，也有學者釋為「袁」〔註 586〕、「猨」。（3）至於「▨」，一般釋為「監」。（4）另外吳鎮烽《銘圖》17145、《近出殷周金文集錄二編》1196 均認為「袖」後尚有

〔註 579〕高至喜、熊傳新，楚人在湖南的活動遺跡概述〔J〕，文物，1980 年（10）。

〔註 580〕周世榮，湖南出土戰國以前青銅銘文考〔A〕，古文字研究（第 10 輯）〔C〕，北京：中華書局，1983 年，第 252 頁。

〔註 581〕童恩正、龔廷萬，從四川兩件銅戈上的銘文看秦滅巴蜀後統一文字的進步措施〔J〕，文物，1976 年（7）。

〔註 582〕何崝，中國文字起源研究〔M〕，成都：巴蜀書社，2011 年，第 883 頁。

〔註 583〕李學勤，論新都出土的蜀國青銅器〔J〕，文物，1982 年（1），收入，新出青銅器研究〔C〕，北京，人民美術出版社，2016 年，第 142～148 頁。

〔註 584〕鄒芙都，楚系銘文綜合研究〔M〕，成都：巴蜀書社，2007 年，第 192 頁。

〔註 585〕李學勤，湖南戰國兵器銘文選釋〔A〕，古文字研究（第十二輯）〔C〕，北京：中華書局，1985 年，第 329～335 頁。

〔註 586〕何琳儀，戰國文字通論（訂補）〔M〕，南京：江蘇教育出版社，2003 年，第 172 頁。

一字，可從。

　　一般認為「偲」為人名，或認為銘文是說巴人首領「偲命」製作了此戈，並將其獻給楚國王室派到巴地進行監管的楚王室貴族王孫袖〔註587〕。也有觀點認為是巴蜀首領「偲」鑄器獻與楚王之監王孫袖〔註588〕。

　　近來也有學者認為「偲」為地名，由此重新釋讀本器銘文為「偲命（令）尹城與楚尹監王孫袖」，其中的「命（令）尹」為官名，認為意思是說偲這個地方的長官「城」送給楚國派來監管偲地的長官「王孫袖」一件戈〔註589〕。但此說問題在於，以「令尹」為地方長官，相關直接材料似乎還比較少，因此本文對「命（令）尹」之釋存疑。

　　本器的歷史價值，一方面在於「楚君」的稱謂問題。近來發現有一件戰國楚《楚君熊延尊》，其銘文為：

　　　　唯正月初吉，楚君酓（熊）前擇其吉金，自作尊盬。其眉壽無

　　疆，子子孫孫用享。

　　由此表明戰國時期的楚王也自稱「楚君」，而此前的金文中所見「楚君」稱謂，只有這件《王孫袖戈》，現在將兩器相對照，「偲戈（即《王孫袖戈》）也可能是襲用這種稱名，這也顯出本銘的珍貴」〔註590〕。

　　另外一方面，則在於是否反映了「監」制。學者認為楚國封巴人首領為王侯以進行監管的觀點，多依據湖南省博物館所藏這件《王孫袖戈》〔註591〕，其銘文一般釋為「伯命曰：獻與楚君監王孫袖。」〔註592〕由此，有的學者認為，認為「（）顯然是巴人的一個首領，是他將此戈贈給楚國派到巴地進行監管的楚人王孫袖」〔註593〕，李學勤前引《湖南戰國兵器銘文選釋》文中也曾認為：

　　　　王孫袖是楚國王族，受命監管服屬於楚的巴蜀人，因而被稱為

　　楚君監。推測偲是這些巴蜀人的領袖，受王孫袖的監管，鑄作了這

〔註587〕高至喜主編，楚文物圖典〔M〕，武漢，第１２２頁，湖北教育出版社，2000 年，第 122 頁。

〔註588〕石泉主編，楚國歷史文化辭典〔M〕，武漢：武漢大學出版社，1997 年，第 47 頁。

〔註589〕馬盼盼，巴蜀銘文戈上的「方塊字」是不是一種文字〔J〕，江漢考古，2021 年（4）。

〔註590〕蘇建洲，論新見楚君酓延尊以及相關的幾個問題〔A〕，出土文獻（第 6 輯）〔C〕，上海：中西書局，2015 年，第 72 頁。

〔註591〕劉剛，湖湘歷代書法選集（四—綜合卷）〔M〕，長沙：湖南美術出版社，2012 年，第 14 頁。

〔註592〕鄒芙都，楚系銘文綜合研究〔M〕，成都：巴蜀書社，2007 年，第 192 頁。

〔註593〕高至喜、熊傳新，楚人在湖南活動的遺跡概述〔J〕，文物，1980 年（10）。

件富於巴蜀特色的兵器，獻贈給王孫袖。從地理位置考慮，偑是巴
人之長自然更為可能。

黃錫全也曾推測：

> 按，歷代都設有各種各樣的「監」，如周初成王時設「三監」，監
> 督殷臣。……「楚君監」應與「應監」類似。楚以監名官者，還如
> 「監馬尹」，「監食」等。「楚君」也可能是巴人對楚王的稱呼，「楚
> 君監」就是楚王派往巴地的監察官。王孫袖為某楚王之孫〔註594〕。

也有學者認為，作戈者偑是巴王族的一個成員，在楚國推行的軍事監國制
下，統領被楚佔領的巴國故地上的巴人〔註595〕。

但要注意的是，古文字中「監」的形體一般較為穩定，銘文中的「 」雖一
般被釋為「監」，但與「監」可能存在一定的區別，如戰國楚文字常見的「監」：

    包山楚簡 2.120   信陽楚簡 2.01

    郭店楚簡《語叢》2.32   清華簡《皇門》04

從銘文本字來看，確實與「監」字有近似指出，但是同時也缺少一些必要
的筆劃。另外，程鵬萬將其之與其上一字合為一個字，而釋為「顯」〔註596〕。
由此可見，其與上述楚文字中的「監」似有一定區別，目前尚不能確定其即為
「監」。同時由於銘文拓本目前看來還不是很清晰，所以對本字的釋讀還需要資
料上的進一步支持。故我們層認為，是否能由此戈來推斷楚國對所佔領的巴地
推行以巴人首領為王侯，並進行監督的制度，還有待證實〔註597〕。

95.《「棘」字戈》

器形、銘文照片（見下頁）：

時代：戰國

出土：1957 年長沙烈士公園 M3〔註598〕

〔註594〕黃錫全，古文字中所見楚官府官名輯證〔A〕，古文字與古貨幣文集〔C〕，北京：
　　　　文物出版社，2009 年，第 287 頁。

〔註595〕何浩，周初監國制與戰國時的楚監巴〔J〕，歷史知識 1989 年（6）。

〔註596〕程鵬萬，王孫袖戈銘研究〔A〕，「出土文獻與學術新知」學術研討會暨出土文獻青
　　　　年學者論壇論文集〔C〕，長春：2015 年 8 月 21～22 日

〔註597〕拙文，巴滅國再探——兼談戰國時期楚對巴地佔領區的管理方式〔J〕，四川文物，
　　　　2015 年（4）。

〔註598〕湖南省博物館等，長沙楚墓〔M〕，北京：文物出版社，2000 年，第 129 頁。

現藏：湖南省博物館

著錄：《長沙楚墓》

形制：不詳

度量：不詳

疏證：洪梅曾指出，目前所發現的「棘」字戈，依據文字形體大致可分六類〔註599〕：

A	
B	
C	
D	
E	
其他	

　　孫機曾認為，這類「棘」字戈為蜀戈年代應當為戰國早、中期〔註600〕。該戈或應屬巴蜀地區之物。銘文中的「　」字，一般多釋為「棘」。類似的「棘」字銅戈還見於 1958 年常德德山戰國墓 M26，與 1952 年長沙硯瓦池 M784，另外 20 世紀 50 年代長沙市郊也出土了「棘」字銅戈，20 世紀 80 年代在湖北包山楚墓中，也發現有這種類型的戈。

　　或者據相關文獻，如《小爾雅》：「棘，戟也。」《左傳·隱公元年》：「子都

〔註599〕洪梅，棘戈研究〔J〕，江漢考古，2019 年（3）。

〔註600〕孫機，關於「棘」字銘船形紋戈〔A〕，商周青銅兵器暨夫差劍特展論文集〔C〕，臺北：國立歷史博物館，1996 年，第 97～105 頁。

拔棘以逐之」。段氏引《方言》:「凡草木刺人,自吳而西謂之刺,江湘之間謂之棘」,從而認為銘文中的「棘」即上述含義。

　　不過,這種戈的內部多飾以卷雲、渦紋或刺形圖案,具有一些地方特色。但是目前對於這種戈的研究,還沒有明確的結論;關於戈上的文字及其含義,也仍然模糊不清。

　　按,筆者認為,將「棘」與所謂江湘方言聯繫起來,還沒有較多證據。同時,從已有討論來看,上述所謂「棘」也應該不是文字。

96.《「金」字矛》

器形、銘文照片:

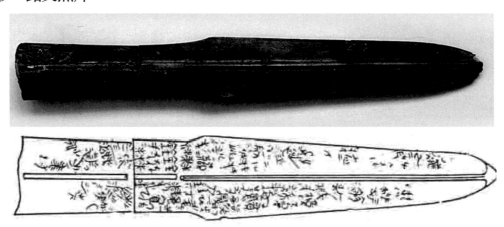

時代:戰國

出土:1953 年長沙子彈庫 M37〔註601〕

現藏:湖南省博物館

著錄:《湖南省文物圖錄》、《長沙楚墓》

形制:土褐色,劍中脊有棱,棱線直通骹部,骹後端一節收小一圈,尖部稍缺

度量:長 27.3 釐米,骹徑 3.3 釐米

字數:1

釋文:……金(?)……

疏證:

　　曾被稱為「百字矛」,矛兩面均刻滿文字,字形如艽葉,僅個別字可識,其

〔註601〕湖南省博物館,湖南省文物圖錄〔M〕,長沙:湖南省人民出版社,1964 年,第 25 頁。

中可識的「金」字與楚印、楚簡中的「金」字均不同。銘文的內容，目前無法明確，還需要繼續研究〔註602〕。

97.《巴式銘文戈》

本器於 20 世紀 80 年代益陽楚墓出土〔註603〕，戈的兩側均有獸面，可能是虎形圖案，另外還鑄有文字，但是資料公布有限，器形、銘文照片均暫缺，留待後考。

98.《奇字戈》

器形、銘文照片：

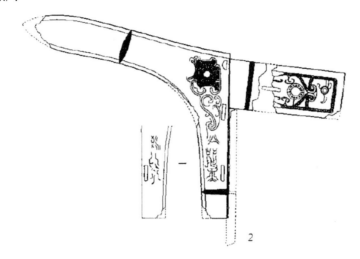

時代：戰國

出土：1954 年長沙新碼頭靳家祠堂 M175：3〔註604〕

現藏：湖南省博物館

著錄：《長沙楚墓》

形制：鋒部稍殘，飾鳳鳥紋，胡部有類似梟鳥的紋飾

度量：24.2 釐米

字數：2

釋文：戠（歲）戈……（胡兩面均有銘文，另一面不識）

〔註602〕沈融，中國古兵器集成〔M〕，上海：上海辭書出版社，2015 年，第 281 頁。

〔註603〕盛定國，益陽楚墓出土的「巴式」銅戈〔A〕，湖南考古輯刊（第四集）〔C〕，長沙：嶽麓書社，1987 年，第 173 頁。

〔註604〕湖南省博物館，長沙楚墓〔J〕，考古學報，1959 年（1）；湖南省博物館等，長沙楚墓〔M〕，北京：文物出版社，2000 年，第 192～193 頁。

99.《奇字矛》

本器為長沙戰國楚墓中出土〔註605〕，形制為圓骹，橋形紐，中脊起棱，飾雲紋，有 2 字銘文「　」，但器形、銘文照片，目前還難以詳考。

100.《「永用」矛》

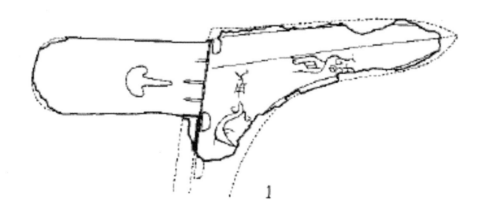

1

時代：戰國

出土：1954 年長沙烈士公園戰國楚墓 M1392：4 出土〔註606〕

現藏：湖南省博物館

著錄：《長沙楚墓》

形制：殘器，灰綠色，內上有穿作「山」字形，殘長為 18.2 釐米。

字數：2

釋文：永用

疏證：

在援和胡部有鳥篆銘文「永用」。值得注意的是，「永用」為金文常見語，如《內大子白鼎》（《集成》2496）「內大子白乍鼎。其萬年子孫永用」，但均主要見於青銅禮器銘文中。兵器銘文中的「永用」，目前似僅有原藏臺北古越閣的《越王丌北古劍》「自乍（作）永用之」，與新公布《率夫餘無戈》銘文中的「永用」〔註607〕，而本器則似乎是目前不多見的帶有「永用」銘的矛。

〔註605〕錢玉趾，長沙銘文戈與常德銘文戈考〔A〕，湖南考古輯刊（第六輯）〔C〕，長沙：嶽麓書社，1994 年，第 218～225 頁。

〔註606〕湖南省博物館等，長沙楚墓〔M〕，北京：文物出版社，2000 年，第 193 頁。

〔註607〕吳鎮烽，商周青銅器銘文暨圖像集成三編（第 4 冊）〔M〕，上海：上海古籍出版社，2020 年，第 12 頁。

101.《廿年相邦冉戈》

器形、銘文照片：

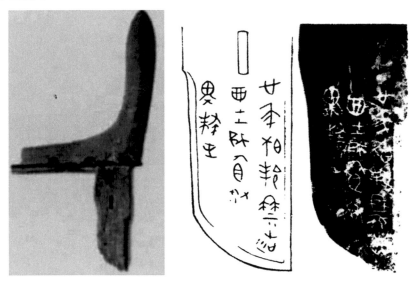

時代：戰國秦，公元前 287 年（秦昭襄王 20 年〔註608〕）

出土：1971 年岳陽城陵磯出土〔註609〕

現藏：湖南省博物館

著錄：《集成》11359

形制：已殘，僅有三面內。胡上三穿

字數：16（缺1）

釋文：廿年，相邦冉🖼造，西工師🖼，丞🖼，隸臣□。

疏證：

　　銘文中的問題，主要在於人名的一些爭議，如：

　　（1）「🖼」，一般釋為「丌（其）」，本文存疑；在戰國兵器銘文中存在一些由於字範的誤置而產生的銘文訛誤，將本字經翻轉後為「🖼」，與秦文字中的「之」字形體，如「🖼」（《睡·秦》23）、「🖼」（《睡·法律》141）等近似，但形體上仍有一定差別，也還難以確定為「之」字。

　　（2）「🖼」，《集成》（修）、《摹釋》均釋「旬」，本文存疑。

〔註608〕李學勤，湖南戰國兵器銘文選釋〔A〕，古文字研究（第 12 輯）〔C〕，北京：中華書局，1985 年，第 329～335 頁；蘇輝，秦三晉紀年兵器研究〔M〕，上海：上海古籍出版社，2013 年，第 196 頁。

〔註609〕周世榮，湖南楚墓出土古文字考〔A〕，湖南考古輯刊（第 1 集）〔C〕，嶽麓書社，1982 年，第 89 頁。

（3）「▨」，《集成》（修）釋「冥」，《摹釋》釋「禺」，王輝隸為「戛」〔註610〕。本文存疑。

此外，本器在「隸臣」之前漏鑄「工」字。

本器銘文中的「相邦冉」即曾任秦相邦之魏冉，經過前引李學勤、蘇輝等文之討論，岳陽所出這件《廿年相邦冉戈》，其年代為公元前 287 年（秦昭襄王 20 年）。魏冉任秦相邦時，鑄造了一批銅器，目前所見主要有：

1.《十四年相邦冉戈》（《二編》1213）：「十四年，相邦冉造，樂工幣□、工禺。」本器年代一般以為秦昭王 14 年（公元前 293 年）〔註611〕。

2.《廿一年相邦冉戈》，澳門珍秦齋藏，著錄於《二編》1220，銘文為：

廿一年，相邦冉造，雍工師業、工秦武。

王輝等指出本器年代為秦昭襄王 21 年（公元前 286 年）〔註612〕。

3.《卅一年相邦冉戈》（《集成》11342），銘文為：「卅一年，相邦冉造，雍工師業，壞（懷）、德、雍。」蘇輝認為其年代為秦昭王 31 年（公元前 276 年）〔註613〕。有學者認為銘文中的紀年應是「廿一年」〔註614〕，可能非是。

4.《三十二年相邦冉戈》（《二編》1255）：「卅二年，相邦冉造，雕工師吃、工兒武，北□……延行延阿。廿三年得工，冶□，廿二。」王輝、蕭春源、蘇輝認為是秦昭襄王 32 年（公元前 275 年）〔註615〕。

5.《卅三年相邦冉戈》，現藏河南博物院，著錄於《中典》12，銘文為：「卅三年相邦冉造、右（？）都工師首、工固。」一般認為其年代為秦昭王 33 年（公

〔註610〕王輝、王偉，秦出土文獻編年訂補〔M〕，西安：三秦出版社，2014 年，第 56 頁。

〔註611〕李學勤，戰國器物標年〔J〕，歷史學習，1956 年（2）；王輝、王偉，秦出土文獻編年訂補〔M〕，西安：三秦出版社，2014 年，第 57 頁；董珊，戰國題銘與工官制度〔D〕，北京大學 2002 年博士學位論文，第 212～213 頁。

〔註612〕李學勤，戰國器物標年〔J〕，歷史學習，1956 年（2）；王輝、蕭春源，珍秦齋藏秦銅器銘文選釋〔J〕，故宮博物院院刊，2006 年（2），收入，高山鼓乘集〔C〕，北京：中華書局，2008 年，第 101～124 頁；蘇輝，秦三晉紀年兵器研究〔M〕，上海：上海古籍出版社，2013 年，第 196 頁。

〔註613〕王輝、蕭春源，珍秦齋藏秦銅器銘文選釋〔J〕，故宮博物院院刊，2006 年（2），收入，高山鼓乘集〔C〕，北京：中華書局，2008 年，第 101～124 頁；蘇輝，秦三晉紀年兵器研究〔M〕，上海：上海古籍出版社，2013 年，第 197 頁。

〔註614〕王輝、王偉，秦出土文獻編年訂補〔M〕，西安：三秦出版社，2014 年，第 56 頁。

〔註615〕王輝、蕭春源，珍秦齋藏秦銅器銘文選釋〔J〕，故宮博物院院刊，2006 年（2），收入，高山鼓乘集〔C〕，北京：中華書局，2008 年，第 101～124 頁；蘇輝，秦三晉紀年兵器研究〔M〕，上海：上海古籍出版社，2013 年，第 197 頁。

元前 274 年）〔註616〕。

　　6.《卅三年相邦冉戈》，珍秦齋藏，蘇輝定為秦昭王 33 年（公元前 274 年）〔註617〕。

　　此外還有一件《丞相冉戈》，著錄於《飛諾藏金》，其銘文為：

　　　　□□年丞相冉〔造〕、雍工師、〔工〕隸臣騫。

　　本器漏鑄工師之名，本器年代為秦昭王初期〔註618〕。而「冉」一為相邦，一為丞相，其職務變遷值得注意。

　　可見岳陽所出這件《廿年相邦冉戈》，不但是有關戰國人物魏冉的重要史料，包括其在內的 7 件相關魏冉銅器，也可以看成是戰國時期的標準器之一。

102.《少府矛》

器形、銘文照片：

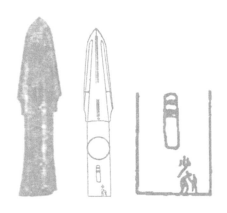

時代：戰國

出土：1979 年春出土於漵浦馬田坪戰國墓 M24〔註619〕

現藏：湖南省博物館

著錄：《近出》1206

形制：通長 19.3 釐米。圓骹，口平齊，一側有一鼻紐

字數：2

〔註616〕蘇輝，秦三晉紀年兵器研究〔M〕，上海：上海古籍出版社，2013 年，第 197 頁。

〔註617〕蘇輝，秦三晉紀年兵器研究〔M〕，上海：上海古籍出版社，2013 年，第 91、197 頁。

〔註618〕宛鵬飛編，飛諾藏金──春秋戰國篇〔M〕，鄭州：中州古籍出版社，2012 年，第 14～17 頁。

〔註619〕湖南省博物館、懷化地區文物工作隊，湖南漵浦馬田坪戰國西漢墓發掘報告〔A〕，湖南考古輯刊（第二集）〔C〕，長沙：嶽麓書社，1984 年，第 38～63 頁。

釋文：少府（紐下）

疏證：

從墓中出土的一批劍、戈、矛等器物看，有學者推測此墓主人可能是一個征伐楚黔中的秦國將領。本器為秦器，而流散至於楚地湖南。「少府」為秦官，《漢書‧百官公卿表》「少府，秦官，掌山海地澤之稅，以給工養。」應邵：「名曰禁錢，以給私養，自別為藏。少者，小也。故稱少府。」

103.《四年相邦呂不韋戈》

器形、銘文照片：

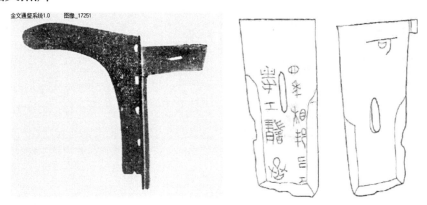

時代：戰國秦，公元前 243 年（秦王政 4 年）

出土：1957 年湖南省長沙市左家塘秦墓〔註620〕

現藏：中國國家博物館

著錄：《集成》11308

形制：援略弧彎，胡較長，胡上四穿，內上一長條形穿

度量：長 21 釐米

字數：11

釋文：四年，相邦呂不〔韋造〕、寺工聾、丞〔義、工〕可。

疏證：

目前還發現有另外兩件年代相同的相關器物，包括：

（1）《四年相邦呂不韋戈》，出土於內蒙古烏蘭察布盟清水河縣 G：6，現

〔註620〕張中一，長沙發現一座秦代木槨墓〔J〕，文物參考資料，1958 年（1）；湖南省文物管理委員會，長沙左家塘秦代木槨墓清理簡報〔J〕，考古，1959 年（9）；作銘（夏鼐），最近長沙出土呂不韋戈的銘文〔J〕，考古，1959 年（9），收入，夏鼐文集（中冊）〔C〕，北京：社會科學文獻出版社，2000 年，第 16 頁。

藏內蒙烏烏蘭察布盟文物工作站，著錄於《近出》1213、《新收》1391，其銘文為：

> 四年，相邦呂不韋造、高工斂、丞申、工地〔註621〕。

（2）《四年相邦呂不韋戟》，出土於秦始皇陵兵馬俑坑〔註622〕，著錄於《二編》1145，其銘文為：

> 四年，相邦呂不〔韋造〕、寺工讐、丞〔義、工〕
>
> 可。文。寺工。寺工。

蘇輝認為其年代為秦王政 4 年（公元前 243 年）〔註623〕，可從。「寺工」為戰國秦工官，負責兵械等器物的製造〔註624〕。

《史記‧呂不韋列傳》記載，秦莊襄王元年（公元前 249 年），以呂不韋為丞相，封為文信侯，食河南洛陽十萬戶。由於莊襄王在位僅三年，因此銘文紀年數凡超過三年且由呂不韋督造的秦戈戟，其時代均屬秦王政時期。秦始皇在公元前 247 年即位，時 13 歲，政事由相國呂不韋執掌，此戈就是這個時候鑄造的。目前所見與呂不韋有關的器物，集中於秦王政三年至九年，這應當與秦王政 10 年呂不韋免相〔註625〕有關。

從出土的銅器銘文來看，從莊襄王元年到秦王政 10 年，呂不韋任相國期間，曾經監製大量兵器。但是秦王政 9 年之後，再沒有見到呂不韋監製的兵器，這應當與其被罷黜有關。觀此史事，難免聯想到，一些官員在任時，題字頗多；而出事之後，相關題字則多被抹去。這也不免讓人感歎古今之相似。

104.《廿年桼（漆）工師矛》

器形、銘文照片（見下頁）：

〔註621〕「𤭯」，《近出》釋為「虹」，《新收》釋為「地」，本文從後說；呂章申主編，中國國家博物館展品中的 100 個故事〔M〕，北京：文物出版社，2012 年，第 70 頁。

〔註622〕王輝、王偉，秦出土文獻編年訂補〔M〕，西安：三秦出版社，2014 年，第 118 頁；蔣文孝，秦俑坑出土刻銘紀年兵器初探〔J〕，中國歷史文物，2010 年（3）。

〔註623〕蘇輝，秦三晉紀年兵器研究〔M〕，上海：上海古籍出版社，2013 年，第 198 頁。

〔註624〕陸德富，寺工續考〔J〕，考古，2012 年（9），收入，戰國時代官私手工業的經營形態〔M〕，上海：上海古籍出版社，2018 年，第 254～268 頁。

〔註625〕郭守信，秦史辨疑四則〔A〕，吉林大學古籍整理研究所建所十五週年紀年文集〔C〕，長春：吉林大學出版社，1998 年，第 330 頁；胡長春：新出列國青銅器銘文的史料價值〔A〕，古籍研究（2007 年卷上）〔C〕，合肥：安徽大學出版社，2007 年，第 76 頁。

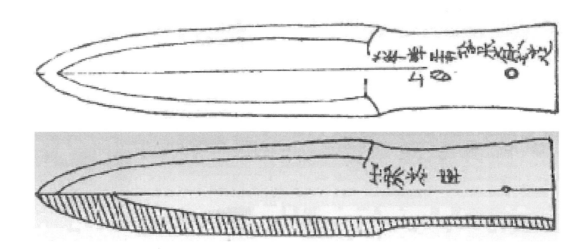

時代：戰國晚期，秦昭王 20 年（前 287 年）

出土：1978 年湖南岳陽七里山東風湖畔出土〔註626〕

現藏：岳陽市博物館

著錄：《集成》11548

形制：通長 15.3 釐米、葉面最寬處 2.8 釐米。身散分界明顯，散口呈圓錐形

字數：16

釋文：廿年桼（漆）工師攻丞郭（亳）造。工目。上郡武庫。（骹部正反）

疏證：

　　銘文「🌿」，整理者釋為「寺」，並將銘文釋為「廿年寺工□攻（？）□丞□□□工目，□郡武庫」；《集成》釋本器銘文為「廿年寺工幹攻丞郭造，上目，🌿郡武庫」；吳鎮烽《金文通鑒》釋為「廿年，寺工□，丞□造，上目，巫（？）郡武庫」。

　　黃盛璋則將「🌿」改釋為「桼」，釋銘文為「廿年桼（漆）工師攻（？）丞□造。工□。上郡武庫」，並指出本器年代為秦始皇 20 年（前 247 年）〔註627〕，「桼」也就是秦地「漆垣」（今陝西銅川東北）之省。蘇輝贊同改釋為「桼」的意見，並釋銘文為「廿年桼工師攻丞郭造工目，上郡武庫」，但認為本器年代應為秦昭王 20 年（前 287 年）〔註628〕，本文從此說。

〔註626〕岳陽市文物管理所，岳陽市新出土的商周青銅器〔A〕，湖南考古輯刊（第 2 集）〔C〕，長沙：嶽麓書社，1984 年，第 28 頁。

〔註627〕黃盛璋，秦俑坑出土兵器銘文與相關制度發覆〔J〕，文博，1990 年（5）。

〔註628〕蘇輝，秦三晉紀年兵器研究〔M〕，上海：上海古籍出版社，2013 年，第 164、196 頁。

105.《上郡矛》

器形、銘文照片：

時代：戰國

出土：株洲交接站廢銅中選出

現藏：湖南省博物館

著錄：《古文字研究》（第十輯）

形制：器形為銅矛而作匕首狀

字數：4

釋文：上郡武〔庫〕

疏證：

　　武庫，為貯藏武器之倉庫的名稱。文獻記載，秦有上郡是秦惠文君十年（前328年），秦使張儀、公子華伐魏，魏割上郡（今陝西東部）於秦。目前發現有一些上郡銅器，如年代為秦昭襄王13年（公元前294年）的《十三年上郡守壽戈》（《新收》1902、《二編》1233），其銘文為：

　　　　十三年，上郡守壽造，桼（漆）桓（垣）工師乘，工更長犄。

　　這件《十三年上郡守壽戈》是目前所見，上郡銅器中比較早的一件。周世榮曾認為湖南的這件《上郡武庫》矛，年代不會早於秦昭王（公元前306年～前251年在位）〔註629〕。鑒於目前尚未發現秦惠文君時期的上郡銅器，故此說有一定可能性。

106.《蜀西工戈》

器形、銘文照片（見下頁）：

時代：戰國

出土：傳長沙近郊出土〔註630〕

〔註629〕周世榮，湖南出土戰國以前青銅器銘文考〔A〕，古文字研究（第十輯）〔C〕，北京：中華書局，1983年，第250頁。

〔註630〕周世榮，湖南楚墓出土古文字叢考〔A〕，湖南考古輯刊（第一集）〔C〕，長沙：嶽麓書社，1982年，第87頁。

現藏：湖南省博物館

著錄：《集成》11008

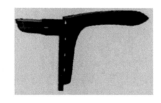

形制：援部細長，長胡四穿，三面刃

字數：3

釋文：蜀西工

疏證：

目前有另外一件出土於陝西渭南臨渭區、現藏陝西歷史博物館的同銘《蜀西工》戈〔註631〕，及一件《蜀守□戈》「十三年，蜀守□造，西工昌，丞間，工是（正面）。蜀西工（背面）」〔註632〕。

關於本戈年代，早期曾有學者認為屬漢。後 1987 年四川省青川縣白河鄉出土一件《九年相邦呂不韋戟》，背面有銘文「蜀東工」，王輝據此認為「秦時蜀郡成都有東、西兩工，主持製造用器和兵器。『蜀東工』是以製造兵器為主的機構」〔註633〕，並依據《二十六年蜀守武戈》有「東工師」，「西工」與「東工」相對，殆其時蜀郡設東、西二工師，故其時代相去不遠，約在戰國末至秦代（公元前 206 年前約 50 年內）〔註634〕。據此，湖南省博物館所藏的這件《蜀西工》戈，也應當為戰國晚期秦器。

107.《鄭坓庫戈》

器形、銘文照片：

〔註631〕張天恩主編，陝西金文集成（渭南・銅川・商洛・漢中・安康・延安卷）〔M〕，西安：三秦出版社，2016 年，第 9 頁。

〔註632〕宛鵬飛編，飛諾藏金——春秋戰國篇〔M〕，鄭州：中州古籍出版社，2012 年，第 18 頁。

〔註633〕王輝、程學華，秦文字集證〔M〕，臺北：藝文印書館，1999 年，第 24 頁。

〔註634〕王輝、王偉，秦出土文獻編年訂補〔M〕，西安：三秦出版社，2014 年，第 336 頁。

時代：戰國

出土：漵浦馬田坪山門壟戰國墓 M41 出土〔註635〕

現藏：

著錄：《集成》10992

形制：長胡三穿，內三面有刃

度量：援長 14.4 釐米，內長 8.3 釐米

字數：3

釋文：鄭生庫

疏證：

　　公元前 375 年韓滅鄭，而遷都於新鄭。高至喜指出，本器與新鄭出土的 II 式銅戈類似〔註636〕。韓國銅器銘文所見，與「生庫」類似的，還有「左庫」、「右庫」、「武庫」等。「生庫」應當為庫名，何琳儀曾指出，「生」與「亡」、「襄」讀音接近可通，並考證「生庫」即《左傳》襄公三十年之「襄庫」〔註637〕，可備一說。

108.《鄭左庫戈》

器形、銘文照片：

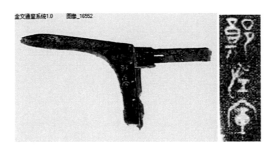

時代：戰國

出土：1959 年長沙柳家大山墓 M1057〔註638〕

現藏：湖南省博物館

〔註635〕湖南省博物館，湖南漵浦馬田坪戰國西漢墓〔A〕，文物資料叢刊（第 10 輯）〔C〕，北京：文物出版社，1987 年，第 88～103 頁。

〔註636〕高至喜，湖南楚墓與楚文化〔M〕，長沙：嶽麓書社，2012 年，第 348 頁。

〔註637〕何琳儀，鄂君啟舟節釋地三則〔A〕，古文字研究（第 22 輯）〔C〕，北京：中華書局，2000 年，第 141～145 頁；收入，安徽大學漢語言文字研究叢書·何琳儀卷〔M〕，合肥：安徽大學出版社，2013 年，第 165～170 頁。

〔註638〕湖南省博物館，長沙柳家大山古墓葬清理簡報〔J〕，文物，1960 年（3）。

著錄：《集成》10994

形制：長胡四穿，內三面有刃，通長 23.2 釐米、援長 13.8 釐米、胡長 11.8 釐米、內長 9.4 釐米。

字數：3

釋文：鄭左庫 （胡）

匯釋：

說明：

　　「左庫」在戰國韓兵器銘文中常見，如河南新鄭白廟范銅器中就發現有「鄭左庫矛」。高至喜指出，此戈與新鄭出土的 II 式銅戈相似，當為韓國所造〔註639〕，後來流傳至湖南地區。

109.《六年格氏令戈》

器形、銘文照片：

時代：戰國

出土：1954 年長沙楊家灣楚墓〔註640〕

現藏：湖南省博物館

著錄：《集成》11327

形制：中胡三穿，內三面有刃

度量：通長 23.8、援長 14.3、援寬 2.55、內長 9.9 釐米

字數：12（合文 1）

〔註639〕高至喜，湖南楚墓與楚文化〔M〕，長沙：嶽麓書社，2012 年，第 264 頁。
〔註640〕湖南省博物館等，長沙楚墓〔M〕，北京：文物出版社，2000 年，第 202 頁。

釋文：六年格氏命（令）韓貴、工帀（師）恒予、冶　（內）

疏證：

　　關於本器的國別與年代，李學勤認為應屬韓〔註641〕，也有學者考訂為韓宣惠王時期（公元前 272 年至前 239 年）〔註642〕。不過也有學者認為國別屬魏〔註643〕。

　　銘文的爭議主要在於人名字的釋讀，如：

　　（1）「」，有釋「貴」〔註644〕、「臾」〔註645〕、「寅」〔註646〕等不同意見。

　　按，從「貴」的形體演變來看，如「」（《孟貴鼎》，《集成》2202，西周），字形為相對的二「爪」從一中間有短橫畫的豎筆，或認為本字形體原意為易棄小物，為表示遺棄的「遺」之初文；也有學者理解為像兩手持物有所贈與之形，是表示贈與的「遺」的初文。後來金文形體則在中間部分，增向左和向右各一斜筆，或於下部增「目（是『貝』的簡省）」形。

　　從「臾」的形體演變來看，如「」（《合集》63）、「」（《師臾鐘》，《集成》141，西周晚期），早期甲骨、金文的形體都為從雙手（「廾」）、從「人」，此後雙手變為「臼」，而本字也假借為「須臾」之「臾」，表示片刻、短暫。

　　從「寅」的形體演變來看，在甲骨文中多用「矢」來表示「寅」，後來慢慢出現「」（《集成》4302），分化符號後來訛變為「臼」，像兩手形分置左右，箭頭至小篆變為「宀」。

〔註641〕李學勤，湖南戰國兵器銘文選釋〔A〕，古文字研究（第十二輯）〔C〕，北京：中華書局，1985 年，第 329〜335 頁；蘇輝，秦三晉紀年兵器研究〔M〕，上海：上海古籍出版社，2013 年，第 159 頁。

〔註642〕有虞同，談韓兵監造者「司寇」的出現時間〔EB／OL〕，復旦大學出土文獻與古文字研究中心網站，2009 年 11 月 16 日，http://www.gwz.fudan.edu.cn/Web/Show/986。

〔註643〕施謝捷，古璽印文字考釋（十篇）〔A〕，語言研究集刊（第 6 輯）〔C〕，南京：江蘇教育出版社，1999 年，第 78 頁。

〔註644〕「」，何琳儀先隸為「臾」，為「遺」之初文，假借為「貴」，參見何琳儀，戰國古文字典——戰國文字聲系〔M〕，北京：中華書局，1998 年，第 192 頁；單育辰，佔畢隨錄之十一〔A〕，復旦大學出土文獻與古文字研究中心網站，2009 年 8 月 3 日，所附佑仁、海天（均網名）在 8 月 4 日的發言；及單育辰，楚地戰國簡帛與傳世獻對讀之研究〔M〕，北京：中華書局，2014 年，第 125 頁；張峰，說說楚簡中的「寅」和「要」〔A〕，楚學論叢（第 5 輯）〔C〕，武漢：湖北人民出版社，2016 年，第 31 頁。

〔註645〕董蓮池，「臾」字考釋的反思——兼說某些甲骨金文形體釋臾的錯誤〔A〕，歷史語言學研究（第 7 輯）〔C〕，北京：商務印書館，2014 年，第 149 頁。

〔註646〕施謝捷，古璽印文字考釋（十篇）〔A〕，語言研究集刊（第 6 輯）〔C〕，南京：江蘇教育出版社，1999 年，第 78 頁。

從上述三種意見來看，筆者認為第一種意見關於形體的分析較為合理，此從之。

（2）「」，此前多釋釋「公」，後李學勤改釋為「宮」〔註647〕。按，關於「公」的構型，《說文》認為「公，平分也。從八從厶。八猶背也。韓非曰：『背厶為公』」。但此後學者多提出新說，有學者認為「公」的構型象「侈口深腹圜底之器」，是「瓮」之初文，其後又被假借為背私之「公」，再假為尊稱等。雖然古文字中有時候部件的重迭，影響不大。但是從「公」字形體來看，基本上「八」下都只有一個近環形形體，而很少見到作兩個的。而從「宮」的形體來看，早期形體從「宀」從兩個方形，學者或認為兩個方形象兩間相連的房子，本義是宮室。而兩個方形其後與「呂」相混，逐漸成為今字形。因此，這也應當是李學勤先生將其改釋為「宮」的出發點。

不過從「宮」字形體來看，其上「八」左右二筆，一般上都是連在一起的，而本字則並未如此，故有學者重新考釋本字為「予」〔註648〕。一般認為「予」是「呂」的分化字，早期金文字形把「呂」的上下兩部寫作三角形，黏在一起。後來六國文字或在上部加「八」形作為區別符號。秦系文字則在下部加上豎筆。隸變後上部的三角形變為像「マ」形，中部寫作橫鉤，下部則變為豎鉤。也有學者分析本字構型，認為是增加了八形為飾筆的「予」字〔註649〕。因此，從文字形體來看，本字釋「予」是可信的。

（3）至於銘文中的「／「」，或釋「焦」。按，「焦」字金文從「隹」從「火」，會以火燒鳥之意。早期文字中山、火形體有近似之處，同時本字上部形體或接近於「隹」，故釋「焦」之說應當由此而來，不過本字形體與「焦」還是存在一定差別的，本字暫待考。

「格氏」本為戰國韓國地名〔註650〕，還見於20世紀80年代在河南新鄭白廟范村、滎陽縣北面張樓村一帶新出土的陶文「格氏」、「格氏左司工」、「格氏

〔註647〕李學勤，湖南戰國兵器銘文選釋〔A〕，古文字研究（第十二輯）〔C〕，北京：中華書局，1985年，第329～335頁。

〔註648〕「」，《摹釋》釋為「焦」，單育辰釋為「予」，見單育辰，談晉系文字用為「舍」之字〔A〕，簡帛（第4輯）〔C〕，上海：上海古籍出版社，2009年，第161～168頁。

〔註649〕張峰，楚文字訛書研究〔M〕，上海：上海古籍出版社，2016年，第125頁。

〔註650〕值得注意的是，周波曾指出三晉存在用「格」表示「郤」的現象，參周波，戰國時代各系文字間的用字差異現象研究〔M〕，北京：線裝書局，2012年，第106頁。

右司工」等。根據上述資料，李學勤等曾認為，滎陽縣當地就是上述銅器、陶文中所見格氏之屬境〔註651〕，根據上述意見，則本器國別似乎屬韓；但此外，也有學者認為本器國別屬魏〔註652〕。按，從「格氏」的地理變遷來看，應當為韓地，將本器定為魏國之說，證據稍顯不足。因此，目前多贊同本器屬韓器之說。

應當注意的是，「格氏」周邊地區歸屬之變遷。就「格氏」而言，牛濟普曾認為「格氏」就是古籍所記載的新鄭西北的「葛鄉城」〔註653〕，其後牛先生又認為，據上述資料等可證明格國故地在今河南滎陽市北的張樓村一帶〔註654〕。此說為蘇輝等贊同〔註655〕。此外，在討論近來晉南所出霸國銅器時，馮時也引用上述資料，認為「既明格氏不在晉南，也與潞氏相去甚遠……則『霸』非為格氏、潞氏可知」〔註656〕。

而裘錫圭則指出，「格」、「葛」古音有別，故上述通假說法還不可靠〔註657〕。近來王志平進一步指出，「格氏」疑即《春秋左傳》之「潞氏」（山西潞城縣東北四十里）。《左傳》宣公十五年：「晉師滅赤狄潞氏。」杜預注：「潞，赤狄之別種。潞氏，國，故稱氏。」戰國時地名「格氏」或沿用春秋時之國名「潞氏」〔註658〕。從相關語言資料證據來看，王先生的意見有其合理性所在。不過問題在於，目前文獻所見戰國時期關於「潞氏」的記載比較少，這也是此說的一個疑問。

從目前發現的「格氏左司工」、「格氏右司工」等陶文，及本器「格氏命」來看，「格氏」應當是韓國縣名。

〔註651〕李學勤，湖南戰國兵器銘文選釋〔A〕，古文字研究（第十二輯）〔C〕，北京：中華書局，1985年，第329～335頁。

〔註652〕施謝捷，古璽印文字考釋〔A〕，語言研究集刊（第6輯）〔C〕，南京：江蘇教育出版社，1999年，第78頁。

〔註653〕牛濟普，「格氏」即「葛鄉城」考〔J〕，中原文物，1984年（1）。

〔註654〕牛濟普，格國、倗國考〔J〕，中原文物，2003年（4）。

〔註655〕蘇輝，秦三晉紀年兵器研究〔M〕，上海：上海古籍出版社，2013年，第154頁。

〔註656〕馮時，霸國考〔A〕，兩周封國論衡——陝西韓城出土芮國文物暨周代封國考古學研究國際學術研討會論文集〔M〕，上海：上海古籍出版社，2014年，第382頁。

〔註657〕裘錫圭，談談學習古文字的方法〔J〕，語文導報，1985年（10），收入，裘錫圭學術文集（第3卷）〔C〕，上海：復旦大學出版社，2012年，第469頁。

〔註658〕王志平，清華簡《說命》中的幾個地名〔A〕，簡帛（第九輯）〔C〕，上海：上海古籍出版社，2014年，第154頁。

　　此外，也有學者認為本器年代不明〔註659〕。從督造制度來看，本器銘文為「六年格氏命（令）韓臾、工币（師）恒予、冶」，為「令＋工師＋冶」的三級督造，而韓國由此三級督造之制，出現很早，如年代為韓宣惠王7年（公元前326年）的《七年龠氏令戈》（《集成》11322）〔註660〕，已經就有這種制度。由此再結合「格氏」多見於戰國晚期新鄭白廟范的相關材料，由此進而推定其年代為韓宣惠王時期（公元前272年至前239年）〔註661〕，屬戰國晚期晚段，這種意見應當是有一定道理的。

　　按，「格」為見鈕鐸部，「衍」為喻鈕（三等）元部，就聲母而言，根據古音「喻三歸匣」，則二者為見鈕、匣紐（喻鈕，三等）旁紐；就韻部而言，二者為鐸部、元部通轉，因此「格」、「衍」古音是接近的。如此，則「格氏」就是文獻所見位於今河南鄭州市北三十里的「衍氏」。

　　不過從此前的文獻記載來看，「衍氏」一般認為是戰國魏邑。《戰國策·魏策一》記載，蘇秦游說魏襄王的時候曾提到，其地「北有河外、卷、衍」，一般認為本事年代為周顯王36年（公元前333年）〔註662〕，《史記·秦始皇本紀》記載公元前238年，「楊端和攻衍氏」。因此，似乎是從公元前333年至公元前238年間，本地都屬魏。

　　但如果我們考慮到周邊地區歸屬的變遷，如從秦攻韓的歷程來看，韓釐王三年（公元前293年），秦敗韓於伊闕。韓釐王二十三年（公元前273年），趙、魏攻韓於華陽（在今河南新鄭市北四十里），其後秦國救韓，並打敗趙、魏軍隊。韓桓惠王十七年（公元前256年），「秦拔我陽城、負黍」，二十四年（公元前249年）「秦拔我城皋、榮陽」，二十九年（公元前244年）「秦拔我十三城。」此外，榮陽附近有「宛馮」，為戰國韓邑，在今河南榮陽市西北。《戰國策·韓策一·蘇秦為合縱說韓王曰》提到，「韓卒之劍戟，皆出於冥山、棠溪、墨陽、合伯膊、鄧師、宛馮、龍淵、大阿，皆陸斷牛馬」。

〔註659〕蘇輝，秦三晉紀年兵器研究〔M〕，上海：上海古籍出版社，2013年，第159頁。

〔註660〕黃盛璋，試論三晉兵器的國別和年代及其相關問題〔J〕，考古學報，1974年（1）；吳良寶，談韓兵監造者「司寇」的出現時間〔A〕，古文字研究（第28輯）〔C〕，北京：中華書局，2010年，第347～350頁；蘇輝，秦三晉紀年兵器研究〔M〕，上海：上海古籍出版社，2013年，第154、59頁。

〔註661〕有虞同，談韓兵監造者「司寇」的出現時間〔EB／OL〕，復旦大學出土文獻與古文字研究中心網站，2009年11月16日，http://www.gwz.fudan.edu.cn/Web/Show/986。

〔註662〕郭人民，戰國策校注繫年〔M〕，鄭州：中州古籍出版社，1988年，第445頁。

　　此外，《韓非子‧有度》還記載「魏安釐王（公元前 276 年至公元前 243 年）攻韓，拔管，使縮高守之。」又《戰國策‧魏策四》：「秦攻韓之管，魏王發兵救之。」，本事年代一般以為秦昭王 32 年（公元前 275 年）〔註 663〕，因此我們推測，韓國佔據的「管」（今河南鄭州）應當是在魏安釐王（公元前 276 年至公元前 243 年）時期，歸屬由韓轉為魏。而「衍氏」正在其地以為，因此我們推測，「衍氏」專屬於魏國，也應當在此時期。

　　也就是說，在公元前 276 年以後之至公元前 238 年間，可以肯定「衍氏」是屬於魏國的。而在公元前 333 年至前的一段時期，應當也是屬於魏國的。而此後，則可能發生過由魏屬韓之變化，但是目前還不得而知其過程。

　　《七年侖氏令戈》（《集成》11322）的年代，可能為韓宣惠王 7 年（公元前 326 年）〔註 664〕，銘文中出現了三級督造；而這件《六年格氏令戈》同樣也是「令＋工師＋冶」的三級督造。據此，可以初步確定《六年格氏令戈》的年代範圍，可能為韓宣威王（公元前 332～312 年）、韓襄王（公元前 311～296 年）、韓僖王（公元前 295～273 年）之一。同時，再考慮到《六年格氏令戈》出土於新鄭白廟範的情況，發掘者定這批銅器的年代為戰國晚期，因此本文暫將《六年格氏令戈》的年代定為韓僖王六年（公元前 290 年）。

　　綜上所述，本文認為從文獻中所見「管」（鄭州地區）由韓轉屬魏國的情況來看，《六年格氏令戈》中的地名「格氏」，可能就是文獻中所見鄭州以北的「衍氏」，本器的年代可能為韓僖王六年（公元前 290 年）。

110.《五年雍丘令戈》

器形、銘文照片（見下頁）：

出土：1984 年出土於湖南古丈縣白鶴灣楚墓〔註 665〕

時代：戰國

現藏：湖南省博物館

〔註 663〕郭人民，戰國策校注繫年〔M〕，鄭州：中州古籍出版社，1988 年，第 500 頁。

〔註 664〕黃盛璋，試論三晉兵器的國別和年代及其相關問題〔J〕，考古學報，1974 年（1），收入，歷史地理與考古論叢〔C〕，濟南：齊魯書社，1982 年，第 89～147 頁；吳良寶，談韓兵監造者「司寇」的出現時間〔A〕，古文字研究（第 28 輯）〔C〕，北京：中華書局，2010 年，第 347～350 頁；蘇輝，秦三晉紀年兵器研究〔M〕，上海：上海古籍出版社，2013 年，第 154、59 頁。

〔註 665〕湖南省博物館等，古丈白鶴灣楚墓〔J〕，考古學報，1986 年（3）。

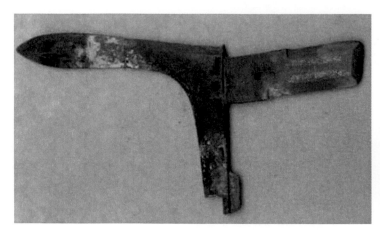

著錄：《近出》1173、《新收》1383

形制：平脊，短胡三穿，內一橫穿，三面有刃

字數：10

釋文：五年雍丘令修、工師章、冶□

疏證：

「𩰚丘」，黃盛璋前引文釋首字為「桐」〔註666〕，劉雨、嚴志斌釋為「琱」〔註667〕。張春龍依據器物照片，釋為「雍」〔註668〕

「𠀇」，發掘者等釋為「其」〔註669〕，黃盛璋前文則釋為「丘」，按釋「丘」可從。

「𩰚𠀇」，學者多從釋「桐丘」之說，或進而認為其地在河南扶溝縣城西10公里韮園鎮後鄭村北天地崗〔註670〕。前引張春龍文則釋為「雍丘」（今河南杞縣）。

結合近期公布的銘文照片，與《廿八年雍丘令戈》等新材料，對湖南古丈白鶴灣《五年雍丘令戈》銘文釋讀進行補論，可以確定其年代為魏惠王後元五年（公元前330年）。

〔註666〕黃盛璋，新出五年桐丘戈及其相關古城問題〔J〕，考古，1987年（12）。

〔註667〕劉雨、嚴志斌，近出殷周金文集錄（第四冊）〔M〕，北京：中華書局，2002年，第202頁。

〔註668〕張春龍，古丈白鶴灣雍丘令戈小識〔EB／OL〕，湖南文物考古研究所網站，2016年1月21日，http://www.hnkgs.com/show_news.aspx?id=1147。

〔註669〕湖南省博物館等，古丈白鶴灣楚墓〔J〕，考古學報，1986年（3）。

〔註670〕郝萬章，桐丘故城地望考〔A〕，河南文物考古論集〔C〕，鄭州，河南人民出版社，1996年，第374～375頁，收入，五辭齋文物考古文選〔C〕，北京：中國廣播電視出版社，2010年，第36～40頁；王勇、周秋楓，淺析桐丘故城地望〔A〕，周口文物考古研究〔C〕，鄭州：中州古籍出版社，2005年，第161～164頁。

　　《五年雍丘令戈》（《近出》1173、《新收》1383），1984 年出土於湖南古丈縣白鶴灣楚墓，現藏湖南省博物館，其銘文為：

　　　五年雍丘令修、工師章、冶□。

　　關於這件紀年兵器的討論，主要有如下：

　　（1）國別與年代。黃盛璋認為其國別為韓〔註671〕，而吳良寶認為是魏國〔註672〕，他們均認為難以確指其年代。蘇輝則認為本器國別與年代都不好確定〔註673〕。近期傅修才認為是魏惠王後元五年（公元前 320 年）〔註674〕。

　　（2）地名「𣏾丘」所在，黃盛璋前引文釋首字為「桐」，劉雨、嚴志斌釋為「琱」〔註675〕。「丵」，發掘者等在《古丈白鶴灣楚墓》報告中釋為「其」，黃盛璋前文則釋為「丘」，按釋「丘」可從。學者多從釋「桐丘」之說，或進而認為其地在河南扶溝縣城西 10 公里韮園鎮後鄭村北天地崗〔註676〕。近來，張春龍公布了本器銘文照片（圖1）。

　　圖1　　　　圖2　　　　圖3　　　　圖4　　　　圖5

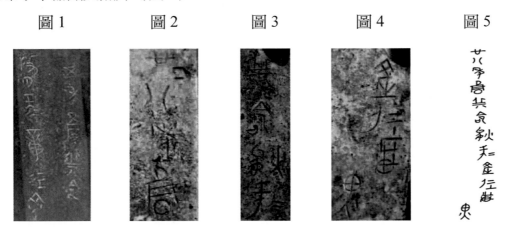

　　張春龍前引文認為其中的地名應當釋為「雍丘」（今河南杞縣），並依據《史記‧魏世家》記載楚魏兩國的最後一次戰爭是魏安釐王十一年（公元前 266 年），

〔註671〕黃盛璋，新出五年桐丘戈及其相關古城問題〔J〕，考古，1987 年（12）。

〔註672〕吳良寶，說包山楚簡中的「安陵」及其相關問題〔A〕，簡帛（第 1 輯）〔C〕，上海：上海古籍出版社，2006 年，第 44 頁。

〔註673〕蘇輝，秦三晉紀年兵器研究〔M〕，上海：上海古籍出版社，2013 年，第 47 頁。

〔註674〕傅修才，魏國雍丘令戈考〔J〕，中原文物，2016 年（5）。

〔註675〕劉雨、嚴志斌，近出殷周金文集錄（第四冊）〔M〕，北京：中華書局，2002 年，第 202 頁。

〔註676〕郝萬章，桐丘故城地望考〔A〕，河南文物考古論集〔C〕，鄭州，河南人民出版社，1996 年，第 374～375 頁，收入，五辭齋文物考古文選〔C〕，北京：中國廣播電視出版社，2010 年，第 36～40 頁；王勇、周秋楓，淺析桐丘故城地望〔A〕，周口文物考古研究〔C〕，鄭州：中州古籍出版社，2005 年，第 161～164 頁。

「齊楚相約而攻魏，魏使人求救於秦」，推斷本戈若是這次爭鬥中楚人得來，則其製作時間最晚為魏安釐王五年（公元前 272 年），並為此問題的探討提供了新的資料。

按，從已有的討論來看，目前已可以判定本器的國別屬魏，其年代也應是學者已指出的魏惠王後元五年。但可惜的是，正確提出「魏惠王後元五年」說的學者，認為其絕對年代是 320 年，其實應當是公元前 330 年〔註677〕；此外，本器的器形等也有一些值得探討之處，故於此進行一些補論，以就教於同好。

我們於此想談談銅器銘文的如下幾個問題：

（一）地名「」、「」及所在

戰國晉系文字中有一些「麗」字，如「坒」（《集成》10409）、「」（《集成》11093），按銘文本字可隸為「雧」，是「雝」的異體字，這種寫法的字在晉系多見，如《雧／雝（雍）氏戈》〔註678〕，其中地名「雝（雍）」字做「」、「」等形體。及「癰」字，如「」（《廿一年啟封令癰戈》，《集成 11306》），《五年雍丘令》戈中「麗（雍）」字的寫法與此相符。

值得注意的是，蔣魯敬、李亮近來公布了一件《廿八年雧（雍）丘令》，銘文照片（圖2-4）及摹本（圖5）分別見上文，其銘文為：

廿八年，雍丘命（令）炝，工帀=（工師）產，冶番（潘）黑
〔註679〕

其中的地名「」，蔣魯敬、李亮兩位釋為「雍丘」，可從。而將古丈白鶴灣所出銅戈地名之與相比較，將白鶴灣銅戈中的地名釋為「雧（雍）丘」，也是完全合理的。

「雍丘」其地常見於文獻記載，如《漢書·地理志》「陳留郡」下有「雍丘縣」：

> 雍丘，故杞國也，周武王封禹後東樓公。先春秋時徙魯東北，
> 二十一世簡公為楚所滅。

現在一般認為「雍丘」在今河南省杞縣。

〔註677〕晁福林，春秋戰國的社會變遷〔M〕，北京：商務印書館，2011 年，第 1003 頁。

〔註678〕韓自強，過眼雲煙——記五件新見晉系銘文兵器〔A〕，古文字研究（第 27 輯）〔C〕，北京：中華書局，2008 年，第 325 頁。

〔註679〕蔣魯敬、李亮，荊州李家堰墓地出土戰國銅戈銘文考略〔J〕，江漢考古，2016 年（2）。

　　荆州李家堰楚墓的年代，蔣魯敬、李亮兩位據同墓頭龕內所出陶鼎、壺組
合和墓葬形制，認為時代為戰國中晚期，由此並認為《廿八年雍丘令戈》的
年代應當是魏惠王二十八年（公元前 342 年）。按，此意見是有道理的，結合
後文關於雍丘歸屬的討論來看，如果認為李家堰《廿八年雍丘令戈》是魏國
器物，則其年代是從公元前四世紀的中葉的六十至四十年代間，到公元前 243
年之間，也就是在魏惠王（公元前 369 年至前 318 年）、魏襄王（公元前 317
年至前 296 年）、魏昭王（公元前 295 年至前 277 年）、魏安僖王（公元前 276
年至前 243 年）諸王期間，而符合條件的只有魏惠王（公元前 369 年至前 318
年）、魏安僖王（公元前 276 年至前 243 年）這兩者。而如張春龍所述，如果
考慮到魏戈流傳至楚地的戰爭因素，由於楚、魏最晚的戰國在公元前 266 年，
而此年為魏安僖王十一年，因此可以排除李家堰《廿八年雍丘令戈》屬於魏
安僖王時期的可能，由此可確定《廿八年雍丘令戈》的年代應當是魏惠王二
十八年（公元前 342 年）。而新發現的《廿八年雍丘令戈》，也為探討之前的
《五年雍丘令戈》的國別與年代，提供了一個很好的參照。

　　（二）國　別

　　關於此問題，可從字形特徵與銅器監造制度兩方面來探討。

　　（1）字形方面的特徵

　　首現，從文中的一些字形來看，可以判斷本器的國別為三晉。首先從銘文
中的「冶」字形體分別為「▨」（《五年雍丘令戈》）、「▨」（《廿八年雍丘令戈》），
三晉文字中常見的相關形體，如韓國文字中的「▨」（《馬雝令戈》）、「▨」（《二
十四年申陰令戈》，《集成》11356），魏國文字中的「▨」（《三十五年鼎》，《集
成》2611）、「▨」（《十四年州戈》，《集成》11269）等較為相似，可以初步判斷
為三晉之器。林清源曾分析上述「冶」字形體為「省凵從丄」型，指出此類型為
三晉特有寫法，以韓國最為盛行，魏國偶而使用，趙國未曾發現〔註680〕。又「雝」
為「雝」的異體字，在三晉文字中也比較常見。再如「丘」字，本器作「▨」，
而相關諸國的「丘」字形體，如秦國作「▨」（《秦印文字彙編》160），齊國作
「▨」、「▨」、「▨」，楚國作「▨」、「▨」（包山237），燕國作「▨」（《集成》

<hr />

〔註680〕林清源，戰國「冶」字異形的衍生與制約及其區域特徵〔A〕，第二屆國際中國古
　　　　文字學研討會論文集續編〔C〕，香港中文大學中國語文及文學系編印，1993 年，
　　　　第 233～274 頁。

10422）等，都不大一致。

其次，從一些文字的形體來看，可以進一步判斷本器物在三晉中的國別。如前列「丘」字，這種形體的「丘」字，按，可以隸為「兵」，多見於三晉中的魏國，如「」（《三十四年頓丘令戈》，《集成》11321），「」（《九年𢎥丘令戈》，《集成》11313）；中山國守丘石刻中的「丘」則作「」；」韓國文字中的「丘」則作「」（《廿七年安陽令戈》）、「」（《廿二年屯留戟》）等形體〔註681〕。可見，從「丘」字形體來看，應當是符合魏國銘文特點的。

因之，從字體的角度看，白鶴灣《五年雍丘令戈》與李家堰《廿八年雍丘令戈》可以判斷為三晉器，並且其所反映的魏國特徵最為明顯。

（2）監造制度

古丈白鶴灣出土的《五年雍丘令戈》銘文為「五年雍丘令修、工師章、冶口」，荊州李家堰出土的《廿八年雍丘令》銘文為「廿八年，雍丘命（令）炕，工帀=（工師）產，冶番（潘）黑」，均出現了令、工師、冶三級。首現，我們應當看到的是，韓國銅器鑄造中，較早出現「令、工師、冶」三級督造是在韓昭侯時期，如《二十四年邨陰令戈》（《集成》11356，韓昭侯二十四年，公元前339年），其銘文如下：

廿四年，邨（申）陰（陰）命（令）萬為、右庫工帀（師）莧、冶豎。

「邨（申）陰（陰）」之地可能在河南南陽以北〔註682〕。關於本器的年代，黃盛璋認為是韓桓惠王二十四年（公元前249年）〔註683〕，蘇輝認為是韓昭侯二十四年（公元前339年）〔註684〕，目前一般從後說。如果認為《五年雍丘令戈》的年代為韓昭侯五年（公元前357年），由後文關於雍丘歸屬的討論來看，不晚於公元前四世紀的中葉的六十至四十年代，魏國最晚從此時期開始，從韓國手中奪取雍丘，此後雍丘再沒有屬於過韓國，前一假設與此明顯是矛盾的，因此《五年雍丘令戈》的國別、年代不可能是韓昭侯及其以後的韓國。

〔註681〕湯志彪，三晉文字編〔M〕，北京：作家出版社，2013年，第1246頁。

〔註682〕后曉榮，戰國政區地理〔M〕，北京：文物出版社，2013年，第42頁。

〔註683〕黃盛璋，試論三晉兵器的國別和年代及其相關問題〔J〕，考古學報，1974年（1），收入，歷史地理與考古論叢〔C〕，濟南：齊魯書社，1982年，第89～147頁。

〔註684〕蘇輝，秦三晉紀年兵器研究〔M〕，上海：上海古籍出版社，2013年，第151～152、155頁。

其次，根據學者的研究，戰國早中期時魏國銅器多為二級督造，而從魏惠王時期開始出現三級督造的格式〔註685〕。由此來看，《五年雍丘令戈》的年代應當判定在魏惠王及其之後。並且從魏惠王時期的銅器督造制度來看，「令、工師、冶」的三級督造制度最早出現於魏惠王在位的中後期，如《卅四年邨（頓）丘令矛》（《集成》11321），其銘文為：

卅四年，邨（頓）丘命（令）燮、左工師𧝐、冶夢。

「 」，《集成》（修）釋為「燮」，本文暫從之。「𧝐」，《集成》釋「晢」，《摹釋》釋「旹（質）」，本文暫存疑。一般以為其年代為魏惠王三十四年（公元前337年），可見從監造制度上來說，白鶴灣《五年雍丘令戈》的年代很有可能是魏惠王在位的中後期（即魏惠王後元時期）及之後。

（三）年　代

本器的年代，可從如下方面討論。

（1）器　形

吳良寶曾指出，古丈白鶴灣《五年雍丘令戈》的闌部有缺口，而具有同樣形制特徵的三晉兵器目前只見於魏國兵器中，如《廿一年啟封令戈》（《集成》11306）等，從而認為其國別應當屬魏〔註686〕。目前在已經發現的韓國銅器中，尚未發現有在這種形態的戈，吳的這一看法是有道理的。

古丈白鶴灣《五年雍丘令戈》（圖6），與荊州李家堰《廿八年雍丘令戈》（圖7），兩者器形分別如下圖所示。將兩者相比較，我們可以發現在器形上還是存在一定差別的，最明顯者如前者內上翹，從而與援部形成一定曲線狀，弧度較大，內的最右邊緣向左下側傾斜，又闌部有缺；而後者內與援的弧度相對較小，內的最右側向右下傾斜，而闌部完整。

從器形上來看，古丈白鶴灣所出的《五年雍丘令戈》與《廿四年亯（許）令戈》（《近出二》1223，圖8）器形較為相似。而荊州李家堰所出《廿八年雍丘令戈》則與《廿三年□丘令戈》（《集成》11301，圖9）相似。

〔註685〕吳良寶、張麗娜，戰國中期魏國兵器斷代〔J〕，安徽大學學報（哲學社會科學版），2013年（1）。

〔註686〕吳良寶，說包山楚簡中的「安陵」及其相關問題〔A〕，簡帛（第1輯）〔C〕，上海：上海古籍出版社，2006年，第44頁。

圖 6 《五年雍丘令戈》　　　　圖 7 《廿八年雍丘令戈》

 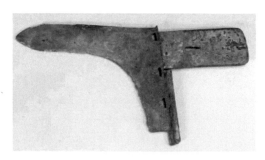

圖 8 《廿四年許令戈》　　　　圖 9 《廿三年□丘令戈》

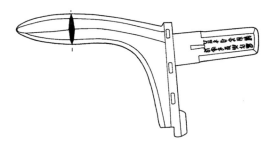 

《廿四年𠂤（許）命（令）戈》（《近出二》1223，圖 8），於 2000 年出土於湖北荊門左冢楚墓，其銘文為：

廿四年，𠂤命（令）州、右庫工師甘丹夬、冶。

銘文中的「」，《二編》釋「𠂤」，周波讀為「許」，本文暫從之。「」，《二編》釋「爰」，本文存疑。「」，《二編》及周波釋「彎」，暫從之。關於本器的國別與年代，目前主要意見有三種：（1）發掘者定為韓昭侯二十四年〔註 687〕；（2）吳良寶、周波認為是魏惠王二十四年（公元前 346 年）〔註 688〕；（3）蘇輝認為是魏安釐王二十四年（公元前 253 年）〔註 689〕。目前來看，定《廿四年𠂤（許）命（令）戈》年代為魏惠王二十四年（公元前 346 年），是比較合理的。由器形上的這種相似，我們或可推論古丈白鶴灣《五年雍丘令戈》的年代，為魏惠王後元五年（公元前 330 年）。

而《廿三年□丘令戈》（《集成》11301，圖 9）之銘文為：

〔註 687〕湖北省文物考古研究所等，荊門左冢楚墓〔M〕，北京：文物出版社，2006 年，第 63～65 頁。

〔註 688〕吳良寶，湖北荊門左冢所出銅戈新考〔A〕，湖南省博物館館刊（第 4 輯）〔C〕，長沙：嶽麓書社，2007 年，第 241～243 頁；周波，戰國文字中的「許」縣和「許」氏〔A〕，古文字研究（第 28 輯）〔C〕，北京：中華書局，2010 年，第 351～357 頁。

〔註 689〕蘇輝，秦三晉紀年兵器研究〔M〕，上海：上海古籍出版社，2013 年，第 123 頁。

廿三年，□丘嗇夫□、工師𤕬、冶奚。

「丘」前面一字，本字有殘缺，僅剩「⬚」形，《集成》（修）認為是「下」字，本文存疑。本器的年代目前還不明確，但多認為是魏國之器〔註690〕。

依據吳良寶、張麗娜關於戰國早期中兵器斷代的意見〔註691〕，我們選取其中的一些兵器，試著來比較一下相關的器形。首現，目前已經發現有一些魏國同地不同時期鑄造的兵器，如前述荊門左冢楚墓出土的《二十四年言令戈》（魏惠王24年，圖8），與魏襄王二年時期的《二年言（許）令戈》（《集成》11343，圖10）。我們可以發現兩者在器形上有很大區別，如前者闌上有缺，而後者闌部完整；前者的內向上翹起，而後者的內整體較為水準；又如前者內的邊緣沒有後者的尖銳鋒利。由這兩件兵器來看，表現出同地區所鑄造兵器的不同時段特徵。

又如同為大梁地區鑄造、均屬於魏惠王時期的兩件大梁戈，即《七年大梁戈》（《新收》1330）、《三十三年大梁戈》（《集成》11330，圖11）。據介紹，前者前緣和胡尾均殘缺，闌側四穿〔註692〕，其銘文為：

七年大梁司寇綏，右庫工帀環，冶□。

圖10 《二年言（許）令戈》　　　圖11 《三十三年大梁戈》

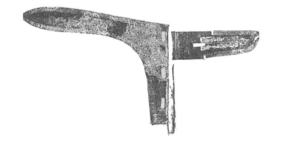
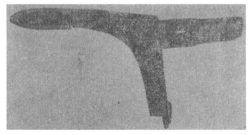

而後者器形如上，其通長21釐米，長胡三穿，內的三面多次精磨出刃，致使內的銘文也略受影響〔註693〕，銘文為：

三十三年大梁左庫工帀醜，冶刃

〔註690〕蘇輝，秦三晉紀年兵器研究〔M〕，上海：上海古籍出版社，2013年，第125頁。

〔註691〕吳良寶、張麗娜，戰國中期魏國兵器斷代〔J〕，安徽大學學報（哲學社會科學版），2013年（1）。

〔註692〕韓自強、馮耀堂，安徽阜陽地區出土的戰國時期銘文兵器〔J〕，東南文化，1991年（2）。

〔註693〕單先進、馮玉輝，衡陽市發現戰國紀年銘文銅戈〔J〕，考古，1977年（5）。

目前還沒有看到《七年大梁戈》（《新收》1330）的器形圖片資料，但由上述資料已經可以看出，兩者可能存在一定區別，即《七年大梁戈》（《新收》1330）為三穿，而《三十三年大梁戈》（《集成》11330）則為四穿，這是兩者的一個較大區別。而闌上三穿還是四穿的區別，曾被認為是判斷兵器時代的一個重要標準，並被運用於秦國兵器的斷代中〔註694〕。而這兩件兵器則表明，屬於魏惠王在位期間，魏國同地異時鑄造的兵器，也有可能在器形上存在一定區別。

總之，由上述兩例可見，我們可以認為戰國時期魏國的兵器鑄造中，存在著同地異時而器形存在差別的現象。那麼古丈白鶴灣《五年雍丘令戈》，與李家堰《廿八年雍丘令戈》在器形上的這些差別，也很可能不是由於國別不同而造成，而是同國同地鑄器在不同時段的差異。本文認為，鑒於兩戈雖同為雍丘地區所造，但是由於鑄造的時間不一致，負責其事的工師與冶人也都不同，從而不同的鑄造者在鑄造過程中從而產生了一定的差異。根據吳良寶的分析，《五年雍丘令戈》應當是魏國之器，雖然它與《廿八年雍丘令戈》在形制上有一定差異，但並不能成為否定後者國別屬魏的充分證據。

（2）墓葬年代

關於古丈白鶴灣楚墓的年代，發掘者從墓葬中沒有發現春秋晚期的陶鬲或以鬲為主題的鉢、罐組合，又不出戰國晚期盒式敦或常見的鼎、盒、壺組合，從而認為這批楚墓的年代上限為戰國早期，下限為戰國中期〔註695〕。其後學者們陸續提出了一些新的意見。1991年，何介鈞指出白鶴灣楚墓所出的壺中，最晚的形式與鄂城鋼廠106號墓、長沙左家公山15號墓所出相近，即不晚於戰國晚期前段；所出兩面羽狀紋地四山鏡，圓鈕座，未出現八葉，是四山鏡中較早的形式。由此，何指出白鶴灣楚墓的年代，應當是從戰國早期至晚期前段〔註696〕。1992年，有學者對山東濟寧八十年代進行揀選的一批青銅器進行了研究，認為其中的II式劍大多出土於戰國前期的墓葬，而III、IV式劍應為戰國中晚期，其流行範圍較廣，中原及南方地區多有發現。湖南古丈白鶴灣楚墓、

〔註694〕陳平，試論戰國型秦兵的年代及有關問題〔A〕，中國考古學研究論集——紀念夏鼐考古五十週年〔C〕，西安：三秦出版社，1987年，第310～335頁；收入，燕秦文化研究〔C〕，北京：北京燕山出版社，2003年，第222～235頁。

〔註695〕湖南省博物館等，古丈白鶴灣楚墓〔J〕，考古學報，1986年（3）。

〔註696〕何介鈞，湖南晚期楚墓及其歷史背景〔A〕，楚文化研究論集（第2集）〔C〕，武漢：湖北人民出版社，1991年，第117頁；收入，湖南先秦考古學研究〔C〕，長沙：嶽麓書社，1996年，第235頁。

湖北江陵天星觀 1 號楚墓均出土的屬於Ⅲ、Ⅳ 式的銅劍多件〔註697〕，實際上在此也涉及到湖南古丈白鶴灣楚墓的下限可能要到戰國晚期。2005 年，原整理者之一的賀剛，根據對四山紋銅鏡的重新分期，修訂了四山紋銅鏡在戰國早期已經出現的看法，並據此對白鶴灣楚墓年代的下限提出了新的意見。他認為依據白鶴灣楚墓同出陶器形制，其中的 A 型Ⅲ式繩紋圜底壺，口沿外翻、壺頸略外撇，器形近於九店乙組墓屬戰國晚期早段的Ⅲ式和Ⅳ式繩紋罐，是繩紋圜底壺中較晚的形態；Ⅰ式豆為淺盤、矮柄，喇叭狀圈足外侈尤甚，足跟外卷，此式豆在沅水流域約在戰國中晚期之際始出，一直流行到戰國末年國。由此，出土於湖南古丈白鶴灣楚墓中的四山紋銅鏡中的 Ⅰ 式無葉紋鏡，其年代被定為戰國早期的意見應當改訂，據該墓的陶器等，應當認為 Ⅰ 式鏡的年代上限不出戰國晚期早段偏早的時期，為目前所見各型山字紋鏡中之最早者。由此，賀剛提出了白鶴灣楚墓的年代下限可能晚至戰國晚期早段（公元前 300 至前 278年）〔註698〕。也就是說，可依此排除《五年雍丘令戈》為魏安僖王（公元前276 年至前 243 年）時期的可能性。因此，從上述討論來看，目前應當認為白鶴灣楚墓的年代範圍可能為戰國早期至戰國晚期前段，這也應當是《五年雍丘令戈》的年代範圍。

（3）雍丘歸屬的變遷

這一問題對於研究《五年雍丘令戈》的年代也很重要。雍丘（河南省杞縣），在春秋為宋雍丘邑，戰國屬魏。秦置雍丘縣，屬碭郡。《春秋》記載哀公九年（前486 年）：「宋皇瑗帥師取鄭師於雍丘」，也見於《史記・十二諸侯年表》公元前486 年下記載，「鄭」國一欄有「圍宋，敗我師雍丘，伐我」，而「宋」國一欄有：「鄭圍我，敗之於雍丘」的記載，但其後，雍丘可能被鄭國佔領。又據《史記・韓世家》：「景侯虔元年，伐鄭，取雍丘。」《六國年表》在同年也記載有此事，表明公元前 408 年韓國又從鄭國取得雍丘。

清華簡《繫年》第 21 章記載：

王命莫敖昜為率【一一四】師以定公室，城黃池，城雍丘〔註699〕。

〔註697〕武健，山東濟寧揀選出一批古代青銅兵器〔J〕，文物，1992 年（11）。

〔註698〕賀剛，說山字紋銅鏡〔A〕，楚文化研究論集（第 6 輯）〔C〕，武漢：湖北教育出版社，2005 年，第 560 頁。

〔註699〕清華大學出土文獻研究與保護中心編、李學勤主編，清華大學藏戰國竹簡（二）〔M〕，上海：中西書局，2011 年，第 190 頁。

　　整理者並指出：黃池、雍丘在鄭、宋之間，是魏、韓欲據擴張之地。楚以定宋為名，擴張勢力，城黃池和雍丘，侵犯了三晉的利益，因此三晉當即發兵圍黃池〔註700〕。表明雍丘在戰國早中期是一個軍事要地，對於其以西的大梁來說，應當是一處必須加以控制的軍事要地。

　　此後本地又被魏國佔領，其年代沒有詳細記載，但有幾處資料或可提供相關線索。其一，魏國佔據大梁以東的開封，此事年代應當和魏國遷都大梁有關，而關於此次遷都的年代問題，目前有如魏惠王六年（公元前 364 年）〔註701〕、魏惠王九年（公元前 361 年）〔註702〕、魏惠王十八年（公元前 352 年）〔註703〕、魏惠王二十九年（公元前 341 年）、魏惠王三十一年（公元前 339 年）等不同意見。值得注意的是，目前有一件《七年大梁司寇綏戈》（《近出》1181、《新收》1330），其銘文為：

　　　　七年，大梁司寇綏、右庫工師繯、冶痍。

　　「痍」，《近出》釋「病」，《摹釋》釋「痍」，本文暫從後說。「大梁」在今河南開封城區內。吳良寶〔註704〕以為本器年代是魏惠王前元七年（公元前 363 年），蘇輝以為是魏安釐王七年（公元前 270 年）〔註705〕，此從前說。

　　其二，《水經注·濟水注》：

　　　　（濟水）東徑濟陽縣城北，圈稱《陳留風俗傳》曰：「縣，故宋

　　地也」。《竹書紀年》：「梁惠成王三十年，城濟陽」〔註706〕。

　　此處的梁惠成即魏惠王，其三十年為公元前 340 年。濟陽在今河南蘭考東北，其地正在雍丘（今河南杞縣）之北不遠。由上可見，魏國在遷都大梁之後，就進一步在其地以東的濟陽築城了。

〔註700〕清華大學出土文獻研究與保護中心編、李學勤主編，清華大學藏戰國竹簡（二）〔M〕，上海：中西書局，2011 年，第 190 頁。

〔註701〕陳昌遠，魏國徙都大梁時間及其經濟發展〔J〕，中國歷史地理論叢，1997 年（4）。

〔註702〕錢穆，先秦諸子繫年〔M〕，北京：商務印書館，2001 年，第 111 頁。

〔註703〕吳汝煜，關於魏國徙都大梁時間〔A〕，文史（第 19 輯）〔C〕，北京：中華書局，1983 年，第 215 頁，收入，史記論稿〔C〕，南京：江蘇教育出版社，1986 年，第 231～239 頁。

〔註704〕吳良寶、張麗娜，戰國中期魏國兵器斷代〔J〕，安徽大學學報（哲學社會科學版），2013 年（1）。

〔註705〕蘇輝，秦三晉紀年兵器研究〔M〕，上海：上海古籍出版社，2013 年，第 123 頁。

〔註706〕（北魏）酈道元著、陳橋驛校證，水經注校證〔M〕，北京：中華書局，2013 年，第 187 頁。

　　與這條材料相關的一個問題必須思考，即魏國是在控制大梁以東的濟陽（河南蘭考東北）、雍丘（河南杞縣）之後，才將都城遷徙到大梁；還是將都城遷徙到大梁之後，再向東擴張而控制大梁以東的濟陽（河南蘭考東北）、雍丘（河南杞縣）？宥於材料，目前還不好確定魏國遷都大梁的具體年代，但綜合來看，魏國遷都大梁，佔領濟陽（河南蘭考東北）、雍丘（河南杞縣）的進城，應當是先遷都、後東擴。從文獻的記載來看，豫東地區是一個戰事頻繁之地，如黃池、雍丘等就曾發生過多次戰事。大梁在就在離上述不遠之處，按照常理來推斷，魏國遷都大梁，則勢必在此前就已經控制了其附近的雍丘等地區，否則就是將都城置於戰爭的前線範圍內了。

　　因此，我們或可以推斷，魏國東擴至濟陽以南的雍丘（河南杞縣）一帶，其時間很有可能也就是在魏國遷都大梁之前，也就是說可能在公元前四世紀中葉的六十至四十年代及之前。

　　其三，《戰國策》卷三十一「燕三・齊韓魏共攻燕章」：

　　　　於是遂不救燕，而攻魏雍丘，取之以與宋。

　　其年代目前有三種看法，即周赧王三年（公元前 312 年）〔註707〕、周赧王二十九年（公元前 286 年）〔註708〕、周赧王四十三年（公元前 272 年）〔註709〕。按，目前還無法確定此事的具體年代，但可以確定的是第二、三種意見可能說服力不強，因為此前宋國已經滅亡了〔註710〕，故此暫將本事的年代定為周赧王三年（公元前 312 年）。此後雍丘重新歸屬於魏國的時間不明確，但最遲不晚於公元前三世紀早期宋國滅亡之後。

　　至戰國晚期，秦國從魏國手中奪取雍丘，《史記・秦始皇本紀》：

　　　　五年，將軍驁攻魏，定酸棗、燕、虛、長平、雍丘、山陽城，皆

　　　　拔之，取二十城。初置東郡。冬雷。

　　可見，在秦始皇五年（公元前 243 年）的時候，雍丘已經被秦國佔領，不再屬於魏國了。

　　因此，從戰國時期「雍丘」歸屬的變遷來看，可以簡單地表述為：（1）在

〔註707〕繆文遠，戰國策新校注（修訂本）〔M〕，成都：巴蜀書社，1998 年，第 962 頁。

〔註708〕郭人民，戰國策校注繫年〔M〕，鄭州：中州古籍出版社，1988 年，第 621 頁。

〔註709〕何建章，戰國策注釋〔M〕，北京：中華書局，1990 年，第 1179 頁。

〔註710〕拙文，清華簡《繫年》與戰國楚、宋年代問題〔A〕，簡帛研究（2013）〔C〕，桂林：廣西師範大學出版社，2014 年，第 21 頁。

戰國初年，鄭國從宋國手中取得了雍丘；而公元前 408 年韓國又從鄭國取得雍丘；（2）不晚於約半個世紀的公元前四世紀的中葉的六十至四十年代，魏國最晚從此時期開始，從韓國手中奪取雍丘；（3）周赧王三年（公元前 312 年），雍丘曾短暫地歸屬於宋國；此後最遲不晚於公元前三世紀早期宋國滅亡，雍丘又歸屬於魏國。（4）約半個多世紀後，到公元前 243 年，秦國又從魏國手中奪取了雍丘。

由此，我們可以做出如下兩個判斷，（1）白鶴灣《五年雍丘令戈》的年代似不大可能是魏文侯（公元前 445 年至前 396 年）、魏武侯（公元前 395 年至前 370 年）魏襄王（公元前 317 年至前 296 年）、魏安僖王（公元前 276 年至前 243 年）等。（2）蔣魯敬、李亮認為《廿八年雍丘令》的年代為魏惠王二十八年（公元前 342 年），從戰國時期魏國國君的在位年代來看，在位超過二十八年的只有魏文侯（公元前 445 至前 396 年）、魏惠王（公元前 369 年至前 318 年）、魏安僖王（公元前 276 年至前 243 年）。由此處的討論可見，公元前 408 年的時候，雍丘還屬於韓國，故《廿八年雍丘令戈》的年代不可能是魏文侯（公元前 445 至前 396 年）時期，又魏安僖王的年代已經是戰國末期，與李家堰楚墓的時代為戰國中晚期不符，因此可證蔣魯敬、李亮定《廿八年雍丘令》的年代為魏惠王二十八年（公元前 342 年）是可信的。

三

行文至此，關於《五年雍丘令戈》的國別與年代，我們做出初步結論如下：

（1）從字體與器形分析的角度來看，白鶴灣《五年雍丘令戈》表現出更多魏國特徵，應當認為是魏國之器。

（2）從監造制度來看，《五年雍丘令戈》的年代應當判定在魏惠王後元及其之後。

（3）從白鶴灣楚墓年代為戰國早期至戰國晚期早段（公元前 300 至前 278 年）來看，可以排除為魏安僖王（公元前 276 年至前 243 年）的可能性。

（4）從雍丘歸屬的變化來看，古丈白鶴灣《五年雍丘令戈》可能屬於魏惠王（公元前 369 年至前 318 年）、或者魏昭王（公元前 295 年至前 277 年）時期。

（5）經過上述幾個標準，餘下的只有魏惠王（公元前 369 年至前 318 年）、魏昭王（公元前 295 年至前 277 年）兩種可能。而進一步聯繫白鶴灣《五年雍

丘令戈》與年代為魏惠王二十四年（公元前 346 年）的《廿四年言（許）命（令）
戈》等器形一致，我們認為白鶴灣《五年雍丘令戈》也應當是魏惠王時期的器
物，其年代可能為魏惠王後元五年（公元前 330 年）。

（6）餘下一個值得注意的問題是，同為魏惠王二十八年（公元前 342）年
的李家堰《廿八年雍丘令戈》，與《廿八年上洛戈》，在器形上的不一致，是由於
鑄造地、鑄造者均不同。但為何魏惠王五年（公元前 365 年）的古丈白鶴灣《五
年雍丘令戈》，和魏惠王二十四年（公元前 346 年）的《廿四年言（許）命（令）
戈》，雖然為在不同時間和地點鑄造，但器形卻較為一致；但卻與魏惠王二十八
年（公元前 342 年）的《廿八年雍丘令戈》不一致？也就是說，上述有幾種情
況：首現，異時、異地、異人鑄造的兵器，器形可能近似；其次，同時、異地、
異人鑄造的兵器，或者同地、異時、異人鑄造的兵器，器形均可能不同。對於第
一種情況，我們認為可能是反映了魏國家存在統一的兵器鑄造標準，不因時、
地、人而改變；對於後面兩種情況，聯繫魏惠王時期大梁地區製造的兵器，存在
一定器形差別等現象，我們則認為反映了在地方兵器鑄造的過程中，具體人事
因素的影響作用。上述兩個方面，表現魏國銅器標準化生產的情況較為複雜，不
能籠統地認為同一地區在同一王世內所鑄造的銅戈等，在器形上就一定是相同
的。總之，古丈白鶴灣《五年雍丘令戈》（魏惠王五年，公元前 365 年），與李家
堰《廿八年雍丘令戈》（魏惠王二十八年，公元前 342 年）器形的不一致，我們
推測可能和魏惠王五年、二十八年時候的雍丘令，及其具體負責的工師、冶人都
不同有關。當然，這一問題最終該如何解決，還需要日後更多的探討。

綜上所述，本文依據近期公布的銘文照片，與新出荊州李家堰《廿八年雍
丘令戈》等新材料，對湖南古丈白鶴灣戰國楚墓所出《五年雍丘令戈》中的「雍
丘」地名相關問題進行補論，並認為本戈的年代應當為魏惠王後元五年（公元
前 330 年）。

111.《十八年冢子戈》

器形、銘文照片（見下頁）：

時代：戰國〔註 711〕

〔註 711〕周世榮，湖南出土戰國以前青銅器銘文考〔A〕，古文字研究（第 10 輯）〔C〕，北
　　　　京：中華書局，1983 年，第 252 頁。

金文通鑒系統1.0　　拓本_17319

現藏：湖南省博物館

著錄：《集成》11376

形制：援已殘斷，中胡三穿

度量：不詳

字數：17

釋文：十八年，冢子韓繒、邦庫嗇夫敄（扶）湯、冶舒敆（造）戈。　　（內）

疏證：

「𤲞」，李家浩釋為「冢」[註712]，可從。根據研究可知，戰國「冢子」為職官名，多見於戰國三晉，其中在魏國設在地方，在韓、趙設於朝中，其共同點是所轄有冶，職責是製作包括兵器在內的青銅器等[註713]。

還有另外一件《十八年冢子戈》(《二編》1246)，其銘文為：

十八年，冢子韓繒、下庫嗇夫樂瘨、庫吏安、冶差造，大官。

一般認為上述二器的年代為韓桓惠王18年（公元前255年）[註714]，似可從。此外，吳良寶曾推測湘博所藏《十八年冢子戈》的年代，可能為戰國韓釐

〔註712〕李家浩，戰國時代的「冢」字〔A〕，語言學論叢（第七輯）〔C〕，北京：商務印書館，1981年，第113～122頁，收入，著名中年語言學家自選集·李家浩卷〔C〕，合肥：安徽教育出版社，2002年，第1～14頁。

〔註713〕李學勤，馬王堆帛書《刑德》中的軍吏〔A〕，簡帛研究（第二輯）〔C〕，北京，法律出版社，1996年，第156～159頁；收入，當代學者自選文庫·李學勤卷〔C〕，合肥：安徽教育出版社，1999年，第458～463頁。

〔註714〕李學勤，湖南戰國兵器銘文選釋〔A〕，古文字研究（第12輯）〔C〕，北京：中華書局，1985年，第329～335頁；吳振武，新見十八年冢子韓繒戈研究——附錄戰國「冢子」一官的職掌〔A〕，古文字與古代史（第1輯）〔C〕，臺北：中央研究院歷史語言研究所，2007年，第309～324頁；蘇輝，秦三晉紀年兵器研究〔M〕，上海：上海古籍出版社，2013年，第157頁。

王時期〔註715〕。

　　此外，可以提及的是，「邦庫嗇夫敨（扶）湯」之「敨（扶）」，石繼承隸為「犬」而無說〔註716〕。也有學者將其如字讀，但從姓氏的角度來看，早期比較少見。如果釋「敨」可從，筆者懷疑「敨（扶）」或可讀為「胡」，「敨（扶）」從「夫」（幫紐魚部）聲，「胡」為匣紐魚部，吳良寶指出上古聲母幫、匣「看似遠隔，但傳世文獻與古文字資料中確有相通的例證，且集中在魚部及其陽聲、入聲字」，他並認為1982年河南省郾城縣發現的《二十二年郱嗇夫戈》中的銘文之「郱」，可以讀為「湖」（今河南靈寶西）〔註717〕。據此，我們認為，從姓氏角度而言，此處的「邦庫嗇夫敨湯」之「敨」，也可以讀為較「扶」更為常見的「胡」。

112.《武安戈》

器形、銘文照片：

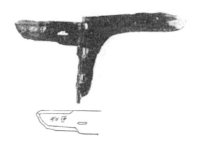

時代：戰國

出土：長沙陳家大山

現藏：湖南省博物館

著錄：《集成》10928

形制：中胡三穿，束腰形援，三刃式內

字數：3

釋文：武安　兵　（內）

〔註715〕吳良寶，戰國兵器兩考〔A〕，陝西歷史博物館館刊（第13輯）〔C〕，西安：三秦出版社，2006年，第246頁。

〔註716〕石繼承，六年冢子韓政戈補考〔A〕，中國文字研究（第22輯）〔C〕，上海：上海書店2015年，第42頁。

〔註717〕吳良寶，二十二年郱嗇夫戈〔A〕，出土文獻（第六輯）〔C〕，上海：中西書局，2015年，第78頁。

疏證：

或認為銘文應尚有「尚新封」三字〔註718〕。

武安，本為戰國趙邑，在今河北涉縣東北。《史記・李牧傳》「趙悼襄王封李牧為武安君」，在漢置則置有武安縣。戰國時期趙國貨幣中也有「武安」之名，可見本器應當為趙器，之後可能因為戰爭原因，而流傳至楚地湖南。

此外，秦國白起也曾經為武安君，《史記・白起列傳》有「白起遷為武安君」、「武安君因取楚，定黔中郡」的記載，或由此認為本器應當與白起有關。不過，從戰國時期的兵器銘文格式來看，此處的「武安」應當為地名；如果是與白起有關，則銘文應當作「武安君」，因此筆者認為本器不應和白起有關。

113.《廿七年春平侯劍》

時代：戰國趙

出土：不詳

現藏：湖南省博物館

著錄：《古文字研究》第 10 輯〔註719〕

形制：劍莖作雙箍式，首已殘

字數：20

釋文：廿七年相邦春平侯、邦左侍（？）夨（？）、工師長藿、冶□敦（撻）齊（劑）。

疏證：

本器器型及銘文圖片資料暫缺。而關於銘文的爭論，主要在於「敦」的釋讀，有釋「縠」、「撻」、「報」〔註720〕、「執」〔註721〕、「鰲」〔註722〕等不同意見。

〔註718〕湖南省地方志編纂委員會，湖南省志・文物志〔M〕，長沙：湖南出版社，1995 年，第 310 頁。

〔註719〕周世榮，湖南出土戰國以前青銅器銘文考〔A〕，古文字研究（第 10 輯）〔C〕，北京：中華書局，1983 年，第 250 頁；湖南省地方志編纂委員會編，湖南省志・文物志〔M〕，長沙：湖南出版社，1995 年，第 313 頁。

〔註720〕黃盛璋，撻劑及其和兵器鑄造關係新考〔A〕，古文字研究（第十五輯）〔C〕，北京：中華書局，1986 年，第 254 頁；董珊，論春平侯及其相關問題〔A〕，考古學研究（六）——慶祝高明八十壽辰暨從事考古研究五十年論文集〔C〕，北京，科學出版社，2006 年，第 446 頁。

〔註721〕于省吾，商周金文錄遺・序言〔M〕，北京：中華書局，2009 年。

〔註722〕施謝捷，釋鰲〔J〕，南京師大學報，1994 年（4）；何琳儀，戰國文字通論（訂補）〔M〕，南京：江蘇教育出版社，2003 年，第 121 頁。

　　《戰國策・趙策四》記載有戰國趙封君「春平侯」，目前也發現有多件春平侯器，如《十七年相邦春平侯鈹》，其年代為趙孝成王十七年（公元前 249 年）〔註723〕；而《史記・趙世家》中有「春平君」，似誤。

　　此外，還有一批「王立事」、二、三、四、五年共五種 6 件「春平侯器」，其意見有：1. 高明前引文認為屬於孝成王前期（公元前 265 年至前 261 年）；2. 黃盛璋、李學勤等認為屬於悼襄王時代〔註724〕（公元前 244 年至公元前 240 年）；3. 張琰及董珊前引文認為是屬於趙王遷〔註725〕（公元前 235 年至前 231 年）。

　　關於趙惠文王時期的相邦，目前所知有：

　　（1）《廿九年相邦戈》，著錄於《集成》11391，其銘文為：

　　　　廿九年，相邦肖（趙）豹、邦左庫工師鄭哲、冶匜𥄂敤（捷）齎（劑）。

　　「𥄂」，《集成》（修）釋為「慎」，《摹釋》釋為「哲」。「𥄂」，《集成》（修）釋「為」，此字存疑，可能應當為人名。

　　一般以為銘文中的「二十九年」，即趙惠文王 29 年（公元前 270 年）〔註726〕。「𦥑」，當隸為「狗」，許進雄前引文曾推測，銘文中的「趙狗」即趙豹，吳振武指出「狗」當讀為「豹」〔註727〕，趙豹為趙惠文王母弟，於趙惠文王 27 年（公元前 272 年）封為平陽君，於趙孝成王 4 年（公元前 262 年）曾勸趙王勿接受韓國的上黨。又據齊思和《戰國宰相表》，趙惠文王 30 年（公元前 269 年）時相邦為田單〔註728〕。

〔註723〕高明，中國古文字學通論〔M〕，北京，北京大學出版社，1996 年，第 439 頁。

〔註724〕黃盛璋，試論三晉兵器的國別和年代及其相關問題〔J〕，考古學報，1974 年（1），收入，歷史地理與考古論叢〔C〕，濟南：齊魯書社，1982 年，第 107 頁；李學勤，四海尋珍〔M〕，北京，清華大學出版社，1998 年，第 96 頁。

〔註725〕張琰，關於三晉兵器若干問題〔A〕，《考古與文物》叢刊第二號《古文字論集》（一），《考古與文物》編輯部 1983 年，第 57～59 頁。

〔註726〕黃盛璋，試論三晉兵器的國別和年代及其相關問題〔J〕，考古學報，1974 年（1），收入，歷史地理與考古論叢〔C〕，濟南：齊魯書社，1982 年，第 107 頁；許進雄，十八年相邦平國君銅劍——兼談戰國晚期趙國的相〔A〕，中國文字（新 17 期）〔C〕，臺北：藝文印書館，1991 年，第 28～31 頁；收入，許進雄古文字論集〔M〕，北京：中華書局，2010 年，第 503 頁；蘇輝，秦三晉紀年兵器研究〔M〕，上海：上海古籍出版社，2013 年，第 58～59 頁、76 頁。

〔註727〕吳振武，趙二十九年相邦趙豹戈補考〔A〕，徐中舒百年誕辰紀念文集〔C〕，成都：巴蜀書社，1998 年，第 170～173 頁。

〔註728〕齊思和，戰國宰相表〔A〕，中國史探研究〔C〕，石家莊：河北教育出版社，第 307 頁。

由於戰國自趙惠文王開始，在位超過 27 年的，只有趙惠文王，故本器銘文中的「廿七年」，或認為係趙惠文王 27 年（公元前 272 年）。則本器似為目前所見，春平侯諸器中年代最早的一件。而本器則似乎表明，趙惠文王 27 年（公元前 272 年）的相邦似乎為春平侯，在趙豹、田單之前。

不過，董珊前引文曾總結春平侯之事蹟，認為：（1）他曾是趙孝成王太子，曾於趙孝成王十七年（公元前 249 年）出任相邦，翌年（公元前 248 年）因為出質於秦而去相；（2）趙悼襄王二年（公元前 243 年），秦遣春平君歸趙；至趙悼襄王死，春平君又出任趙王遷相邦，並在趙王遷世與趙悼倡后私通。（3）直至趙王遷五年（公元前 231 年）或六年（公元前 230 年），春平侯去相。

由此，如果我們認為《廿七年春平侯劍》（趙惠文王 27 年，公元前 272 年）為真，假設其年為 30 歲，則其生於公元前 302 年。趙孝成王在位於公元前 265 年至前 245 年，假設其 25 歲即位，則其生於公元前 290 年。如此，則春平侯年長於趙孝成王，但是如前所述，其曾為趙孝成王太子，由此則在行年上產生矛盾了。此外，直至趙王遷五年（公元前 231 年）或六年（公元前 230 年），春平侯去相，此時他已經是年齡接近為 70 之人，此時為相，似乎不大現實。據此，我們從春平侯的行年問題來考慮，《廿七年春平侯劍》年代不大可能為趙惠文王 27 年（公元前 272 年）。同時，鑒於目前發現有眾多「春平侯」偽器〔註729〕，因此湖南省博物館所藏這件《廿七年春平侯劍》，很可能也是一件偽器。

114.《卅三年大梁左庫戈》

器形、銘文照片：

〔註729〕郭永秉，釋三晉銘刻「喎」字異體——兼談國博藏十七年春平侯鈹銘的真偽〔A〕，簡帛（第 6 輯）〔C〕，上海：上海古籍出版社，2011 年，第 217～224 頁，收入，古文字與古文獻論集續編〔C〕，上海：上海古籍出版社，2015 年，第 197～205 頁。

時代：戰國，魏惠王前元 33 年（公元前 337 年）

出土：1974 年湖南衡陽市唐家山戰國墓〔註 730〕

現藏：湖南省博物館（？）

著錄：《集成》11330

形制：長胡三穿，內三面有刃

度量：通長 21 釐米

字數：12

釋文：卅三年，大梁左庫工師丑、冶▨

疏證：

　　關於銘文的爭議，主要在於「▨」，《集成》（修）隸為「刋」、讀為「刃」，何琳儀則隸為「凡」〔註 731〕。

　　戰國「大梁」地在今河南省開封市城區範圍內。本器銘文之紀年，或認為是「廿三年」〔註 732〕，從相關的字形來看，如「卅」的形體「▨」（《十三年壺》，戰國晚期），與「廿」的形體「▨」（《廿七年大梁司寇鼎》，戰國晚期），這件《大梁左庫戈》銘文中的「▨」字，雖然右邊一豎筆不明顯，但仍可以看出應當是「卅」字。其具體年代，前引簡報認為其年代為魏惠王前元 33 年（公元前 337 年），李學勤、蘇輝贊同這種看法〔註 733〕，意見可從。

115.《廿三年鄁令戈》

器形、銘文照片（見下頁）：

時代：戰國

〔註 730〕單先進、馮玉輝，衡陽市發現戰國紀年銘文銅戈〔J〕，考古，1977 年（5）。

〔註 731〕何琳儀，戰國文字通論（訂補）〔M〕，南京：江蘇教育出版社，2003 年，第 131 頁。

〔註 732〕黃盛璋，試論三晉兵器的國別和年代及其相關問題〔J〕，考古學報，1974 年（1），收入，歷史地理與考古論叢〔C〕，濟南：齊魯書社，1982 年，第 89～147 頁；后曉榮，戰國兵器銘文所見魏國置縣考〔J〕，首都師範大學學報（社會科學版），2011 年（6），收入，悠悠集·考古文物中的戰國秦漢史地〔C〕，北京：中國書籍出版社，2015 年，第 24～32 頁。

〔註 733〕單先進、馮玉輝，衡陽市發現戰國紀年銘文銅戈〔J〕，考古，1977 年（5）；李學勤，湖南戰國兵器銘文選釋〔A〕，古文字研究（第 12 輯）〔C〕，北京：中華書局，1985 年，第 329～335 頁；蘇輝，秦三晉紀年兵器研究〔M〕，上海：上海古籍出版社，第 87、122 頁。

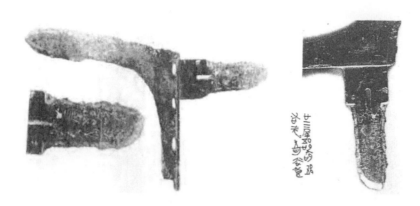

出土：或認為出土地不詳，據銅色碧綠似玉，認為可能為南方出土〔註734〕。或
　　　具體指出為長沙楊家大山所出〔註735〕。

現藏：中國國家博物館

著錄：《集成》11299

形制：三刃式內，中胡三穿，束腰式援

度量：不詳

字數：12

釋文：廿三年，郚（梧）命（令）垠、右工師齒、冶良。

疏證：

　　《廿三年郚令戈》（《集成》11299）是一件出土於湖南長沙的戰國兵器，但圍繞其國別與年代，還較有多爭議。從相關討論來看，關鍵問題在於如何對待《戰國策・韓策一》與《史記・春申君列傳》的一處史料異文。於此進行討論，不當之處敬祈賜正。

一、《戰國策・韓策一》與《史記・春申君列傳》的一處異文

　　《戰國策・韓策一》記載：

　　　　觀鞅謂春申曰：「……魏且旦暮亡矣，不能愛其許、鄢陵與梧，

　　割以與秦，去百六十里，臣之所見者，秦楚鬥之日也已。」

　　上述史料在它處也有相關記載，如《史記・春申君列傳》：

　　　　不能愛許、鄢陵，其許魏割以與秦，秦兵去陳百六十里。

　　對於上述史料差異，近年出版的「點校本二十四史修訂本」《史記》相關部

〔註734〕周世榮，湖南出土戰國以前青銅器銘文考〔A〕，古文字研究（第十輯）〔C〕，北京：中華書局，1983年，第250頁。

〔註735〕湖南省地方志編纂委員會，湖南省志・文物志〔M〕，長沙：湖南出版社，1995年，第310頁。

分，未做校注；但實際上，已經有學者已經注意到了上述兩處的不同，如清代學者黃丕烈曾認為「《策》文與《史記》當皆有誤」〔註736〕。

本文認為，黃丕烈的上述觀點是比較合理的。《韓策一》、《春申君列傳》的上述文本，互相之間存在差異，而同時各自也都不完整。

差異之一，如對於《韓策一》的記載，有學者指出：

> 此句有脫文，《史記》「去」上有「秦兵」二字，「去」下有「陳」二字〔註737〕。

此說比較有道理，故現在學者多據《春申君列傳》「秦兵去陳百六十里」，認為《韓策一》「去百六十里」脫漏了「陳」字等，使得其意義不完整，應當補上。

差異之二，一般認為，許（今河南許昌市東）、鄢陵（今河南鄢陵縣北）是魏國之地。但是對於「其許魏割以與秦」句，則存在不同看法。或認為「其許」係「或許、也許」之意。也有學者認為此句文本存在問題：

> 語句不順，似有訛誤。「魏」字疑衍。「其許」，《會注考證》作「其計」。瀧川曰：「『計』，各本作『許』，蓋涉上文而誤，今從楓山、三條本。」「其計割以與秦」，意即定將「許」與「鄢陵」割與秦國〔註738〕。

本文認為此看法是比較合理的。

差異之三，也就是最主要的問題在於，和上引《戰國策》不同，《史記》此處沒有提到「梧」。有學者認為，「《史記》無『與梧』二字，文字可能有誤」〔註739〕。而這似乎成了大多數學者的一種默認。但是有沒有可能是《戰國策》誤衍「與梧」，則沒有學者進行討論。

至於「梧」地所在，早期學者認為「梧」應當在許、鄢陵附近〔註740〕。其後郭人民注《戰國策》「不能愛其許、鄢陵與梧」時指出，「《史記》無『與梧』二字。梧，地名。韓地，與虎牢相近。《左傳》襄十年『晉師城梧及制』，杜注，

〔註736〕諸祖耿，戰國策集注匯考（增補本）〔M〕，南京：鳳凰出版社，2008 年，第 1410 頁。

〔註737〕韓崢嶸、王錫榮，戰國策譯注〔M〕，長春：吉林文史出版社，1998 年，第 842 頁。

〔註738〕韓兆琦，史記（評注本）〔M〕，長沙：嶽麓書社，2012 年，第 1117 頁。

〔註739〕楊子彥，戰國策正宗〔M〕，北京：華夏出版社，2008 年，第 469 頁。

〔註740〕黃盛璋，試論三晉兵器的國別和年代及其相關問題〔J〕，考古學報，1974 年（1），收入，歷史地理與考古論叢〔C〕，濟南：齊魯書社，1982 年，第 89～147 頁。

皆鄭舊地。制即虎牢，與梧必相近」〔註741〕。近來吳良寶認為，《左傳》襄十年「晉師城梧及制」之「梧」，在戰國時期屬韓國；而《戰國策・韓策一》「魏且旦暮亡矣，不能愛其許、鄢陵與梧」之「梧」，則屬魏國〔註742〕。

　　從本文的討論來看，這條材料的重要性在於，一些學者肯定《戰國策》的記載，把它作為魏國曾經佔有「梧」的依據，進而對《廿三年郚令戈》的國別與年代進行判定。

　　但從目前的討論來看，關於上述異文的討論，還並不充分。已有的相關研究多直接運用《戰國策》的此條材料，而沒有考慮到《史記》中的文本異同。而筆者認為，對於上述《戰國策》與《史記》異文中是否有「梧」地的不同，應當要進行考證之後，才能運用上述《戰國策》材料的。

　　從戰國時期「梧」地周圍疆域的變遷，有助於做出判斷。

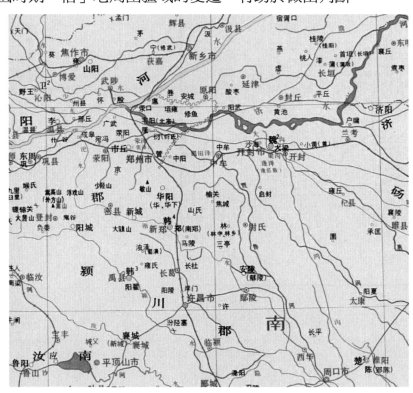

（取自《中國歷史地圖集・戰國・韓、魏》）

　　（1）作為滅韓的前奏，在公元前 256 年秦國滅亡西周國，公元前 249 年又滅亡東周國。因此公元前 249 年之後，滎陽以西的鞏地，應該屬於秦。

〔註741〕郭人民，戰國策校注繫年〔M〕，鄭州：中州古籍出版社，1988 年，第 538 頁。
〔註742〕吳良寶，莆子戈與郚戈考〔A〕，中國文字學報（第五輯）〔C〕，北京：商務印書館，2014 年，第 141 頁。

（2）從秦攻韓的歷程來看，韓釐王三年（公元前 293 年），秦敗韓於伊闕。韓釐王二十三年（公元前 273 年），趙、魏攻韓於華陽（在今河南新鄭市北四十里），其後秦國救韓，並打敗趙、魏軍隊。韓桓惠王十七年（公元前 256 年），「秦拔我陽城、負黍」，二十四年（公元前 249 年）「秦拔我城皋、滎陽」，二十九年（公元前 244 年）「秦拔我十三城。」此外，滎陽附近有「宛馮」，為戰國韓邑，在今河南滎陽市西北。《戰國策・韓策一・蘇秦為合縱說韓王曰》提到，「韓卒之劍戟，皆出於冥山、棠溪、墨陽、合伯膊、鄧師、宛馮、龍淵、大阿，皆陸斷牛馬」。

「市丘」也同為韓地，《戰國策・韓策一》：

> 五國約而攻秦，楚王為從長，不能傷秦，兵罷而留於成皋。魏
>
> 順謂市丘君曰：「五國罷，必攻市丘，以償兵費。君資臣，臣請為君
>
> 止天下之攻市丘。」市兵君曰：「善。」因遣之。

本事多認為係楚懷王 11 年（公元前 318 年）[註743]，由此也可以判斷此事時「市丘」應當為韓地。

從上述資料來看，滎陽以西的成皋、西南的宛馮及市丘，戰國中晚期都屬韓國；據此，在滎陽以西的「梧」，當時應當是屬於韓國之地。

（3）從秦攻魏國的歷程來看，魏昭王（前 295 年～前 277 年在位）三年（公元前 293 年），「佐韓攻秦，秦將白起敗我軍伊闕二十四萬」，魏昭王七年（公元前 289 年）「秦拔我城大小六十一」。《史記・魏世家》：安釐王九年（前 268 年）「秦拔我懷（今河南省武陟縣西南）」，同篇又記載，魏安釐王十一年（前 266 年）「秦拔我郪丘」，而《秦本紀》則作「邢丘」，邢丘離懷較近，而郪丘離懷較遠，故現在多認為應當是公元前 266 年「秦拔我邢丘」。戰國魏有衍氏（今河南鄭州市北三十里），《戰國策・魏策一》「蘇秦說魏襄王曰：『北有卷、衍』」，《史記・魏世家》記載，魏景愍王五年（公元前 238）年「秦拔我垣、蒲陽、衍」。

聯繫到上文所述，我們可以看出，從北路而言，秦國已於公元前 268 年開始，已經佔領了在滎陽以北的懷、邢丘等地；從南路而言，在公元前 256 年的時候，秦國已經佔領了滎陽以南的陽城、負黍。最終將滎陽攻打下來，是在公

[註743] 郭人民，戰國策校注繫年〔M〕，鄭州：中州古籍出版社，1988 年，第 526 頁。

元前 249 年。可見，韓地滎陽在秦軍的兩路夾擊之下，其實是抵抗了比較久的。由此，我們可以推測，滎陽附近的「梧」地，應當也就是在公元前 249 年以後，被秦國所攻取了。

從戰國軍事地理的角度而言，我們認為《史記‧春申君列傳》「不能愛許、鄢陵」是較為合理的；而《戰國策‧韓策一》「不能愛其許、鄢陵與梧」的文本存在訛誤，《戰國策》此處應存在誤衍「與梧」的問題，這是我們在運用《戰國策》此條材料的時候，應當注意的。

由此，我們可以發現問題所在了。《戰國策‧韓策一》記載：

> 觀鞅謂春申曰：「……魏且旦暮亡矣，不能愛其許、鄢陵與梧，
>
> 割以與秦，去百六十里，臣之所見者，秦楚鬥之日也已。」

本事的年代，一般繫為公元前 241 年〔註744〕，據此，許、鄢陵與梧此時皆為魏地，都是魏國的城邑。但問題是，根據本文的討論，公元前 249 年的時候，「梧」地已經屬於秦國了。也就是說，根據本文討論，《廿三年部令戈》的國別與年代，不可能如相關有學者的意見，將其定為魏安釐王 33 年（公元前 244 年）。

二、《廿三年部令戈》的年代

《廿三年部令戈》（《集成》11299）的形制為三刃式內，中胡三穿，束腰式援。其出土情況，或認為出土地不詳，據銅色碧綠似玉，認為可能為南方出土〔註745〕。或具體指出為長沙楊家大山所出〔註746〕。此外，中國國家博物館也藏有一件銘文完全相同的戈〔註747〕。

器上有銘文如下：

> 廿三年，部（梧）命（令）垠、右工師齒、冶良。

按，先秦時期有「部」地，在山東安丘縣西南六十里峿山，銘文顯非此地。而「部」也可以讀為「梧」，在河南滎陽西，由此學者多將銘文地名與之聯繫。

〔註744〕郭人民，戰國策校注繫年〔M〕，鄭州：中州古籍出版社，1988 年，第 538 頁。

〔註745〕周世榮，湖南出土戰國以前青銅器銘文考〔A〕，古文字研究（第十輯）〔C〕，北京：中華書局，1983 年，第 250 頁。

〔註746〕湖南省地方志編纂委員會，湖南省志‧文物志〔M〕，長沙：湖南出版社，1995 年，第 310 頁。

〔註747〕李學勤，湖南戰國兵器銘文選釋〔A〕，古文字研究（第 12 輯）〔C〕，北京：中華書局，1985 年，第 330 頁。

關於本器的國別與年代，爭論較大。第一種看法，認為是魏國器。如黃盛璋認為本器國別屬魏〔註748〕，李學勤進一步指出，其年代可能為魏襄王 23 年（公元前 296 年）或魏安釐王 23 年（公元前 254 年），並認為後一種的可能性更大〔註749〕。吳良寶則認為，從戈銘拓本第一個字的筆劃來看，似乎是「三十」而不是「二十」的合文，戈的年代可能是魏安釐王時期〔註750〕，也就是推測為魏安釐王 33 年（公元前 244 年）。近來吳鎮烽也定本器國別屬魏〔註751〕。此外，蘇輝認為本器年代不會早到魏惠王時期，其後魏襄王和魏安釐王均有二十三年，確切時間待考〔註752〕。

而從定本器為魏國器的學者意見來看，主要依據就是上引《戰國策・韓策一》「魏且旦暮亡矣，不能愛其許、鄢陵與梧，割以與秦」這條材料。而本事的年代，一般繫於公元前 241 年〔註753〕，據此，許、鄢陵與梧此時皆為魏地，都是魏國的城邑。從而學者們再對《廿三年邘令戈》的年代做出推斷。

第二類看法，是定為韓國器。近期有學者認為銘文的一些字體，如「工師」以合文形體「 」出現，而韓桓惠王時期的《二十四年陰令戈》（《集成》249）、《王三年鄭令戈》（《集成》430）則作「 」，不以合文形體出現；「冶」作從口的「 」形體，而韓桓惠王時期部分器物中的「冶」字則從「土」，表現出與韓桓惠王時期銅器的差別，從而以為此器的年代為韓昭侯 23 年（公元前 340 年）〔註754〕。

又包山楚簡中有「邘公子春」（包山簡 200），關於其中的「邘」，有學者讀為「圍」，認為就是《左傳》昭公二十四年「楚子為舟師以略吳疆……王及圍

〔註748〕黃盛璋，試論三晉兵器的國別和年代及其相關問題〔J〕，考古學報，1974 年（1），收入，歷史地理與考古論叢〔C〕，濟南：齊魯書社，1982 年，第 89～147 頁。

〔註749〕李學勤，湖南戰國兵器銘文選釋〔A〕，古文字研究（第 12 輯）〔C〕，北京：中華書局，1985 年，第 330 頁。

〔註750〕吳良寶，包山楚簡釋地三篇〔A〕，漢字研究（第 1 輯）〔C〕，北京：學苑出版社，2005 年，第 523 頁。

〔註751〕吳鎮烽，商周青銅器銘文暨圖像集成續編・前言〔M〕，上海：上海古籍出版社，2016 年，第 13 頁。

〔註752〕蘇輝，秦三晉紀年兵器研究〔M〕，上海：上海古籍出版社，2013 年，第 91、125 頁。

〔註753〕郭人民，戰國策校注繫年〔M〕，鄭州：中州古籍出版社，1988 年，第 538 頁。

〔註754〕周翔，戰國兵器銘文分域編年研究〔D〕，浙江師範大學 2013 年碩士學位論文，第 121 頁。

疆而還」之地,在安徽巢湖南〔註755〕。而劉信芳認為「鄀公子春」之「鄀」,就是上述《戰國策》中的「梧」地,在今河南滎陽西〔註756〕。按,從戰國時期楚國的疆域來看,未曾佔領過滎陽以西的「鄀」,至於是否為虛封,目前也難以確定。因此,「鄀公子春」之「鄀」,不大可能是滎陽以西的「鄀」。此外,后曉榮則將「鄀」讀為「梧」,認為「從此兵器銘文看,魏置鄀縣,在今安徽省淮北市東北」〔註757〕,按,西漢在今安徽蕭縣南設有「梧縣」,後先生的意見應當是據此而來,但從戰國時期諸國的疆域來看,魏國勢力未必及於此,因此戰國魏於安徽省淮北市東北設鄀縣的推斷,證據也比較薄弱。

我們認為,由上述討論來看,問題繼續討論的思路有兩條:

(1)如果要判斷本器國別屬魏,則本器的年代可能要提前到戰國中期,這一時期魏國在位超過23年的國君,有魏武侯(公元前395~公元前370)、魏惠王(公元前369~公元前318)、魏安釐王(公元前276~公元前243)。

從督造制度而言,《廿三年鄀令戈》銘文如下:

　　　廿三年,鄀(梧)命(令)垠、右工師齒、冶良。

反映其督造者為令、工師、冶人三級。

而從魏國相關銅器督造制度來看,包括:

第一,《十二年寧右庫鈹》(《集成》11633),其銘文為:

　　　十二年,寧右庫,五。

「寧」為春秋晉地,在今河南獲嘉縣,《左傳》文公5年:「晉陽處父聘於衛,反過寧」,杜注:「寧,晉邑,汲郡修武縣也。」蘇輝先生定本器年代為魏武侯12年(384BC)〔註758〕。

第二,《廿四年晉戈》(《近出》1176、《新收》1331)〔註759〕,出土於安徽臨泉縣城西,現藏安徽省臨泉縣博物館,著錄於,其銘文為:

〔註755〕吳郁芳,包山二號墓主昭佗家譜考〔J〕,江漢論壇,1992年(11)。

〔註756〕劉信芳,楚系簡帛釋例〔M〕,合肥:安徽大學出版社,2011年,第95頁。

〔註757〕后曉榮,戰國兵器銘文所見魏國置縣考〔J〕,首都師範大學學報(社會科學版),2011年(6),收入,悠悠集·考古文物中的戰國秦漢史地〔C〕,北京:中國書籍出版社,2015年,第24~32頁。

〔註758〕蘇輝,秦三晉紀年兵器研究〔M〕,上海:上海古籍出版社,2013,89、122頁。

〔註759〕韓自強、馮耀堂,安徽阜陽地區出土的戰國時期銘文兵器〔J〕,東南文化,1991年(2)。

廿四年，晉〔註760〕□上庫工師黡〔註761〕、冶愿〔註762〕。

　　一般以為本器年代為魏惠王前元 24 年（公元前 346 年）〔註763〕。與本器相關的，還有一件《二十六年晉上庫戈》，湖北荊門嚴倉群 M1 出土，發掘者釋其銘文為〔註764〕：

二十六年晉國上庫工師慶、治溫

　　並定其年代為魏惠王 26 年（公元前 344 年）。銘文中的第 6 字「國」、第 13 字「冶」的釋讀存疑，由於簡訊中尚未公布相關圖片資料，故與本戈的年代目前還不能下初步的結論。

　　第三，從目前來看，魏國「令、工師、冶人」的三級督造制度，可能最早出現於魏惠王時期，如《卅四年邨（頓）丘令矛》（《集成》11321），其銘文為：

卅四年，邨（頓）丘命（令）燮〔註765〕、左工師貯〔註766〕、冶夢。

　　「頓丘」地一般以為在河南浚縣。關於本器年代的觀點主要有兩種：（1）一般以為即魏惠王 34 年（公元前 337 年）〔註767〕；（2）蘇輝認為是魏安釐王 34 年（公元前 234 年）〔註768〕。

　　據此，從上述幾件器物來看，其督造制度和《廿三年邨令戈》存在不同，因此《廿三年邨令戈》不可能為魏武侯（公元前 395 年至公元前 370 年）或魏惠王（公元前 369 年至公元前 318 年）時器。而如果認為是魏安僖王 23（公元前 254 年），則似與「梧」地屬韓相矛盾。

　　（2）從「梧」地的歸屬變遷來看，《廿三年邨令戈》的國別也可能屬韓國。

〔註760〕「🔲」，《新收》釋「晉」，本文從之
〔註761〕「🔲」，《近出》釋「簣」，《新收》、《摹釋》釋「黡」，本文從後說。
〔註762〕「🔲」，《近出》釋「愬」，《摹釋》釋「愿」，《新收》釋「愿」，本文從後說
〔註763〕吳良寶、張麗娜，戰國中期魏國兵器斷代研究〔J〕，安徽大學學報，2013 年（1）；蘇輝，秦三晉紀年兵器研究〔M〕，上海：上海古籍出版社，2013 年，第 122 頁。
〔註764〕宋有志，湖北荊門嚴倉墓群 M1 發掘情況〔J〕，江漢考古，2010 年（1）。
〔註765〕「🔲」，《集成》（修）釋為「燮」，本文暫從之
〔註766〕「🔲」，《集成》釋「貯」，《摹釋》釋「盾（質）」。
〔註767〕湖北省博物館、荊州地區博物、江陵縣文物工作組發掘小組，湖北江陵拍馬山楚墓發掘簡報〔J〕，考古，1973 年（3）；郭德維，江陵楚墓述論〔J〕，考古學報，1982 年（1），收入，楚史·楚文化研究〔C〕，武漢：湖北人民出版社，2013 年，第 214～247 頁。
〔註768〕蘇輝，秦三晉紀年兵器研究〔M〕，上海：上海古籍出版社，2013 年，第 91、123 頁。

而此時期韓國在位超過 23 年以上的國君，有韓列（文）侯（公元前 399～公元前 377）、韓昭（釐）侯（公元前 361～公元前 333）、韓僖（釐）王（公元前 295～公元前 273）、韓桓惠王（公元前 272～公元前 239）等。

從相關韓國兵器來看，如《七年盧氏令戈》（《二編》1228），其銘文為：

七年，盧氏令韓戟、工師司馬聯、冶集。

目前一般認為其年代為韓宣惠王 7 年（公元前 326 年）〔註769〕，表明韓國「令、工師、冶人」的督造制度，在戰國中期已經出現。

吳良寶公布了一件《䣙戈》，其銘文為「二十年，䣙右工師＝□、冶系」，認為「梧（滎陽以西）」係魏地，並定其年代屬魏惠王 20 年（公元前 350 年），認為其中「工師＋冶」的督造制度，反應了魏國向「令、工師、冶人」三級督造的過渡形態〔註770〕。而本文則認為，「梧（滎陽以西）」應當係戰國韓地，據此，本器應當反應的是韓國從「工師＋冶」向「令、工師、冶人」三級督造的過渡形態。由此，則《廿三年䣙令戈》的年代應當晚於這件《䣙戈》。

此時期韓國在位超過 20 年以上的國君，有韓列（文）侯（公元前 399～公元前 377）、韓昭（釐）侯（公元前 361～公元前 333）、韓宣（威）王（公元前 332～公元前 312）、韓僖（釐）王（公元前 295～公元前 273）、韓桓惠王（公元前 272～公元前 239）。鑒於《七年盧氏令戈》反映韓宣惠王 7 年（326BC），韓國已經有三級督造制度了，則依據《䣙戈》銘文「二十年，䣙右工師＝□、冶系」，此件《䣙戈》的年代應當定在此前的韓昭（釐）侯 20 年（公元前 342 年）而為宜。而再考慮到《廿三年䣙令戈》的紀年，與公元前 249 年「秦拔我城皋、滎陽」等情況，則《廿三年䣙令戈》的年代只能定為韓僖（釐）王 23 年（公元前 273 年）。

綜上，本文先考訂《史記‧春申君列傳》「不能愛許、鄢陵」，與《戰國策‧韓策一》「不能愛其許、鄢陵與梧」的記載，是關於一事之異文，從戰國軍事地理格局來看，《戰國策》此處應當誤衍「與梧」，不能作為公元前 241 年魏國還佔有「梧」地的證據。由此先前諸多學者據《戰國策‧韓策一》「不能愛其許、鄢陵與梧」，而對《廿三年䣙令戈》的年代之探討，相關結論應當重新思

〔註769〕蘇輝，秦三晉紀年兵器研究〔M〕，上海：上海古籍出版社，2013 年，第 155 頁。
〔註770〕吳良寶，莆子戈與䣙戈考〔A〕，中國文字學報（第五輯）〔C〕，北京：商務印書館，2014 年，第 141 頁。

考。進而分析《郘戈》、《廿三年郘令戈》的督造制度等，並分別考訂其年代為韓昭（釐）侯 20 年（公元前 342 年）、韓僖（釐）王 23 年（公元前 273 年）。

116.《九年■■戈》

器形、銘文照片：

時代：戰國

出土：1955 年長沙楊家大山 M36 [註771]

現藏：湖南省博物館

著錄：《集成》11283

形制：中胡三穿

度量：通長 25.7、援長 16、援寬 3.1、胡長 13、內長 9.9 釐米

字數：10

釋文：九年，■■工師□□、〔冶〕戠（戠）

疏證：

　　一般認為本器年代為魏惠王前元 9 年（公元前 361 年）[註772]。

　　銘文最後一字「■」，《集成》（修）釋「戠」，周寶宏認為是「戠」的變體，俞紹宏釋則「戠」[註773]。

　　關於銘文中的地名「■■」，目前還存在爭議。周世榮讀為「宛」，周寶宏隸為「崒」；網友「飛虎」在胡永鵬《三年奇令戈新考》文後評論中，認為本字與《三年奇令戈》中的地名是相同的，並指出霍邱戈的整理者所作銘文拓本可

〔註771〕周世榮，湖南楚墓出土古文字考〔A〕，湖南考古輯刊（第 1 集）〔C〕，長沙：嶽麓書社，1982 年，第 91 頁。

〔註772〕蘇輝，秦三晉紀年兵器研究〔M〕，上海：上海古籍出版社，2013 年，第 122 頁。

〔註773〕俞紹宏，二則金文考〔J〕，江漢考古，2006 年（4）。

能不準確〔註774〕。實際上來看，這一地名在此前的資料中多有發現，包括：

（1）在安徽省霍邱縣出土一件《三年夻令戈》〔註775〕，其銘文為：

三年，𦱤令□、工師晉、冶非（？）。

王峰認為本器為魏器，並讀「𦱤」為「茅」（今山西平陸或河南修武），年代為魏王假三年（公元前225年）〔註776〕。但此說存在問題，因為根據據《史記》記載，平陸、修武在戰國中期後段或稍晚時期已被秦攻佔。《魏世家》記載魏昭王6年（公元前290年）「予秦河東地方四百里」，《秦本紀》記載秦昭襄王21年（公元前286年）「魏獻安邑。」因此，平陸由魏入秦的時間不會晚於公元前286年。

至於「茅」（河南修武），《魏世家》記載信陵君勸諫安釐王（時在公元前262年）說：「秦固有懷、茅、邢丘，城垝津以臨河內，河內共、汲必危」，則「茅」入秦時間不會晚於公元前262年。

由此，學者對將《三年夻令戈》的年代係魏王假三年的意見提出修正，如胡永鵬認為其年代應為戰國魏中期或中晚期之際〔註777〕。其後網友「飛虎」指出，霍邱所出《三年𦱤令戈》的年代，應當為魏惠王後元三年（公元前332年）〔註778〕。蘇輝也認為其年代為魏惠王後元3年（公元前332年）〔註779〕。

（2）此外，《飛諾藏金》也著錄有一件《四年夻令戈》，但從書中的銘文摹本來看，實際上是「三年」。其銘文為：

三年，夻令均、工師敊、冶□。

銘文中的「▨」似可隸為「夻」，蘇輝認為其年代為魏襄王3年（公元前

〔註774〕參見周世榮，湖南楚墓出土古文字考〔A〕，湖南考古輯刊（第1集）〔C〕，長沙：嶽麓書社，1982年，第91頁；周寶宏，讀古文字雜記九則〔A〕，于省吾教授百年誕辰紀念文集〔C〕，長春：吉林大學出版社，1996年，第282～285頁；胡永鵬，三年夻令戈新考〔EB/OL〕，復旦古文字網，2012年3月24日文後「飛虎」的評論，http://www.gwz.fudan.edu.cn/SrcShow.asp?Src_ID=1807。

〔註775〕安徽省文物考古研究所，安徽霍邱縣戰國墓的清理〔J〕，考古，2011年（11）。

〔註776〕王峰，三年夻令戈考〔J〕，考古，2011年（11）。

〔註777〕胡永鵬，三年夻令戈新考〔EB/OL〕，復旦古文字網，2012年3月24日，又見同作者，談新見的兩件夻令戈〔A〕，飛諾藏金（春秋戰國篇）〔C〕，鄭州：中州古籍出版社，2012年，第134～137頁。

〔註778〕飛虎（網名）在胡永鵬文後的評論，http://www.gwz.fudan.edu.cn/srcshow.asp?src_id=1807，復旦古文字網，2012年3月24日。

〔註779〕蘇輝，秦三晉紀年兵器研究〔M〕，上海：上海古籍出版社，2013年，第123頁。

316 年）〔註780〕。

關於「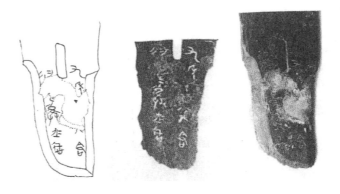」的所在，前引王峰文中讀為「茅」，認為地在今山西平陸或河南修武。前引胡永鵬文中，讀為「留」，認為在今河南開封東南的陳留。從本文所討論的《九年戈》銘文來看，其督造級別為兩級，可能年代較早，因此其年代似應為魏惠王前元 9 年（公元前 361 年），至於其地，《漢書・地理志》「陳留郡陳留縣」注引孟康曰：「留，鄭邑也。後為陳所併，故曰陳留」，應當就是「留」（河南開封東南的陳留）。

117.《九年戈》

器形、銘文照片：

時代：戰國

出土：暫不詳〔註781〕

現藏：湖南省博物館

著錄：《集成》11307

形制：據周世榮文，出土時銅色碧綠如玉，南方型坑口銅器，中胡三穿，三刃
　　　式內，為戟形銅戈

度量：暫缺

字數：10

釋文：九年□丘（？）命（令）□□□、冶君（？）

疏證：

　　　最後一字「」或釋「君」（尹），應可疑，本字待考。由於銘文關鍵資料

〔註780〕蘇輝，秦三晉紀年兵器研究〔M〕，上海：上海古籍出版社，2013 年，第 123 頁。
〔註781〕周世榮，湖南楚墓出土古文字叢考〔A〕，湖南考古輯刊（第 1 集）〔C〕，長沙：嶽
　　　　麓書社，1982 年，第 91 頁。

殘缺，故蘇輝認為本器的國別與年代難確定〔註782〕。

118.《少梁府銅劍》

器形、銘文照片：

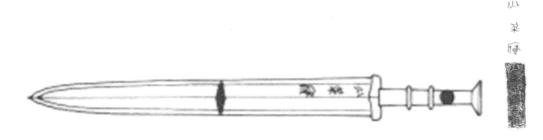

時代：戰國

出土：1997 年湖南常德德山山茅灣磚廠 M252：1〔註783〕

現藏：湖南省文物考古研究所

著錄：《沅水下游楚墓》

形制：銅雙箍

度量：45.4 釐米

字數：3

釋文：少梁府

疏證：

譚遠輝指出，從墓葬而言，劍位於墓底右側，另有頭龕放置陶壺、盂各一件，為楚墓中的常規器形及組合，因而該墓應為一座楚墓。並且從墓葬中陶器的形態特徵分析，墓屬戰國中期。但該劍上的「少梁府」三字則表明該劍非楚國製造。

《史記》等文獻記載「少梁」（今陝西韓城縣南西少梁）為春秋秦地，西周、春秋時期有梁國，在今陝西韓城縣南，公元前641年為秦所滅，稱少梁。但是其地歸屬有變遷，在春秋至戰國時期曾先後歷屬秦、晉、魏等國。《史記·秦本紀》：「康公（公元前617年）四年，晉伐秦，取少梁。」此時由秦轉晉。

〔註782〕蘇輝，秦三晉紀年兵器研究〔M〕，上海：上海古籍出版社，2013年，第48頁。

〔註783〕譚遠輝，「少梁府」銅劍小識〔A〕，湖南省常德市文物局、常德博物館、鼎城區文物管理處等編著，沅水下游楚墓〔M〕，北京：文物出版社，2010年，第1034頁；收入，而立集——湖南省津市市文物工作三十週年紀念文集〔C〕，長沙：嶽麓書社，2015年，第188～190頁。

此後，又由晉轉魏，《史記·六國年表》記載「（魏文侯）六年（公元前 440 年），城少梁；七年（公元前 439 年），秦與魏戰少梁；八年（公元前 438 年），魏復城少梁」，表明秦、魏在此地爭奪之激烈。此後，據《史記·秦本記》等記載，至公元前 362 年，秦、魏戰於少梁，秦擄魏太子痤；公元前 354 年，秦取少梁。其後公元前 327 年，秦改「少梁」為「夏陽」。

　　關於本器國別的判斷，譚遠輝、吳良寶都認為國別屬魏〔註784〕，從字形方面來看，「梁」字的相關形體，如「⬛」（《梁十九年無智鼎》，《集成》2746）、「⬛」（《卅三年大梁戈》，《集成》11330）等，都屬魏國器。因此，本文也贊同魏器之說。結合所出墓葬為戰國中期來看，則本器的年代應在公元前 361 年魏都梁以後不長的一段時間，屬戰國中期前段。至於本器流傳至湖南地區，可能與戰爭有關。

119.《蓬八斗六升銅壺》

器形、銘文照片：

時代：戰國

出土：建國前長沙近郊楚墓〔註785〕

現藏：湖南省博物館

著錄：《湖湘文化辭典》

形制：方格紋、獸形耳

度量：高 47 釐米、腹徑 25 釐米

〔註784〕吳良寶、張麗娜，戰國中期魏國兵器斷代研究〔J〕，安徽大學學報（哲學社會科學版），2013 年（1）。

〔註785〕萬里主編，湖湘文化辭典〔M〕，長沙：湖南人民出版社，2012 年，第 600 頁。

字數：10

釋文：蓬八斗六升，重二鈞廿斤

疏證：

　　或認為「蓬」為盈滿之意。經測試，銘文中的容量「八斗六升」，合今 1 斗 6 升，表明當時 1 升約為 186 毫升，比漢代 1 升合 200 毫升還少。此外，「二鈞廿斤」實測為 22.8 斤，也比今 1 斤少得多〔註786〕。不過也有學者定本器器形為「鈁」，認為是楚文物〔註787〕。限於本器器形、銘文資料均還沒有正式公布，有待繼續研究。

120.《廿三年弩機》

器形、銘文照片：

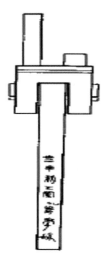

時代：戰國

出土：1974 長沙馬王堆 M2〔註788〕

現藏：湖南省博物館

著錄：《長沙馬王堆 2、3 號漢墓（第一卷・田野考古發掘報告）》、《湖湘文化辭典》

形制：錯金雲紋、S 紋

度量：通長 14.4 釐米、廓長 11.5 釐米

〔註786〕萬里主編，湖湘文化辭典〔M〕，長沙：湖南人民出版社，2012 年，第 600 頁。

〔註787〕高至喜，湖南楚墓與楚文化〔M〕，長沙：嶽麓書社，2012 年，第 7 頁。

〔註788〕何介鈞主編，長沙馬王堆二、三號漢墓（第 1 卷・田野考古發掘報告）〔M〕，北京：文物出版社，2004 年，第 21～22 頁。

字數：11

釋文：廿三年私工室大夫□、學□

疏證：

從器形來看，本弩機帶有銅廓，是目前所見比較早的器形。

本器雖然出土於西漢墓，但從其紀年「廿三年」來看，不應當為西漢器，再結合文風格屬秦國、「工室」為秦職官來看，其年代應當為秦王政 23 年（公元前 224 年）〔註789〕，王輝、王偉認為本器年代下限為前 221 年〔註790〕，由此也表明這件器從秦代一直沿用到漢初。

不過，近期的正式考古報告中，對本器的釋文有所改動，為「卅三年，私工室*夯學*」〔註791〕，同時報告中又認為器「可能為秦始皇二十三年（西元前 225 年）所造」，前後明顯不一致。按照「卅三年」的新釋文，則由此其年代則應當為為秦始皇紀年卅三年（前 214 年），「私工室」可能是專門為皇后製作器物的手工業生產機構〔註792〕。

限於目前本器公布的圖文資料有限，「此銘文只發表了一件很不精確的摹本」〔註793〕，因此還存在一些有待繼續關注的問題。如「私工室」，從官制角度來看，「工室」是工官機構，在此前的秦國青銅器銘文中，發現「右工室」、「少府工室」、「邦工室」等例，其中「少府工室」、「邦工室」都是中央機構下設置的機構，而「私工室」的具體情況，儘管已有學者進行分析，但目前則還無法確定清楚。此外，銘文「*夯學*」存在疑義，或釋為「夫□、學□」，也待考。

〔註789〕高至喜，從馬王堆三號漢墓出土文物看西漢早期兵器的發展〔A〕，馬王堆漢墓研究文選・1992 年馬王堆漢墓國際學術討論會論文選〔C〕，長沙：湖南出版社，1994 年，第 193～202 頁，收入，商周青銅器與楚文化研究〔C〕，長沙：嶽麓書社，1999 年，第 310 頁。

〔註790〕王輝、王偉，秦出土文獻編年訂補〔M〕，西安：三秦出版社，2014 年，第 136 頁。

〔註791〕湖南省博物館、湖南省文物考古研究所，長沙馬王堆二、三號漢墓（第一卷・田野考古發掘報告）〔M〕，北京：文物出版社，2004 年，第 21 頁。

〔註792〕陸德富，戰國時代官私手工業的經營形態〔M〕，上海：上海古籍出版社，2018 年，第 40 頁。

〔註793〕郭永秉，紹興博物館藏西施山遺址出土二年屬邦守蓐戈研究〔A〕，出土文獻與古文字研究（第 4 輯）〔C〕，上海：上海古籍出版社，2011 年，第 117 頁，收入，古文字與古文獻論集續編〔C〕，上海：上海古籍出版社，2015 年，第 212 頁。

附編一　貨幣銘文

1.「巽」

器形、銘文照片：

時代：戰國

出土：發現數量比較多，如 1957 年長沙左家塘楚墓、1953 年長沙東塘楚墓發掘 122 枚，其形如瓜子，正面凸起，背面平；1957 年長沙小林子沖楚墓發掘 1 枚，雙面均外凸。此外，1954 年常德德山棉織廠 5 號戰國墓出土 145 枚[註1]。

現藏：湖南省博物館等

著錄：《長沙楚墓》

形制：形如瓜子

度量：長 1.5 或 1.8 釐米，寬 1.1 釐米，厚 0.35 或 0.5 釐米，重 3.3 克或 1 克

〔註 1〕湖南省博物館、湖南省文物考古研究所、長沙市博物館，長沙楚墓〔M〕，北京：文物出版社，2000 年，第 286 頁。

字數：1

釋文：巽

疏證：

關於本字「」的釋讀，此前有釋為「貝化」等意見，均不可信。何琳儀認為應當釋「巽」、讀「鍰」或者「選」〔註2〕。黃錫全則認為，楚蟻鼻錢幣面文可以釋為「巽」，讀為「錢」〔註3〕。

按，本文認為黃錫全的意見可從。從本字形體來看，與楚文字中的「巽」比較接近，如

（《曾侯乙鐘》，戰國早期，《集成》301）

（上博簡一《孔子詩論》9）

而文獻中「巽」可以讀為「踐」，如《書‧堯典》：

朕在位七十載，汝能庸命巽朕位？

俞樾《孝經平議‧尚書一》指出：

《史記‧五帝本紀》「巽」作「踐」，當從之。《尚書》作「巽」字者，假字也。

曾運乾亦就「巽朕位」指出：

「巽」，《史記》易為「踐」，履也。《孟子》「踐天子位」，正本此言也。「踐」，「巽」聲相近。

「錢」、「踐」古音均為從鈕元部，古音相同，故「巽」可以讀為「錢」，由此，筆者認為楚蟻鼻錢幣面文確可如黃先生所說，即「巽」、讀為「錢」。

2.「枲」

器形、銘文照片：

時代：戰國

出土：湖南省長沙、常德、衡陽等地

〔註2〕何琳儀，戰國文字通論（訂補）〔M〕，南京：江蘇教育出版社，2003年，第154頁。

〔註3〕黃錫全，先秦貨幣通論〔M〕，北京：紫禁城出版社，2001年，第369頁。

著錄：《考古》1973 年第 3 期

字數：2

釋文：朱（銖）

疏證：

關於銘文的考釋，此前爭議較多，總計有釋「洛一朱」、「汝六朱」、「怪奉」、「當各六朱」、「一朱」、「各一朱」、「各六朱」〔註4〕、釋「貲」〔註5〕、「小銖」〔註6〕、「輕銖」〔註7〕、「六銖」〔註8〕等不同意見。

影響比較大的是李家浩的意見，他對此進行了比較充分的研究，認為應釋「五朱（銖）」〔註9〕。他指出上述銅貝中的「五」字，屬於楚文字中常見的「把文字相連部分分寫開的文字結體」。從「」的形體來看，「它只不過把第二橫劃與上面兩斜直分寫開了，並於第二橫上加一點而已」。李又結合度量衡方面進行論證，指出楚國一銖合今 0.679 克，如果把上述銅貝與一般重 3.5 克的「貝」銅貝一樣計算，則正好約為五銖重。

按，從「五」字形體來看，甲骨金文多為交錯之形，其中有一部分也作如下形體：

新甲 3.230　　　　　　　　　　　　　新乙 4.27

按照筆劃來分析，可以劃分為 4 步，包括橫 1、撇 2、捺 3、橫 4。其中一般比較常見的字形「五」中，如「五」（望山 2.60），其中「橫 1」、「捺 3」的末端是不黏連在一起的。但在上述「五」、「五」兩個字形中，「橫 1」、「捺 3」

〔註4〕吳興漢，從考古發現看安徽古代貨幣文化的幾大特色〔A〕，安徽省錢幣學會編，錢幣文論特輯（第二輯）〔C〕，合肥，安徽人民出版社，1994 年，第 228 頁；程鵬萬，安徽壽縣朱家集出土青銅器銘文集釋〔M〕，哈爾濱：黑龍江人民出版社，2009 年，第 125 頁。

〔註5〕朱活，蟻鼻新解——兼談楚國地方性的布錢「旆錢當釿」〔A〕，古錢新探〔C〕，濟南：齊魯書社，1984 年，第 198 頁。

〔註6〕何琳儀，戰國文字通論（訂補）〔M〕，南京：江蘇教育出版社，2003 年，第 154 頁。

〔註7〕黃錫全，楚銅貝貝文釋義新探〔J〕，錢幣研究，1999 年（1），收入，先秦貨幣研究〔C〕，北京：中華書局，2001 年，第 224 頁。

〔註8〕程鵬萬，安徽壽縣朱家集出土青銅器銘文集釋〔M〕，哈爾濱：黑龍江人民出版社，2009 年，第 128 頁。

〔註9〕李家浩，試論戰國時期楚國的貨幣〔J〕，考古，1973 年（3）。

的末端卻黏連在一起。而對比錢文中的「」(作水準鏡象翻轉之圖片),我們可以發現其上部與前述二者是一致的,而只在下部「橫4」上面多了一小豎筆。

據此,我們發現,「」確可以依據李家浩的意見,釋為構型上拆成了上下兩部分的「五」,存在一定可能性。但同時在字形上也還存在一定問題,即如何解釋「橫4」上面多了一小豎筆?據此,也有學者懷疑本字可能並非「五」,如在吳良寶《先秦貨幣文字編》一書中,即沒有收錄這一形體的「五」字〔註10〕。

對比前文所提到的舊題《右坙刃》器,其中的銘文第二字「」,應當說與本字形體是類似的。因此,銘文的理解應當據此思路而展開。具體意見有不同:

(1)有學者釋「坙」(李零、劉雨)〔註11〕、認為指「一半」。

(2)也有學者釋「聖」(黃錫全、程鵬萬、劉剛)〔註12〕,其中劉剛並讀為「錘」,認為「錘銖」就是1/3銖。

(3)近來陳治軍,將「」讀作「鈶」、也就是「錙銖」(四分之一銖,即0.65g的四分之一)〔註13〕。

從字形的分析上來看,上述幾位學者的思路後出專精,更為合理。但是也有一個問題,即貨幣本身的重量,與上述幣面銘文之間的度量並不一致。不如李家浩意見中,將幣面銘文所反映的重量,與銅幣本身的重量相協調。

如戰國時楚國一銖大約合0.65克,而上述楚國銅貝重量多在1.1~3.6克。按照上述三種意見,則幣面銘文所反映的分別為「半銖」(約0.32克)、「1/3銖」(約0.22克)、「1/4銖」(約0.16克)。面對上述銅幣銘文所反映重量,與銅貝本身重量之間的差異,對此有兩種理解,一種認為這兩者之間應當存在關聯,只是受限於鑄造技術,導致幣面文如錢幣重量本身並不一致,如前引陳治軍文認為:

「聖朱」言錢之微小。或為四分之一銖(即0.65g的四分之一),

〔註10〕吳良寶,先秦貨幣文字編〔M〕,福州:福建人民出版社,2008年,第218頁。

〔註11〕李零、劉雨,楚鄩陵君三器〔J〕,文物,1980年(8),收入,待兔軒文存(說文卷)〔C〕,桂林:廣西師範大學出版社,2015年,第204~211頁。

〔註12〕程鵬萬,安徽壽縣朱家集出土青銅器銘文集釋〔M〕,哈爾濱:黑龍江人民出版社,2009年,第124頁;劉剛,楚銅貝「坙朱」的釋讀及相關問題〔A〕,出土文獻與古文字研究(第5輯)〔C〕,上海:復旦大學出版社,2013年,第444~452頁。

〔註13〕陳治軍,「䣙兩」與「聖朱」〔J〕,中國錢幣,2013年(5)。

　　而在實際的鑄造中，可能就無法保證實際重量了，就是代表一種重
　　量微小的貨幣。

　　可見這一思路的關鍵在於，認為幣面文的用途，是用來標記錢幣本身的重
量。

　　但是也有學者有不同意見，如吳良寶指出，這兩者之間其實並不存在並不
存在直接的對應關係，這類楚國貨幣幣文反映的是其價值（購買力），而和錢幣
本身的重量無關〔註14〕。據此，劉剛指出，楚國銅貝「錘朱（銖）」表示的是三
分之一銖金的價值（也就是購買力）。我們認為，吳良寶的意見可從。因此，上
述楚國銅貝「朱（銖）」應當反映的是其作為貨幣的購買價值，而不是反映
銅貝本身之重量。具體而言，本文贊同劉剛的意見，認為「（坙）銖」應當
為「錘銖」，即 1／3 銖。

3.「福壽」

器形、銘文照片：

時代：戰國
出土：湖南省文物管理委員會於 20 世紀 50 年代初征集〔註15〕
現藏：湖南省博物館
著錄：《楚文物圖典》
形制：呈灰黑色。版面有不規則的戳印 9 個，分為 3 排，每排 3 個

〔註14〕吳良寶，讀幣箚記（一）〔A〕，出土文獻與古文字研究（第四輯）〔C〕，上海：上
　　　　海古籍出版社，2011 年，第 128 頁。
〔註15〕高至喜主編，楚文物圖典〔M〕，武漢：湖北教育出版社，2000 年，第 415 頁。

度量：長 6.1 釐米，寬 5.4 釐米，厚 0.35 釐米。重 123 克

字數：2

釋文：福壽

疏證：

　　銘文此前多被釋為「壽春」，壽春為戰國晚期楚都，《史記・楚世家》：「（考烈王）二十二年，與諸侯共伐秦，不利而去，楚東徙都壽春，命曰郢。」《正義》：「壽春在南壽州，壽春縣是也。」或者據此認為其性質為冥幣，為仿造「壽春」真金版而鑄成。

　　但值得注意的是，「壽春」之釋可能並不準確，有學者認為其上文字應釋為「福壽」〔註16〕，可從。不過對此也有學者認為：

　　　　所謂「壽春」鉛鈑冥幣比較複雜，有真有偽。言其真，指鉛鈑可

　　　能是出土物。言其偽，指「福壽」戳印係作者偽加上去的。但是，

　　　也不排除其中可能有的是全偽〔註17〕。

　　論者認為，作偽者通過增刻的「福壽」古璽戳印，而將其詭言為「壽春」二字，「並進而宣稱鉛鈑出自壽縣朱家集楚王墓，經過媒體渲染，拔高其偽品價格」。此說有其值得注意的地方，但也有問題所在，如為何造假者不直接增刻「壽春」二字，而是要迂曲地先增刻「福壽」，在詭言為「壽春」？

4.「郢稱」鉛餅

器形、銘文照片：

時代：戰國晚期

〔註16〕曹錦炎，關於先秦貨幣銘文的若干問題〔J〕，中國錢幣，1992 年（2）；何琳儀，楚幣六考〔J〕，安徽錢幣，2001 年（2）；收入，古幣叢考〔C〕，合肥：安徽大學出版社，2002 年，第 234 頁。

〔註17〕劉和惠，「壽春」鉛鈑冥幣辨偽〔A〕，楚文化研究論集（第六輯）〔C〕，武漢：湖北教育出版社，2005 年，第 499 頁。

出土：湖南省文物管理委員會於 50 年代初征集〔註18〕

現藏：湖南省博物館

著錄：《楚文物圖典》

形制：呈灰黑色。其背面平素無紋飾。正面隱約可見四方戳印，其中一方凸出
　　　表面 0.2 釐米

度量：直徑為 5.5 釐米，厚 1.3 釐米，重 155 克

字數：2

釋文：郢稱

疏證：

　　長沙地區曾多次發現楚國金餅，包括 1951 年戰國楚墓出有外包金銀箔、仿
金餅的冥幣鉛餅，1954 年左家山楚墓 M15 出土與泥製「郢稱」共存、仿金餅的
冥幣泥金餅〔註 19〕。目前一般認為這件「郢稱」鉛餅，是仿照楚國早期金餅而
鑄〔註 20〕。

〔註18〕高至喜主編，楚文物圖典〔M〕，武漢：湖北教育出版社，2000 年，第 415 頁。

〔註19〕唐石父主編，中國古錢幣〔M〕，上海：上海古籍出版社，2001 年，第 54 頁。

〔註20〕高至喜，湖南楚墓與楚文化〔M〕，長沙：嶽麓書社，2012 年，第 380 頁。

附編二　官璽文字

　　湖南省內也有一批古璽文字，價值也值得注意，於此一併討論。

1.「大廄」

器形、銘文照片：

時代：戰國

出土：1956 年長焦 M9

現藏：湖南省博物館

著錄：《湖南省博物館藏古璽印集》

形制：圓柱鈕，鈕上有穿孔，內側有榫頭。

度量：現存半合印的邊長分別為 1.5 釐米、7 釐米，通高 2.3 釐米

字數：2

釋文：大廄

疏證：

　　或讀為「大飤」，不確。或認為所缺的另一半文字應當為「令璽」。「大廄」

在雲夢秦簡等有記載，應當是管理馬匹車與的職官〔註1〕。

從出土秦簡等文獻文獻來看，如睡虎地秦墓竹簡的《秦律十八種‧食律》：「入禾食，葛石一積而比黎之為戶，縣嗇夫若丞及倉、鄉雜以印之」，此處是要求各級管理共同蓋印。本器為二合印，必須由兩塊或三塊相合才能使用，可能也與這種制度有關。

2.「菱郝璽」

器形、銘文照片：

時代：戰國

出土：20 世紀 40 年代湖南發現

現藏：湖南省博物館

著錄：《湖南省博物館藏古璽印集》

形制：銅質，柱鈕

度量：直徑 3.6 釐米，通高 2.7 釐米

字數：3

釋文：菱郝□璽

疏證：

本璽為三合璽，可與上海博物館所收藏的一件「三合璽」相對照，此外，包山楚簡中有「參璽」的記載，可能恰為此種形制。

早期或釋為「郝蓳□璽」〔註2〕，後李家浩據《鄂君啟節》中的「襄菱」，將舊釋「蓳」改釋為「菱」〔註3〕。此外，關於銘文的釋讀，多釋為「郝菱璽」，而李家浩前引用文據文獻所見楚國「菱郝」地名（即「溧水」，今江蘇省溧陽縣

〔註1〕陳松長，湖南古代璽印〔M〕，上海：上海辭書出版社，2004 年，第 37 頁。

〔註2〕李學勤，戰國題銘概述〔J〕，考古，1959 年（9），收入，李學勤早期文集〔C〕，石家莊：河北教育出版社，2008 年，第 301～330 頁。

〔註3〕李家浩，楚國官璽考釋（四篇）〔J〕，江漢考古，1984 年（2），收入，著名中年語言學家自選集‧李家浩卷〔C〕，合肥：安徽教育出版社，2002 年，第 131～133 頁。

境）等，認為本器應當釋讀為「菱郏璽」〔註4〕，此說為一些學者所贊同〔註5〕。「郏」後應當有缺字，可能為「之」或「正」。

3.「郢室畏戶之璽」

器形、銘文照片：

時代：戰國

出土：2001 年湖南常德漢壽出土

現藏：湖南省博物館

著錄：《湖南古代璽印》

形制：銅質，壇鈕

度量：邊長 1.8 釐米，通高 1.8 釐米

字數：6

釋文：郢室畏（？）戶之璽

疏證：

　　有地方學者認為，「郢室畏戶之鉨」原意是「郢都前線軍事基地威震阻敵之印」，「是頃襄王 23 年收復江旁 15 邑前授予古漢壽地域軍隊作戰指揮官員的帥印」，其說大繆〔註6〕。

　　陳松長認為，「辟」有「治」的意思，「畏戶」也就是「辟戶」、「治戶」，為管理門戶的官署專稱，「郢室畏戶之璽」也就是楚都宮室中掌管門戶的官署璽〔註7〕。按，對照楚系文字中常見的「畏」，如「𩰲」（《王孫誥鐘》）、「𢼄」

〔註4〕李家浩，楚國官璽考釋（四篇）〔J〕，江漢考古，1984 年（2），收入，著名中年語言學家自選集・李家浩卷〔C〕，合肥：安徽教育出版社，2002 年，第 131～133 頁。

〔註5〕林清源，楚官璽考釋（五篇）〔A〕，中國文字（新廿二期）〔C〕，臺北：藝文印書館，1997 年，第 213～214 頁。

〔註6〕見韓隆福的相關引述，參考韓隆福，評《漢壽屈原故鄉新證》〔J〕，岳陽職業技術學院學報，2014 年（2）。

〔註7〕陳松長，湖南古代璽印〔M〕，上海：上海辭書出版社，2004 年，第 37 頁。

（郭店楚簡《五行》34）等，銘文「」形體與上述存在差別，似非「畏」，而似可隸定為從鬼、從心的「愧」，這一形體在戰國文字中多見〔註8〕。已有學者就此思路進行分析，如肖曉暉釋「郢室愧戶之璽」〔註9〕，肖毅釋為「郢室愧枦之璽」〔註10〕。近來又公布有一件楚「郢室之穀」璽，「郢室」即郢都宮室，本器可能是楚國郢都宮室儲備穀物機構或倉廩所使用的璽〔註11〕。此外，譚遠輝曾認為「郢室畏戶」應是楚國禁軍署的機構名稱，「郢室畏戶之鉢」則是楚國禁軍署的公璽〔註12〕。

4.「中職室璽」

器形、銘文照片：

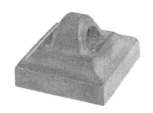

時代：戰國

出土：20 世紀 40 年代湖南長沙徵集

現藏：湖南省博物館

著錄：《湖南省博物館藏古璽印集》

形制：二層臺，鼻鈕。款識範鑄而成，四字格、印面鑄「中織室印」，四字，白文，布局勻稱，形體秀健，筆劃圓潤，字形結構和長沙仰天湖出土的楚簡文字相同，具有鮮明的戰國楚系文字特徵

度量：通高 1.5 釐米，長、寬各 2 釐米。

字數：4

釋文：中職（織）室璽

〔註 8〕李學勤主編，字源〔M〕，天津／瀋陽，天津古籍／遼寧人民出版社，2012 年 12 月第 1 版，2013 年 7 月第 2 次印刷，第 1101 頁。

〔註 9〕肖曉暉，古璽文新鑒〔M〕，西安，世界圖書出版西安公司 2005 年，第 134 頁。

〔註10〕肖毅，古璽文分域研究〔M〕，武漢，崇文書局，2018 年，第 23 頁。

〔註11〕黃錫全，簡介兩枚新見楚官璽〔A〕，出土文獻與古文字研究（第六輯）〔C〕，上海：上海古籍出版社，2016 年，第 281 頁。

〔註12〕譚遠輝，常德楚墓出土戰國文字摭疑〔A〕，湖南考古輯刊（第 8 輯）〔C〕，長沙：嶽麓書社，2009 年，第 203～204 頁。

疏證：

　　「織室」是專管紡織的機構，《漢書・百官公卿表》：「少府，秦官。……屬官有……東織，西織……河坪延年省東織，更名西織為織室。」這方古璽可說明在戰國時期的楚國就已設有專門管理宮中紡織的機構和官員。或者認為可能就是楚國宮中掌管宮室的特殊官署璽。

5.「鄂邑大夫璽」

器形、銘文照片：

時代：戰國

出土：1999 年常德德山寨子嶺楚墓 M1

現藏：湖南省博物館

著錄：《湖南省博物館藏古璽印集》

形制：方形銅質，鼻鈕

度量：邊長 2.5 釐米

字數：5

釋文：鄂宧大夫璽

疏證：

　　陳松長認為本璽為楚國大夫所封的家邑官璽〔註13〕。不過，關於銘文中的「宧」有較大爭議，學者或認為與常見的「邑」有區別。另外，如趙平安、李家浩先後都將「宧」讀為「館」〔註14〕，若按此說，則本璽就不一定和所封家邑有關了。

　　先秦時期的「鄂」有東鄂（在湖北鄂州）、「西鄂」（在河南南陽）等處，另

〔註13〕陳松長，湖南古代璽印〔M〕，上海：上海辭書出版社，2004 年，第 35 頁。

〔註14〕趙平安，戰國文字中的「宧」及其相關問題研究〔A〕，新出簡帛與古文字古文獻研究〔C〕，北京：商務印書館，2009 年，第 147 頁；李家浩，戰國文字中的「宧」字〔A〕，出土文獻與古文字研究（第 6 輯）〔C〕，上海：上海古籍出版社，2015 年，第 256 頁。

外湖北隨州羊子山墓地的發現表明，西周時期的鄂在湖北隨州一帶。故常德出土的此「鄂邑大夫璽」，應當時是從某處鄂地而來。

此外，關於本璽的性質也值得注意，或認為「無論從印章或印文看，製作都不規整，應為卒後倉促仿鑄用作隨葬，以此證明墓主生前的身份」〔註15〕。

6.「士」璽

器形、銘文照片：

時代：戰國中期

出土：1974 年長沙市樹木嶺 M1 出土〔註16〕

現藏：湖南省博物館

著錄：《考古》1984 年第 9 期

形制：銅質

度量：印面 1.2 釐米見方

字數：1

釋文：士

疏證：

原報告釋為「干」，應釋「士」，表示墓主人身份等級為士，年代應在戰國中期〔註17〕。另外，1978 年湖南益陽縣赫山廟 24 號墓出土一枚為玉質璽，印面 1.2 釐米見方〔註18〕，與其大小、字體完全相同。此外，有學者認為，本印章出土於越墓，應當是越人文字，即干越之「干」〔註19〕。

7.「連囂」璽

器形、銘文照片（見下頁）：

〔註15〕常德市地方志編纂委員會、常德市文物局編，常德市文物志（1988～2010）〔M〕，北京，方志出版社，2014 年，第 124 頁。

〔註16〕湖南省博物館等，長沙樹木嶺戰國墓阿彌嶺西漢墓〔J〕，考古，1984 年（9）。

〔註17〕高至喜主編，楚文物圖典〔M〕，武漢：湖北教育出版社，2000 年，第 424 頁。

〔註18〕湖南省博物館等，湖南益陽戰國兩漢墓〔J〕，考古學報，1981 年（4）。

〔註19〕何崝，中國文字起源研究〔M〕，成都：巴蜀書社，2011 年，第 888 頁。

時代：戰國

出土：1986 年湖南省常德市漢壽株木金賦村 M29

現藏：湖南省博物館

著錄：《湖南省博物館藏古璽印集》

形制：圓形銅質，鼻紐

度量：直徑 1.2 釐米

字數：2

釋文：連囂

疏證：

　　目前在包山楚簡、曾侯乙墓竹簡中，都發現有「連囂」，或認為其係地方官〔註20〕，或認為係楚國連一級的軍事首領〔註21〕。也有學者認為，楚國「連敖」早期為軍事職官，到戰國中後期，已廣泛設立於和軍事無關的中央特殊機構以及地方政府，逐步轉變為地方職官〔註22〕。

8.「□湩都左司馬璽」

器形、銘文照片：

時代：戰國

〔註20〕何琳儀，長沙銅量銘文補釋〔J〕，江漢考古，1988 年（4），收入，安徽大學漢語言文字研究叢書・何琳儀卷〔C〕，合肥：安徽大學出版社，2013 年，第 156～164 頁。

〔註21〕李家浩，楚國官印考釋（四篇）〔J〕，江漢考古，1984 年（2），收入，著名中年語言學家自選集，李家浩卷〔C〕，合肥：安徽教育出版社，2002 年，第 134～139 頁；陳松長，湖南古代璽印〔M〕，上海：上海辭書出版社，2004 年，第 35 頁。

〔註22〕陳穎飛，連敖小考——楚職官變遷之一例〔A〕，出土文獻（第五輯）〔C〕，上海：中西書局，2014 年，第 91 頁；又同作者，楚官制與世族探研〔C〕，北京：中西書局，2016 年，第 289～296 頁。

出土：徵集品，出土地不詳

現藏：湖南省博物館

著錄：《湖南省博物館藏古璽印集》

形制：銅質

度量：長、寬均為 2.9 釐米、高 1.4 釐米

字數：7

釋文：□渾都左司馬璽

疏證：

　　從目前的研究來看，本璽一般認為應當屬於戰國燕系文字資料。但是關於本璽的真偽存在爭議，有學者指出為清末偽造，「其形制似為三晉，但印文雜有燕、楚風格」〔註23〕。也有學者認為可信，如曹錦炎認為「」可讀為「范」，銘文「范渾應當在范水附近〔註24〕。」

　　我們注意到，戰國燕系璽印中有如下二方古璽：

古璽彙編 2552　　　　　　　　　　　　　　　古璽彙編 287

　　上述兩方古璽，一般多釋為「范渾都臾（邊）呈（駏）」、「范渾都米粟璽」〔註25〕，對照上述兩方古璽，本文認為湖南省博物館所藏這件《范渾都左司馬璽》應屬可信的戰國燕系資料。

9.「蚅都左司馬璽」

器形、銘文照片：

時代：戰國

〔註23〕孫慰祖，中國璽印篆刻通史〔M〕，上海，東方出版社，2016 年，第 319 頁。

〔註24〕曹錦炎，古璽通論（修訂本）〔M〕，杭州：浙江大學出版社，2017 年，第 179 頁。

〔註25〕陳光田，戰國璽印分域研究〔M〕，長沙：嶽麓書社，2009 年，第 95 頁。

出土：徵集品，出土地不詳

現藏：湖南省博物館

著錄：《湖南省博物館藏古代璽印集》

形制：銅

度量：長、寬均為 2.3 釐米，高 1.5 釐米

字數：6

釋文：雓（徙？）都左司馬璽

疏證：

　　關於銘文中的「」，或釋為「雓（徙？）」〔註26〕，也有學者釋為「雓（饒）」〔註27〕。按，從文字形體來看，「」字右半似不從「走」，故似應釋為「雓」。

10.「文安都邊馴」

器形、銘文照片：

時代：戰國

出土：原何紹基舊藏

現藏：湖南省博物館

著錄：《湖南省博物館藏古代璽印集》、《湖南古代璽印》

形制：銅質，壇鈕

度量：邊長 2.3 釐米，通高 1.4 釐米

字數：5

釋文：文安都邊呈（馴）

疏證：

　　本器為典型的燕國官璽，「文安」可能即漢代渤海郡文安縣（今河北文安縣

〔註26〕曹錦炎，古璽通論（修訂本）〔M〕，杭州：浙江大學出版社，2017 年，第 181 頁；李守奎，漢字為什麼這麼美〔M〕，西安，陝西師範大學出版總社有限公司，2019 年，第 172 頁。

〔註27〕何琳儀、馮勝君，燕璽簡述〔J〕，北京文博，1996 年（3）；陳光田，戰國璽印分域研究〔M〕，長沙：嶽麓書社，2009 年，第 87 頁。

東），而「遽（？）馹（？）」可能指供應驛傳車馬及飲食休憩的機構。

關於戰國燕系文字中的「都」，趙平安讀為「縣」〔註28〕，后曉榮也指出「都」應當是表示「縣」一級〔註29〕。因此上述三件戰國燕璽所記載的，可能都是燕國之縣。

11.「陰成君邑大夫俞□」

器形、銘文照片：

時代：戰國

出土：不詳

現藏：湖南省博物館

著錄：《古璽彙編》104

形制：銅質，壇鈕

度量：邊長 1.5 釐米、通高 1.1 釐米

字數：8

釋文：□成君邑大夫□

疏證：

本器銘文存在爭議，或釋為「陰成君邑大夫俞□」、「陰成君邑大夫俞安」〔註30〕、「□成君邑大夫□」。從璽印風格來看，或認為是三晉官璽〔註31〕。銘文首字「」多釋「陰」，此從之。

傳世文獻中有地名「陰成」，學者或引《戰國策·趙策四》「齊欲攻宋章」：

且王嘗濟於漳，而身朝於邯鄲，抱陰成，負蒿、葛、薜，以為趙

〔註28〕趙平安，論燕國文字中的所謂「都」當為「鄙」（縣）字〔J〕，語言研究，2006 年（4），收入，金文釋讀與文明探索〔C〕，上海：上海古籍出版社，2011 年，第 228～234 頁。

〔註29〕后曉榮，燕國縣級地方行政稱「都」考〔J〕，首都師範大學學報（社會科學版），2012 年（6），收入，悠悠集·考古文物中的戰國秦漢史地〔C〕，北京：中國書籍出版社，2015 年，第 47～52 頁。

〔註30〕施謝捷，古璽匯考〔D〕，安徽大學博士學位論文 2006 年，第 125 頁。

〔註31〕陳松長，湖南古代璽印〔M〕，上海：上海辭書出版社，2004 年，第 36 頁。

蔽，而趙無為王行也。」

及同書《魏策》「葉陽君約魏章」：

> 王嘗身濟漳，朝邯鄲，抱葛、薛、陰成以為趙養邑，而趙無為王
> 有也。

將上述資料相對照，表明「陰成」為邑名〔註32〕。

不過值得注意的是，上引《戰國策·趙策四》「齊欲攻宋章」的文本，可能存在一些問題，如繆文遠指出，「嵩」為衍文，而「葛薛」應當作「葛孽」（今山西翼城縣東南），而「陰成」應為「陰地」之訛，繆文遠又指出：

> 陰地指黃河以南，熊耳山脈以北，陝豫交界地。今河南盧氏縣
> 東北有古陰地城，則此「陰成」或「陰地」之誤〔註33〕。

若如此，則上述《戰國策》所謂「陰成」之記載，不能與上述古璽相聯繫。

也有學者認為，上述《戰國策》文字應為如下：

> 而身朝於邯鄲，抱陰成，負葛薛，以為趙蔽〔註34〕。

此種觀點認為「陰成」不誤，據此，則《戰國策》文字又或可與上述古璽相聯繫。

12.「攻師邧璽」

器形、銘文照片：

時代：戰國

出土：徵集品，出土地不詳

現藏：湖南省博物館〔註35〕

著錄：《湖南省博物館藏古代璽印集》

〔註32〕曹錦炎，古璽通論（修訂本）〔M〕，杭州：浙江大學出版社，2017 年，第 207 頁。

〔註33〕繆文遠，戰國策新校注〔M〕，成都：巴蜀書社，1987 年，第 735 頁。

〔註34〕諸祖耿，戰國策集注匯考（增補本）〔M〕，南京：江蘇鳳凰出版社，2008 年，第 1075～1076 頁。

〔註35〕湖南省博物館編，湖南省博物館藏古代璽印集〔M〕，上海：上海書畫出版社，1991 年，第 5 頁。

形制：銅

度量：長寬均為 1.5 釐米，高 1 釐米

字數：4

釋文：攻（工）師郎璽

疏證：

　　「攻（工）師」在早期文獻中常見的含義，為專掌營建工程和管教百工等事之官吏，《禮記・月令》：「〔孟冬之月〕是月也，命工師效功，陳祭器，按度程，毋或作為淫巧，以蕩上心，必功致為上。」鄭玄注：「工師，工官之長也。」《荀子・王制》：「論百工，審時事，辨功苦，尚完利，便備用，使雕琢不敢專造於家，工師之事也。」於此相關的用法則是指工匠，如《論衡・量知》：「銅錫未採，在眾石之間，工師鑿掘，爐橐鑄鑠乃成器。」另外的一種用法則是複姓，《漢書・高惠高后文功臣表》記載有漢人「工師喜」。從古璽的性質來看，此處的「工師」為複姓的可能性更大。

13.「五囗之璽」

器形、銘文照片：

時代：戰國晚期

出土：2001 年郴州三里田燕子社區 M2

現藏：湖南省博物館

著錄：《湖南古代璽印》

形制：銅質，鼻鈕

度量：邊長分別為 2.1 釐米、2 釐米，通高 1.2 釐米

字數：4

釋文：五囗之璽〔註36〕

疏證：楚國有「五渚之璽」，或與本璽相關。

〔註36〕陳松長，湖南古代璽印〔M〕，上海：上海辭書出版社，2004 年，第 36～37 頁。

14.「沅陽」璽

器形、銘文照片：

時代：戰國

出土：1988 年黔陽縣黔城鎮戰國墓 M107

現藏：

著錄：《湖南古代璽印》

形制：銅質，鼻鈕

度量：直徑 1.8 釐米，通高 1.1 釐米

字數：2

釋文：沅陽

疏證：

　　1956 年湖南長沙戰國晚期楚墓銀 M14，曾在棺蓋上發現有兩處火烙印，早期多釋為「沅陽於國」，後曹錦炎曾釋為「沅陽衡」〔註37〕，近來曹先生又改釋為「沅陽」〔註38〕。此外，陳松長披露走馬樓漢簡中，發現有西漢「沅陽」縣，可能和本璽有關〔註39〕。據高成林研究，戰國沅陽縣城即今湖南省洪江市治所在的黔陽古城〔註40〕。

15.「沅口都丞」璽

器形、銘文照片：

〔註37〕曹錦炎，古璽通論〔M〕，上海：上海書畫出版社，1996 年，第 52 頁。

〔註38〕曹錦炎，古璽通論（修訂本）〔M〕，杭州：浙江大學出版社，2017 年，第 140 頁。

〔註39〕陳松長，湖南古代璽印〔M〕，上海：上海辭書出版社，2004 年，第 38 頁。

〔註40〕高成林，喚醒沉睡的古城——探秘沅水、澧水流域楚漢古城〔A〕，考古湖南——十堂課聽懂湖南歷史〔C〕，長沙：嶽麓書社，2021 年，第 145 頁。

時代：戰國

出土：徵集品，出土地不詳

現藏：湖南省博物館

著錄：《湖南省博物館藏古代璽印集》、《湖南古代璽印》

形制：銅質

度量：長、寬均為 2.3 釐米，通高 1.3 釐米

字數：4

釋文：沫都危（衛）

疏證：

　　銘文「」，存疑待考。至於銘文最後一字，或釋「丞」〔註41〕。按，字或當釋為「危」，古文字中有如下字形：

　　　　　　《古璽彙編》124　　　清華簡《繫年》簡 15

　　學者多指出，戰國文字「危」從「人」從「山」，像人站立在山頂上，會岌岌可危之意，據此本璽銘文「」也應當釋「危」，古文字中「危」讀「衛」之例常見〔註42〕，據此，本字也當釋「危」、讀「衛」。

　　「都尉」為古代常見之武官，戰國時期的相關記載有《史記・白起王翦列傳》「荊人因隨之，三日三夜不頓舍，大破李信軍，入兩壁，殺七都尉，秦軍走」，《戰國策・趙策・秦趙戰於長平》「秦趙戰於長平，趙不勝，亡一都尉。」秦漢時期的記載，如《史記・陳涉世家》：「陳涉自立為將軍，吳廣為都尉。」

〔註41〕湖南省博物館編，湖南博物館藏古代璽印集〔M〕，上海：上海書畫出版社，1991年，第 3 頁。

〔註42〕魯鑫，戰國古璽中的尉官及其相關問題研究〔A〕，仰止集——王玉哲紀念文集〔C〕，天津：天津人民出版社，2007 年，第 398 頁。

結語　湖南商周金文的特點及其史料價值概說

　　總結前文討論，本文對目前已經公布的湖南商周金文資料，進行了輯考，我們發現，總體而言，湖南商周金文有如下幾個特點：

　　第一，湖南商周金文整體數量並不多，本書收錄有 120 件，相較其餘各省所發現的商周金文數量，整體而言較少；並且其中大多數非本地鑄造，而是由外地傳入，這應當和湖南在當時非政治中心，有密切關係。

　　第二，從時間角度而言，整體來看，本地東周金文的數量，要多於商代、西周金文之總和；分段而言，則戰國金文數量，依次多於西周、商代、春秋，這一資料也反映湖南與臨近地區的聯繫逐步增多，其中最為重要的，則是隨著楚國的南進三湘，楚系金文及其由於戰爭而流入其餘諸戰國諸侯國金文，在數量上相比商、西周、春秋金文的綜合都要多，可見湖南地區戰國金文的大量發現，與楚國南進三湘，有密切關係。

　　第三，湖南商周金文具有重要的史料價值，一方面相關的商、西周族氏銘文，反映一些人口南遷到湖南地區，如《大禾方鼎》及其銘文的相關理解，仍有待於進一步研究。寧鄉黃材與衡陽市郊杏花村先後發現的《戈卣》，是否反映了當時戈族在湖南地區的不同遷徙，也值得注意。1956 年株洲所收集的《士父鐘》，則可以與傳世的幾件相對應。此外，所發現的《束中（仲）豆父簋》，也

是目前所見不多的幾件「朿」氏器之一。至於《楚公𧰲戈》，則是目前所見年代較早的楚國銅器，其價值已見前述。就春秋金文而言，所發現的《樊君鬲》、《羅子箴盤》、《繆叔義行之用戈》、《□子仲盆蓋》等，對於樊、羅、廖、鄧諸國別史的研究，有著重要作用。而《屈叔沱戈》則能與《左傳》等文獻互證。

如發現的《呂造戈》，其中從金、從戈的「戈」字，此前多見於齊系文字，由此其是否與齊系有關，也是值得思考的。

至於湖南戰國金文而言，一個突出的重要作用，是對於楚國史的價值，如《武王之童矯戈》則體現了楚國「以謚為族」的現象；《审（中）易鼎》、《郙之新造戈》、《宜章矛》等器的地名，則與楚國歷史地理相關，發現的相關「長沙」銘文器，則提供了長沙這一地名的早期來源資料。《中□王鼎》則可能與楚國的政治制度有關。《銅龍節》、《王命銅虎節》則與楚國的傳輸制度有關。發現的《燕客銅量》、《石圣（錘）刃（刀）鼎》、《益權》、《鋝權》、《分益砝碼》等，則是研究楚國度量衡制度的重要史料；《銅龍節》等銘文還與楚國的傳驛制度、驛徒管理等，密切相關。而《王孫袖戈》則可能與楚國的「監」制密切相關，可能是楚國在郡縣制之外的一種地方行政制度。

此外，發現的相關戰國時期諸國銅器銘文，如《五年雍丘令戈》、《鄭左庫戈》、《越王州句劍》、《距末》等，與魏、韓、越等國相關，也各有其史料價值所在。而發現的一系列秦國器物，如《廿年相邦冉戈》、《四年相邦呂不韋戈》，也提供了秦史的相關資料。

不過，限於資料公布有限，本書還遺留有一些問題，如目前還有多件已知的長篇金文，相關器形、銘文等資料，均沒有公布。還有一些疑難的商周金文文字，目前還沒有比較好的釋讀，以後需要繼續關注和思考。

參考文獻

一、著錄文獻

1. 湖南省博物館等，長沙楚墓〔M〕，北京：文物出版社，2000 年。

2. 湖南省博物館，酌彼金罍——皿方罍與湖南出土青銅器精粹〔C〕，上海：上海書畫出版社，2015 年。

3. 湖南省博物館編，湖南出土殷商西周青銅器〔M〕，長沙：嶽麓書社，2007 年。

4. 湖南省博物館編，湖南省博物館〔M〕，北京／東京，文物出版社、株式會社講談社，1983 年。

5. 湖南省博物館編，湖南省博物館文物精粹〔M〕，上海：上海書店出版社，2003 年。

6. 湖南省博物館編，湖南省文物圖錄〔C〕，長沙：湖南人民出版社，1964 年。

7. 湖南省博物館編，湖南省博物館藏古代璽印集〔M〕，上海：上海書店出版社，1991 年。

8. 湖南省地方志編纂委員會編，湖南省志·文物志〔M〕，長沙：湖南出版社，1995 年。

9. 湖南省地方志編纂委員會編，湖南省志·文物志（1978～2002）〔M〕，珠海，珠海出版社，2009 年。

10. 湖南省文物考古研究所編，湖南考古輯刊（1～13 輯）〔C〕，長沙、北京／嶽麓書社、科學出版社，1982～2019 年。

11. 湖南省博物館編，湖南省博物館館刊（1～17 輯）〔C〕，長沙：嶽麓書社，2004～2021 年。

12. 湖南省博物館編，三湘四水集萃——湖南出土商、西周青銅器展〔M〕，北京：中華書局，2018 年。

13. 李安元主編，歲月衡陽——衡陽博物館藏文物精選〔M〕，長沙：嶽麓書社，2010 年。

14. 劉雨、盧岩，近出殷周金文集錄〔M〕，北京：中華書局，2002 年。

15. 劉雨、嚴志斌，近出殷周金文集錄二編〔M〕，北京：中華書局，2010 年。

16. 馬承源主編，商周青銅器銘文選〔M〕，北京：文物出版社，1988 年。

17. 商承祚，長沙古物聞見記·續記〔M〕，北京：中華書局，1996 年。

18. 炭河裏遺址管理處等，寧鄉青銅器〔M〕，長沙：嶽麓書社，2014 年。

19. 吳鎮烽，商周青銅器銘文暨圖像集成〔M〕，上海：上海古籍出版社，2012 年。

20. 吳鎮烽，商周青銅器銘文暨圖像集成續編〔M〕，上海：上海古籍出版社，2016 年。

21. 吳鎮烽，商周青銅器銘文暨圖像集成三編〔M〕，上海：上海古籍出版社，2020 年。

22. 常德市文物局、常德博物館等，沅水下游楚墓〔M〕，北京：文物出版社，2010 年。

23. 益陽市文物管理處、益陽市博物館，益陽楚墓〔M〕，北京：文物出版社，2008 年。

24. 鍾柏生、陳昭容、黃銘崇、袁國華，新收殷周青銅器銘文暨器影彙編，臺北：藝文印書館，2003 年。

25. 中國社會科學院考古研究所，殷周金文集成（修訂增補本）〔M〕，北京：中華書局，2007 年。

26. 周英主編，長沙市文物徵集集錦〔M〕，長沙：湖南美術出版社，2007 年。

二、研究專著

1. 曹錦炎，古璽通論（修訂本）〔M〕，杭州：浙江大學出版社，2017 年。

2. 陳光田，戰國璽印分域研究〔M〕，長沙：嶽麓書社，2009 年。

3. 陳佩芬，中國青銅器辭典〔M〕，上海：上海辭書出版社，2013 年。

4. 陳松長，湖南古代璽印〔M〕，上海：上海辭書出版社，2004 年。

5. 程鵬萬，安徽壽縣朱家集出土青銅器銘文集釋〔M〕，哈爾濱：黑龍江人民出版社，2009 年。

6. 董蓮池，新金文編〔M〕，北京：作家出版社，2011 年。

7. 高至喜，商周青銅器與楚文化研究〔C〕，長沙：嶽麓書社，1999 年。

8. 高至喜，湖南楚墓與楚文化〔M〕，長沙：嶽麓書社，2012 年。

9. 高至喜主編，楚文物圖典〔M〕，武漢：湖北教育出版社，2000 年。

10. 郭沫若，兩周金文辭大系圖錄考釋〔M〕，上海：上海書店出版社，1999 年。

11. 郭永秉，古文字與古文獻論集續編〔C〕，上海：上海古籍出版社，2015 年。

12. 何介鈞，湖南先秦考古學研究〔M〕，長沙：嶽麓書社，1996 年。

13. 何景成，商周青銅器族氏銘文研究〔M〕，濟南：齊魯書社，2009 年。

14. 后曉榮，戰國政區地理〔M〕，北京：文物出版社，2013 年。

15. 何琳儀，戰國文字通論（訂補）〔M〕，南京：江蘇教育出版社，2003 年。

16. 何琳儀，安徽大學漢語言文字研究叢書·何琳儀卷〔C〕，合肥：安徽大學出版社，2013 年。

17. 湖南省文物考古研究所，考古湖南——十堂課聽懂湖南歷史〔M〕，長沙：嶽麓書社，2021 年。

18. 黃錫全，古文字與古貨幣文集〔C〕，北京：文物出版社，2009 年。

19. 李朝遠，青銅器學步集〔C〕，北京：文物出版社，2007 年。

20. 李家浩，著名中年語言學家自選集‧李家浩卷〔C〕，合肥：安徽教育出版社，2002 年。

21. 李家浩，安徽大學漢語言文字研究叢書‧李家浩卷〔C〕，合肥：安徽大學出版社，2013 年。

22. 李零，待兔軒文存（說文卷）〔C〕，北京：廣西師範大學出版社，2015 年。

23. 李守奎，古文字與古史考‧清華簡整理研究〔C〕，上海：中西書局，2015 年。

24. 李天虹，楚國銅器與竹簡文字研究〔M〕，武漢：湖北教育出版社，2012 年。

25. 李學勤，夏商周年代學箚記〔M〕，瀋陽：遼寧大學出版社，1999 年。

26. 李學勤，中國古代文明研究〔C〕，上海：華東師範大學出版社，2005 年。

27. 李學勤，通向文明之路〔C〕，北京：商務印書館，2010 年。

28. 劉彬徽，江漢文化與荊楚文明〔M〕，南京：江蘇教育出版社，2008 年。

29. 劉彬徽，楚系青銅器研究〔M〕，武漢：湖北教育出版社，1995 年。

30. 劉彬徽、劉長武，楚系金文彙編〔M〕，武漢：湖北教育出版社，2009 年。

31. 劉釗，古文字考釋叢稿〔C〕，長沙：嶽麓書社，2004 年。

32. 雒有倉，商周青銅器族徽文字綜合研究〔M〕，合肥：黃山書社，2017 年。

33. 彭明瀚，商代江南〔C〕，北京：科學出版社，2010 年。

34. 彭適凡，中國南方青銅器研究〔C〕，上海：上海辭書出版社，2011 年。

35. 邱傳亮，楚官璽集釋〔M〕，北京：學苑出版社，2017 年。

36. 商承祚，商承祚文集〔C〕，廣州：中山大學出版社，2004 年。

37. 沈融，中國古兵器集成〔M〕，上海：上海辭書出版社，2015 年。

38. 施勁松，長江流域青銅器研究〔C〕，北京：文物出版社，2003 年。

39. 蘇輝，秦三晉紀年兵器研究〔M〕，上海：上海古籍出版社，2013 年。

40. 王長豐，殷周金文族徽研究〔M〕，上海：上海古籍出版社，2015 年。

41. 王恩田，商周銅器與金文輯考〔C〕，北京：文物出版社，2017 年。

42. 王輝，商周金文〔M〕，北京：文物出版社，2006 年。

43. 王輝、王偉，秦出土文獻編年訂補〔M〕，西安：三秦出版社，2014 年。

44. 向桃初，湘江流域商周青銅文化研究〔M〕，北京：線裝書局，2008 年。

45. 蕭毅，古璽文分域研究〔M〕，武漢：崇文書局，2018 年。

46. 熊建華，湖南商周青銅器研究〔M〕，長沙：嶽麓書社，2013 年。

47. 熊建華、郭學仁，湖南出土文物趣談〔M〕，長沙：湖南教育出版社，1998 年。

48. 嚴志斌，商代青銅器銘文分期斷代研究〔M〕，北京：社會科學文獻出版社，2014 年。

49. 于豪亮，于豪亮學術論集〔C〕，上海：上海古籍出版社，2015 年。

50. 趙平安，新出簡帛與古文字古文獻研究〔C〕，北京：商務印書館，2009 年。

51. 周世榮，金石瓷幣考古論叢〔C〕，長沙：嶽麓書社，1998 年。

52. 朱鳳瀚，中國青銅器綜論〔M〕，上海：上海古籍出版社，2009 年。

53. 鄒芙都，楚系銘文綜合研究〔M〕，成都，巴蜀書社，2007 年。

54. 鄒衡，夏商周考古學論文集〔C〕，北京：文物出版社，1980 年。

三、研究論文（含學位論文）

1. 陳曉華，戈器、戈國、戈人〔A〕，考古耕耘錄──湖南省中青年考古學者論文選集〔C〕，長沙：嶽麓書社，1999 年。

2. 陳治軍，「甾雨」與「聖朱」〔J〕，中國錢幣，2013 年（5）。

3. 陳治軍，長沙郢客銅量「香」字補釋──兼論楚國幾個量制單位〔A〕，中國文字（新四十四期）〔C〕，臺北：藝文印書館，2019 年。

4. 陳松長，湖南張家界新出戰國銅矛銘文考略〔J〕，文物，2011 年（9）。

5. 馮時，血方罍銘文與孟徐傳說〔A〕，青銅器與金文（第一輯）〔C〕，上海：上海古籍出版社，2017 年。

6. 傅聚良，皿方罍的流傳追述及其價值〔J〕，文物天地，2015 年（9）。

7. 傅聚良，湖廣地區出土的「王」字銅器〔J〕，文物，2003 年（1）。

8. 董蓮池、徐善飛，中賵王鼎銘文研究〔A〕，中國文字研究（第 21 輯）〔C〕，上海：上海書店出版社，2015 年。

9. 董珊，楚簡簿記與楚國量制研究〔J〕，考古學報，2010 年（2）。

10. 何浩，楚屈叔沱戈考〔J〕，安徽史學，1985 年（1）。

11. 黃錦前，競畏矛補論及其相關問題〔A〕，楚文化研究論集（第 12 集）〔C〕，上海：上海古籍出版社，2017 年。

12. 黃錦前，說「盞盂」──兼論楚系盞盂的形態與功能〔A〕，湖南省博物館館刊（第 11 輯）〔C〕，長沙：嶽麓書社，2015 年。

13. 洪梅，棘戈研究〔J〕，江漢考古，2019 年（3）。

14. 李建西、李延祥，銅料名稱「鐈鋁」考〔J〕，江漢考古，2010 年（2）。

15. 李學勤，湖南戰國兵器銘文選釋〔A〕，古文字研究（第 12 輯）〔C〕，北京：中華書局，1985 年。

16. 劉波，釋楚郢客銅量中的「故」字〔J〕，江漢考古，2012 年（1）。

17. 劉彬徽，長沙銅量銘文尾句釋讀〔A〕，古文字學論稿〔C〕，合肥：安徽大學出版社，2008 年。

18. 劉彬徽，「武王」戈及其銘文綜考〔A〕，湖南省博物館館刊（第十輯）〔C〕，長沙：嶽麓書社，2014 年。

19. 劉剛，楚銅貝「坌朱」的釋讀及相關問題〔A〕，出土文獻與古文字研究（第 5 輯）〔C〕，上海：復旦大學出版社，2013 年。

20. 潘鈺，長沙市博物館藏的幾件楚式銅兵器〔N〕，中國文物報，2018 年 7 月 31 日。

21. 譚遠輝，沅水中下游秦代墓葬概論〔A〕，楚文化研究論集（第 11 集）〔C〕，上海：上海古籍出版社，2015 年。

22. 吳良寶、張麗娜，戰國中期魏國兵器斷代〔J〕，安徽大學學報（哲學社會科學版）2013 年（1）。

23. 吳良寶，說包山楚簡中的「安陵」及其相關問題〔A〕，簡帛（第1輯）〔C〕，上海：上海古籍出版社，2006年。

24. 吳良寶，莆子戈與部戈考〔A〕，中國文字學報（第五輯）〔C〕，北京：商務印書館，2014年。

25. 吳振武，釋𧆩〔A〕，文物研究（第六輯）〔C〕，合肥：黃山書社，1990年。

26. 王龍正、王宏偉，南北交匯的青銅文化〔J〕，文史知識，2010年（11）。

27. 王志平，清華簡《說命》中的幾個地名〔A〕，簡帛（第九輯）〔C〕，上海：上海古籍出版社，2014年。

28. 向桃初、吳小燕，商周青銅方罍序列及皿方罍的年代問題〔J〕，文物，2016年（2）。

29. 向開旺，湖南懷化出土一件「武王」銅戈〔J〕，文物，1998年（5）。

30. 易德生，金文「玄鏐」新探〔J〕，江漢論壇，2013年（9）。

31. 周波，說楚地出土文獻中的「郫」與「蓬」〔A〕，戰國文字研究的回顧與展望〔C〕，上海：中西書局，2017年。

32. 周世榮，湖南楚墓出土古文字叢考〔A〕，湖南考古輯刊（第一集）〔C〕，長沙：嶽麓書社，1982年。

33. 周世榮，湖南出土戰國以前青銅器銘文考〔A〕，古文字研究（第10輯）〔C〕，北京：中華書局，1983年。

34. 周世榮，楚郢客銅量銘文試釋〔J〕，江漢考古，1987年（2）。

35. 張春龍、胡鐵南、向開旺，湖南出土的兩件東周銅器銘文考釋〔J〕，中國歷史文物，2004年（5）。

36. 張春龍，古丈白鶴灣雍丘令戈小識〔EB／OL〕，湖南文物考古研究所網站，2016年1月21日，http://www.hnkgs.com/show_news.aspx?id=1147。

37. 羅豔君，桃江縣文管所藏青銅盉研究〔D〕，湖南大學嶽麓書院，2017年碩士學位論文。

38. 曾四美，20世紀以來湖南出土商周古文字資料整理與研究〔D〕，安徽大學，2010碩士學位論文。

附錄一　器物國別、出土地、現藏索引

器物名稱	國別	出土地	現藏
商　代　器			
《大禾方鼎》		1959 寧鄉黃材炭河裏	湖南省博物館
《▨戈父鼎》		1974 長沙徵集	湖南省博物館
《鼎》		1990 邵陽新寧縣	
《▨▨父乙簋》		1956 石門	湖南省博物館
《▨己鼎》		1962 寧鄉黃材張家坳	湖南省博物館
《戈卣》		1970 寧鄉黃材炭河裏	湖南省博物館
《戈父乙爵》		1990 株洲市南陽橋鄉城塘村	株洲市博物館
《戈卣》		1985 衡陽市郊杏花村後山	衡陽市博物館
《西鼎》		1999 望城高砂脊遺址	湖南省考古所
《癸▨卣》		1963 寧鄉炭河裏	湖南省博物館
《▨▨口▨爵》		邵陽祭旗坡	湖南省博物館
《▨戈》		收集品	湖南省博物館
《▨戈》		收集品	湖南省博物館
《▨戈》		收集品	湖南省博物館
《佳戈》		收集品	湖南省博物館
《▨戈》		收集品	湖南省博物館
《▨父丁爵》		湘鄉	湖南省博物館
《▨戈》		1981 年衡陽市博物館徵集	衡陽市博物館

西　周　器			
《🔲爵》		1978 桃江揀選	桃江市文管所
《皿方罍》		湖南常德桃源	湖南省博物館
《戈觶》		1981　湘潭縣青山橋鄉高屯老屋村窖藏	湖南省博物館
《🔲父乙罍》		寧鄉黃材炭河裏	益陽炭河裏
《🔲父乙爵》		1981 湘鄉青山橋	湖南省博物館
《🔲祖丁爵》		1981 湘鄉青山橋	湖南省博物館
《🔲爵》		1981 湘鄉青山橋	湖南省博物館
《🔲觶》		1981 湘鄉青山橋	湖南省博物館
《🔲父甲尊》		1981 湘鄉青山橋	湖南省博物館
《亞尊》		收集品	湖南省博物館
《亞若癸尊》		收集品	湖南省博物館
《仲姜鈁》		收集品	湖南省博物館
《🔲孫父簋》			湖南省博物館
《士父鐘》（《叔氏鐘》）		1956 株洲收集	湖南省博物館
《乍寶尊簋》		1976 株洲縣南陽橋鄉鐵西村	株洲市博物館
《束中（仲）豆父簋》			湖南省博物館
《蓮花壺蓋》			湖南省博物館
《中姞鬲》			湖南省博物館
《楚公𩰫戈》	楚	1959 長沙市毛家橋倉庫揀選	湖南省博物館
春　秋　器			
《樊君匜》	樊	傳解放前在長沙市郊楊家山長沙王后（劉嬌）墓中出土	湖南省博物館
《慍兒盞》	楚	1986　岳陽市筻口鎮鳳形嘴山墓葬 M1	岳陽市博物館
《羅子篏盤》	羅	1993 汨羅市高泉山水泥廠墓葬	故宮博物院
《🔲子仲盆蓋》	鄧	1959 年株洲廢銅廠徵集	湖南省博物館
《楚屈叔沱戈》	楚		湖南省博物館
《繆叔義行之用戈》	繆	2004　汨羅市司法局宿舍工地 M1	長沙市博物館
《惠（？）公銘文戈》		1976 衡陽市廢舊物資公司調撥	衡陽市博物館
戰　國　器			
《競矛》	楚	2006 張家界市野貓溝戰國墓	張家界市博物館
《武王之童㝅戈》	楚	1993 懷化市恭園坡村羅溪發現	懷化市博物館
《武王之童㝅戈》	楚		湖南省博物館

《武王之童㚖戈》	楚		湖南省博物館
《武王之童㚖戈》	楚	常德市漢壽縣株木山鄉	湖南省博物館
《武王之□□戈》	楚	益陽楚墓 M339	湖南省博物館
《武王之□□戈》	楚	益陽楚墓 M307	湖南省博物館
《正易鼎》	楚	1958 常德德山楚墓 M26	湖南省博物館
《奇字戈》		1958 常德德山楚墓 M25	湖南省博物館
《奇字戈》		1958 常德德山楚墓 M26	湖南省博物館
《审（中）易鼎》	楚	1985 桃源三元村一號墓	湖南省博物館、懷化市博物館
《[illegible]鼎》		20 世紀 50 年代長沙近郊出土	
《中[illegible]王鼎》	楚	1978 湖南溆浦羅家塘馬田坪 M24	湖南省博物館、懷化市博物館
《銅龍節》	楚	1946 長沙市東郊黃泥坑	中國國家博物館
《王命銅虎節》	楚	1985 湖南博物館收集	湖南省博物館
《燕客銅量》	楚	1984 湖南省博物館撿選	湖南省博物館
《右圣刃》	楚	20 世紀 50 年代長沙市郊出土	湖南省博物館
《益權》	楚	1945 湖南長沙近郊出土	湖南省博物館
《鋝權》	楚	《長沙古物聞見記》載	
《分益砝碼》	楚	20 世紀 90 年代沅陵太常鄉 M1016	湖南省博物館
《或番鐘》		株洲銅廠收集	湖南省博物館
《「君」車害》	楚	20 世紀 80 年代澧縣九里楚墓 M17	湖南省博物館
《「楚尚」車害》	楚	長沙	湖南省博物館
《「士」帶鉤》	楚	懷化黔陽縣戰國墓	
《子者誥鉘戈》	楚	1988 益陽縣政府工地 M11	益陽博物館
《呂造鉞戈》			湖南省博物館
《玄繆戈》	楚	1994 常德德山戰國墓 M1：2	
《玄繆戈》	楚	1955 長沙絲茅沖 M170	湖南省博物館
《長沙戈》	楚	1970 長沙識字嶺戰國墓 M1	湖南省博物館
《長沙戈》	楚	收集品	湖南省博物館
《長[illegible]（沙）矛》	楚	1984 長沙市黃泥坑 M5	長沙市博物館
《郙之新造戈》	楚	長沙市郊	湖南省博物館
《新造自司作矛》	楚	1990 懷化市辰溪	懷化市博物館
《敓作楚王戟》	楚	1978 益陽赫山廟 M4：1	湖南省博物館
《鄭之王戈》		湖南懷化地區戰國楚墓	

《墉戈》			
《廬（爐）用戈》		1954 長沙工農橋戰國楚墓 M1	
《單媾託戈》		1980 長沙火東站附近 M1195：4	長沙市博物館
《玄戈》		1985 桃源三元村楚墓	
《王作□君劍》		1963 湘潭縣易俗河	湖南省博物館
《宜章矛》	楚	1955 長沙左家公山 M21	湖南省博物館
《大官戈》	三晉	1994 衡陽市郊	衡陽市文物處
銘文戈		1984 永州鷂子嶺戰國墓 M20	
《越王州句劍》	越	1977 湖南益陽赫山廟 M42	湖南省博物館
《越王旨殹劍》	越	2006 益陽市赫山區天子墳虎形山 M30	益陽市文物處
《越王銅矛》	越	1953 長沙郊區戰國楚墓	湖南省博物館
《距末》	宋	1999 常德德山寨子嶺 M1	湖南省博物館
《距末》	宋	1999 常德德山寨子嶺 M1	湖南省博物館
《王孫袖戈》	楚	20 世紀 50 年代湖南收集	湖南省博物館
《「棘」字戈》	巴蜀	1957 年長沙烈士公園 M3	湖南省博物館
《「金」字矛》		1953 長沙子彈庫 M37	湖南省博物館
《巴式銘文戈》	巴蜀	20 世紀 80 年代益陽楚墓	
《奇字戈》	巴蜀	1954 長沙新碼頭靳家祠堂 M175：3	湖南省博物館
《奇字矛》	巴蜀	長沙戰國楚墓	湖南省博物館
《「永用」矛》		1954 長沙公□戰國墓 M1392：4	湖南省博物館
《廿年相邦冉戈》	秦	1971 岳陽城陵磯	湖南省博物館
《少府矛》	秦	1979 漵浦馬田坪戰國墓 M24	湖南省博物館
《四年相邦呂不韋戈》	秦	1957 長沙市左家塘秦墓	中國國家博物館
《廿年黍（漆）工師矛》	秦	1978 岳陽七里山	岳陽市博物館
《上郡矛》	秦	株洲揀選	湖南省博物館
《蜀西工戈》	秦	傳長沙近郊出土	湖南省博物館
《鄭坐庫戈》	韓	漵浦馬田坪山門壟戰國墓 M41	湖南省博物館
《鄭左庫戈》	韓	1959 長沙柳家大山墓 M1057	湖南省博物館
《六年格氏令戈》	韓	1954 長沙楊家灣楚墓	湖南省博物館
《五年雍丘令戈》	魏	1984 古丈縣白鶴灣楚墓	張家界市文物所
《十八年冢子戈》	韓		湖南省博物館
《武安戈》	趙	長安陳家大山	湖南省博物館
《廿七年春平侯劍》			湖南省博物館
《卅三年大梁左庫戈》	魏	1974 衡陽唐家山戰國墓	衡陽市博物館

《廿三年郚令戈》	韓		中國國家博物館
《九年𠦪戈》	魏	1955 長沙楊家大山 M36	湖南省博物館
《九年戈》			湖南省博物館
《少梁府銅劍》	魏	1997 常德德山山茅灣磚廠 M252：1	湖南省文物考古研究所

附錄二　20 世紀後半期湖南學者先秦史研究論略

　　湖南地處中國南部內陸，在古代史前段處於邊緣地位，客觀上導致先秦史、湖南地方古史研究，相較古史其餘斷代及近代史，對省內研究者吸引力較弱。儘管如此，在近代以前，仍然出現一些湘籍學者關於先秦史、湖南古史的著述。

一、20 世紀中期以前湖南學者的先秦史研究簡述

　　就 20 世紀中期以前的相關成果來看，可以分為如下：

　　（一）關於先秦史。如宋代長沙學者易祓著有《禹貢疆理廣記》、《周禮總義》等，其中前書雖已佚，而清代胡渭《禹貢錐指》評價為「僅見於他書所引，崑山片玉，彌覺貴重」。明代岳陽人蔡復賞著有《詳訂孔子歷年事蹟》；清代張坊著有《東周紀年》、《古文尚書辯證》，從《東周紀年》的序來看，本書「起平王之元年，迄於周末。以年為經，以事為緯，一披覽間，舉所為年月、譜系、地名、事蹟之不同皆臚列目前。東周之事明而九經四書之疑義亦自此可析矣。」清康熙初貢生、臨湘人方之著有《合訂禹貢山海經圖注》、《晚周多增六十年表說略》。清代潘相著有《尚書可解輯粹》、《毛詩古音參義》、《春秋比事參義》、《周禮撮要》等。此外，清代易順豫著有《周厲宣之際共和詩史發微》、《孟子發微》、《孟子年略》等。

　　在春秋史研究方面，早期有明代邵陽寧浩《春秋諸國彙編》，至清代出現較多成果，如清乾隆年間張孝齡著有《春秋周魯纂論》，本書主要根據《春秋》等文獻，摘取其中有關周朝及魯國部分，進行述評。相關還有清乾隆年間王榮蘭所著《春秋世族譜校補》、《春秋世表》、《春秋雜記》、《左氏春秋義箋》；清乾嘉年間王禧齡所著《春秋左傳後編》；晚清湘陰李培綱著《春秋人物備考》、《春秋年譜》；晚清新化鄒孔揎所著《春秋人名表》、《春秋地名表》、《春秋紀年甲子表》；清末鄒漢紀所著《左氏春秋地圖說》、《古今輿地圖說》；鄒漢勳則著有《論語人名例》；晚清湘潭學者譚沄《春秋日月表》、《國語釋地》；及清末民初湘潭學者胡元玉《駁春秋名字解詁》，衡陽曾熙所著《春秋大事表》、《左氏問難》，邵陽曾廉所著《禹貢九州今地考》等。

　　戰國史研究方面，有鄒漢勳《六國春秋》、《新六國表》等，所撰《六國春秋》自序稱：

> 取左、馬、劉、束之言，佐以諸子之書，與夫群儒之辨說，論次其歲月，以成一書。起周敬王之甲子，下迄始皇滅齊之歲，提封三百五十七年，編為十六卷。

此後鄒漢池著有《戰國年表》、《新六國表》等。

　　在先秦人物的研究方面，如清初方之所撰《孟子集語》，其自序云：

> 宋淳佑間永嘉薛叔容撰《孔子集語》，余以《孔子家語》為其裔孫所傳，亦既備矣。是書宜附注其下，不必另行也。惟孟子遺言多錯見於《孔叢子》、《韓詩外傳》、《說苑》、《風俗通》諸書，惜無編輯成帙。《史記》次孟子於列傳，其生卒年歲歷聘後先皆略焉不具，不得比於《孔子世家》之詳。是以七篇之中究多疑義。因取前人《孟子年表》，經以《孟子》本文，緯以列國之事，以驗其同異而去取之，用補《史記》之缺。上自秦、漢，下逮唐、宋，一言一話，皆為裒聚，竊取叔容之意，題曰集語，而年表亦附具卷首焉。

　　先秦諸子書的一個問題在於，很多年代並不清楚。而通過上述研究，可以對《孟子》篇章有一定的年代認識。又如清代新化人歐陽垣撰《孔子生日考》，自序認為「孔子生年月日眾說紛紛，竊謂公穀較史公去聖為近，且善從眾，宜定為襄公二十一年周十月二十一日為孔子生日」，及邵陽隆回人魏源所撰《孔子年表》、《孟子年表》等。關於屈原的研究，有清康雍間湘陰學者王之鈇所撰

《三閭大夫祠廟志》、《三閭大夫考略》，與鄧顯鶴所撰《屈賈年譜》、《屈子生日考》等。

在先秦文獻研究方面，如湘陰郭慶藩《莊子集釋》、《詩異文考證》、郭焯螢《屈賦章句古微》、《屈賦外傳》、《屈賦內傳》，此外還有湘潭夏大觀《讀左約箋》、《春秋左傳分類賦》、《九江考》，益陽曹佐熙《論語類證》、《戰國策釋例》，益陽曾運乾《春秋三傳通論》、《三禮說》等。

此外，關於先秦文物研究方面，如長沙鄭業斆著有《獨笑齋金石考略》、《獨笑齋金石文考》、《獨笑齋金石文考殘稿》、《獨笑齋金石古文考》等，被稱為「其精詣殆在吳大澂、方濬益伯仲之間」。民國時人周名輝著有《周金文正讀》、《殷文解故》、《兩片獸骨刻辭考釋》、《金文通釋》等，楊樹達曾評為「湖湘雖廣，治此學者無第三人」。此外還有段守愚《禹碑纂要》、周變詒《先秦璽印拓存》等。

第二，關於湖南古史的研究，如明周聖楷編纂、清鄧顯鶴增輯的《楚寶》，在此方面有一定價值。而比較有代表性的學者是清王萬澍，他曾著有《湖南陽秋》，敘自秦至元湖南史事。同時還有《衡湘稽古》，敘遠古至秦湖南史事。這兩本書構成了湖南古今歷史的一個初步敘述系統。

上列諸多明清湘人的古史著作[註1]，雖然有一些可能流傳不廣，現在也不易見到，或只能在相關古籍著錄中查到信息；同時從一些著述來看，內容、體例等可能也存在蕪雜之處。儘管如此，從學術史角度而言，上述論著大多也不應忽略。

20世紀前半期，湖南學者在先秦史地研究方面，也有一些成果，出現如鄒興鉅《春秋戰國地圖說》、《中國歷代疆域戰爭圖說》，及盧彤《中國歷史戰爭形勢圖說》、《中國歷史戰爭形勢全圖》等成果，相關內容都有一定價值。

這一時期也出現一些有影響的湘籍學者，所撰相關先秦史成果也產生一定影響，如馬非百《秦始皇傳》、《秦史綱要》，翦伯贊《中國史綱（第一卷）》，呂振羽《史前期中國社會研究》、《殷周時代的中國社會》、《中國原始社會史》等，並且上述很多學者的重要影響，一直持續到20世紀後半期。

〔註1〕參考尋霖、龔篤清《湘人著述表》（嶽麓書社，2010年版）、湖南圖書館編《湖南古舊地方文獻書目》（嶽麓書社，2012年版）等論著。

二、20世紀後半期湖南學者的先秦史研究簡述

不過相較而言,至20世紀後半期,由於一些現實因素,湖南省內古史研究隊伍曾有波動,如王曉天指出:

> 1953年全國高等院校院系調整後,大批知名學者離湘,湖南的中國古代史研究隊伍頗受影響……直到 1966 年「文化大革命」爆發,湖南的中國古代史研究雖然取得了一定成績,但總的來說收穫不豐。十年浩劫期間……中國古代史研究完全陷於停頓[註2]。

上述諸多背景下,20世紀後半期湖南學者的先秦史研究成果較少,在全國的整體影響力也相對不是很醒目。不過,這主要著眼於地域角度的「學者群」範疇,而如果我們關注其中的具體研究者及著作,會發現相關研究各有其特色和價值。隨著近來湖南考古工作的進行,和相關出土文獻的發現,湖南先秦史研究開始出現復蘇。限於篇幅,筆者於此擇要評述幾本20世紀後半期湘籍學者的重要先秦史論著,而通過重溫這些研究成果,可能不僅有助於先秦史、湖南商周地方史的學術研究,同時對當下湖南省內古史研究及成果宣傳工作,或有借鑒意義。

1. 時代變遷下的古史撰述——雷敢《中國古代中世紀史》

在20世紀後半期湖南先秦史研究學者中,雷敢是唯一一位橫跨民國和新中國兩個時期,而都有先秦史專著的學者。

雷敢,字伯涵,1904～1990,湖南瀏陽人,早年求學於朝陽大學,後留學日本早稻田大學,曾翻譯日本學者河上肇《新社會科學講話》一書。此後曾在私立民國大學、湖南大學、國立師範學院任教。解放以來,先後任教於湖南大學、湖南師範學院。雷先生建國之前發表有《秦漢社會與殷周社會之異同——中國社會之史的剖解》等論文,建國後也發表相關論文多篇[註3]。

不過相較而言,雷先生的一些見解,主要見於他的幾本論著中。雷先生建國前曾著有《中國史綱》,1943 年由民國大學出版社;又著有《中國上古史》,

---

[註 2] 王曉天,中國古代史研究概述〔A〕,載劉恩達主編,當代湖南社會科學手冊〔C〕,長沙:湖南人民出版社,1988 年,第 332 頁。

[註 3] 雷敢,略論「士」的歷史社會地位的變化〔J〕,湖南師範學院學報(哲學社會科學版),1979 年(4);雷敢,由「辟廱」談到我國古代大學教育〔J〕,湖南師範學院學報(哲學社會科學版),1981 年(1)。

1948 年中華書局初版〔註4〕。1948 年底《國師新聞》上的一則出版訊息，給我們提供了一份當時的教師著作介紹，其中就提到雷敢《中國上古史》：

> 雷敢教授所著《中國上古史》一書，已由上海中華書局承印，不日即可問世，此書原為本院史地系《中國上古史》講義，積雷師十餘年之研究而成，全書共分六章，都九〔註5〕餘萬言，運用新史學方法，剖視中國古代社會與經濟情形，觀點正確，內容豐富，出版以後，必為史學界放一異彩〔註6〕。

雷敢從民國時期開始〔註7〕，長期從事《先秦史》、《秦漢史》的教學活動，因此上述《中國上古史》一書，應當是教學相長的產物。除民國時期出版的《中國上古史》外，解放後雷先生還曾試圖出版《先秦史稿》、《秦漢史稿》等論著。目前網上流傳一份雷先生 1963 年就此事寄送中華書局的信箋，現抄引如下：

> 編輯同志：
>
> 迭接來函（□編字第 4444／4265 號），囑將拙編《先秦史稿》寄上一閱，曾參考考古學之最新成果，將前二章重新審過，其餘部分亦作了必要的改訂，茲已竣□，□上請審查。我在湖南大學及湖南師院等校歷史系，教學中國古代史二十餘年，編定此稿作為講義，前後凡易稿七、八次，由學校印刷出版，供教學之用。最近之修改則以郭沫若主編之《中國史稿》為主要參考書，有關歷史發展階段問題，基本上採取郭論，但亦有自己的意見，例如對農村公社做了肯定的敘述等等。此稿之外，尚有《秦漢史稿》及《讀王船山〈詩經稗疏〉箚記》，□續寄。此致
>
> 　　　　　　　　　　　　敬禮
>
> 　　　　　　　雷敢　1963.7.28
>
> 　　　　　　　長沙　湖南師範學院歷史系

〔註4〕尋霖、龔篤清，湘人著述表〔M〕，長沙：嶽麓書社，2010 年，第 1170 頁。

〔註5〕按，原文為「都九百餘萬言」，疑「百」字誤衍，本文徑刪之。

〔註6〕《出版新訊》，《國師新聞》（105 期），1948 年 12 月 1 日，轉引自孔春輝，以師為本——國立師範學院的歷史研究〔D〕，湖南師範大學 2012 年博士學位論文，第 257 頁。

〔註7〕王曦放，懷念我國師附中和國師的老師〔A〕，載孔春輝主編，師範絃歌——從藍田到嶽麓〔C〕，長沙：湖南師範大學出版社，2008 年，第 57 頁。

　　從相關資料來看，此稿後來曾為北京大學吳榮曾所審查，目前也見到吳先生就此事致中華書局的相關信箋，也抄引如下：

　　古代史組：

　　　　寄來史學論文目錄 9 冊、雷敢《先秦史稿》3 冊，俱已收到。雷敢的稿子已看完，和□信同時寄出，我看後提出的一些不成熟意見，亦隨稿寄上。史學論文上關於先秦者都已抄下，□目我打算在下鄉前寄還□組，我們下鄉時間還未確定，可能在 12 月下旬左右。關於「先秦社會經濟形態」，□我因為沒有時間下手，所以不能按時完成，很為抱歉。

　　　　　　　　　　　　　　　　　　　　　　　　　　　致以

　　敬禮

　　　　　　　　　　　　　　　　　　　　　　　　吳榮曾

　　　　　　　　　　　　　　　　　　　　　　　十一月廿八日

　　關於雷敢《先秦史稿》一書的後續出版審讀意見，還不得而知。但從此後書稿沒有公開出版來看，應該是沒有通過當時的出版審讀。

　　限於資料有限，目前筆者還未能讀到雷先生的出版送審稿，及此前的民國版《中國上古史》。不過目前在湖南師範大學圖書館藏有一份署名「雷敢編著」、「湖南師範學院出版」的油印本《中國古代中世紀史》，其內容可能和上述信件中所提到的「由學校印刷出版，供教學之用」本有關，由此或可讓我們一窺雷先生關於先秦史的一些見解。

　　書中的相關論述具有時代背景，如「階級種族鬥爭的發展和周室東遷」一節中，對西周滅亡過程的描述〔註8〕，及相關論述中所運用到的「封建領主制」、「封建地主制」等概念，全書關於先秦史的敘述框架，也是從原始社會到夏商奴隸社會，再到春秋戰國封建社會，這些都具有很濃厚的時代色彩。

　　不過，作者在論述中雖然受到時代影響，也仍然提出了自己的一些意見。如在秦統一六國的問題方面，其時和後來的很多學者認為和秦的「軍功地主」有關，而論者則認為秦「走上了以商人地主階級掌握統治權的時代，更加促進了適合於這一階級利益的生產關係。又因為生產關係的調整，適合了生產力的

〔註 8〕雷敢，中國古代中世紀史〔M〕，湖南師範學院出版（未署出版日期），第 61～67 頁。

發展，從而社會經濟繁榮，國力充沛，具備了統一六國的條件」〔註9〕。作者將秦的強大和「商人地主」相聯繫的意見，異於當時主流看法。

此外，書中也提出一些值得重視的觀點，如認為「重男輕女是宗法制的又一內容」〔註10〕，這一論斷無疑很有價值；而關於春秋戰國時期的變革，論者認為「政治制度的表面不足以決定社會構造的……本時期社會是有變革的，但不能過分誇大其意義」〔註11〕，也值得重視。

當然，書中也難免存在一些不足，如認為「仰紹文化應該就是夏文化」〔註12〕，從學術史角度而言，上述觀點在民國時期就已經有學者提出，如 20 世紀 30 年代徐中舒所撰《再論小屯與仰韶》文中的意見。但同樣值得注意的是，上述觀點在民國時期就已經遭到了有力質疑，「將仰韶確認為夏文化的觀點，在城子崖發掘公布之後迅速瓦解，因為僅僅從地層上分析，仰韶對於夏文化來說年代過早了」〔註13〕。而在距離上述討論 20 多年後，雷先生書中還在沿用舊說，無疑影響到了書稿的品質。

總的來看，油印本雷敢《中國古代中世紀史》講義，書中一些內容的講述，基於民國時期的重要考古發現與其時討論，而整體框架則富有新時代色彩，這正和著者本人跨越民國與新中國這兩個時期有關。

2. 四十年後延安「古史分期」爭論的延續——謝華《論西周封建》

謝華，1895～1987，別名茲山、病石，號仲池，湖南省清泉縣京山利家皂、今衡南縣譚子山鎮楊湖村人〔註14〕。曾在 20 世紀 40 年代，參與范文瀾主編的《中國通史簡編》第一編「原始社會到中央集權的封建制度的成立——遠古至秦」的編纂，並發表《中國古史二章》相關論文；建國後又主持湖南社科院歷史研究所的相關工作，並圍繞中國古史分期問題，提出了《兩周土地所有制

〔註 9〕雷敢，中國古代中世紀史〔M〕，第 141 頁。

〔註10〕雷敢，中國古代中世紀史〔M〕，第 52 頁。

〔註11〕雷敢，中國古代中世紀史〔M〕，第 110 頁。

〔註12〕雷敢，中國古代中世紀史〔M〕，第 24 頁。

〔註13〕徐堅，追尋夏文化——二十世紀初的中國國家主義考古學〔J〕，漢學研究，2000 年（1）。

〔註14〕相關生平情況，可參考余應彬，謝華〔A〕，中共黨史人物傳（第 84 卷）〔C〕，北京，中央文獻出版社，2003 年，第 447～488 頁；梁愛君，忠誠的革命戰士和著名的歷史學家——謝華〔A〕，莫志斌主編，湘籍近現代文化名人——史學家卷〔C〕，長沙：湖南師範大學出版社，2010 年，第 346～390 頁。

度》、《湖南兩周的墓葬》等幾個課題構想〔註15〕；晚年在上述工作基礎上，又於 1974～1976 年間撰寫《論西周封建》，其後由湖南人民出版社 1979 年出版。

在延安時期的古史分期論爭中，郭沫若、尹達關於古史分期的意見比較一致，而范文瀾、謝華等的意見較為接近。范文瀾《關於上古歷史階段的商榷》〔註16〕認為殷代在盤庚以後是奴隸制社會，西周開始了封建社會。這一時期謝華也參與當時的古史分期討論，並撰寫《略論殷代奴隸制度》〔註17〕等文，支持范文瀾的意見，而與尹達等不同〔註18〕。

對於謝華和尹達在認識上的差異，曾有學者進行評述，認為他們在方法的運用上，存在一些不同，如謝華等主要根據考古材料，認為商代是青銅器時代；尹達則綜合運用考古、文獻資料等來論證商代為氏族社會〔註19〕。

作為爭論親歷者本人的尹達，晚年主編的《中國史學發展史》一書中，對於上述爭論也有提及〔註20〕。接近 40 多年之後，謝華在《論西周封建》一書中，繼續堅持此前的看法。他認為「土地分配，是封建社會的特徵」〔註21〕，商代由於土地國有，不曾做過任何分配，由此「殷代土地情況不明，並非文獻失載」。又指出西周時期的土地經過大分封、小分配，已出現了所謂「嚴密意義的地主階級」，廣大勞動者不是奴隸而是農奴和農民，我國西周時期已進入封建社會。

當然我們也要看到，關於中國的奴隸社會問題，謝華的意見也曾有過深化，如在延安時期認為「殷代是奴隸社會」，而從 20 世紀 60、70 年代開始，謝華又認為商代雖為奴隸社會，但不等同於馬克思所講述的典型奴隸社會，而是有一

〔註15〕謝華，在湖南歷史考古研究所全體幹部會上作 1961 年工作規劃報告〔A〕，謝華集〔C〕，長沙：湖南人民出版社，1989 年版，第 381 頁。

〔註16〕范文瀾，關於上古歷史階段的商榷〔A〕，中國文化（第 1 卷第 3 期），1940 年 5 月，收入，范文瀾全集（第 10 卷）〔C〕，石家莊：河北教育出版社，2002 年，第 32～43 頁。

〔註17〕謝華，略論殷代奴隸制度〔A〕，中國文化（第 2 卷第 4 期），1940 年 12 月，收入，謝華集〔C〕，長沙：湖南人民出版社，1989 年，第 107～122 頁。

〔註18〕白壽彝總主編，徐善辰，斯維至，楊釗主編，中國通史》（上古時代）〔M〕，上海：上海人民出版社，2015 年，第 122 頁；桂遵義，馬克思主義史學在中國〔M〕，濟南，山東人民出版社，1992 年，第 370 頁。

〔註19〕洪認清，延安時期的中國古代史研究〔A〕，福建高校紀念中國共產黨建黨 90 週年理論研討獲獎文集〔C〕，廈門，廈門大學出版社，2011 年，第 279 頁。

〔註20〕尹達主編，中國史學發展史〔M〕，鄭州：中州古籍出版社，1985 年，第 550 頁。

〔註21〕謝華，論西周封建〔A〕，謝華集〔C〕，長沙：湖南人民出版社，1989 年，第 141 頁。

些家內奴隸存在，並且在此後的封建社會時期，某些並非主要勞動力的家內奴隸依然存在〔註22〕。此後在接近 1985 年、約 90 歲的時候，謝華又曾寫過一篇提綱，大意是認中國古代並不存在單一的、純粹的、具有完備形態的奴隸社會；在原始社會解體後，中國就進入了一個公奴、家奴、農奴、農民兼有的社會；而封建社會、封建土地所有制的發展，是一個多階段、多層次的長期過程〔註23〕。上述幾個階段的思考成果，無疑體現了謝華對此問題的執著關注。

謝華《論西周封建》一書堅持和郭沫若等主流看法不同的意見，對於其價值，有學者評論為，「這部只有 5 萬字的著作，前後用了 5 年時間。《論西周封建》在關於中國古代社會性質的學術討論中，自成一家之言」〔註24〕，應當是公允的。

此外，不僅有學術意義而且對當下也有價值的一個方面，是謝華晚年還對中國文化起源問題有所思考，他擬撰《南方古代文化試探》一書，由此力圖打破中原文化一元之說。從他的意見來看：

> 是南方民族北遷，還是北方民族南徙……結合湖南考古發掘的
> 文物來研究。我不因為自己是南方人就替南方捧一下……而是「內
> 中原而外夷狄」，把四周都埋掉了……希望大家來做一做，不是一鳴
> 驚人，做得好，驚人；做得不好，嚇一下人〔註25〕。

這一思考無疑是有價值的，並且仍然有啟發意義。從當下的研究來看，很多學者也都在從事相關的研究，並探討早期湖南文化發展歷程及其地位。但值得注意的是，在當下一些由地域視角出發的研究中，往往也有一些伴隨性問題，造成了對地方重要性的誇大。而謝華上述意見雖然提出較早，但態度較為公允，認為學術研究不是為了「一鳴驚人」，而是為了實事求是。雖然這段發言是半個世紀以前的，但對當下地域史而言，價值仍不容忽視。

在具體的學術意見之外，我們還應當注意到一個背景，有學者指出，此前

〔註22〕劉晴波，謝華同志的史學思想述略〔A〕，用我們誠摯的心，深切懷念尊敬的謝華同志〔C〕，長沙：湖南省政協文史資料研究委員會，1988 年，第 32～33 頁。

〔註23〕楊慎之，戰士·學者·楷模——懷念謝華同志〔A〕，用我們誠摯的心，深切懷念尊敬的謝華同志〔C〕，長沙：湖南省政協文史資料研究委員會，1988 年，第 68 頁。

〔註24〕趙德之主編，湖南社會科學 50 年〔M〕，長沙：湖南教育出版社，2001 年，第 383 頁。

〔註25〕謝華，在湖南歷史考古研究所全體幹部會上作 1961 年工作規劃報告〔A〕，謝華集〔C〕，長沙：湖南人民出版社，1989 年，第 382 頁。

謝華曾因為編纂史籍而獲罪，而《論西周封建》的觀點，和當時的主流意見不同，「如果沒有一種為了學術和真理而無所謂的高尚情操，是絕不會去做這項艱苦而又危險的事業的」〔註26〕，這一評價無疑是中肯的。

在具體的史學考證之外，書中的一些論述也體現了謝華的史識。如他認為：

> 中國古代確實存在一個政治民主時期。當時所謂「辯慧」，可以說就是民主生活的一部分……這是封建初期從小農經濟自由主義中產生出來的一種民主氣象……現在來看看這種民主氣象的前途怎樣？是不是可以把它培育起來成為一種政治力量呢？歷史給它做了安排，夭折了〔註27〕。

由此，他注意到商鞅變法對於戰國思想文化的影響，這一問題應當認真評述。和當時「重法」風氣不同，謝華認為「商鞅的愚民政策，是思想封鎖和文化隔離」，造成了中國早期政治民主的夭折。同時，商鞅變法也是在對勞動人民施加更大的壓力。因此，他對商鞅變法的一個總評價，是不能將其理解成新興地主階級對奴隸主階級的革命，而應歸為「是一個歷史範疇內的政治活動……主要是反映剝削者對被剝削者經常改變其手段而已。決不能把它看做是什麼社會性質的革命」〔註28〕。聯繫到當時的時代背景而言，這一論斷也是和當時風尚不同。但這一論斷值得重視，並且現在看來都有其價值。

當然隨著學術研究進步，也帶來了很多新認識，由此前人的很多研究成果，其價值也將被重新審視。如「封建」概念在中國歷史分期上是否可以運用，由此而來「西周封建說」也面臨著一些質疑〔註29〕。不過總的來看，儘管存在這一些問題，但僅從本文上述的簡略分析來看，在湖南地域古史研究回顧及學術史敘述中，謝華的相關成果仍然是不應忽略的。

〔註26〕黃建平，真正的共產黨員——紀念謝華同志〔A〕，用我們誠摯的心，深切懷念尊敬的謝華同志〔C〕，長沙：湖南省政協文史資料研究委員會，1988年，第82頁。

〔註27〕謝華，論西周封建〔A〕，謝華集〔C〕，長沙：湖南人民出版社版，1989年，第195頁。

〔註28〕謝華，論西周封建〔A〕，謝華集〔C〕，長沙：湖南人民出版社版，1989年，第196～198頁。

〔註29〕李峰著，吳敏娜、胡曉軍、徐景昭、侯昱文譯，西周的政體：中國早期的官僚制度和國家〔M〕，北京：生活·讀書·新知三聯書店，2010年，第276～277、290～292頁；黃曉峰，李峰談西周封建說的終結〔N〕，上海書評，2012年9月2日。

3. 中國國家起源問題的第一本專著——高光晶《中國國家起源》

高光晶，1927 年生，湖南澧縣人，先後任教於湖南大學、湖南師範學院。主要著作有河南大學出版社 1989 年版的《中國國家起源》，及其改訂本《中國國家起源及形成》，由湖南人民出版社 1998 年出版，與湖南科學技術出版社 2004 出版的《先秦農業》等。

在相關論著中，高先生比較重視國家起源的地理因素〔註30〕。如《中國國家起源》書中認為：（1）黃河流域中下游一帶的優越地理環境，適宜於國家起源。但同時，這種優越的地理環境，又培養了人群的依賴性，從而影響到中原地區農業發展的速度。（2）夏王朝不是隨著父權制的發展而建立，而是父權制隨著夏代國家的出現而確立下來。（3）中國國家是在生產力沒有得到充分發展，和以血緣關係為基礎的氏族組織沒有被破壞的情況下建立的。上述論斷都是值得注意的。

高著《中國國家起源》中所提出的一個重要意見，是認為早期治水需要集體的力量而組織部落聯盟，然後再轉化發展為國家。也就是說，在國家的形成過程中，水利是一個重要因素。書中指出，中原地區遠古自然條件比較優越，成為早期文明的先進區域，但同時也面臨著大範圍洪水泛濫的威脅。在此背景之下，從而成立了部落聯盟，此後至「益幹啟位，啟殺之」，夏啟時候初步建立了國家。

書中並通過中西對比，具體指出中國古代國家形成中的特點，包括：（1）古希臘、羅馬手工業、農業相分離，而早期中國手工業、農業相互結合；（2）古希臘羅馬國家以氏族公社為社會基礎，而中國是氏族公社；（3）和古希臘、羅馬的土地私有制不同，早期中國是土地國有制；（4）古希臘、羅馬為共和制，而古中國為君主專制；（5）古希臘、羅馬「按地區劃分國民」，古中國「封藩建國」。（6）古希臘、羅馬「人神同形」，而古中國「天（上帝）」有絕對權威。

吳澤在為本書所做之序中指出，「本書是有關中國國家起源問題的第一本專著」，這一定位是較為平實的。

此後高先生又出版了《中國國家起源及形成》一書，可以看成是前述《中國國家起源》一書的修訂增補本。內容相同的一方面，比如重視地理環境的影

〔註30〕馬世之、張德水，中國國家起源與古代地理環境的關係——評高光晶著《中國國家起源》〔J〕，史學月刊，1990 年（5）。

響，重視防治洪水對於部落聯盟之關係。同時也有很大的不同，一則在於中國早期國家起源的時間，高先生意見曾經有所變動。在《中國國家起源》一書中，他認為應當是夏代。但到《中國國家起源及形成》中，高先生認為中國國家起源的時間，應當是商代，而認為夏代仍處於部落聯盟的時代。並認為從後續過程來看，西周時期是中國國家起源的繼續時期，春秋時期是封國聯盟的繼續時期，而戰國則是中國國家形成的時期。而上述內容，也為此前《中國國家起源》一書所無。從《中國國家起源及形成》一書來看，內容較前著《中國國家起源》有較大擴充，觀點也有較大改變，體現了高先生對此問題的進一步思考。

在《中國國家起源及形成》一書中，高先生對暴力機構的出現是否反映國家的起源或發展之問題，進行了新的思考。他認為早期的一些暴力機構，是以氏族部落為基礎，所壓迫的對象也是氏族部落，而不能看做是階級壓迫〔註31〕。同時，並認為「按地區劃分其國民」也是早期國家的重要因素。由此，他開始反思此前所持夏代為早期國家之意見。進而高先生從斷代角度，結合傳世文獻及古文字資料，探討夏代及其之前的部落聯盟更替，分析商代、西周、春秋、戰國等不同時期的中央官僚機構、地方組織、社會結構等問題。在上述史實梳理的基礎上，提出周代有「『方國』聯盟解體」、「封國聯盟建立」之變化，但社會結構卻並沒有因此發生改變，因此周代只是中國國家起源的前期；而中國國家的產生或形成，要從春秋晚期開始，到戰國最後形成〔註32〕。

書中也有一些問題或可再商，如在古文字材料的引用方面，（1）對於「王」的古文字學解釋，高先生反對林澐「王」係「軍事統率權象徵物」斧鉞的意見〔註33〕，但所論還缺乏有力證據。（2）又如認為甲骨文中存在「御史」，並認為其屬於商代外廷機構〔註34〕；但從相關學者的討論來看，所謂甲骨文「御史」的考釋，其實可能存在疑問〔註35〕，因此高著所論亦可再商。

〔註31〕高光晶，中國國家起源及形成·序言〔M〕，長沙：湖南人民出版社，1998年，第3頁。

〔註32〕高光晶，中國國家起源及形成〔M〕，長沙：湖南人民出版社，1998年，第380～388、394、410頁。

〔註33〕高光晶，中國國家起源及形成〔M〕，長沙：湖南人民出版社，1998年，第274～279頁。

〔註34〕高光晶，中國國家起源及形成〔M〕，長沙：湖南人民出版社，1998年，第308～309頁。

〔註35〕董蓮池，甲骨刻辭「卿史」「御史」辨〔J〕，吉林師範大學學報（人文社會科學版），

　　此外，還應當注意的是，關於中國早期中國國家起源時間問題，爭論相當大，早期學界意見有「夏代說」〔註36〕、「商代說」〔註37〕、「西周說」〔註38〕等不同看法。而時間判斷之不同，也體現了研究方法的不同。從研究方法、範式角度而言，近來也產生非常大的變化，從出版時間介於兩本高著之間的謝維揚《中國早期國家》一書來看，謝著重視相關方法論的探討，分析了傳世文獻、考古資料、人類學與民族學資料等在早期國家探討方面的價值，重視不同時期早期國家間的縱向比較，並引入酋邦理論等進行探討〔註39〕，表現出較寬廣的視野和較濃厚的理論色彩。王震中先生則在近著《中國古代的國家起源與王權的形成》中指出：

　　　　研究國家的起源和它的早期發展，其最主要的著眼點是社會形態的演進，而欲探討中國上古社會形態的推移和發展，在尚無文字記載的情況下，當然主要依靠考古學。因而將聚落考古學與社會形態學相結合來研究國家與文明社會的起源，應該說是抓住了論題的主線〔註40〕。

　　可見上述學者在早期國家研究方面，傳世文獻材料只是他們的材料之一，甚至並非最主要材料。而回顧高先生《中國國家起源》、《中國國家起源及形成》中的相關研究，則明顯可以看出是以文獻材料為本位，同時對相關理論也引用較少，在研究方法上表現出較大差異。因此，同樣是討論早期國家的起源問題，但高著和上述兩位學者不論是從材料使用，還是具體結論，都有很大不同，出現這一情況也是必然的了。

　　總的來看，從學術史角度而言，高著《中國國家起源》、《中國國家起源及形成》是中國早期國家研究方面較早出現的相關論著，書中也有作者的相關思

1992 年（4）。

〔註36〕謝維揚，中國早期國家〔M〕，杭州，浙江人民出版社，1995 年 12 月第 1 版，1996年 4 月第 2 次印刷，第 314 頁。

〔註37〕張光直，從夏商周三代考古論三代關係與中國古代國家的形成〔A〕，中國青銅器時代〔C〕，北京，生活·讀書·新知三聯書店 1983 年，第 53～54 頁。

〔註38〕趙世超，西周為早期國家說〔J〕，陝西師範大學學報（哲學社會科學版），1992 年第 4 期，收入，瓦缶集〔C〕，北京，人民出版社，2003 年，第 144～155 頁。

〔註39〕謝維揚，中國早期國家〔M〕，杭州，浙江人民出版社，1995 年 12 月第 1 版，1996年 4 月第 2 次印刷，第 85～120 頁。

〔註40〕王震中，中國古代的國家起源與王權的形成〔M〕，北京：中國社會科學出版社，2013 年，第 66 頁。

考，因而仍然是有一定學術價值的。

4.20 世紀後半期國內第一部先秦斷代文化史——李福泉《先秦文化史》

李福泉，生於 1938 年，湖南長沙人，早年師從譚戒甫先生，1966 年武漢大學研究生畢業，後任教於湖南師範學院。由李先生所著、嶽麓書社 1997 年出版的《先秦文化史》一書，是一部篇幅不大、較為簡明的先秦史著，也可以說是 20 世紀後半期國內第一部先秦斷代文化史。在李著之前，已經有一些以「先秦文化史」命名的論著，如民國時期有孟世傑《先秦文化史》，其後有楊亮功《先秦文化之發展》、楊希枚《先秦文化史論集》等。在李先生書後，又有王冠英主編《中國文化通史·先秦卷》、王貴民《先秦文化史》等論著。從相關論著的出版時間來看，楊亮功《先秦文化之發展》雖然出版在前，但實為論文集，因此，確可說李著《先秦文化史》，是建國後較早的一部先秦斷代文化史著作。

李著《先秦文化史》雖較為簡明，但仍具有一定學術價值。書中認為中國文化具有延續性、開放性兩個基本特點，並提出了一些值得重視的意見，如認為「先秦文化是中國傳統文化的源頭，具有中國文化形成時期的特點，這個特點就是文化的動態性……要把先秦文化看作是一個不斷發展、演變的過程加以理解」〔註41〕。從歷時角度而言，先秦是時間最為悠長的一個斷代，由此視角出發，李先生書中較為注意敘述時段的劃分。從時代框架來看，書中分為「混沌初開的文化（原始社會）」、「儒家理想的文化（夏商周三代，奴隸社會）」、「動盪中的文化（春秋、戰國）」，就宗教、哲學、文學、政治思想、典章制度、倫理道德、姓氏等文化現象進行梳理，上述時代的劃分，是較具特色的。

書中內容也有可觀之處，如提出夏商周奴隸社會時期，實現了社會生產、社會生活的體系化，系統的社會組織、國家組織在這一時期出現和確立，王權則成為至高無上的權威〔註42〕。而「神學支配文化」，是本時期文化的一個特點，同時也開始自然宗教向人為宗教的過渡，如所宗奉之神不再平等、出現神階與最高統治神等，還提出了「宗法連環套」的概念，並根據「父族族權」、「大宗小宗」、「嫡長子繼承權」等三項因素，認為宗法制形成於商代後期〔註43〕。

又如在討論春秋、戰國文化的時候，認為「中國文化的主體是漢族文化……

〔註41〕李福泉，先秦文化史〔M〕，長沙：嶽麓書社，1997 年，第 13 頁。
〔註42〕李福泉，先秦文化史〔M〕，第 49 頁。
〔註43〕李福泉，先秦文化史〔M〕，第 80～81 頁。

漢族的前身是華夏族，華夏族在東周時期與周邊各少數民族融合為一體，至秦漢時，正式形成為漢族」〔註44〕，當時存在著「華夷文化圈」，但同時也是古典華夏文化的興盛期。並分析了「君權至尊的網」之形成過程，如認為「忠」是我國古代宗法制度的產物，不過早期「臣對君的忠是相對的」，到東周時期「忠臣的問題突出了」〔註45〕。上列論述較為平實，值得注意。

當然書中也難免有一些可再討論之處，如關於甲骨文所反映的商代教育問題，李先生和一些學者一樣，認為從甲骨文中所見的「教」、「學」、「師」等來看，表明「商代已經確有學校」〔註46〕。但目前看來，相關部分材料可能還需加以辨析〔註47〕。

5. 20世紀後半期湖南學者的先秦史專題研究成果

此外，本時期湖南的先秦史研究學者及其成果，還有如：

（1）伍新福主編《湖南通史（古代卷）》，其中先秦部分，以文獻材料為主，結合相關考古發現，敘述了先秦時期湖南的歷史進程，價值比較重要。何介鈞《湖南先秦考古學研究》一書，雖側重考古，但就湖南先秦史研究而言，價值較高。

（2）在楚史研究方面出現一些成果。湖南省楚史研究會主編有《楚史與楚文化研究》，何光岳在研究上用力甚勤、成果甚多，其中多與楚史有關，如《楚源流史》等，不過也存在一些方法問題〔註48〕。郭仁成則撰有《楚國經濟史新論》。此外，高至喜《楚文化的南漸》、《商周青銅器與楚文化研究》、《楚文物圖典》諸書，與劉彬徽《楚系青銅器研究》、《早期文明與楚文化研究》、《江漢文化與荊楚文明》〔註49〕等書，同樣側重於考古，但就楚史而言，價值也頗高。

（3）本時期也有一些關於先秦思想史的著作，如余明光《黃帝四經與黃老思想》、鄧球柏《帛書周易校釋》、譚承耕《論語孟子研究》、游喚民《先秦民本思想》、《孔子思想及其現代意義》、《尚書思想研究》等相關論著。

（4）此外，一些學術論著也比較有價值，如戴亞東《楚國紀年（戰國部

〔註44〕李福泉，先秦文化史〔M〕，第106頁。
〔註45〕李福泉，先秦文化史〔M〕，第157～159頁。
〔註46〕李福泉，先秦文化史〔M〕，第130頁。
〔註47〕拙文，甲骨文「商代教育史料」辨析六則〔J〕，殷都學刊，2018年（4）
〔註48〕李葆嘉，評文史研究中的古音偽證〔J〕，南京師大學報（社會科學版），1996年（4）。
〔註49〕據本書作者後記，書稿完成於20世紀90年代後期，故本文將此收入。

分）》、《楚國的貨幣》，陳琢《長沙歷史大事記》、《長沙先秦史表》，冷鵬飛關於早期商品經濟形態的研究〔註50〕等。張步天用力於歷史地理學，著有《洞庭歷史地理》等，並對《山海經》等有較多關注，研究成果多涉及先秦史地。郭利民編《中國古代史地圖集》也值得參考。

6. 20 世紀後半期湖南學者有關先秦史的相關研究

20 世紀後半期湖南學者的先秦史研究，還包括一些交叉學科的研究成果。

（1）從事古漢語研究的湖南學者，有一些和先秦文獻相關的論著。如《尚書》研究方面，有周秉鈞《尚書易解》，本書「為 1946 年舊作，以簡明為特點」〔註51〕。此外還有郭仁成《尚書今古文全璧》等。《詩經》研究方面，民國學者曾運乾所著《毛詩說》，也由周秉鈞等整理並於本時期出版。易孟醇撰有《先秦語法》，被認為是「我國語法學界第一步較完整、較系統的斷代語法專著」〔註52〕。另外，還有姜運開所著《甲金文初探》、《甲金文再探》、《甲文入門》、《金文入門》、《竹書入門》〔註53〕等。

（2）從事古代文學研究的學者，如姜書閣所著《先秦辭賦原論》、《中國文學史綱要》，及成書於 20 世紀 80 年代末的《文史說林百一集正續編》等書，其中有頗多關於先秦史的內容。蕭艾在民國時期出版有《殷契偶拾》、後又出版《甲骨文史話》，同時還對王國維有研究，出版《王國維評傳》、《王國維詩詞箋校》、《一代大師·王國維研究論叢》系列研究專著。蕭先生學術研究的一個興趣，是探討甲骨文資料在早期文學史上的價值，認為「中國文學史應從卜辭文學始」，當時曾引起甲骨學界的一定關注。

在文學文獻方面也有一些成果，如《楚辭》研究方面，有姜書閣《屈賦楚語義疏》、曹大中《屈原的思想與文學藝術》、雷慶翼《楚辭正解》等論著。同時，還有李家驤《呂氏春秋通論》，及陳蒲清《中國古代寓言史》等成果。

劉城淮專注於上古神話的研究，他在「神話」概念的理解上與袁珂不同，並撰有《中國上古神話》、《中國上古神話通論》。劉俊男《華夏上古史研究》也

〔註50〕冷鵬飛，論中國史前時代的原始商品經濟形態〔J〕，湖南師範大學社會科學學報，1997 年（2）；冷鵬飛，論我國早期文明的商品經濟形態〔J〕，湖南師範大學社會科學學報，1998 年（4）。

〔註51〕朱鳳瀚、徐勇，先秦史研究概要〔M〕，天津：天津教育出版社，1996 年，第 42 頁。

〔註52〕劉衍，獨闢蹊徑的《先秦語法》〔J〕，中國圖書評論，1990 年（4）。

〔註53〕均為油印本，藏湖南省圖書館。

對神話問題進行探討。劉城淮還對先秦寓言有研究，撰有《探驪得珠——先秦寓言通論》，同時主編《先秦寓言大全》。

此外，20世紀後半期還有《湖南公路史（第一冊）》等專題性著作，其中也涉及到湖南先秦史的相關內容，此不贅述。

小　結

從上文回顧可以看出，湖南顯然不在先秦史研究的學術前沿，更多時候常常位於邊緣。儘管從整體而言，相關先秦史論著不算多，但20世紀後半期仍然有謝華《論西周封建》、高光晶《中國國家起源》等一些代表性成果出現，涉及到古史分期、國家起源等重要問題。筆者在閱讀和回顧這些相關論著，覺得其中或有一些值得重視的經驗。最顯著者，或可歸結為大多數研究成果及結論，都是建立在充分、紮實的史料基礎上，因而學風穩健紮實。進而言之，依據筆者個人的理解來看，又可細化為如下幾個方面：

（1）重視古文字基本功，從而準確理解各種文獻。如李福泉《先秦文化史》一書中，有一份「古文字基礎」之附錄，李先生還發表有一些金文考釋的文章。此外，周秉鈞《尚書易解》所獲也比較多。

（2）重視對最新考古成果的採用，從而堅實、擴充研究材料和視野。相較而言，上述相關著作在這方面稍顯欠缺，但也由此啟發筆者對這一問題的重視。

（3）宏觀敘事和細節考證兩方面，都體現了研究者的史識和認知水準，因此也要注重建立在考證基礎之上的系統性、理論性思考，從而促進對先秦史認識的深入。這可說是雷敢《中國古代中世紀史》、謝華《論西周封建》、高光晶《中國國家起源》與《中國國家起源及形成》等專著對筆者的啟發。

上述幾條經驗，對於當下湖南先秦史研究及其文化宣傳而言，應當仍有一定意義。同時，前引謝華先生半個世紀前所說的「希望大家來做一做，不是一鳴驚人：做得好，驚人；做得不好，嚇一下人」，也仍然值得品味。從某種角度而言，「第一」不等於「最好」，搶先著手於某一研究領域，不等於在某一研究領域佔據領先地位，「敢為天下先」注重形式上的創新，卻也一定程度上會造成對內容創新及其合理性的忽視。對於有著「敢為天下先」風氣的湖南地區來說，謝先生這段話在學術研究方面的意義，可能至今還不容忽視。

本文原載《社會科學動態》2020年第9期

附錄三　湖南先秦史研究的幾個問題

　　關於湖南先秦史的研究與重建，經過前輩學者耕耘，已經有許多重要成果〔註1〕。但值得注意的是，由於相關傳世文獻及出土文獻較少，在考古材料的理解上也存在差異，因此仍然有很多問題需要注意。本文擬從傳世文獻、出土文獻、考古材料三方面，各選取相關問題進行討論，不當之處，尚祈賜正。

一、傳世文獻先秦傳說「湖南地方化」及其問題

　　在湖南地區有一些古史人名、地名的傳說，如：

　　（1）南宋洪邁《容齋隨筆》卷 11 記載，宋淳熙十四年（公元 1187 年），澄州慈利縣（今湖南慈利）「周赧王墓」旁發現青銅器，實則此為「周赧王」墓所在的諸說之一，存疑待考。

　　（2）流經長沙城區的「撈刀河」，在地方文獻記載中，多表述為與三國關羽有關。但從清代的古地圖上看，多是作「撈塘河」。按，這一文字差異可能和讀音有關，在長沙地區的方言中，「d」、「t」關係比較密切，如「桃」經常讀為「dáo」，據此，「撈塘河」演變為「撈刀河」，應當也與此有關。則「撈刀河」自然也應和所謂關羽故事無關了。

〔註 1〕比較全面的成果，如伍新福主編，湖南通史（古代卷）〔M〕，長沙：湖南人民出版社，2008 年，第 1～145 頁；向桃初，炭河裏文化的發現與湖南先秦地方史重建〔J〕，湖南大學學報（社會科學版），2010 年（9）；向桃初、王勇主編，湖湘文化通史（上古卷）〔M〕，長沙：嶽麓書社，2015 年，第 32～174 頁。

（3）益陽地區有所謂「陸賈山」，一些文獻將此與漢代使南越的陸賈相附會，實則其名更多作「陸家山」（或作「陸角山」），在漢語中「j」、「g」的聯繫是比較緊密的，如北方地區常見的「×各莊」實際就是「×家莊」，因此所謂的「陸賈山」也是和漢人陸賈無關的。

於此可見，相關地方文獻中的地名及其相關傳說，要經過考證後，才能準確發掘其史料價值的。湖南地區現存有炎帝陵、舜帝陵、嫘祖墓、二妃墓、善卷墓等遺跡，由此學者也展開了對黃帝、炎帝等傳說人物的研究，但縱覽此前的相關研究，也存在一些可思考之處。其中最為突出的問題之一，是將古史傳說人物「湖南地方化」，如有學者認為，炎帝族團與湖南沅水流域關係密切，而不應在黃河流域。就具體的研究而言，在很多學者的考訂下，炎、黃等古帝均出湖南，由此似乎湖南係當時的中心區域，但相關考證其實也都各自存在問題。

（1）關於黃帝，有學者考證黃帝出生於湖南，並認為古崇山、堯山、會稽山均在湖南。論者依據古書有「黃帝生於壽丘」的記載，而長沙星別稱「壽星」，認為長沙可別號為「壽丘」。此外，湖南湘陰縣有地名「黃陵」，論者推測「也許黃帝與舜之二妃葬同一山上」，而其附近又有黃水（疑為古姬水），從而認為黃帝即位及死後葬在湖南無疑。於此，賀剛曾有判斷，認為「孰是孰非，僅憑為數不多且互有牴牾的傳說材料尚難確斷」〔註2〕，本文認為是比較合理的。

（2）相對於黃帝傳說，湖南的炎帝傳說資料更為豐富和悠久，因此相關探討更多。有學者認為炎帝出於湖南〔註3〕，也有學者考證舜晚年避居湖南永州舜皇山〔註4〕。還有學者具體考證了古帝王的出生日期與地點，如認為「炎帝神農公元前 5080 年辛巳誕生於湖南懷化的會同連山鄉，黃帝軒轅氏公元前 4660 年左右誕生於湖南的長沙壽丘（即今岳陽君山的軒轅之丘）」。

但是，從文獻的記載來看，早期的炎帝傳說主要流傳於陝西、河南、山東等地〔註5〕，何以湖南會有炎帝傳說，學界對此曾有不同的探討。如趙世超指

〔註 2〕賀剛，湘西史前遺存與中國古史傳說〔M〕，長沙：嶽麓書社，2013 年，第 517 頁。
〔註 3〕彭志瑞，湖湘大地才是炎帝文化的母體〔J〕，湖南工業大學學報（社會科學版），2018 年（3）。
〔註 4〕周甲辰，舜帝避居舜皇山論〔J〕，湖南科技學院學報，2018 年（4）。
〔註 5〕宋超，「長於姜水」、「都陳」與「葬於長沙」——炎帝傳說流衍途徑考察〔J〕，史學月刊，2010 年（4）。

出，炎帝族原本活動於黃河流域，後來在陰陽五行觀念的影響下，被人為分配到了南方，而湖南炎帝陵的出現也於此觀念有關〔註6〕。本文認為，這一意見很有啟發意義，從神話故事的流傳來看，應當有一個「原發地」和「傳播地」的區別，而從湖南地區的「炎帝傳說」來看，明顯屬於「傳播地」的範疇。朱漢民指出，「神農炎帝」成型於漢代，是南方農神崇拜與北方英雄崇拜的結合；最早有炎帝安葬地點的記載見於晉朝，指出炎帝神農氏葬長沙的，並沒有關於炎帝陵具體方位、地點的記載。此外，關於湖南炎帝陵的確切記錄是從宋代開始的，而炎帝陵的修建與宋朝宣揚火德文化有關〔註7〕。而王震中先生也曾指出，面對各地出現的炎帝傳說，此前的做法或是採用排他性方法，只承認某一地而排除其他的地方；或者是採用「炎帝族遷徙說」，主張這是由於炎帝族的不斷遷徙造成的。上述兩種方法均有不足，王先生就此提出「民族融合」，認為各地「炎帝」及其各地炎帝傳說，應當是西周以來隨著民族融合而出現的，是民族融合的結果〔註8〕。上述兩位先生的意見值得重視，湖南的炎帝傳說，應當是從中原地區傳播而來的，不應據後世文獻記載，來考訂所謂「湖南炎帝遺跡」。

（3）關於堯，有學者認為「尤其是五帝時期，已進入父系氏族社會，江北、江南的先民都尊奉他們為祖先，形成許多美麗動人的傳說故事和各種遺跡，湖南攸縣的『堯帝宮』等遺跡亦是如此」〔註9〕，也有學者提出，「湖南攸縣之丹陵、堯山等堯帝生、葬地遺跡是有較充分的古文獻依據的，河北、山西、河南、山東等地的堯跡當是堯的後裔帶去的，抑或是好事者的附會」，並肯定堯出於湖南。實際上，從上說學者所依據的主要文獻來看，年代大多也較晚，可能缺乏說服力。

（4）關於舜，《史記》有記載，「天下明德，皆自虞舜始……（舜）崩於蒼梧之野，葬於江南九嶷」，據此，歷來不乏學者認為舜出湖南。近來郭靜雲也認

〔註6〕趙世超，撥不開的迷霧──炎帝黃帝與炎黃文化的南遷〔J〕，重慶文理學院學報，2011 年（2）。

〔註7〕朱漢民，「神農炎帝」與湖湘文化〔J〕，社會科學戰線，2015 年（6）。

〔註8〕王震中，從連山看黃帝的起源〔A〕，炎黃文化研究（第11輯）〔C〕，鄭州：大象出版社，2010 年，第 20 頁。

〔註9〕楊東晨，湘東第一宮──從湖南史前文化論攸縣的堯帝宮等遺跡〔J〕，株洲師範高等專科學校學報，2004 年（4）。

為，舜在《楚辭》裏被稱為「湘君」，由此舜應當屬於湖南地域〔註10〕。按，此說證據不足，一則關於舜是否是湘君，在學界還有不同的意見。其次，即使認為舜為湘君，那也只是在舜死後，而其生前並未成為湘君。因此，顯然不能因在《楚辭》裏「舜」可能被稱為「湘君」，而認為舜就應當是出於湖南地域。郭偉民指出，「關於舜帝和舜葬九嶷，只能是一種傳說，是人們口述和記憶中的歷史，甚至是重構的歷史，而不能成為信史」〔註11〕，周書燦則推斷其原因，認為湖南地區「舜葬蒼梧」等傳說多與歷史事實相牴觸，其發生可能與三苗南遷有關」〔註12〕，上述意見都值得注意，由此也說明將舜「湖南地方化」也是不合理的。

（5）關於禹，有學者認為湖南攸縣得名與大禹之妻攸女有關，堯和禹均埋葬在湖南攸縣，按《水經注》已明確指出，「縣北帶攸溪（即攸水），蓋即溪以名縣也」，可見「攸縣」之名與「攸水」有關，而非如上述所論。

近期還有學者考訂，認為《墨子》載大禹葬於會稽山，而《山海經》載會稽山在楚南；《史記》認為禹葬會稽之山在江南沅水流域；而沅水之畔的古沅陵縣境內有會稽山地名，有禹廟、禹王碑、禹穴等古蹟；又沅陵地名源於「元陵」，具有「天下第一陵」的含義，由此表明湖南古沅陵地區是大禹陵墓所在地〔註13〕。實則根據此文所述，關於禹陵所在，此前有「紹興說」、「遼西說」、「山東說」、「河東說」的等意見，作者認為「這些都因證據乏力無以讓學術界側目。筆者在此大膽提出禹陵在沅陵新說，或可了卻這樁歷史懸案」，但實際上可能還未必如此，如論者最重要的論據之一，是認為「沅陵」地名源於「元陵」（也就是「天下第一陵」），從秦簡做「沅陵」，和相關銅印作「元陵」來看，「元」、「沅」係通假用字，並無內涵上的差異。從「沅陵」地名來看，北枕沅水，南傍土阜，古代「阜」即「陵」，據此「沅陵」應當是從地理而得名。由此即可見，論者認為大禹陵墓在湖南沅陵的意見，還是缺乏說服力的。

由上可見，依據古籍中的一些記載，湖南地區的上述古史人物故事，應當

〔註10〕郭靜雲，夏商周——從神話到史實〔M〕，上海：上海古籍出版社，2013年，第104頁。

〔註11〕郭偉民，中國化進程的一個區域視角——舜葬九嶷與湖南華夏化的歷史過程〔A〕，早期中國研究（第1輯）〔C〕，北京：文物出版社，2013年，第122頁。

〔註12〕周書燦，三苗南遷與湖南境內虞夏傳說的發生〔J〕，貴州民族研究，2007年（5）。

〔註13〕陽國勝，湖南沅陵：大禹之陵（上篇）〔J〕，湖南人文科技學院學報，2018年（6）。

是傳播而來，將炎帝、黃帝、堯、舜、禹等傳說人物「湖南地方化」，並不合理。實際上，上述問題屬於學界討論已多的「信古」、「疑古」之爭，何以在有關湖南古史傳說的討論中，「信古」現象較為突出，這可能是在具體的學術討論之外，也值得關注的一個問題。

二、出土文獻所見湖南先秦史料辨析二則

出土文獻材料補充了傳世文獻的不足，如《鄂君啟節》所記載的湖南地理情況等，推動了對湖南先秦史的研究。不過也應當看到，依據出土文獻而對關湖南先秦史的研究，也還有一些問題可以再討論，如下面兩個例子。

第一、西周《靜方鼎》所謂「湘侯」辨析

目前發現有一件《靜方鼎》（《銘圖》2461），銘文如下記載：

> 隹十月甲子王在宗周令師中眔靜省南或（國）相□匝〔註14〕

曾有前輩學者連讀為「南國相」，認為銘文中的「相」為地名，具體所指就是「湘」、即湖南地區；並將之與此前《作冊析尊》的「相侯」（《集成》6002）相聯繫，認為「相侯所封必不在中原範圍」〔註15〕。此後「南國相（湘）」的斷讀被採用，如王輝先生認為相應該是地名，但是「地望不明」〔註16〕。也有學者在前述基礎上進一步提出，《靜方鼎》的「省南國相（湘）」銘文，表明「至少在西周昭王之世，湖南的局部地區即納入了周人的政治制度框架之下」。上述論斷頗為重要，目前在湖南地區的一些博物館的展覽中，都採用了上述意見而布展和說明。

但是從整篇銅器銘文的釋讀來看，可能還需斟酌。先來看看《靜方鼎》「南國相」的問題。實際上，本文從銘文拓片、摹本等來看，所謂的「相」字較為模糊，因此一些學者，如張懋鎔〔註17〕、彭裕商〔註18〕，及《新收》等對本字缺

〔註14〕徐天進，日本出光美術館收藏的靜方鼎〔J〕，文物，1998 年（5）。

〔註15〕李學勤，論西周的南國湘侯〔A〕，湖南省博物館館刊（第五輯）〔C〕，長沙：嶽麓書社，2009 年，第 155 頁，又收入，通向文明之路〔C〕，北京：商務印書館，2010 年，第 175～179 頁。

〔註16〕王輝，商周金文〔M〕，北京：文物出版社，2006 年，第 95 頁。

〔註17〕張懋鎔，靜方鼎小考〔J〕，文物，1998 年（5），收入，古文字與青銅器論集〔C〕，北京，科學出版社，2002 年，第 42～43 頁。

〔註18〕彭裕商，西周青銅器年代綜合研究〔M〕，成都：巴蜀書社，2003 年，第 259 頁。

釋〔註19〕。

　　另外，本器銘文的斷讀，是一個關鍵問題，具體而言，就是「相」應當上連「省南國」，還是下連「設匜（居）」，學者們於此意見不一致。並且即使就同一學者來說，其觀點可能也會發生變化，比如張懋鎔先生在前引 1998 年發表的《靜方鼎小考》一文中，斷讀為「省南國，□設居」，其後在 2001 年發表的《靜方鼎的史學價值》一文中，則改為上讀「省南國相」〔註20〕。

　　從銘文內容的理解來看，贊同「南國相（湘）」意見的學者，一般都斷讀為：

　　　　師中眔靜省南或（國）相，設匜（居）〔註21〕。

　　但問題是，這種斷讀未必準確，如前引彭裕商論著中釋為：

　　　　惟十月，甲子，王在宗周，令師中暨靜省南國，□設居。

　　他並沒有連讀成「南國相」。何景成先生曾引用本器銘文，也未連讀：

　　　　師中眔靜省南或（國），相設匜（居）〔註22〕。

　　近來張海先生也討論到本銘文，也做如上斷句，並指出「相設匜」也「即視察並選擇築行宮之地」〔註23〕。

　　其實，就相關前輩學者自己的意見來說，本身也是有變動的，在 1997 年發表的《靜方鼎與周昭王曆日》一文中，將「相」釋為「靜」，下讀為「靜設匜（居）」〔註24〕，而沒有與其上的「省南國」相上讀。但其後同年所寫的《靜方鼎補釋》一文中，已經改釋為「省南國相，設居」〔註25〕。

　　可見，如果贊同「相」字之設，也還存在兩種分歧。而上述兩種意見的差別在於，前者將「相」理解成表示地名之名詞，而後者則理解成動詞。按，聯繫到《中甗》（《集成》949，西周早期）銘文「王令中先省南或（國），貫行，

〔註19〕鍾柏生、陳昭容、黃銘崇、袁國華，新收殷周青銅器銘文暨器影彙編〔M〕，臺北：藝文印書館，2006 年，第 1212 頁。

〔註20〕張懋鎔，靜方鼎的史學價值〔A〕，周秦漢唐文明國際學術研討會論文集〔C〕，西安：三秦出版社，2001 年，第 114～121 頁，收入，古文字與青銅器論集〔C〕，北京，科學出版社，2002 年，第 44～48 頁。

〔註21〕沈長雲，靜方鼎的年代及相關歷史問題〔J〕，中國國家博物館館刊，2013 年（7）。

〔註22〕何景成，西周王朝政府的行政組織與運行機制〔M〕，北京：光明日報出版社，2013 年，第 69、77 頁。

〔註23〕張海，疑尊、疑卣銘文及相關歷史問題〔J〕，中國國家博物館館刊，2017 年（5）。

〔註24〕李學勤，靜方鼎與周昭王曆日〔N〕，光明日報 1997 年 12 月 23 日，收入，夏商周年代學箚記〔C〕，瀋陽：遼寧大學出版社，1999 年，第 22～30 頁。

〔註25〕李學勤，靜方鼎補釋〔A〕，夏商周年代學箚記〔C〕，瀋陽：遼寧大學出版社，1999 年，第 76～78 頁。

設应在曾」,《中方鼎》(《集成》2751、2752,西周早期)銘文「王令中先省南或(國),貫行,設王应」等來看,上述諸器銘文「省南或(國)」均沒有接賓語。同時,再結合《靜方鼎》其後的銘文「設居」來看,筆者認為「相」為動詞之意見更為合理。「相」有「選擇」的意思,如《周禮·春官·籥人》:「上春相籥。」鄭玄注:「謂更選擇其著也。」《周禮·考工記·矢人》:「凡相笴,欲生而搏。」鄭玄注:「相,猶擇也。所謂「相設应(居)」也就是「擇地設立駐蹕地點」的意思。

並且,就「相(湘)」的理解而言,早期文獻中的「湘」確有地理方面之含義,包括(1)為水名,即湘江。如《楚辭·離騷》:「濟沅湘以南征兮,就重華而陳詞。」《說文》:「湘,水。出零陵陽海山,北入江。從水相聲。」(2)為山名。《史記·五帝本紀》:「〔黃帝〕南至於江,登熊湘。」裴駰集解引《地理志》:「湘山,在長沙益陽縣。」張守節正義:「湘山一名編山,在岳州巴陵縣南十八里也。」但上述都是具體的山名、水名,而不是作為今湖南地區之代稱。而「湘」用來代指今湖南地區,則時代比較晚,如南北朝柳惲《江南曲》「洞庭有歸客,瀟湘逢故人」,其中的「瀟湘」大概已經用來指代今湖南地區。但從整個歷史時期來看,一直到清初分省之際,湖南省別稱仍長期為「楚」,或稱為「楚南」、「南楚」,此後才出現湖南之代稱由「由楚改湘」的徹底轉變[註26]。由此可見,即使將銘文之「相」讀成「湘」,但也不能認為理解成湖南地區之代稱,可見所謂的「南國相(湘)」從內容上來看,也缺乏支撐。

因此,本文認為不贊同《靜方鼎》銘文之「省南或(國)相(?),設应」的釋讀,而認為應當讀為「省南或(國),相(?)設应」。此處的「相」並非地名,不應和指代湖南地區之「湘」聯繫。

再來看《作冊析尊》的「相侯」(《集成》6002)。先秦「相」地有二,一在河南省安陽附近,一在安徽淮北市。而「相」作為地名,在甲骨金文中多見,如:

(1)甲骨文「相」地,見於《合集》18793:「甲子夕變大雨至於相☒」,本版可綴合於《合集》18792+《合補》2294+《合集》18795+《合集》3377)之後[註27]。從《合集》所收資料來看,「相」字「木」旁不全,不過「至於」

〔註26〕劉繼元,由楚及湘——明清時期湖南別稱流變考〔A〕,湘學研究(第六輯)〔C〕,北京:中國社會科學出版社,2015年,第107~121頁。

〔註27〕張軍濤,殷墟甲骨新綴第36~44則〔EB/OL〕,中國社會科學院歷史研究所先秦史研究室網站,2019年1月3日,http://www.xianqin.org/blog/archives/11380.html。

之後尚可辨出「相景」二字〔註28〕。此處之「相」若為地名，應當在中原地區。

（2）金文「相侯」，包括《相侯簋》（《集成》4136，西周早期）：

> 唯五月乙亥，相侯休於厥臣殳，賜帛金，殳揚侯休，告於文考，
> 用作尊簋，其萬年□待□□侯。

《作冊析尊／觥／方彝》（《集成》6002、9303、9895，西周早期）：

> 唯五月，王在庠，戊子，令作冊折兄（貺）望土於相侯，賜金、
> 賜臣，揚王休……。

此外，還有一件《相公子戈》（《集成》11285，戰國），銘文為「𢀙𣥂歲相公子鱠之告（造）」。

目前一般認為，上述《相侯簋》、《作冊析尊／觥／方彝》中的地名「相」，大體在中原或其附近地區，如黃盛璋認為「可確定在殷舊都以東的黃河兩岸」〔註29〕。而楊寬〔註30〕、馬承源〔註31〕、李零均認為在安徽淮北市濉溪〔註32〕，本文從之。可見《相侯簋》、《作冊析尊／觥／方彝》之「相」，也與今指代湖南之「湘」無關。

據此，通過梳理金文中所見的「相侯」銘文，本文認為：（1）《靜方鼎》銘文之「南或（國）相」的連讀，是不合理的，不應當由此引申到所謂的「南國相（湘）侯」；（2）《相侯簋》、《作冊析尊／觥／方彝》中的地名「相」，或在河南，或在濉溪，而不會是在遠離中原的湖南地區。據此，所謂金文「相侯」也就「湘侯」、「南國相」也就是「南國湘侯」之說，缺乏充分證據。《靜方鼎》銘文之「省南或（國），相（？）設應」，也並不反映西周初期湖南與中原王朝的政治地理關係。

第二、清華簡《楚居》與所謂「楚源自湖南論」

關於楚的來源，歷來爭議較多，近來又出現一種新的意見，即「楚源自湖

〔註28〕裘錫圭，論「歷組卜辭」的時代〔A〕，中西學術名篇精讀·裘錫圭卷〔C〕，上海：中西書局，2015年，第53頁。

〔註29〕黃盛璋，西周微家族窖藏銅器群初步研究〔A〕，歷史地理與考古論叢〔C〕，濟南：齊魯書社，1982年，第286頁。

〔註30〕楊寬，西周列國考〔A〕，古史探微〔C〕，上海：上海人民出版社，2016年，第253頁。

〔註31〕馬承源主編，商周青銅器銘文選（三）〔M〕，北京：文物出版社，1988年，第63～64頁。

〔註32〕李零，重讀史牆盤〔A〕，吉金鑄國史——周原出土西周青銅器精粹〔C〕，北京：文物出版社，2002年，第86頁。

南」，論者具體的意見包括「楚祖祝融地望在南越而非鄭」、「清華簡《楚居》所載季連初降之隈山在湖南寧鄉炭河裏遺址」等，由此做出楚源自湖南、而其後北遷湖北等地之論斷。

很容易可以看出，這種觀點與此前有很大差別。比如關於楚人入湘的時間，早期有學者認為，楚人於西周中晚期進入澧水流域，在春秋早中期進入湘水湘水下游流域〔註33〕，其後又有學者提出「西周中期」〔註34〕、「西周末期」〔註35〕等概括性意見。儘管在具體的時段上有所不同，但卻均體現了學界「楚人南遷」的主流意見。

而就「楚源自湖南」的新論而言，從作者的相關論據來看，如列舉《水經注‧湘水》「（南嶽）山下有舜廟，南有祝融冢」等資料，從而來論證「楚祖先祝融之墓在南嶽」，從史料的年代來看，這是缺乏說服力的。至於推斷炭河裏遺址為《楚居》「隈山」，作者的主要論斷過程及結論為：（1）「隈（影紐微部）」可讀「溈（匣紐歌部）」，（2）《楚居》所謂「京宗」就是「荊宗」、「楚宗」，也就是「隈（溈）」地、炭河裏古城。按，從論者的兩個主要論斷來看，論斷（1）還存在可能一定可能性，但如果聯繫到論斷（2），則問題就顯現了，從《楚居》的原文來看，「京宗」與「隈山」明顯不是同一地，而「隈（溈）」地也不等同於炭河裏古城。因此，僅僅主要依據上述文字音韻的聯繫，而沒有更多有說服力的考古資料等旁證，從而得出所謂《楚居》上述資料反映「楚源自湖南」的觀點，目前尚難以讓人信服。

三、考古材料與湖南先秦史——以「高廟文化屬伏羲、炎族團」為例

從已有的考古材料來看，目前在湖南地區有比較多的考古發現，如：（1）玉蟾岩發現距今 1.2～1.4 萬年的人工栽培稻穀，與距今 1.4～2.1 萬年的陶片。（2）道縣福岩洞發現 47 枚人類牙齒化石，其年代在 8 萬至 12 萬年前。（3）此外，城頭山古城是目前發現最早的古城。許宏指出，前仰韶時代城邑（公元前7000 年～公元前 5000 年）是東亞大陸城邑的初現期，從已經發表材料的 13 處城邑遺址來看，以錢塘江流域上山文化的環壕聚落最早，而在彭頭山文化的湖

〔註33〕高至喜，楚人入湘的年代和湖南越楚墓葬的分辨〔J〕，江漢考古，1987 年（1）。
〔註34〕郭偉民，關於早期楚文化和楚人入湘問題的再探討〔J〕，中原文物，1996 年（2）。
〔註35〕李海勇，湖南早期楚文化的歷史地理分析〔J〕，中國歷史地理論叢，2001 年（2）。

南澧縣八十壋遺址可能出現了最早的土圍。在仰韶時代及其之前（公元前 7000 年～公元前 2800 年），是從「土圍」到「環壕」的時代，而至仰韶時代後期，中原地區的夯土版築城址和北方地區的零星石城址才零星出現，並開啟了龍山時代（公元前 2800 年～公元前 1700B 年）同類城邑的繁榮局面〔註36〕。此前有湖南學者認為，「城」是從湖南澧陽平原起源而傳到北方的。按，從上引「城」及其築城技術的角度來看，顯然不能認為中原地區的城，是由澧縣「城頭山」起源和傳過去的。

這些重要的考古新發現，極大地彌補了各種文獻中關於湖南先秦記載的不足，改變了對於湖南古史的認識。但面對日益豐富的湖南先秦考古材料，對於其價值的闡釋也存在著不同的意見。就考古學角度而言，所涉及的湖南先秦史問題，主要是考古材料與所謂「湖南早期文明中心論」。所謂「早期文明湖南中心論」，根據目前的相關論述，依據筆者理解，似可認為主要指根據湖南地區一些年代較早的考古發現，一些學者由此突出湖南的重要性，從而構擬湖南在當時文明發展歷程中的起源地或者中心地位。根據相關論者的意見，在他們看來「湖南中心論」是「中國中心論」的縮小版，而提出「湖南中心論」是推倒「西方中心論」、構建「中國中心論」的一個重要部分。這種思考無疑是有價值的，但應注意的是，就當下而言年代較早的考古發現，能否認為就是相關的起源地和中心？而本地區年代較早的相關考古發現，是否能與古史傳說重要人物及族團相互聯繫？

此前，本地報導中還引用近期學者提出的早期文明「江漢起源論」，並認為湖南地區的文明比湖北要早，實際上也蘊含著湖南為早期文明中心的內涵。但縱使拋開早期文明「江漢起源論」的討論不計，僅從考古學角度而言，也可以很容易看出「湖南地區的文明比湖北要早」這一論斷，也是極其不嚴謹的。而從當下來看，就考古學材料與湖南先秦史的重建、及所謂「湖南早期文明中心」的論斷而言，一個比較重要的問題是關於高廟文化的研究及其闡釋、評價。

目前關於高廟文化研究，研究成果比較引人注目。有學者提出高廟文化應當與與炎、黃族團有關，並認為沅水流域是炎、黃人文思想的發源地，本地最早出現敬天、尊祖先、安社稷等人文思想；高廟文化晚期，和大溪文化早期的

〔註36〕許宏，先秦城邑考古〔C〕，北京，西苑出版社，2017 年，第 35、66 頁。

城頭山聚落，可能就是炎帝族團的邦國國都。具體意見包括：

（1）高廟文化早期遺存由伏羲部落所創造。懷化安江高廟文化發現有八角星圖像。根據相關資料來看，全國史前遺存中發現八角星圖像共近 20 例，其中以高廟早期遺存（距今 7800 年至 7000 年）發現的年代最早，且已具備了安徽凌家灘玉器上八角星圖像的基本要素（中心部位的方框、方框外的圓圈、等分的八角星，以及八角星圖像周邊的圓形天體）。對此八角星圖案，賀剛認為有雙重價值，高廟距今 7000 多年前的「八角星圖像」及其內涵，正是高廟先民對於太陽週年運動的摹寫，為曆法的起源找到了依據；同時也是八卦的原始模型，從而指出這是中國文化重要因素的起源地。由此表明，高廟文化早期先民發明了太陽曆，及以太陽（天帝）、龍、鳳為核心的完整神系，建築了大型祭壇，並有專門祭器，還發明了相關藝術構圖法則，而這與文獻中所見伏羲制定曆法與八卦的事蹟相吻合，因此可以推斷高廟早期文化屬於伏羲族團。

（2）文獻中記載炎帝處於南方，再聯繫及連山易之得名等，表明炎帝神農氏族團與高廟文化晚期遺存和大溪文化年代等較為符合，由此表明這二種遺存應當是炎帝神農氏族團的文化。

按，如果依據上述觀點，則似乎可以認為湖南為當時的文明中心。但實際上述看法，可能都還存在一些需要面對的問題。就觀點（1）而言，關於高廟遺址中八角星圖像的內涵，目前考古學者探討甚多，但似尚無定論。而僅從歷史文獻記載的角度而言，關於曆法與八卦是否為伏羲所創，記載有很大差別。比如關於曆法的起源，除伏羲創造曆法之外，文獻中的說法極多，《淮南子》卷 19《脩務訓》「昔者倉頡造書，容成造曆」，《史記·曆書》「黃帝考定星曆」，有學者總結傳世文獻中有關曆法創造之傳說，認為商代以前關於創造曆法的記載較多，互相牴牾，「顧若詳加考究，則知此種記錄，皆不可靠。蓋其所言，既多互相衝突，且甚違背天文曆法之進化程序；記錄此等曆法之書籍本身往往有作偽之痕跡，或與所記錄之曆法時代相差極遠」〔註37〕，由此可見，要依據某種古籍的記載，而將曆法歸結與某個具體人物之創造，應當是缺乏說服力的。

對於八卦的創造傳說，也應當如此。關於八卦的起源，文獻記載的說法也很多，除去伏羲創八卦的說法之外，還有如《世本·作篇》「巫咸作筮」等說法。

〔註37〕劉朝陽，古書所見之殷前曆法〔A〕，劉朝陽中國天文學史論文選〔C〕，鄭州：大象出版社，2000 年，第 321 頁。

實際上，學界也早已認識到，僅僅依據上述文獻記載，從而來推斷八卦起源於某個人物的創造，是明顯不足的，學界逐漸「否定天賜神授的說法，開始想對八卦起源作出科學的解釋」〔註 38〕。因此，要斷定曆法與八卦均為伏羲所創，實無確證。而以此為基礎，進而判斷高廟文化遺存由屬伏羲族團，可見還缺乏充分依據。

就觀點（2）而言，此處判斷存在兩個明顯問題，第一，如前文所述，文獻中炎帝處南方的記載，明顯晚出；其次，關於湖南省懷化市會同縣連山鄉之得名，如果翻閱相關資料，會很容易看到「連山」得名之原因，係「古時，該地渠水兩岸有兩顆大樹拱形對立，遠觀似兩山相連，故名連山」〔註39〕，而將「連山」與所謂「炎帝創連山易」相聯繫，是近些年才出現的提法。由此可見，所謂上述兩個方面，並不支持所謂炎帝神農族團與高廟文化晚期遺存等有關。

此外，關於湖南高廟遺址中發現的「X」刻畫符號，有學者認為是五行觀念源頭，並將其與後世的甲骨文「五」相聯繫。實際上這種符號在早期也比較常見，彭頭山文化、屈家嶺文化中都有類似發現，因此認為是所謂「五行觀念源頭」或者聯繫到甲骨文「五」，可能也是過度解讀了。因此，本文認為，綜覽已有相關資料和討論，要認為湘西「高廟文化」上與伏羲、炎族團有關，還缺乏說服力。由此，從高廟遺址的上述發現，也無法作為「湖南早期文明中心」的考古學佐證。

小 結

就本文所論相關例證來看，（1）從傳世文獻中的湖南炎、黃等古史傳說而言，多繫傳播而來，並非原始發生地，不應將相關傳說人物「湖南地方化」；（2）從出土文獻而言，西周《靜方鼎》所謂「湘侯」係誤讀銘文，清華簡《楚居》也無法反映「楚源於湖南」；（3）從考古而言，高廟文化應當與炎、黃無關。

由此也說明，傳世文獻、出土文獻、考古材料都各有其特點，因而在湖南先秦史的研究中，必須堅持三者相結合的方向。同時，由於傳世文獻、出土文獻中有關湖南先秦史的材料比較少，在重建湖南先秦史的過程中，考古材料極

〔註38〕汪寧生，八卦起源〔J〕，考古，1976 年（4），收入，汪寧生論著萃編〔C〕，昆明，雲南民族出版社，2001 年，第 331 頁。

〔註39〕「中國・國家地名信息庫」之「連山」條，http://dmfw.mca.gov.cn/online/map.html。

為重要，甚至可能要居於首要地位，因此要求學者能合理運用考古學材料。對於古代文明的研究而言，學者不但應讀懂有字材料，還應當追求能讀懂無字的考古學材料，否則就是自我束縛、畫地為牢了。

以上所論，筆者不敢自以為必，尚祈同好教正。

本文原載《社會科學動態》2019 年第 12 期

後　記

　　可能和自己經歷有關，原本不在計劃之列的這本小書，成為我游離既定思路外的首個選題。自 2008 年 6 月本科畢業離開，約 10 年後的盛夏，我重又回到湖南，入職長沙河西嶽麓山下、湘江之濱，風景優美的湖南師範大學歷史學院。如今回顧求學之路，應當來說不是那麼順利。首次是中考之際，原本考入省重點高中，由於經濟原因而放棄進入此校就讀；當然主要由於資質有限，此後高考中原本成績和我前後、考入同所重點高中的同學，都考入 985 名校，而我則考入我的本科學校。後來則是考研之際，原想考 985 學校，也出於經濟原因，最終選擇考一個自認為專業還不錯、又有充分把握拿到獎學金的學校，於是考入我的碩士學校。在做第一次選擇時，我還未想到這一決定的影響；到第二次，則隱約已經意識到，此後道路可能會很不好走。果然之後求職中就遭遇這方面的問題。不過自己素無志向，所想無非是畢業後去一個環境不錯的地方安穩生活，由此也沒有太多遺憾。來到長沙和師大，已經大大超過自己的求職預期，心中也比較歡喜。

　　入職後生活忙碌而充實地進行著，也開始思索如何把精力集中，2017 年 11 月確定《湖南商周金文輯考》這一選題並開始寫作。但現在看來，做這個題目可能不是那麼理性，一則在現行考核體制中，文章的重要性遠遠高於專著，並且書稿出版也是一個難題；二則我的專業志趣是先秦史，儘管先秦史研究離不開古文字，但畢竟屬於不同學科，對這個選題內心還是比較忐忑，屬於容易露

短、費力多而收穫少的一個題目。但當時還有比較高的熱情，就一鼓作氣堅持了下來。也歡迎專業研究者批評，本人不大會因為被批評而鬱悶。

在二里半的工作和生活中，得到師友和諸多好友的幫助，學院鐘聲、孔春輝、李育民、劉利民、李傳斌、段煉、雷炳炎、伍成泉、彭長林、鄒水傑、張燦輝、劉渝龍、李建毛、彭麗華、楊超、董喜寧，與教務、科研、行政辦諸位老師給與我很大幫助。也感謝王震中（中國社科院）、羅運環（武漢大學）、李玉潔、涂白奎（均河南大學）、楊振紅（南開大學）、郭偉民（原湖南省文物考古研究所）、易德生、王准（均湖北社科院）、郜麗梅、孫亞冰、王祁、靳騰飛、蒙磊（均中國社科院）、常淑敏（江西省文物考古研究院）、楊慧婷（湖南省博物館）、張博（湖北省文物考古研究院）、張丹（南陽師範學院）、張志鵬（河南師範大學）、魏棟（清華大學）、王挺斌（浙江大學）、楊勇（湖南大學）、曹驥（內江師範學院）、郭廣新（雲南大學旅遊文化學院）、王晨輝（陝西師範大學）、于薇（中山大學）、何有祖（武漢大學）、蘇俊林（西南大學）、朱繼平（上海大學）等師友的關心和幫助，謹此一併致謝。也感謝王王與我同甘共苦。全稿雖有所搜羅，但心得無多，尚祈讀者諸君批評賜正。

2020 年 12 月 22 日於長沙瀏陽河畔家中

在湖南師大和長沙的工作、生活比較愉悅，原以為會在此終老，因而也有意在此基礎上繼續準備做一部湖南先秦史（如附錄二、三等工作）。但 2020 年末因為一些偶然事情，個人非常糾結和猶豫地開始思考去留問題。至 2021 年 9 月最終還是離開了長沙、調入蘇州大學社會學院歷史系。二里半師友們的開導、挽留和幫助，讓我深深感激、難以忘記；也感謝新單位讓我開始一段新的旅程。同樣還要感謝出版社及楊嘉樂老師的幫助。儘管已經離開長沙，原來的計劃和人生也跟著改變了，但好在還有這部書稿可以作為足跡，而我也仍然非常懷念長沙。

2022 年 3 月 10 日